BASTEI
LÜBBE
TASCHENBUCH

Weitere Titel der Autorin:

In den Armen des Windes

Über die Autorin:

Caroline Roth wurde 1967 geboren und lebt in der Schweiz. Sie studierte Betriebswirtschaft und arbeitet heute als Finanzchefin bei einer Gruppe von Rehabilitationskliniken. IN DEN ARMEN DES WINDES war ihr erster Roman bei Bastei Lübbe, eine leidenschaftliche Liebesgeschichte in der Karibik des 18. Jahrhunderts. Auch ihr zweiter Roman WIE EIN SCHOTTISCHER STURM spielt in dieser Zeit, aber diesmal verschlägt es sie an die Küste der Normandie.

Caroline Roth

WIE EIN SCHOTTISCHER STURM

Roman

BASTEI LÜBBE TASCHENBUCH

BASTEI LÜBBE TASCHENBUCH
Band 17 407

Dieser Titel ist auch als E-Book erschienen

MIX
Papier aus verantwortungsvollen Quellen
FSC® C014496

Originalausgabe

Titelabbildung: © Franco Accornero; shutterstock/NorGAI; shutterstock/Galyna Andrushko; shutterstock/DoPhoto; shutterstock/Elina Pasok
Umschlaggestaltung: Nele Schütz Design, München
Satz: Urban SatzKonzept, Düsseldorf
Gesetzt aus der New Caledonian
Druck und Verarbeitung: GGP Media GmbH, Pößneck
Printed in Germany
ISBN 978-3-404-17407-2

5 4 3 2 1

1

Kincaid McLanes Blick wanderte über die weißen Kreidefelsen der Côte d'Albâtre. Gespenstisch erstrahlten sie im fahlen Mondlicht. Der Anblick der Steilklippen erinnerte ihn an jene in Dover, und er fragte sich, welche Naturgewalten diese beiden, einst vereinten Küsten auseinandergerissen und den Ärmelkanal zwischen sie geschoben haben mochten. Öfter als ihm lieb war, hatte er selbst die unbändige Gewalt der See am eigenen Leib erfahren. Hatte miterlebt, wie schwerere Schiffe als dieser Dreimaster gegen Klippen geschleudert wurden, wo sie zerschellten, als wären sie nichts weiter als Nussschalen. Doch gegen die Gewalt, welche die Felsen zerrissen und den Ärmelkanal geschaffen hatten, waren seine Erlebnisse wohl die reinsten Spaziergänge gewesen.

Zum wiederholten Male in dieser Nacht zog er das Fernrohr auseinander und richtete seine Aufmerksamkeit auf die Felsen und den schmalen Sandstrand an ihrem Fuß. Niemand war zu sehen. Weder oben auf den Klippen noch unten am Strand. Er ließ den Blick über die Küste streifen und richtete das Fernrohr dann auf den Horizont, wo die schwarze See in den dunklen Nachthimmel überging. Nachdem er das Meer ringsum abgesucht hatte, schob er das Fernrohr wieder zusammen.

Außer einem leisen Plätschern der Wellen gegen den Schiffsrumpf und dann und wann einem Glucksen war nichts zu hören. Kein Laut. Jedermann an Bord wartete angespannt auf das Zeichen. Ob das Treffen stattfinden konnte. Oder ob sie sich schnellstens aus dem Staub machen mussten. Deswegen waren auch noch nicht alle Segel gerefft, und sie kreuzten immer noch langsam vor der Küste. So konnten sie im Notfall schneller fliehen.

»Bereit?« Sein jüngerer Bruder hatte sich so leise genähert, dass Kincaid ihn erst bemerkte, als Dean neben ihm seine Arme auf die Reling legte.

»Aye«, antwortete er.

Dean nickte. Mehr gab es nicht zu sagen. Ihr Auftrag war klar. Dean würde das Schiff übernehmen, während Kincaid in Frankreich blieb, um eine angeschlagene Fayence-Manufaktur zu kaufen. Auch wenn er nach wie vor der Meinung war, dass andere Geschäfte lohnenswerter wären. Vor allem solche der illegalen Sorte, wie sie sie überhaupt erst nach Frankreich gebracht hatten. Doch die Familie hatte entschieden. Und die McLanes hielten zusammen, selbst wenn sie nicht immer derselben Meinung waren.

Plötzlich blinkte an Land zweimal ein Licht auf.

Ohne ein Wort zu sagen, nur mit einer Handbewegung, gab Dean der Mannschaft ein Zeichen. Dann ging alles sehr schnell. Die Matrosen, welche zuvor beinahe bewegungslos auf ihren Positionen verharrt hatten, wurden unvermittelt lebendig. Sie enterten in die Masten und zogen die Segel zusammen. Bis auf ein leises Rascheln hier und da blieb die Stille der Nacht ungebrochen.

Auf dem schmalen Sandstrand unter den hellen Klippen erschienen wie aus dem Nichts zwei Ruderboote und wurden rasch ins Wasser getragen. Sie mussten zuvor im Schatten unter einem Überhang, den die Flut mit ihrer unermüdlichen Wucht aus dem Fels geschlagen hatte, verborgen gewesen sein.

Das Schiff verlor an Fahrt, bis es schließlich ganz zum Stillstand kam. Wie ein Geisterschiff schwebte es bewegungslos in der ruhigen See, in der sich das Mondlicht spiegelte. An Deck wurden die Ladeluken geöffnet. Lautlos glitten Haken über Rollenblöcke von den Rahen in die offenen Schlünder und tauchten mit Ballen und Fässern behängt wieder auf. Schmuggelware.

Die Ruderboote mit ihren Mittelsmännern näherten sich dem Schiff. Erst als sie nur noch wenige Meter entfernt waren, war das leise Plätschern der Riemen zu hören, die eingetaucht und wieder emporgehoben wurden. Der Mann am Heck des einen Bootes hob zum Gruß die Hand. Kincaid und Dean grüßten auf die gleiche, wortlose Weise zurück. Die Boote drehten neben der Bordwand bei und wurden mit Seilen, welche ihnen vom Schiff aus zugeworfen wurden, vertäut. Dann schwenkten die Matrosen die Rahen mit dem Frachtgut über die Boote und ließen ihre Last hinab.

Mit einem schadenfrohen Grinsen klopfte Dean seinem Bruder auf die Schulter. »Viel Glück. Aber das wirst du bei deinem Charme und deinem Verhandlungsgeschick ja nicht brauchen.«

»Fayencen. Ausgerechnet! Hätte sie sich nicht auf was anderes stürzen können?«, murrte Kincaid.

Deans Grinsen wurde breiter. »Das hat Grandma sich wohl nur dir zuliebe ausgedacht. Um dich mit etwas Ungefährlichem zu beschäftigen.«

»Hm«, brummte Kincaid. Er hasste es, wenn Großmutter meinte, sich in sein Leben einmischen zu müssen. Eine Fayence-Manufaktur zu kaufen war etwas für einen langweiligen Kaufmann. Aber doch nicht für ihn!

»Du hast lange genug das Kommando über das Schiff gehabt, jetzt bin ich an der Reihe«, stellte Dean gut gelaunt fest. »Außerdem muss jemand ein Auge auf unsere Geschäfte in Frankreich werfen. Wir sollten das nicht zu lange unseren Kontaktleuten überlassen, sonst kommen sie noch auf dumme Gedanken.«

»Trotzdem. Hätte es nicht wenigstens eine anständige Brennerei sein können? Oder eine Tabakmanufaktur?«

»Brennerei?« Dean lachte leise. »Wer will denn in Schottland schon französischen Schnaps trinken? Den kannst du höchstens den Kindern ausschenken. Du hättest ein Weingut vorschlagen können.«

Kincaid schnaubte. »Wein ist was für Frauen. Genau wie diese Fayencen. Ich bleibe bei meinem Whisky.«

»Klar doch«, frotzelte Dean. »Der typische schottische Hinterwäldler.«

»Pass auf, was du sagst. Du bist genau so einer.«

»Nicht ganz. Ich liebe einen guten Bordeaux. Und mit den Fayencen hat Grandma den richtigen Riecher. Du hättest mal sehen sollen, wie die Frauen uns die letzte Ladung aus den Händen gerissen haben. Französische Keramik steht in Edinburgh hoch im Kurs, vor allem in jenen Kreisen, welche sich das teure Delfter Porzellan nicht leisten können.«

Kincaid antwortete nicht, sondern gab vor, das Umladen der Waren zu beobachten.

»Nein, Grandma hat schon recht«, meinte Dean leise. »Du bist in letzter Zeit zu viele Risiken eingegangen. Und wenn du nicht auf See bist, schlägst du dir die Nächte in den Spelunken am Hafen um die Ohren. Seit Ellie nicht mehr da ist –«

»Lass verdammt noch mal Ellie aus dem Spiel!«, fuhr ihm Kincaid aufgebracht über den Mund. Diese schmerzhafte Erinnerung wollte er nicht wieder hochkommen lassen. Lange genug hatte sie ihn in ihren Klauen gehabt. Und sein Lebenswandel war seine Sache. Da hatte sich die Familie nicht einzumischen. »In diesen Spelunken spielt sich unser Geschäft ab. Nachts. Da treffe ich meine Mittelsmänner. Nicht in den feinen Büros am helllichten Tag. Also hör auf, an mir herumzumäkeln als wärst du unsere Mutter.«

»Ständig Kopf und Kragen zu riskieren ist auch in unserem Geschäft nicht nötig. Wenn du auffliegst, ist das nicht allein deine Sache. Du ziehst uns mit. Und im Gegensatz zu dir ist mir mein Leben etwas wert.«

Es war zu spät. Die Erinnerungen und der Schmerz waren bereits wieder da. Warum hatte ihm das Schicksal seine Ellie so schnell entreißen müssen? Wie hatte es zulassen können, dass dieses unsägliche Fieber sie dahingerafft hatte, nachdem es sie endlich hatte zusammenkommen lassen? Ihr Vater, ein Engländer, der in London ein Handelsgeschäft führte, war alles andere als begeistert gewesen, als sich sein einziges Kind ausgerechnet in einen Schotten verliebt hatte. Es hatte eine ganze Weile gedauert, bis er endlich einer Heirat zugestimmt hatte. Und dann war ihr Glück so schnell wieder zerbrochen.

Doch darüber wollte er jetzt nicht mehr nachdenken. Es brachte nichts. Es zog ihn nur wieder in einen tiefen, schwarzen Abgrund. Und dort war er lange genug gewesen.

Also schob er den Schmerz und die Erinnerungen entschieden beiseite. »Wenn du Kapitän sein willst, dann konzentrier dich gefälligst auf deine Aufgabe!« Kincaid deutete auf eine der Rahen. »Da drüben wird gleich das Zugseil aus der Rolle springen!«

»Verflucht!« Dean eilte los und konnte im letzten Moment einen der Ballen lösen, der sich an der Ladeluke verfangen hatte. Nachdem der letzte, in wasserdichtes Ölzeug verpackte Ballen gelöscht worden war, gab er das Zeichen zum Schließen der Luke. Der Frachtraum war vollständig geleert worden, und eins der zwei Boote ruderte bereits Richtung Land, ein langes Seil hinter sich herziehend, an welches paarweise Fässer gebunden waren. Diese einfache Technik, die Kincaid sich ausgedacht hatte, ermöglichte es, mit nur einem Ruderboot eine viel größere Anzahl an Whisky-Fässern an Land zu schaffen, als wenn diese in das Boot selbst geladen würden. Außerdem ging das Entladen des Schiffes viel schneller vonstatten, ein wesentlicher Vorteil, wenn man Schmuggler war und auf der Hut vor Zöllnern sein musste.

»Bei der nächsten Überfahrt holst du mich in Le Havre wieder ab«, befahl Kincaid seinem Bruder.

»Glaubst du wirklich, dass ihr euch so rasch handelseinig werdet? Nicht, dass ich an deinem Charme zweifeln würde, aber …«

»Als alleinstehende Frau wird die Inhaberin froh sein, die Manufaktur verkaufen zu können. Das ist doch nur eine Belastung für sie. Mit dem Geld aus dem Verkauf kann sie gut leben und sich auf ihre Teekränzchen und Abendgesellschaften konzentrieren. Was will eine Frau mehr?«

Dean zuckte mit den Schultern. »Na dann.«

»Mast- und Schottbruch.« Kincaid schwang sein Bein über die Bordwand und kletterte die Strickleiter hinunter in das zweite Ruderboot. Kaum war er unten, wurden die Taue gelöst, und die Männer ruderten zum Strand zurück, ebenso lautlos, wie sie gekommen waren.

2

»Sind die von allen guten Geistern verlassen? Das können die doch nicht machen!«

Der Aufschrei aus dem Büro seiner Chefin ließ Henri aufhorchen. Nicht wegen des gänzlich undamenhaften Ausbruchs. Das war er von Dominique gewohnt. Wenn es um Kraftausdrücke ging, konnte sie jedem Kutscher Konkurrenz machen. Er seufzte. Ihr Vater hätte sie als Mädchen nicht so oft in die Manufaktur mitbringen sollen, wo sie mit den Kindern der Arbeiter spielte und ihre Zeit auf der Straße verbrachte anstatt unter der Aufsicht einer strengen Gouvernante.

Auch wenn sie mittlerweile gelernt hatte, sich wie eine wohlerzogene Dame von Stand zu benehmen, und das üblicherweise auch tat, kehrte sie, wenn sie unter sich waren, hin und wieder zu ihrem alten Ich zurück, vor allem wenn sie sich über etwas aufregte.

Nein, es war also nicht das undamenhafte Betragen, das Henri aufhorchen ließ, sondern das Erschrecken, das in ihrer Stimme erkennbar war. Er stellte den Federhalter ins Tintenfass, erhob sich und eilte, soweit es seine alten, gichtgeplagten Knochen erlaubten, hinüber ins angrenzende Büro.

Als hätte sie ihn schon erwartet, stand Dominique Devilliers hinter ihrem Schreibtisch und hielt ein Blatt Papier hoch. Sie berührte es nur mit Zeigefinger und Daumen, als würde sie es äußerst widerwillig anfassen.

»Was ist los?«, fragte Henri atemlos.

»Das ist los!« Mit vor Zorn funkelnden Augen wedelte sie

mit dem Blatt herum. »Zuerst fällt diesen dummen Beamten nichts Besseres ein, als die Einfuhr von Zinn aus England zu verbieten. Dann verlangen sie, dass man gegen eine hohe Gebühr eine Sondergenehmigung beantragt. Und *jetzt* lehnen sie diese auch noch mit fadenscheinigen Gründen ab!«

Henri holte tief Luft. »Das ist nicht gut. Gar nicht gut.«

»Nein! Wem sagst du das!« Sie warf ihm den Brief hin, ließ sich auf ihren Stuhl fallen und stützte das Gesicht in die Hände. »Als ob wir nicht schon genug Probleme hätten.«

Den Kopf zwischen den vornübergebeugten Schultern eingezogen, gab seine sonst so kämpferische Dominique ein Bild von solcher Verzweiflung ab, dass Henri versucht war, den Arm um sie zu legen und sie zu trösten. Doch er wusste, dass sie das nicht schätzen würde. Wenn sie etwas hasste, dann Mitleid.

»Wo sollen wir denn jetzt Zinn zu vernünftigen Preisen herkriegen?«, fragte Dominique aufgelöst. »Das französische ist viel teurer als das englische, und die Qualität ist lausig! Das wird uns ruinieren!«

Henri überflog die krakelige Handschrift auf dem Brief, die in komplizierten Behördenformulierungen mitteilte, dass aus diesen und jenen Gründen dem Antrag für eine Sondergenehmigung nicht entsprochen werden könne. Er presste die Lippen zusammen. Sie litten bereits genug unter der Konkurrenz der Fayence- und Porzellanmanufakturen im benachbarten Rouen. Das Zinn war ein unverzichtbarer Rohstoff bei der Herstellung der Fayencen, und seine Qualität entscheidend für das Gelingen der verschiedenen Brennvorgänge.

»Das machen die nur, um die unrentablen französischen Minen zu schützen!«, empörte sich Dominique. »Ich will nicht wissen, wer hier wieder wen geschmiert hat!«

Henri dachte eine Weile nach und meinte dann vorsichtig: »Vielleicht sollten wir Gustave um Hilfe bitten.«

»Gustave?« Wie eine Furie schoss Dominique hoch. »Der ist der Letzte, den ich um Hilfe bitten werde! Vorher gehe ich auf der Rue Notre-Dame betteln!«

Henri verkniff sich ein Lächeln. Auch wenn nun er derjenige war, den sie wütend anblitzte, hatte wenigstens ihr Kampfgeist wieder die Oberhand gewonnen über die Verzweiflung. Cousin Gustave war ihr ein Dorn im Auge, seit er versucht hatte, ihr das Erbe ihres Vaters, die Manufaktur, streitig zu machen.

»Nein. Denen werde ich einen gesalzenen Brief schreiben und verlangen, dass sie ihre Entscheidung ändern! Die können uns nicht einfach ruinieren, bloß um die Interessen der Minenbetreiber zu schützen«, entschied Dominique und setzte sich wieder. »Und wenn nötig, finde ich heraus, wer dafür geschmiert werden muss!«

Henri nickte und zog sich wieder zurück. Seine Aufgabe hier war getan.

Nachdem Henri gegangen war, atmete Dominique einmal tief durch. »Hört das denn nie auf?«, murmelte sie und schloss die Augen. Seit sie die Leitung der Manufaktur übernommen hatte, war jeder Tag ein Kampf. Jacques hatte gründliche Arbeit geleistet und den Betrieb an den Rand des Ruins geführt. Auch wenn sie mittlerweile wieder besser dastanden, den Durchbruch hatten sie noch nicht geschafft.

In einem plötzlichen Frösteln legte Dominique die Arme um sich, stand auf und ging zum Fenster. Gedankenverloren starrte sie auf die Straße hinunter und über die Dächer von Le Havre.

Immer noch schmerzte der Gedanke an Jacques de Villiers. Ein Adliger, der der Ehre und Würde seines alten Geschlechts so gar nicht entsprochen hatte. Den sie voller Vertrauen geliebt und der sie skrupellos enttäuscht hatte. Noch immer konnte sie nicht begreifen, wie sie sich derart in ihm hatte täuschen können. Galant war er gewesen und liebenswürdig. Er hatte ihr den Hof gemacht und sie umworben, als wäre sie eine Prinzessin.

Dominique schnaubte. Sie hätte es besser wissen müssen. Eine Fabrikantentochter wurde nie eine Adlige. Da nützte auch die gute Erziehung in dem vornehmen Mädcheninternat, in das ihr Vater sie auf Drängen ihrer Mutter für ein paar Jahre geschickt hatte, nichts. Und auch nicht die Heirat mit Jacques. Seine Gesellschaftskreise hatten sie zwar höflich aufgenommen, aber sie war immer eine Außenseiterin geblieben.

Seinen Namen hatte sie nach seinem Tod weiterführen müssen. Aber das adlige *de Villiers* zu ihrem eigenen *Devilliers* zu machen und die Manufaktur umzubenennen, die seit ihrer Heirat Jacques' Namen getragen hatte, hatte ihr etwas über die Enttäuschung und den Schmerz hinweggeholfen. Und über die Wut auf sich selbst.

Es musste an seinen Augen gelegen haben! Sie hatten sie immer so ehrlich und seelenvoll angeblickt. Doch er hatte nicht nur ihr schöne Augen gemacht, sondern auch anderen Frauen, wie sie nach seinem Tod erfahren hatte. Und wie er gestorben war … das war vielleicht das Schlimmste gewesen. Sie hätte ihn erwürgen können, wäre er nicht schon tot gewesen.

Nach seinem Dahinscheiden hatten sie sich wie die Geier auf sie gestürzt, um sich an der naiven, kleinen Witwe zu ergötzen. Allen voran der liebe Cousin Gustave, der ihr auch noch die Manufaktur hatte wegnehmen wollen! Aber sie würde kämpfen, bis sie tot umfiele. Vorher würde sie nicht aufgeben. Niemals!

Sie wandte sich vom Fenster ab. Ihr Blick fiel auf die Vitrine mit den ausgestellten Fayencen: kunstvoll modellierte Figürchen, aufwändig bemalte Teller und feine Tässchen, verschiedenste Suppenschüsseln und Saucieren, Schalen und Krüge, Vasen in allen möglichen Formen und Gehäuse für Standuhren. Während die meisten auf den Märkten erhältlichen Fayencen einen weißen Grundton mit kobaltblauer Bemalung aufwiesen, hatte sich die Manufaktur Devilliers auf die seltenere violette, gelbe und grüne Bemalung spezialisiert und verzierte kostbare Gegenstände und Gedecke sogar mit teuren Lackfarben und Goldrändern. Die Mischung der Farben und die richtigen Temperaturen beim Brennen waren das Erfolgsrezept ihres Vaters gewesen, das er an seine Tochter weitergegeben hatte. Sein Rezeptbuch war ihr bestgehütetstes Geheimnis und ihr ganzer Schatz.

Sie seufzte wehmütig und wandte sich von der Vitrine ab, um sich den neusten Zeichnungen zu widmen, die ihr die Malerinnen als Vorschläge für das neue Service gebracht hatten. Um sich von den Chinoiserien, dem nach chinesischem Vorbild bemalten Porzellan, abzuheben, setzten sie ganz auf den neusten Renner: die griechische Antike. Da war Europa zu sehen, die von dem Stier entführt wurde, nackte Nymphen um einen lüsternen Satyr tanzend, ein Blitze schleudernder Zeus, die schöne Aphrodite dem Bad entsteigend und Athene in ihrer Kriegerinnenrüstung.

Am letzten Bild, dem der weisen Göttin Athene, blieb Dominiques Blick hängen.

Auch sie musste weiterkämpfen. Sie war es ihrem Vater schuldig und all den Arbeitern in ihrem Betrieb, die an sie glaubten und nicht zur Konkurrenz nach Rouen übergelaufen waren, als gleich mehrere Betriebe versucht hatten, sie ihr abzuwerben. Und nicht zuletzt für Henri, der sein ganzes Leben in den Dienst der Manufaktur gestellt hatte und der ihr treuester und ergebenster Freund war. Sie war es ihnen allen – und nicht zuletzt sich selbst – schuldig.

Hufgeklapper riss sie aus ihren Gedanken. Die heutige Auslieferung! Sie raffte die Röcke und eilte die Treppe in den Hof hinunter. Die beiden vor einem Transportwagen angeschirrten Pferde scharrten bereits ungeduldig mit den Hufen.

»Wartet!«, rief sie den beiden Männern zu, die gerade den Deckel auf eine lange Holzkiste nageln wollten. »Seid ihr auch sicher, dass alles drin ist?«

Bei ihrem Anblick riss sich der eine, ein Hüne von einem Mann, rasch den Hut vom Haupt und stammelte mit gesenktem Kopf: »Madame! Monsieur Henri hat die Verpackung selbst überwacht. Es muss alles da sein!« Es klang beinahe, als hätte er ein schlechtes Gewissen, die Ladung nicht selbst noch einmal überprüft zu haben.

»Dann ist ja gut. Danke dir, Maurice«, sagte Dominique freundlich und trat vor die Kiste. Bis an den Rand war sie gefüllt mit kleinen Schachteln, sorgsam ausgepolstert mit Sägespänen und Lumpen. Mit einem Nicken bedeutete Dominique den Männern, die Kiste zu schließen. Sie nagelten den Deckel darauf und hoben sie behutsam auf den Wagen, wo bereits drei weitere Kisten standen.

»Seid vorsichtig, und haltet die Pferde gut unter Kontrolle«, mahnte sie.

»Natürlich, Madame«, antwortete Maurice ehrfürchtig. Dann setzte er sich neben den anderen Mann auf den Bock, griff nach den Zügeln und schnalzte.

Dominique blieb im Hof stehen und sah dem Wagen nach, bis er um die Hausecke verschwand. »Kommt gut auf die Antillen«, murmelte sie.

»Wird schon klappen«, meinte Henri, der unbemerkt an sie herangetreten war.

Dominique sah ihn eindringlich an. »Es muss. Daran hängt unsere Existenz. Die Waren müssen dem Händler und seinen Käufern in der Karibik einfach gefallen.«

»Das werden sie, bestimmt. Alle haben sich so viel Mühe gegeben. Und wir konnten jede Bestellung auf seiner Liste herstellen.«

Dominique stieß hörbar die Luft aus. »Dein Wort in Gottes Ohr.«

3

Kincaid lehnte an einer Hauswand, ein Bein lässig angewinkelt, die Hände in den Taschen seines alten Mantels vergraben, und beobachtete unter seinem Schlapphut hervor das langgezogene Gebäude auf der gegenüberliegenden Straßenseite. In den einfachen Kleidern, die er bevorzugte, und den bequemen, aber vollkommen zerschrammten Stiefeln wirkte er wie ein einfacher Mann, der vielleicht auf einen Freund wartete oder auf der Straße Zuflucht vor einem keifenden Eheweib suchte. Niemand beachtete ihn.

Das dreigeschossige Fachwerkhaus gegenüber hatte schon bessere Zeiten gesehen. Zwar waren die Gefache mit Steinen ausgemauert und nicht mit Lehm und Stroh gefüllt, aber der abbröckelnde Putz und auch die von den Fensterrahmen abblätternde Farbe ließen darauf schließen, dass der Besitzer in den letzten Jahren kein Geld mehr für Instandsetzungsmaßnahmen übrig gehabt hatte.

Die blau-goldenen Lettern von *Devilliers – Fayencen,* die in der Mitte der Fassade über einem breiten Eingangsportal prangten, glänzten allerdings wie frisch gemalt. Im Schaufenster neben dem Eingang war die Ware der Manufaktur ausgestellt. Trotz der ansprechenden Gestaltung hatte Kincaid nur mäßiges Interesse für die Auslage aufbringen können. Im Gegensatz zu den Passantinnen, welche regelmäßig stehen blieben und die Fayencen bewundernd betrachteten. Rechter Hand des Eingangsportales führte ein Torbogen in einen Innenhof. Mehr gab das Äußere des Gebäudes nicht preis.

Etwas enttäuscht beschloss Kincaid schließlich, zum Hafen zurückzukehren. Er hatte gehofft, sich mit seiner Erkundung ein besseres Bild über die Manufaktur machen zu können und einige aufschlussreiche Informationen zu gewinnen, die ihm bei seinen Verhandlungen helfen würden.

Just in dem Moment, als er gehen wollte, nahm er aus dem Augenwinkel in einem der oberen Fenster eine Bewegung wahr. Er blickte hoch und sah eine Gestalt am Fenster stehen. Es schien sich um eine Frau zu handeln. Er kniff die Augen zusammen, um sie besser erkennen zu können. Sie hatte dunkles, hochgestecktes Haar und trug ein blaues Kleid, welches mit großen, goldenen Knöpfen bis zum Hals hochgeschlossen war. Ihrem Aussehen nach handelte es sich nicht um eine Arbeiterin oder eine Magd, sondern um eine wohlhabende Frau. Da der Verkaufsraum im Parterre hinter dem Schaufenster zu sehen war, konnte es keine Kundin sein. Es musste also die Besitzerin selbst sein, denn was für eine andere Frau sollte sich sonst in einer Manufaktur aufhalten? Vielleicht lebte sie sogar in einer Wohnung in dem Gebäude? Andere Manufakturbesitzer ließen sich ansonsten nur selten in ihren Fabriken blicken.

Kincaid frohlockte. Wenn dem tatsächlich so war, konnte er sie bestimmt zu einem Verkauf bewegen. Die Aussicht, in eine hübsche Wohnung in einer vornehmeren Gegend umziehen zu können, würde doch sicher jede Frau überzeugen. Er hätte sie gerne noch länger beobachtet, aber sie trat vom Fenster weg.

Noch einige Minuten blieb er auf seinem Posten, in der Hoffnung, sie noch einmal zu sehen. Eine Weile lang geschah nichts. Dann hallte plötzlich Hufgeklapper in der engen Gasse wider, und kurz darauf fuhr ein schwer beladener Wagen aus dem Torbogen. Der Anzahl der Kisten auf der Ladefläche nach zu schließen, musste es sich um eine größere Lieferung handeln.

Überrascht runzelte Kincaid die Stirn. Seinen Informationen zufolge lief die Manufaktur nicht gut. Wen belieferten sie dann mit einer derart großen Menge an Fayencen?

Er beschloss, dem Wagen zu folgen. Vielleicht konnte er herausfinden, um wen es sich bei dem Großabnehmer handelte.

Der Wagen rollte durch die Straßen von Le Havre. Zuerst an weiteren Fachwerkhäusern entlang, in welchen vornehmlich Handwerksbetriebe untergebracht waren, dann wurde die Gegend vornehmer. Die Häuser waren aus Stein gebaut und stellten aufwändig gestaltete Fassaden zur Schau. Der Wagen bog in eine Straße mit teuren Geschäften ein, und Kincaid erwartete, dass er vor einem von ihnen halten würde, doch die Pferde trabten weiter. Die vornehmen Bürgerhäuser wurden wieder von Fachwerkhäusern abgelöst, die Schenken, Fischläden, Seilereien und Segeltuchmachereien beherbergten. Sie näherten sich dem Hafen.

Das Treiben auf der Straße wurde emsiger, und der Wagen kam nur noch langsam voran. Schließlich rollte er auf einen breiten Quai, an welchem mehrere Zwei- und Dreimaster hintereinander vertäut waren. Frachtgut stapelte sich vor den Schiffen. Schwer beladene Hafenarbeiter trugen Waren hin und her. Dazwischen spazierten einige Offiziere aus der nahen Zitadelle, und da und dort waren Schaulustige zu sehen, die staunend die Schiffe aus aller Welt bewunderten. Mehrere Quais führten um das große Hafenbecken der Handelsschiffe und der Fischer, die Kincaid wie seine Hosentasche kannte. Die Schiffe der McLanes liefen Le Havre regelmäßig an, und für einen Kapitän war es immer empfehlenswert, sich im Hafen auszukennen. Er kannte das Hafenbecken für die Händler, aber auch die Umgebung dahinter, wo in einem anderen Becken die Schiffe der französischen Marine lagen, und die weitherum bekannten Schiffswerften von Le Havre.

Vor einem Dreimaster hielt der Wagen an. Langsam ging Kincaid näher. Er stellte einen Fuß auf einen Poller, stützte die Arme auf sein Knie und tat so, als würde er das Treiben im Hafen verfolgen.

Die beiden Männer waren inzwischen vom Wagen gestiegen und hatten Matrosen des Dreimasters herbeigerufen. Gemeinsam trugen sie die Kisten über einen schmalen Holzsteg an Bord. Als die ganze Fracht verladen war, kehrten die beiden auf den Wagen zurück und fuhren in die Richtung davon, aus der sie gekommen waren.

Kincaid spazierte den Quai entlang zu dem Dreimaster. *Victoire* war sein Name. Einige Schaulustige hatten sich davor versammelt und verfolgten das Geschehen an Bord. Kincaid gesellte sich zu ihnen. Ein mit einem Stoffballen beladener Matrose kam den Steg hinunter, ging an ihnen vorbei und türmte diesen auf einen Berg von anderen Ballen.

Als er zurückkam, sprach Kincaid ihn an: »Ein schönes Schiff! Aber viel Platz hat man da als Matrose wohl nicht.« Er legte einen ehrfürchtigen und neugierigen Ton in seine Stimme wie die Landratten, die ihm schon ähnliche Fragen zu seinem eigenen Schiff gestellt hatten.

Der Matrose sah ihn entnervt an und schien sich zu überlegen, ob er diesem Landei überhaupt eine Antwort geben sollte. »Es reicht für unsereiner.«

»Bis England oder Spanien ist es ja auch nicht weit.«

»England oder Spanien?« Der Matrose rümpfte die Nase. »Mit einem solchen Schiff überquert man den Atlantik! Für kurze Reisen reicht auch ein kleineres Schiff.«

»Seid Ihr damit etwa schon mal nach Amerika gesegelt?«

»Natürlich! Das ist unsere Hauptroute.«

»Oh!« Kincaid gab sich beeindruckt. »Da würde ich auch gerne mal hin. Wo seid Ihr dort denn schon überall gewesen?«

»Vor allem in der Karibik.«

»Und wohin geht's als Nächstes?«

»Auf die Antillen.«

Kincaid machte ein fragendes Gesicht.

»Guadeloupe und Martinique«, erklärte der Matrose.

»Na dann, gute Überfahrt.« Kincaid hatte erfahren, was er wissen wollte.

Sich einen Weg durch das überall gestapelte Frachtgut, die Schaulustigen und die Hafenarbeiter bahnend, verließ er den Quai und steuerte auf eines der besseren Gasthäuser am Hafen zu. Hier war er mit einem Freund verabredet, und er war schon spät dran.

Als er eintrat, waren zwar die meisten Tische besetzt, doch das Gesicht, nachdem er Ausschau hielt, war nirgends zu entdecken. Er setzte sich an die Bar und bestellte einen Cidre.

Nicht lange darauf betrat der Mann, auf den er gewartet hatte, das Gasthaus. Kincaid winkte ihm zu. »Rémy! Alter Knabe!«

»Na, du hast gut reden! Bist nicht viel jünger, mein Lieber! Salut!« Rémy Bellami war ein aufwändig gekleideter, schlanker Mann, der neben Kincaids großer, kräftiger Statur geradezu feingliedrig wirkte.

»Zumindest habe ich noch keine grauen Haare«, bemerkte Kincaid.

Rémy lachte. »Das kommt noch. Wart's ab.«

Die beiden umarmten sich und klopften sich auf die Schultern.

»Vor allem bei dem, was du vorhast«, fügte Rémy hinzu.

»Was meinst du damit?«

»Na, die Übernahme der Devilliers-Manufaktur.« Rémy gab dem Barmann einen Wink und bestellte ein Glas Weißwein.

»Wieso sollte ich da graue Haare bekommen?«

Rémy lächelte ihn süffisant an. »Wegen der Eisprinzessin.«

»Der Eisprinzessin?« Fragend hob Kincaid die Brauen.

»Das ist Dominique Devilliers' Spitzname.«

Obwohl Kincaid sich denken konnte, was hinter einer solchen, von einem Mann über eine Frau getroffenen Aussage steckte, fragte er trotzdem: »Warum?«

»Na, weil sie kalt wie Eis ist. Eher bringst du den Nordpol zum Schmelzen als diese Dame.«

»Sie ist also keine Witwe, die ihren Stand für die eine oder andere Affäre ausnutzt?«

»Im Gegenteil. Seit Dominique Devilliers Witwe ist, ist sie noch viel abweisender geworden.«

Kincaids Lächeln wurde etwas verkrampft. »Na ja. Ich muss sie ja nicht verführen, sondern nur überzeugen, mir ihre Manufaktur zu verkaufen.«

»Bei dem Versuch werde ich mit Vergnügen zusehen«, gluckste Rémy. »Du wirst dir die Zähne an dieser Frau ausbeißen. Das wollte ich schon lange mal erleben.«

Kincaid ersparte sich eine Antwort, indem er seinen Cidre leertrank und einen neuen bestellte.

Rémy stieß ihm in die Seite. »Und um die Manufaktur wird sie kämpfen wie eine Löwin. Du solltest dir besser gleich einen Whisky bestellen.«

Kincaid zuckte mit den Schultern. »Ihre Geschäfte laufen schlecht, habe ich gehört.«

»Das hindert sie nicht daran. Außerdem, so wie du aussiehst«, Rémy trat einen Schritt zurück und musterte Kincaid in seinen alten, abgetragenen Sachen abschätzig, »wird sie dich kaum für einen würdigen Nachfolger halten.«

»Deswegen wollte ich mich auch vor der Soiree mit dir treffen. Ich muss neu eingekleidet werden.«

»Allerdings! Ich werde mit dir zu meinem Schneider an der Rue de Paris gehen. Ist nicht ganz billig, aber die Investition ist nötig, wenn du willst, dass deine Herzdame sich auch nur im Geringsten für dich erwärmt.«

»Sie ist nicht meine Herzdame! Ich will nur diese verdammte Manufaktur von ihr.«

Rémy schmunzelte vielsagend und trank seinen Wein mit einem großen Schluck aus. »Lass uns gehen. Wir haben nicht mehr viel Zeit bis zur Soiree. Und zu einem Barbier musst du vorher auch noch.«

»Das hatte ich befürchtet.« Unwillig rieb Kincaid über seine Bartstoppeln. Er hasste es, sich herauszuputzen, und noch viel mehr hasste er es, sich täglich rasieren zu müssen. Das war unter vielen anderen einer der Gründe gewesen, weshalb er sich so lange gesträubt hatte, Dean das Kommando über das Schiff zu übergeben und sich stattdessen als Kaufmann zu betätigen. Aber auch diese letzte Ausflucht hatte Grandma – wie erwartet – nicht gelten lassen.

»Pah! Diese abgewetzten Stiefel und dein alter Mantel taugen höchstens noch fürs Feuer!«, hatte sie geantwortet.

Dabei hatten diese Kleidungsstücke ihn schon auf so manchem Abenteuer begleitet. Und sie verhalfen ihm zu einer Unscheinbarkeit, die bei seinen zwielichtigen Geschäften Gold wert war.

Aber da er sich nun in denselben Kreisen wie der stets herausgeputzte und nach der neusten Mode gekleidete Rémy bewegen wollte, blieb ihm wohl nichts anderes übrig, als sich in Kleidungsfragen in die Hände des anderen Mannes zu begeben. Denn Rémy war nicht nur ein loyaler Freund, seit Kincaid ihm vor zehn Jahren in einer Kneipenschlägerei den Hals gerettet hatte, er war auch sein wichtigster Verbindungsmann in die bessere Gesellschaft Le Havres. Es war vor allem ihm zu verdanken, dass die geschäftlichen Unternehmungen der McLanes in dieser Stadt bestens liefen. Der Advokat beriet Kincaid in allen rechtlichen Dingen und stellte ihn anderen Kaufleuten, Reedern, Besitzern von Manufakturen und sonstigen, für seine Geschäfte wichtigen Personen vor.

Die beiden verließen das Gasthaus und gingen zur Rue de Paris, dem vornehmsten Boulevard in Le Havre. Vor einem exquisit und dementsprechend teuer aussehenden Herrenausstatter blieb Rémy stehen. Kincaid hob seinen Geldbeutel in der Tasche an und hoffte, dass er dafür ausreichen würde.

Rémy deutete eine Verbeugung an. »Nach dir, mein Lieber.«

Den Kopf schüttelnd über das vornehme Betragen seines Freundes betrat Kincaid das Geschäft. Kaum war er drin, kam auch schon ein Verkäufer auf ihn zu. »Ich muss neu eingekleidet werden«, erklärte er dem Mann knapp.

Der Verkäufer taxierte ihn von seinem aus der Form gefallenen Schlapphut bis zu den Stiefeln und hob indigniert eine Augenbraue. »Da seid Ihr offenbar im falschen Geschäft gelandet.«

»Warum, verkauft Ihr etwa keine Männerkleidung?«, knurrte Kincaid.

»Mein Freund ist ein einflussreicher Händler aus London«, beeilte sich Rémy zu erklären, »der diese Kleidung nur zur Tarnung trägt. Damit er im Hafen bei seinen Erkundungen nicht auffällt.«

»Monsieur Bellami!«, rief der Verkäufer, nachdem er hinter Kincaid seinen Stammkunden erblickt hatte. »Der Herr gehört zu Euch?«

»So ist es. Er muss komplett neu ausstaffiert werden. Wir sind heute Abend bei der Marquise de Gray eingeladen.«

Sofort verschwand die abweisende Haltung des Verkäufers.

»Wenn das so ist. Bitte folgt mir, Monsieur.« Beflissen eilte er in den hinteren Bereich des Geschäftes, wo Paravents aufgestellt waren, hinter denen die Kunden sich umkleiden konnten. »Ich bringe Euch gleich eine Auswahl unserer neusten Gehröcke, Hosen und Westen.«

Gemeinsam mit dem Verkäufer suchte Rémy ein grelles Ensemble in Lila heraus. Kincaid begann zu protestieren, ließ sich jedoch überzeugen, dass er die Kleidung erst einmal anprobieren musste, um sie beurteilen zu können. Voller Unbehagen streifte er die Montur samt alberner Schnallenschuhe hinter dem Paravent über.

Dann trat er zu den beiden anderen Männern und vor den Spiegel. Für einen Moment fehlten ihm die Worte. Doch nur für einen Moment: »Das ist ja wohl nicht Euer Ernst! Ich will nicht zum Theater, sondern zu einer Abendgesellschaft!«

Der Ton des Verkäufers war indigniert. »Bei der Marquise de Gray! Sie legt Wert auf angemessene Kleidung und entsprechendes Benehmen.«

»Rémy! Sieh mich doch nur an …!«, rief Kincaid entrüstet.

Doch sein Freund musterte ihn mit anerkennendem Nicken. »Der Rock ist wirklich wunderbar, sehr aufwändig gearbeitet. Und er sitzt trotz deiner breiten Schultern perfekt. Die lilafarbene Weste aus changierender Seide passt ausgezeichnet dazu.«

»Ich sehe aus wie ein aufgeblasener Pfau!« Kincaid brüllte beinahe.

»Perfekt siehst du aus. Das ist der letzte Pariser Schrei. Damit wirst du alle in den Schatten stellen«, meinte Rémy. Seine Stimme hörte sich fast ein wenig neidisch an.

»Das ist nicht dein Ernst!«

»Doch. Schließlich willst du Eindruck schinden und nicht

wie ein ungehobelter schottischer Highlander daherkommen. Das hier ist Frankreich. Wir legen Wert auf ausgewählte Kleidung.« An den Verkäufer gewandt, entschied Rémy: »Das nehmen wir.«

Kincaid stieß einen frustrierten Seufzer aus. »Aber nicht diese engen Kniehosen! Ich trage bestimmt keine weißen Strümpfe und Schnallenschuhe dazu!«

»Doch genau diese. Sie passen ausgezeichnet. Und du wirst ja wohl nicht deine alten Stiefel dazu anziehen wollen.«

»Bei Eurem Anblick werden die Damen der Gesellschaft dahinschmelzen wie der Schnee in der Frühlingssonne«, meinte der Verkäufer mit einem verträumten Ausdruck im Gesicht, der Kincaid auf den Gedanken brachte, dass er möglicherweise nicht nur die Aufmerksamkeit der Damen, sondern ebenso die gewisser Herren auf sich ziehen würde. Auch das noch!

Aber nach dem Verkäufer zu urteilen, hatten diese Kleider anscheinend wirklich die gewünschte Wirkung. Sein Auftrag war es, eine unterkühlte Französin dazu zu bringen, seinen Wünschen nachzukommen. Und wenn dieser Aufzug ihm dabei half, sollte er ihn dann ablehnen, nur weil er sich albern darin vorkam? Rémy und dieser Verkäufer waren Franzosen, und als solche verstanden sie besser, was französische Frauen mochten.

»Na gut«, brummte er schließlich widerwillig. Auch wenn er selbst nicht verstand, was Frauen an aufgeblasenen Pfauen anzog. Aber das musste er ja auch nicht.

4

»Wie aufregend!« Dominiques beste Freundin Amélie wedelte sich mit dem Fächer hektisch Luft zu, während sie das Eintreffen der restlichen Gäste zur Soiree der Marquise de Gray beobachteten. »Sieh nur, dort ist sogar der Marquis de la Tour!«

»Ich dachte, der sei an den Hof berufen worden«, meinte Dominique abschätzig.

»Eben! Trotzdem beehrt er uns mit seiner Anwesenheit!«

Dominique lag die Antwort auf der Zunge, dass man in Paris wohl bemerkt hatte, dass der Marquis nicht viel mehr Talente besaß, als die Leute mit seinem Charme zu verführen, und ihn daher zurück in die Provinz geschickt hatte. Doch sie verbiss sich die Bemerkung. Sie wollte Amélies Freude nicht trüben. Ihre Freundin gehörte als Mitglied eines verarmten Adelsgeschlechts wie Dominique zum Rand der feinen Gesellschaft. Für das jüngste von vier Mädchen war keine Mitgift mehr übrig geblieben. So lebte sie bei einem älteren Bruder, der sie versorgte. Als mittellose Frau, die über das heiratsfähige Alter hinaus war, würde sie vermutlich keinen Ehemann mehr finden, sosehr sie sich das auch wünschte. Trotzdem genoss sie diese Veranstaltungen aus vollem Herzen.

Ganz im Gegensatz zu Dominique, die solche Gesellschaftsanlässe mehr als lästige geschäftliche Verpflichtung denn als Vergnügen empfand. Sie besuchte sie, um ihre Beziehungen mit denjenigen einflussreichen Personen zu pflegen, welche in Le Havre und seiner Umgebung den Ton angaben und genügend Vermögen hatten, um sich ihre teuren Fayencen leisten zu können. Amélie kannte sie seit Schultagen, und wann immer sie gemeinsam eingeladen wurden, fanden sie sich zusammen. Mit der Freundin an ihrer Seite musste Dominique diese Anlässe nicht allein durchstehen, und ihr gegenüber musste sie sich auch nicht verstellen.

»Und da sind sogar der Comte de Beaumont und die Comtesse!«, wisperte Amélie begeistert hinter ihrem Fächer. »Ist sie nicht wunderschön?«

»Ja, das ist sie. Aber das wird ihr auch nicht helfen.« Dominique beobachtete, wie der an ihrer Seite stehende Comte bereits seine Blicke durch den Salon schweifen ließ, während seine Gattin noch die Marquise begrüßte. Er blieb an der rassigen, italienischen Sopranistin hängen, welche die Gesellschaft mit ihrem Gesang unterhalten sollte. Wie Dominique bemerkte, war der Comte nicht der einzige Mann im Raum, der sich für diese sinnliche Frau interessierte, deren üppigen Rundungen in ihrem tief ausgeschnittenen, lachsfarbenen Kleid bestens zur Geltung kamen. Aber als einer der wohlhabendsten anwesenden Männer würde er wohl das Rennen machen.

»Armes Ding.« Sie hatte Mitleid mit der jungen Frau, die erst vor wenigen Monaten ihr Debüt gegeben hatte und dabei vom Comte verführt worden war. Obwohl sie noch nicht lange verheiratet waren, hatte er das Interesse an ihr bereits verloren und verbrachte seine Nächte wieder in den Betten seiner wechselnden Geliebten. Was vermutlich jeder außer seiner jungen Gattin wusste. Le Havre war zwar eine bedeutende Handelsstadt, aber keine Großstadt wie Paris. Klatsch und Tratsch machten hier schnell die Runde.

»Die Marquise hat mir bei der Begrüßung erzählt, dass Monsieur Bellami einen Gast mitbringen wird. Einen schottischen Kapitän!«, wechselte Amélie das Thema.

Dominique ließ von ihrer Beobachtung des Salons ab und wandte ihre Aufmerksamkeit der Freundin zu. »Ach ja?«

»Oder Kaufmann. Ich verstand nicht so recht, was er eigentlich ist. Aber ich bin gespannt, wie er ist. Ich wollte schon immer mal einen richtigen Schotten kennenlernen!«

Unweigerlich musste Dominique lächeln. Amélie hatte in den Unterrichtsstunden im Internat, als sie die schottischen Befreiungskriege durchgenommen hatten, ein Faible für die heldenhaften Highlander entwickelt. Weil sie es mutig mit der englischen Übermacht aufgenommen und für ihre Freiheit gekämpft hatten.

»Vielleicht wird der Abend ja noch ganz interessant.«

Amélies Augen leuchteten. »Bestimmt!«

Dominique hätte es nie zugegeben, aber nun war auch sie neugierig. Selbst wenn sie diese Aufregung sogleich als mädchenhaft abtat. Sie hatte genügend Männer kennengelernt. Ein Schotte würde sich kaum von den anderen unterscheiden.

»Sieh mal, da drüben ist Monsieur Bellami! Lass uns hinübergehen, damit er uns vorstellen kann!«

Dominique drehte sich in die Richtung, in welche Amélie deutete, und entdeckte Bellami. Neben ihm stand ein Mann, der gut einen Kopf größer war und damit aus der Menge der Gäste herausragte. Er stand mit dem Rücken zu ihnen gewandt, sodass sie nur sein kurzes braunes Haar und seine breiten Schultern erkennen konnte. Sie wollte gerade widersprechen, dass es etwas aufdringlich wirken würde, von sich aus deren Nähe zu suchen, da hatte Amélie sie schon mitgezogen.

Der schottische Gentleman lachte gerade über etwas, das sein Begleiter zu ihm sagte. Seine wohlklingende, sonore Stimme und das ungekünstelte, echte Lachen, das tief aus seinem

Brustkorb kam, sandten einen warmen Schauer durch Dominiques Körper. Ihr Widerstand schmolz dahin, und sie verschluckte die Worte, die ihr bereits auf der Zunge gelegen hatten. Sie hatte ohnehin Amélies Geschick unterschätzt. Anstatt Monsieur Bellami direkt zu begrüßen, gesellte sie sich zu einer Gruppe von Bekannten, die neben den beiden standen.

Natürlich dauerte es nicht lange, bis Bellami auf sie aufmerksam wurde. »Meine liebe Mademoiselle Courtois! Wie entzückend, Euch zu sehen!« Er machte eine Verbeugung vor Amélie. »Und die liebe Madame Devilliers!« Eine weitere Verbeugung vor Dominique folgte. »Darf ich Euch meinen Gast aus Schottland vorstellen? Kincaid McLane, ein Reeder, der auch in London eine Niederlassung hat und mit dem ich Geschäfte tätige.«

Immer noch vor Heiterkeit sprühende, grüne Augen wandten sich Dominique zu. Im ersten Augenblick fühlte sie sich wie vom Blitz getroffen. Doch einen Wimpernschlag später, nachdem sie den Mann im Ganzen erfasst hatte, erlosch dieser Funke so schnell und so endgültig, als wäre er in ein Becken Wasser gefallen.

»Madame Devilliers, es freut mich außerordentlich, die Bekanntschaft einer so schönen Frau zu machen.« Während sein Blick über sie glitt, nahm McLane ihre Hand und hauchte einen Kuss auf ihren Handrücken. »Mein Freund Bellami hat mir von der Schönheit der Frauen in Le Havre vorgeschwärmt, und nun, da ich Euch sehe, muss ich ihm zugestehen, wie recht er hat.« Bei diesen Worten sah er tief in Dominiques Augen.

Sie entzog ihm die Hand und trat einen Schritt zurück. Was für ein aufgeblasener, eitler Pfau! Seiner beeindruckenden Statur und der sonoren Stimme nach hatte sie einen … nun ja, einen richtigen Mann erwartet. Zwar war er groß und kräftig gebaut, hatte wunderbar breite Schultern, und in den engen Hosen zeichnete sich das Spiel seiner muskulösen Oberschenkel ab – doch wie war er gekleidet! Als würde ihn nichts mehr interessieren als die neuste modische Extravaganz. Die sorgfältig arrangierte Halsbinde musste seinen Diener den halben Nachmittag gekostet haben. Und dann die Farben seiner Kleidung! Violett und Lila! Zwar waren sie in dieser Saison Mode, was einige Röcke und Westen der anwesenden Männer widerspiegelten, aber das waren Männer, die ihre Zeit mit Müßiggang verbrachten. Die einen Großteil des Tages damit verschwendeten, ihr Äußeres zu pflegen. Salonhelden eben, so wie Jacques einer gewesen war.

Und dann diese aufgesetzte Galanterie! Sie wusste, dass sie keine Schönheit war. In diesem Raum gab es etliche Frauen, die sie bei Weitem in den Schatten stellten. Aber dieser Schotte versuchte tatsächlich, sie mit so unverfroren geheuchelten Komplimenten zu umgarnen! Glaubte er tatsächlich, sie sei so dumm, dass sie darauf hereinfiele? Wie konnte er es wagen, sie so zu beleidigen! Dieser Möchtegerncasanova!

Als Dominique nichts erwiderte, stahl sich ein Runzeln auf seine Stirn. Doch das verschwand, als er sich mit einer Verbeugung Amélie zuwandte. »Ich bin entzückt, Eure Bekanntschaft zu machen, Madame Courtois.«

Mit einem koketten Augenaufschlag bot Amélie ihm ihre Hand.

Dominique beobachtete, wie seine Lippen auch einen Kuss auf ihren Handrücken hauchten. Als McLane sich wieder aufrichtete, Dominique ansah und den Mund öffnete, wohl um ein weiteres seiner schmalzigen Komplimente loszuwerden, kam sie ihm zuvor. »Ihr entschuldigt mich. Da drüben wartet eine ältere Dame auf mich, der ich versprochen hatte, etwas zu trinken zu holen.« Sie warf ihm noch einen letzten Blick zu, in den sie so viel Verachtung legte, wie sie konnte – damit er ja nicht auf die Idee käme, sie zurückhalten oder ihr nacheilen zu wollen –, und schritt dann, mit einem kleinen Umweg über das Buffet, zu den Sesseln an der Wand, wohin sich die älteren Frauen zurückgezogen hatten. Dominique bot das Glas einer guten Kundin an, die es etwas überrascht, aber durchaus dankbar entgegennahm. Doch bevor sich ein Gespräch entwickeln konnte, kam Amélie ihr nach und zog sie mit einer gemurmelten Entschuldigung zur Seite. Sie kam sofort zur Sache. »Wie konntest du den armen Mann nur derart abkanzeln!«

Dominique zog ungläubig die Augenbrauen hoch. »Armer Mann?«, fauchte sie. »Der soll seinen Honig einer anderen um den Bart schmieren. Aber nicht mir!«

Amélie sah sie verständnislos an. »Er versuchte doch nur, höflich zu sein.«

»Höflich? Das nennst du höflich? Noch platter hätten seine Avancen nicht sein können. Ich nenne das nicht höflich, sondern beleidigend! Glaubt der tatsächlich, ich falle auf so eine Heuchelei herein?«

»Trotzdem hättest du etwas netter sein können«, sagte Amélie seufzend. »Wenn schon nicht deinetwegen, dann wenigstens meinetwegen. Mir hat er nämlich gefallen. Und er hätte uns bestimmt mit einigen interessanten Geschichten aus London unterhalten können.«

»Was kann an einem so eitlen Pfau schon interessant sein?«

Amélie verzog den Mund. »Ich habe keine Lust, den ganzen Abend wieder nur bei den alten Matronen herumzusitzen.«

Entschieden stemmte Dominique die Fäuste in die Hüfte. »Dann wirst du dir wohl eine andere Gesellschaft suchen müssen, denn ich bin eine alte Matrone.«

»Nein, das bist du nicht! Du machst dich nur dazu.« Vorwurfsvoll blickte Amélie auf das einfache, blaugraue Kleid, das Dominique trug. Es war bis zum Halsansatz hochgeschlossen und stellte nicht das geringste bisschen Dekolleté zur Schau, ganz zu schweigen von einem üppigen, wie es bei den meisten anderen Frauen der Fall war.

Dominique seufzte. Ihre Kleider gefielen ihr auch nicht sonderlich, aber sie erfüllten einen Zweck. »Du weißt doch, dass ich auf meinen Ruf achten muss.«

Als alleinstehende Frau, die sich im Geschäftsleben, welches die Domäne der Männer war, behaupten wollte, konnte sie es sich nicht leisten, dass ihr Ruf auch nur im Mindesten angekratzt wurde. Die Händler, Lieferanten und Kaufleute würden sofort das Vertrauen in sie verlieren. Aber noch wichtiger war ihr Ansehen bei deren Ehefrauen: Würde sie auch nur den geringsten Anschein erwecken, bei ihren geschäftlichen Treffen etwas anderes zu vertreten als die Interessen ihrer Manufaktur, wäre sehr schnell der Teufel los. Eine eifersüchtige Frau konnte den Ruf einer anderen schneller zerstören, als jeder Mann es tun konnte.

Deshalb achtete sie darauf, sich so zurückhaltend wie möglich zu geben und Kleider zu tragen, die auf einen Mann auch nicht den geringsten Reiz ausübten.

»Das muss ich auch«, hielt Amélie dagegen. »Aber deswegen kann man sich trotzdem hübsch anziehen und sich unterhalten.«

»Ja, aber nicht mit so einem wie diesem McLane. Der hat doch offensichtlich nur eine Absicht. Sonst würde er nicht so unverfrorene Galanterien von sich geben.«

Verstimmt presste Amélie die Lippen zusammen, sagte aber nichts mehr.

Dominique hoffte, dass ihr Streit damit beendet war. »Komm, lass uns deinen Bruder suchen. Vielleicht finden wir bei ihm angenehmere Gesellschaft.« Versöhnlich streckte Dominique ihr die Hand entgegen.

Zögernd ergriff Amélie sie. »Na gut.«

»Was war denn das eben?« Konsterniert sah Kincaid seinen Freund an, nachdem Dominique Devilliers mit hochgerecktem Kinn davongerauscht war. »Habe ich was Falsches gesagt?«

Rémy zuckte nur mit den Schultern. »Ich habe dich gewarnt. Aber du wolltest ja nicht hören.«

»Ich habe doch nur versucht, nett zu sein.«

»Na ja ...«, sagte Rémy gedehnt. »Da hast du vielleicht etwas übertrieben.«

Kincaid runzelte die Stirn. »Wieso? Welche Frau mag denn keine Komplimente?«

»Dominique Devilliers«, antwortete Rémy lachend.

Kincaid fluchte. »Ich habe nur versucht, so galant wie ihr Franzosen zu sein und nicht wie ein hinterwäldlerischer Schotte zu wirken.« Er rieb sich über sein glatt rasiertes Kinn, während er Dominique nachschaute, die mit ihrer Freundin in der Nähe einiger älterer Frauen stand, deren Gesellschaft sie offenkundig der seinen vorzog. So eine kalte Abfuhr hatte er noch nie erhalten.

Dabei hatte er bei ihrem Anblick noch geglaubt, ein leichtes Spiel zu haben. Das schmucklose, graublaue Kleid und die zu einem strengen Chignon hochgesteckten Haare ließen sie neben den anderen Frauen im Saal fast verblassen, obwohl sie keineswegs unattraktiv war. Aber da sie sicher häufig übersehen wurde, müsste sie sich doch über seine Aufmerksamkeit freuen. Nun, offensichtlich nicht.

Aufmunternd klopfte Rémy ihm auf die Schulter. »Nimm's

nicht so schwer, alter Knabe. Du bist nicht der Erste, dem es so ergeht.«

Kincaid schüttelte den Kopf, immer noch verwirrt. »Warum ist sie so abweisend?«

»Das liegt vermutlich an ihrem verstorbenen Mann. Der hat sie nach Strich und Faden betrogen, und nachdem er sein eigenes Vermögen durchgebracht hatte, trieb er beinahe die Manufaktur ihres Vaters in den Ruin. Seitdem hat sie sich zurückgezogen. Schade eigentlich. Bevor sie sich diesen Eispanzer zulegte, war sie eine humorvolle, lebenslustige Frau.«

Kincaids Blick folgte ihr, als sie und ihre Freundin durch den Salon schritten und sich zu einer Gruppe plaudernder Männer gesellten. Diese begrüßten sie mit freundlicher Zurückhaltung. Wahrscheinlich hatten die sich auch schon die Finger an ihr verbrannt, mutmaßte er. Oder vielmehr erfroren.

Als er länger hinschaute, bemerkte er, dass Madame Devilliers neben ihrer kichernden, flirtenden Freundin deutlich reifer und erfahrener wirkte. Eine Frau, die genau wusste, was sie wollte. Sie hielt sich kerzengerade, das Kinn hocherhoben, und so, wie die Männer sich verhielten, schienen sie sie zu respektieren und als ebenbürtig zu akzeptieren. Die Farbe ihres Kleides erinnerte Kincaid plötzlich nicht mehr an Tauben, sondern an die Eisschollen, die im Winter in dem seinem Elternhaus nahegelegenen Fluss dahintrieben. Eisblau. Genau wie ihre Augen. Er fragte sich, wie sie wohl aussehen würde, wenn sie ihr Haar aus diesem strengen Knoten löste. »Langsam verstehe ich, warum ihr sie Eisprinzessin nennt.«

Mit hochgezogenen Augenbrauen sah Rémy ihn an. »Jetzt reihe dich bloß nicht in die lange Schlange schmachtender Anbeter ein. Bei ihr hatte noch nie einer eine Chance.«

Kincaid riss seinen Blick von ihr los. »Ich bin nicht wegen

irgendwelcher Liebschaften hier, sondern um eine Manufaktur zu kaufen.«

»Vielleicht solltest du dich dann nach einer anderen umsehen.«

Kincaid wippte auf den Fußballen vor und zurück. Schließlich verschränkte er die Arme vor der Brust und warf noch einmal einen Blick zu der Frau in dem eisblauen Kleid hinüber. »Nein. Jetzt erst recht nicht.«

5

Am nächsten Abend saß Dominique mit einem Buch im Salon und überlegte gerade, ob sie nicht zu Bett gehen sollte, müde wie sie war, da klopfte es leise. Im nächsten Moment erschien Jean, der ehemalige Kammerdiener ihres Vaters, mit gerümpfter Nase in der Tür. »Madame, da ist ein Mann, der partout mit Euch sprechen will. Ich habe ihm gesagt, dass Ihr um diese Uhrzeit keinen Besuch mehr empfangt, aber er will einfach nicht gehen.«

»Wer ist es denn?« Dominique sah auf die Standuhr mit dem kunstvoll bemalten Fayence-Gehäuse, die auf dem Kaminsims stand und die das Meisterstück ihres Vaters gewesen war. Halb neun. Wahrlich etwas spät am Abend für einen unangemeldeten Besuch.

»Er will mir seinen Namen nicht nennen.«

»Dann schick ihn wieder weg.«

Jean rang die Hände. »Das habe ich schon versucht. Aber er sagt, er bleibt so lange vor dem Haus sitzen, bis Ihr ihn empfangt.«

Ärgerlich legte Dominique ihr Buch beiseite. »Na gut, dann führ ihn herein.« Wenn er sich tatsächlich draußen auf ihrer Treppe niederließ, würden ihn alle Nachbarn sehen. Und dann ging der Klatsch los.

Der Mann, den Jean hereinführte, war etwa in ihrem Alter, trug eine braune Jacke aus grobem Stoff und ausgebeulte, beige Hosen. In einer Hand hielt er einen Hut. Mit der anderen fuhr er sich durch sein zerzaustes, dunkelbraunes Haar und versuchte, es zu glätten, was ihm aber nicht wirklich gelang.

Dominique wollte ihn eben wegen der Dreistigkeit, mit der er diesen Besuch erzwungen hatte, maßregeln, als sie ihn erkannte. »André!« Mit großen Augen starrte sie ihn an.

Der Besucher deutete mit dem Kopf eine Verbeugung an. »Madame Devilliers.« Zögernd kam der Name aus seinem Mund.

Dominique wandte sich an den Kammerdiener. »Du kannst uns allein lassen. Ich kenne den Herrn.« Sie wollte nicht, dass Jean sich als Anstandsdame zu ihnen gesellte. Er war in seinen Ansichten so unnachgiebig, wie er alt war. Zu diesen Ansichten gehörte allerdings auch, seiner Dienstherrin nicht zu widersprechen.

Jean warf also einen abschätzenden Blick auf den späten Besucher, doch nachdem Dominique dem nichts mehr hinzufügte, sondern ihn sehr entschieden ansah, zog er sich zurück.

Sobald sie allein waren, rief Dominique: »André! Wie lange ist das her? Ich hätte dich beinahe nicht wiedererkannt!«

Die Unsicherheit im Gesicht ihres alten Freundes wich einem vorsichtigen Lächeln. »Ziemlich lange.«

»Das kannst du laut sagen! Lass dich anschauen.« Sie trat einen Schritt zurück. »Gut siehst du aus.«

»Das sollte ich eigentlich zu dir sagen. Oder muss ich dich jetzt mit ›Ihr‹ und ›Madame Devilliers‹ ansprechen?«

Ihre Wiedersehensfreude verlor etwas von ihrer Spontanität. Dominique warf einen Blick zur Tür. Dann lächelte sie wieder und winkte ab. »Ach was. Wir sind unter uns. Ich käme mir ziemlich blöd vor, wenn du mich so nennen würdest. Setz dich doch.«

Zweifelnd sah André auf den brokatbezogenen Stuhl mit den

zierlichen Beinen. Erst als Dominique sich gesetzt hatte, ließ auch er sich vorsichtig nieder.

»Warum wolltest du Jean deinen Namen nicht nennen?«

Betreten zuckte er mit den Schultern. »Ich war mir nicht sicher, ob du mich dann empfangen würdest. Dein Gatte hat dir bestimmt nichts Schmeichelhaftes über mich erzählt.«

»Oh, der.« Dominiques fröhliche Miene erstarb. André war in der Manufaktur als Brennmeister in die Fußstapfen seines Vaters getreten. Bis ihn Jacques entlassen hatte. »Er meinte, du hättest Waren gestohlen.«

»Das stimmt nicht! Keine einzige Scherbe habe ich je mitgehen lassen! Er hat mir das angehängt.«

»Warum hätte er das tun sollen?«, fragte Dominique ernst.

»Weil ich dahintergekommen war, dass er an Zinn sparte. Deswegen wurden die Rohlinge so brüchig.«

Dominique atmete zischend aus. Solange ihr Vater den Betrieb geleitet hatte, war die Qualität ihrer Fayencen immer gerühmt worden, und seine Waren wurden deswegen derjenigen der Konkurrenz vorgezogen. Als Dominique nach Jacques' skandalumwitterten Tod die Leitung übernommen hatte, musste sie feststellen, dass sie viele alte Kunden verloren hatten. Erst nach einer Weile hatte sie herausgefunden, woran das lag. »Du hast davon gewusst? Warum hast du nichts gesagt?«

»Das habe ich ja! Aber ich habe mich an deinen Mann gewendet. Er wollte nichts davon wissen. Stattdessen warf er mir vor, es sei meine Schuld. Ich würde nicht gut genug auf die Brenntemperatur achten.«

»Du?«, fragte Dominique überrascht. Ihr Vater hatte André immer für seine Fähigkeiten und seine Zuverlässigkeit gelobt. Einen besseren Brennmeister als André gäbe es nicht, hatte er immer wieder betont.

»Ja. Ich habe mich gewehrt, und das hat ihm nicht gepasst. Deshalb hat er mich kurzerhand auf die Straße gesetzt.«

»Warum bist du nicht zu mir gekommen?«

André sah sie an, ohne eine Antwort zu geben.

Dominique verzog den Mund. »Tut mir leid.« Sie hätte ihm damals nicht geglaubt. Als sie von Jacques hörte, dass er André beim Stehlen erwischt hatte, war sie bitter enttäuscht gewesen, dass ihr Kindheitsfreund so etwas getan hatte. Nie wäre sie auf die Idee gekommen, an Jacques' Worten zu zweifeln. Damit hatte sie erst nach seinem Tod begonnen. Als sie plötzlich herausgefunden hatte, dass vieles nicht so gewesen war, wie er vorgegeben hatte. Als sie herausgefunden hatte, wie er gestorben war ...

Der Schmerz über seinen Verrat bemächtigte sich wieder ihrer Brust und machte ihr das Atmen schwer. Unweigerlich beugte sie sich vor und zog die Schultern zusammen. Wann würde das endlich aufhören? Würde sie jemals vergessen können, was der Mann, den sie so geliebt hatte, ihr angetan hatte?

»Es tut mir leid«, sagte André leise. »Ich hätte nicht einfach gehen sollen. Ich hätte es dir sagen müssen.«

Dominique schloss für einen Augenblick die Augen. Sie wusste, dass André damit nicht nur auf die brüchigen Rohlinge anspielte. Dann öffnete sie sie wieder und schüttelte entschieden den Kopf. »Nein, meine Ehe war nicht deine Angelegenheit. Das war ganz allein meine. Und ich hätte dir wahrscheinlich sowieso nicht geglaubt.«

»Aber wir waren einmal Freunde.«

Die Erinnerung, wie sie zusammen Verstecken gespielt und die Passanten auf der Straße mit einem ›verlorenen‹ Geldbeutel an der Nase herumgeführt hatten, zauberte wieder ein Lächeln auf ihr Gesicht. »Das stimmt.« Die Kinder der Manufakturarbeiter waren eine wilde Bande gewesen, und André der schlimmste von allen. Mit ihm war sie durch die Stadt gestreift und hatte jeden Winkel ausgekundschaftet. Am Hafen hatten sie vor den Schiffen gestanden und sich ausgemalt, wie sie als blinde Passagiere die Welt entdecken würden. Und sie hatten sich einen Spaß daraus gemacht, auf die alte Stadtmauer zu klettern und ins weite Land zu schauen, bis die Wachen sie entdeckt hatten und ihnen nachgejagt waren. Natürlich kannten sie jeden Unterschlupf, den es entlang des alten Gemäuers gab, sodass sie den Wachen immer entwischt waren. In ihren Verstecken hatten sie sich dann ins Fäustchen gelacht, wie sie die armen Trottel austricksen konnten.

Es war die herrlichste Zeit ihres Lebens gewesen. »Bis ich aufs Internat musste. Danach ... war es anders.« In jenen Jahren wurde das wilde Mädchen in eine Dame verwandelt und bei ihrer Rückkehr in die entsprechenden Gesellschaftsschichten eingeführt. In diesem Leben hatten ihre ehemaligen Spielkameraden keinen Platz mehr gehabt.

»Ja.« Verlegen drehte André den Hut in den Händen. »Ich sollte auch nicht hier sein. Aber ich wollte nicht in die Manufaktur kommen. Henri hätte mich wahrscheinlich nicht vorgelassen.«

Plötzlich sah sie sich mit Andrés Augen im Salon um. Die altmodischen, aber feinen Möbel, die gemusterten Teppiche, die Gemälde an der Wand – aus diesen Dingen sprach ihre Stellung in der Gesellschaft, die einen tiefen Graben zwischen ihr und ihrem Freund aus Kindheitstagen riss. »Warum bist du gekommen?«

»Ich wollte dich fragen, ... ob ich wieder für dich arbeiten könnte.«

Dominique runzelte die Stirn. »Bist du nicht nach Rouen gegangen, nachdem ...«

»Ja, zu Guillibaud.«

Diese Manufaktur gehörte zu Dominiques erbittertsten Konkurrenten. Wäre André nicht ein alter Freund gewesen, hätte sie angenommen, dass Guillibaud ihn geschickt hätte, um ihre Betriebsgeheimnisse auszuspionieren. »Warum willst du dort weg?«

»Guillibaud kann nur zu so tiefen Preisen anbieten, weil er seine Angestellten immer stärker auspresst. Er lässt uns ständig länger arbeiten, will aber nicht mehr bezahlen. Er spart an den Rohstoffen, und wenn deswegen Mängel entstehen, sollen wir die vertuschen. Mit meinem Lohn dort kann ich meine Familie bald nicht mehr ernähren.«

Bitter lachte Dominique auf. »Ehrlich gesagt, weiß ich nicht, wie lange ich dir einen Lohn zahlen könnte. So wie die Geschäfte laufen.«

»Das Risiko gehe ich ein. Seit du die Manufaktur leitest, geht es wieder bergauf. Dein Vater hat dich in alle Geheimnisse der Fayence-Herstellung eingeführt. Du weißt genau, was wie getan werden muss. Nicht wie Jacques, der keine Ahnung davon hatte und den es auch nicht interessierte. Dir ist die Manufaktur wichtig. Ebenso wie deine Arbeiter. Wenn es einer schaffen kann, dann du.«

»Du hast ziemlich viel Vertrauen in mich. In eine Frau«, bemerkte sie.

André zuckte mit den Achseln, als wäre ihr Geschlecht nicht weiter von Belang. »Man hört von den Händlern nur Gutes über dich. Und ja, ich vertraue dir.«

Dominique nickte. »Na gut. Aber beklage dich nicht, wenn es nicht klappt.«

André lächelte. »Es wird klappen. Du kriegst das hin. Ich helfe dir.« Mit einem listigen Zwinkern beugte er sich vor. »Schließlich bin ich nicht umsonst bei deiner Konkurrenz angestellt gewesen. Da bekommt man einiges mit.«

»Gut.« Dominique streckte ihm die Hand hin. »Ich freue mich, dich wieder bei uns zu haben.«

Er schlug ein. »Gib mir noch ein paar Tage Zeit, damit ich das mit Guillibaud klären kann.«

»In Ordnung. Ich werde inzwischen mit Henri sprechen.«

André verabschiedete sich, und Dominique brachte ihn zur Tür.

Nachdem er gegangen war, setzte sie sich in ihren Lieblingssessel vor dem Kamin und beobachtete, wie das Feuer flackerte. Zum ersten Mal seit langer Zeit hatte sie das zuversichtliche Gefühl, dass es bald wieder aufwärtsgehen würde.

6

Kincaid trat unter den blau-goldenen Lettern des Devilliers-Schriftzuges hindurch in das Geschäft. Im Gegensatz zur Fassade, an welcher der Zahn der Zeit genagt hatte, war der Verkaufsraum im besten Zustand und elegant eingerichtet. In Vitrinen und auf Regalen waren kunstvolle Fayence-Waren aller Art und in allen Farben ausgestellt. Spiegel ermöglichten es dem Betrachter, auch die rückseitige Bemalung zu bewundern. Weiß verputzte, hohe Wände gaben dem Raum etwas Luftiges, und hübsche Blumengestecke in passenden Vasen verströmten einen angenehmen Duft. Der Raum animierte dazu, zwischen den Auslagen hindurchzuschlendern und die kleinen Kunstwerke zu bewundern. Der alte Mann hinter der Theke nickte Kincaid beim Eintreten freundlich zu, störte seinen Rundgang aber nicht mit aufdringlichem Verkäuferverhalten.

Erst als er an der Theke vorbeikam, sprach der Mann ihn an. »Kann ich Euch zu Diensten sein, mein Herr?«

Kincaid hatte beschlossen – nachdem er bei der Besitzerin derart abgeblitzt war – dem Verwalter einen Besuch abzustatten, in der Hoffnung, dass dieser eher geneigt war, mit einem an der Manufaktur interessierten Käufer zu sprechen. Die Vorstellung, wieder unter einem männlichen Inhaber arbeiten zu können, dem zudem die nötigen Geldmittel zur Verfügung standen, um den Betrieb wieder auf Vordermann zu bringen, müsste einen Verwalter doch positiv stimmen. Und wenn er den Mann erst auf seiner Seite hatte, würde das die Verhandlungen mit der Besitzerin sicher vereinfachen. »Ich würde gerne mit dem Verwalter der Manufaktur sprechen.«

Der alte Mann hob fragend seine buschigen, grauen Brauen. »Der steht vor Euch. Henri Gervais. Was kann ich für Euch tun?«

»Mein Name ist Kincaid McLane. Meine Familie besitzt ein weitverzweigtes Handelsgeschäft in London, Glasgow und Edinburgh. Zur Vervollständigung unseres Assortiments sind wir auf der Suche nach einem Lieferanten für exklusive, französische Fayence-Waren. Bei meinen Erkundigungen wurde mir auch Euer Geschäft genannt.« Kincaid wollte nicht mit der Tür ins Haus fallen und schützte daher nur ein Kaufinteresse an den Fayencen vor. Das würde ihm die Möglichkeit geben, sich erst einmal einen Eindruck von der Manufaktur zu verschaffen.

Bei diesen Worten verlor sich der skeptisch-fragende Ausdruck des Verwalters, und ein freundliches Lächeln erschien auf seinem Gesicht. »Es freut mich zu hören, dass unser guter Ruf so weit reicht.«

Kincaid deutete auf die Vitrinen und Regale im Verkaufsraum. »Die Fayencen, die Ihr anbietet, gefallen mir sehr.«

»Wir haben uns auf höchste Qualität, kunstvolle Formen und außergewöhnliche Farben spezialisiert. Die Produktion der üblichen blau-weißen Massenware und billigen Gebrauchsgegenstände überlassen wir unserer Konkurrenz.«

»Das ist genau, was wir suchen. Wäre es wohl möglich, mir bei einem Rundgang einen Einblick in Eure Produktion zu gewähren? Bevor wir größere Mengen ordern, möchte ich mich versichern, dass Ihr auch in der Lage seid, diese zu liefern.«

»Aber natürlich. Sehr gerne. Gebt mir ein paar Minuten, und ich werde mich gleich um Euch kümmern.«

Kincaid nickte, und der Verwalter verschwand eine Treppe

hinauf, die im hinteren Teil des Verkaufsraumes hinter einem Durchgang lag.

»Dominique!« Heftig schnaufend stieß Henri die angelehnte Tür zu ihrem Büro auf. »Du musst sofort kommen!«

Alarmiert sah sie auf. Henri hatte einen hochroten Kopf. Offenbar war er viel zu schnell die Treppe hinaufgelaufen. »Was ist passiert?«

Keuchend zeigte er nach unten. »Da ist ein Kunde!« Mehr brachte er nicht heraus.

Wie konnte ein Kunde Henri in solche Aufregung versetzen?, fragte sich Dominique. Er war normalerweise die Ruhe selbst und verfügte über jahrelange Erfahrung in seinem Metier. »Jetzt beruhige dich erst einmal. Setz dich hin«, befahl sie. So rot wie er war, bekam sie langsam Angst, dass sein altes Herz eine solche Aufregung nicht vertragen würde.

Henri ließ sich auf den Stuhl fallen, auf den sie gezeigt hatte. »Da ist ein Kunde! Aus London! Und Glasgow und Edinburgh! Er will unsere Fayencen verkaufen! Seine Familie besitzt ein großes Handelsgeschäft. Aber zuerst will er sich die Manufaktur ansehen.«

Dominique traf beinahe der Schlag. Konnte das wirklich sein? Schneite das Glück einfach so in ihren Laden? Nachdem sie so lange für alles hatte kämpfen müssen? Sie konnte es kaum glauben. Ihrer Erfahrung nach gab es nichts umsonst. Und nun sollten sich ihre Probleme einfach so lösen? »Bist du sicher? Du hast nicht etwas falsch verstanden?«

»Nein. Sein Französisch ist sehr gut. Er hat genau das gesagt.«

Aufregung erfasste Dominique, und sie schob ihr Misstrauen beiseite. »Dann lass uns hinuntergehen.«

Neugierig, wer dieser Kunde wohl sein mochte, den ihnen das Schicksal geschickt haben musste, raffte sie ihre Röcke und eilte die Treppe hinunter. Auf dem letzten Absatz ließ sie den Stoff fallen, legte eine Hand auf das Geländer und stieg gemessenen Schrittes die letzten Stufen hinab.

Der Gentleman stand mit dem Rücken zu ihr und betrachtete die Tänzerinnenfigürchen auf den ausgestellten Spieldosen. Er war groß, breitschultrig und trug einen dunkelblauen Rock zu schwarzen Hosen und polierten, schwarzen Stiefeln. Im Sonnenlicht, das durch das Schaufenster hereinschien, glänzte sein braunes Haar in einem rötlichen Schimmer. Von hinten sah er sehr ansprechend aus.

»Guten Tag, Monsieur. Womit kann ich Euch dienen?«

Er drehte sich um, und Dominique blieben die Worte im Hals stecken. Beinahe hätte sie ausgerufen *Ihr?* Im letzten Moment gelang es ihr, den Aufschrei zu unterdrücken und Haltung zu bewahren. Insgeheim dankte sie den Lehrerinnen im Internat für die Strenge, mit der sie ihr Verhaltensregeln eingebläut hatten.

Sie wollte gerade den Mund öffnen, um ihn angemessen zu begrüßen, als sie erschreckt feststellte, dass sie seinen Namen vergessen hatte. Es gelang ihr gerade noch, zumindest würdevoll zu ihm zu schreiten und so ihre Verlegenheit zu überspielen.

»Guten Tag, Madame Devilliers. Kincaid McLane. Wir wurden uns vor einigen Tagen auf der Soiree der Marquise de Gray vorgestellt.« Er verbeugte sich.

Zum ersten Mal war sie dankbar für diese umständliche, formelle Geste, denn sie gab ihr die nötige Zeit, sich zu fassen und das schlechte Gewissen beiseitezuschieben, das sie erfasst hatte, als sie bemerkte, dass er – im Gegensatz zu ihr – ihren Namen behalten hatte. Dann erinnerte sie sich daran, dass ihr

Name ja unübersehbar über dem Eingang prangte, und sie schalt sich selbst eine Närrin.

Als er sich wieder aufrichtete, fiel ihr Blick auf sein weißes Hemd und die einfach geschlungene Halsbinde. Diese dezente Kleidung stand ihm ausnehmend gut, besonders da sie nicht mehr von ihm selbst ablenkte. Umso mehr wurde sich Dominique seines attraktiven Aussehens gewahr: seines kräftigen, männlichen Körpers und seines markanten Gesichtes – das sie schon viel zu lange betrachtete. Peinlich berührt wandte sie den Blick ab und schalt sich zum zweiten Mal eine Närrin. Offensichtlich hatte er für den Besuch bei ihr nicht denselben Aufwand betrieben, was sein Äußeres betraf, wie für die Marquise. Sie war schlicht und einfach nicht wichtig genug. Aber der Mann darunter, der eitle Pfau, blieb derselbe.

Jetzt kroch wieder der Ärger in ihr hoch. Weshalb kam dieser Mann in ihren Laden und gab vor, ein bedeutender Händler zu sein? Wollte er sie betrügen? Doch wozu? Was hatte sie zu bieten? Was wollte er von ihr?

Inzwischen hatte es auch Henri die Treppe hinuntergeschafft. »Ich habe Madame Devilliers Euer Anliegen bereits geschildert, Monsieur McLane. Sie wird Euch gerne durch den Betrieb führen.«

Für diesen Satz hätte Dominique ihn ohrfeigen können. Das Letzte, was sie für diesen Pfau tun wollte, war, ihm ihr Reich zu zeigen. Dass er tatsächlich ein bedeutender Kunde werden könnte, glaubte sie nicht, auch wenn ihr noch nicht klar war, was er im Schilde führte. Doch jetzt blieb ihr nichts anderes mehr übrig, als zu tun, was Henri vorgeschlagen hatte, wenn sie sich nicht bar jeglicher höflicher Manieren geben wollte.

Vielleicht fand sie dabei wenigstens seine Hintergedanken heraus.

»Es wäre mir ein Vergnügen, Euch unsere Produktion zu zeigen.« Dominique schaffte es, ihre Stimme nicht so abweisend klingen zu lassen, wie ihr zumute war. Ein freundliches Gesicht zu machen gelang ihr allerdings nicht mehr.

McLane tat so, als störe es ihn nicht. »Das Vergnügen liegt ganz auf meiner Seite. Eure geschätzte Anwesenheit wird diesen Rundgang zu einem unvergesslichen Erlebnis machen.« Mit einem Lächeln verneigte er sich erneut.

Hätte sie ihn nicht bereits kennengelernt und gewusst, dass es seine Art war, sich mit seinen Galanterien selbst zu übertreffen, hätte Dominique seine Antwort als ironische Spitze interpretiert.

Mit Mühe gelang es ihr, die Lippen zu einem aufgesetzten Lächeln hochzuziehen. Mit dem Arm deutete sie auf die ausgestellten Waren und begann: »Wie Ihr seht, bieten wir ...«

Kincaid beobachtete Dominique Devilliers. Während sie sprach und ihm den Betrieb erklärte, hob sie ihr Kinn noch ein wenig weiter hoch. Er hatte nicht gedacht, dass das noch möglich war. Sie wurde ihrem Spitznamen wahrlich gerecht. Sie war eine Meisterin darin, eisige Arroganz so in höfliches Benehmen zu verpacken, dass einem nichts anderes übrig blieb, als selbst ebenso höflich zu sein. Nicht, dass er etwas anderes gewollt hätte. Ihm lag nicht daran, ihr eine angemessene Retourkutsche zu geben, schließlich wollte er ja etwas von ihr. Dennoch hatte er es sich nicht verkneifen können, seine Komplimente so auf die Spitze zu treiben, dass sie kurz davor waren, in Ironie umzukippen.

»... anstatt Kobaltblau verwenden wir Manganviolett, Antimongelb und Kupfergrün. Manganviolett sagt Euch etwas?«

Mit ihrer Frage riss sie ihn aus den Gedanken, in die er während ihrer Ausführungen abgeschweift war. Was hatte sie noch mal gefragt? Ach ja, Manganviolett. Damit wollte sie ihn offensichtlich prüfen.

Aber er hatte seine Hausaufgaben gemacht. »Natürlich. Es wird aus Mangangestein gewonnen. Richtig gemischt, eine wunderbare Farbe. Ich liebe sie besonders, wenn das Violett nicht zu rotstichig ist. Mehr Brombeere als Purpur.« Die letzte Bemerkung unterlegte er mit einer affektierten Handbewegung, die er den französischen Adligen auf Marquise de Grays Soiree abgeschaut hatte. Die Damen waren davon anscheinend ganz hingerissen gewesen.

Während er sprach, hatte sich eine kleine Falte zwischen Dominique Devilliers' Augenbrauen gebildet, deren hübscher Schwung ihm erst jetzt auffiel. Ha, ein Punkt für ihn. Dass er sich mit ihren Farben auskannte, schien sie nicht erwartet zu haben.

Die Falte glättete sich jedoch gleich wieder, und ihr Gesicht nahm den betont neutralen Ausdruck an, der verbarg, was sich in ihrem Kopf abspielte.

Er wollte noch eins draufsetzen und sein Wissen über Antimongelb und Kupfergrün zum Besten geben, doch sie kam ihm zuvor.

»Bitte folgt mir.« Mit der Erhabenheit einer Prinzessin wandte sie sich um und rauschte davon.

Einen Augenblick lang sah er versonnen diesem Phänomen von einer Frau nach. Erst als der Verwalter ihm leicht irritiert bedeutete, ihr zu folgen, kam er der Aufforderung nach. Es herrschte kein Zweifel, wer hier das Sagen hatte. Der Verwalter mit Sicherheit nicht. Seit Dominique Devilliers erschienen war, hielt er sich im Hintergrund. Damit war Kincaids Strategie, was den Verwalter betraf, aussichtslos geworden. Er musste wohl oder übel versuchen, ein gutes Einvernehmen mit der Besitzerin herzustellen.

Diese ging in den Durchgang, doch anstatt die Stufen nach oben zu wählen, griff sie nach einer Kerze, entzündete sie und platzierte sie in einer bereitstehenden Laterne. Dann stieg sie eine steile, schmale Treppe hinunter. Kincaid schritt hinter ihr hinab.

Kühle Feuchtigkeit schlug ihnen aus der Dunkelheit entgegen. Kincaid fragte sich, wohin sie ihn führte. Er hatte gänzlich andere Vorstellungen davon gehabt, was ihn bei diesem Rundgang erwarten würde. Ein Ausflug in einen nasskalten Keller gehörte nicht dazu. Einen Moment lang argwöhnte er, dass sie hier etwas mit ihm vorhaben mochte, zumal ihm der Verwalter auf den Fersen folgte.

Als sie unten ankamen, schwenkte Dominique Devilliers die Laterne. In ihrem Schein war ein aus Backsteinen gemauertes Kellergewölbe zu erkennen, dessen kuppelförmige Decke von Stützpfeilern getragen wurde und das mit gelblich-gräulichen Quadern gefüllt war. Weiter hinten waren diese mit groben Jutetüchern abgedeckt.

Sie wagte sich tiefer in die Dunkelheit vor. »Ihr bleibt besser dort stehen«, meinte sie, als er ihr folgen wollte. Demonstrativ sah sie auf seine glänzend polierten Stiefel. »Der Boden ist feucht vom Wasser, das durch diese Rinnen fließt.« Sie deutete auf den Boden, und tatsächlich, dort zogen sich Rinnen durch die Erde. »Damit können wir im Keller ein feuchtes, kühles Klima bewahren, in welchem der Ton, den wir hier lagern, nicht austrocknet.« Mit dem Arm zeigte sie auf die Quader.

Bevor er sich hätte weiter umsehen können, drängte sie sich bereits wieder an ihm vorbei zur Treppe. In dem kurzen Augenblick, in welchem sie dicht an ihm vorbeiging, nahm er plötzlich einen anderen Duft wahr als den der feuchten Erde, nach der dieser Keller roch. Etwas Feines, Blumiges. Er versuchte herauszufinden, was es war, doch der Eindruck war zu flüchtig gewesen.

Inzwischen stieg sie bereits wieder die Treppe hinauf, und einmal mehr musste er sich beeilen, ihr zu folgen, bevor er allein in der Dunkelheit des Kellers zurückbliebe.

Oben löschte sie die Kerze und stellte die Laterne an ihren Platz zurück. Dann betrat sie wieder die Treppe, diesmal in die andere Richtung. »Erst kurz vor der Verarbeitung wird der Ton aus dem Keller geholt«, erklärte sie, während sie in das erste Stockwerk hinaufstiegen, wo sie einen großen Saal betraten. »Hier wird er geformt.«

An langen Tischen und vor Drehscheiben saßen Former und Modelleure, welche die Tonklumpen bearbeiteten. An den Wänden standen einfache Regale, die bis unter die Decke reichten. Auf ihnen stapelten sich gelblich-gräuliche, rötliche und bräunliche Rohlinge in allen möglichen Formen.

Seine Führerin ging durch die Reihen auf eine weitere Tür zu und öffnete sie. Aus dem angrenzenden Raum schlug ihnen Hitze entgegen. »Dies ist der obere, kühlere Teil unseres zweistöckigen Brennofens«, erklärte die Besitzerin und zeigte auf den runden Ofen hinter der Tür. »Hier werden die geformten und lederhart getrockneten Rohlinge ein erstes Mal gebrannt.« Sie fuhr mit einer Erklärung darüber fort, wie wichtig es sei, den Brand bei der richtigen Temperatur durchzuführen, damit der Ton keine Sprünge bekam.

Kincaid hatte den Fehler gemacht, in den engen Raum hineinzutreten, während Dominique und der Verwalter vor der Tür stehen geblieben waren. Sie schien mit ihren Ausführungen nicht enden zu wollen, während ihm langsam heiß wurde. Fröhlich plauderte sie weiter und erzählte, woher das Holz stammte, das hier verfeuert wurde, und woher die Tonerde und der Sand. Auf Kincaids Stirn begannen sich Schweißtropfen zu bilden. Ihr hingegen schien die Hitze nicht das Geringste auszumachen. Nun ja, sie hatte sich auch einen geeigneteren Platz ausgesucht als er.

Allmählich beschlich ihn der Verdacht, dass sie für ihre langatmigen Erklärungen bewusst den Brennraum gewählt hatte, um ihn schmoren zu lassen. Er hatte schon längst aufgehört, ihr Fragen zu stellen, um sie nicht noch zu weiteren Ausschweifungen zu animieren, und nickte nur noch dann und wann.

Endlich ging ihr der Stoff aus – oder sie beschloss, dass sie ihn genug gequält hatte, und führte ihn zurück zur Treppe und hinab. Unauffällig zog er sein Taschentuch hervor und rieb sich über die Stirn.

»Um die Farbe des gebrannten Tons abzudecken und um eine schöne weiße und vor allem undurchlässige Oberfläche zu erhalten, werden die Scherben mit einer Zinnglasur überzogen.« Dominique Devilliers öffnete eine Tür im Erdgeschoss. Dahinter kamen Arbeiter zum Vorschein, welche die gebrannten Rohlinge in Bäder tauchten. »Vor dem zweiten Brand wird diese Glasur getrocknet und die Ware bemalt.« Sie führte ihn in den nächsten Raum, den Malsaal, wo eine ganze Reihe Männer und Frauen dabei waren, die weißen Figürchen, Vasen und Schalen zu bemalen. Auch hier standen an den Wänden hohe Regale, gefüllt mit Fayence-Waren in den verschiedenen Bearbeitungsstufen.

»Die Glasur und die Farben werden im zweiten Brand aufgeschmolzen.« Sie zeigte auf eine Tür am anderen Ende des Raumes, doch nach seinen Erfahrungen mit dem weniger heißen, oberen Teil des Brennofens weigerte sich Kincaid, auch nur einen Schritt in diese Richtung zu machen. Er würde sich nicht noch einmal dort drin schmoren lassen. Stattdessen spazierte er durch die Reihen der Arbeiter und beugte sich über die Schulter einer Malerin, um deren Kunstwerk zu bestaunen.

»Bitte stört die Maler nicht bei ihrer Arbeit«, ermahnte Dominique Devilliers ein wenig zu schneidend. »Eine kleine

Unachtsamkeit, das geringste Zucken genügt, um eine aufwändig modellierte Figur zu zerstören.«

»Keine Sorge. Ich werde niemandem auch nur das kleinste bisschen zu nahe kommen. Ich will schließlich keines dieser Kunstwerke ruinieren.« Er konnte es nicht lassen, der hübschen Malerin zuzuzwinkern, und registrierte erfreut, wie der Zug um den Mund der Besitzerin hart wurde.

»Stellt Ihr auch Fliesen für Wände und Kachelöfen her?«, fragte er.

»Nur auf Bestellung«, antwortete sie kurz angebunden und ging zurück in den Verkaufsraum.

Allmählich begann ihn ihre abweisende Art zu ärgern. Er hatte ihr keinen Anlass dazu gegeben, sondern versucht, nett und charmant zu sein, wie es die Franzosen taten. Aber sosehr er sich auch bemühte, sie schien in ihm nichts anderes als einen hinterwäldlerischen Schotten zu sehen. Also würde er wohl mal Klartext mit der Dame reden müssen. »Ich habe gehört, Ihr habt finanzielle Probleme.«

Brüskiert über diese taktlose Bemerkung, ruckte ihr Kopf ein wenig nach hinten. Doch sie fasste sich rasch wieder und ging zum Gegenangriff über. »Wo habt Ihr das gehört?«

Er machte eine wegwerfende Handbewegung. »Hier und da.«

»Wir sind keine Großstadt wie London. Hier wird viel geklatscht, wenn der Tag lang ist. Und gibt es nichts zum Klatschen, wird etwas erfunden.« Unbeirrt bot sie ihm die Stirn.

Aber er konnte genauso beharrlich sein. »Wo Feuer ist, ist meist auch Rauch.«

»Meine finanzielle Situation lasst mal meine Sorge sein«, entgegnete sie kühl. »Wie sieht es denn mit der Euren aus?«

Touché! Er schenkte ihr ein herablassendes Lächeln. »Ich habe keine Probleme damit, die Waren, die ich bestelle, auch zu bezahlen.«

»Wunderbar. Dann habt Ihr sicher auch nichts dagegen, sie im Voraus zu bezahlen. Das ist unser übliches Vorgehen bei neuen Kunden.«

Er behielt sein Lächeln eisern bei. »Grundsätzlich nicht. Nur, was gebt Ihr mir als Sicherheit, dass Ihr danach auch liefert?«

»Mein Wort.«

»Euer Wort in Gottes Ohr.«

Verärgert sah sie ihn an. »Ich kann es mir nicht leisten, meinen guten Ruf zu verlieren.«

So kam er nicht weiter. Er beschloss, die Sache auf den Punkt zu bringen. »Ich hätte Euch einen anderen Vorschlag zu machen. Einen, der Eure Probleme auf einen Schlag löst.«

»Und der wäre?«

»Ich kaufe die ganze Manufaktur.«

Eine Sekunde lang sah sie ihn entgeistert an. Dann lachte sie laut heraus. »Ihr wollt meine Manufaktur kaufen? Das ist wirklich ein köstlicher Scherz!«

»Das ist kein Scherz, sondern mein voller Ernst«, erwiderte er fest.

»Ach ja? Und wer soll sie dann leiten?«

»Ich, zusammen mit Eurem Verwalter.«

Immer noch lachend schüttelte sie den Kopf, als wäre sein Vorschlag das Unsinnigste, was sie je gehört hätte. »Ihr habt doch gar keine Ahnung von der Fayence-Herstellung.«

»Mir scheinen hier fähige Leute zu arbeiten, und was ich noch nicht weiß, werde ich lernen.«

Ihr Lachen verlor sich, und sie wurde wieder ernst. »Mal ganz abgesehen davon, dass ich meinen Betrieb nicht verkaufen will, denke ich, Ihr überschätzt Eure finanziellen Mittel ein wenig.«

»Über meine finanziellen Mittel macht Euch keine Sorgen.

Denen geht es bestens. Und ich bin bereit, Euch ein großzügiges Angebot zu machen.« Die Dame war tatsächlich ein harter Brocken, und dass sie sein Angebot nicht für seriös hielt, ärgerte ihn. Dabei wusste sie noch nicht einmal, was er ihr offerierte. »Ich würde Euch für die Manufaktur ein hübsches Haus in einem vornehmen Viertel kaufen und Euch eine lebenslange Rente ausrichten. Dann müsst Ihr nicht mehr hier arbeiten.«

Ihre Miene verschloss sich. »Monsieur McLane, wir werden Euch gerne mit unseren Fayencen beliefern. Sagt mir, was Ihr wünscht, und bringt das nötige Geld dafür mit. Dann kommen wir ins Geschäft. Bis dahin wünsche ich Euch einen schönen Tag.« Sie neigte den Kopf zum Abschied und öffnete die Eingangstür. Ihr Verwalter, der ihnen die ganze Zeit gefolgt war, legte eine Hand in seinen Rücken und schob ihn höflich, aber bestimmt hinaus. Ihm blieb nichts anderes übrig, als hinauszutreten oder sich wie ein störrischer Esel gegen den Druck zu stemmen. Vor der Tür drehte er sich sofort um, um höflich vorzuschlagen, zu einem späteren Zeitpunkt weiter über sein Angebot zu verhandeln. Doch da fiel die Tür bereits ins Schloss. Stirnrunzelnd stand er da. Er war noch nie in seinem Leben so schnell und effizient abgefertigt worden. War das etwa die feine französische Art?

Dominiques starre Miene fiel von ihr ab, als sich die Tür hinter McLane schloss. »Was für ein aufgeblasener, arroganter Kerl!«, rief sie aus. »Glaubt der eigentlich, mit seinem Geld könne er alles kaufen, was ihm gerade einfällt?«

Henri presste verstimmt die Lippen zusammen, sagte aber nichts.

Aufgebracht warf sie die Hände in die Luft. »Meint, er könne ein bisschen um mich herumscharwenzeln, und dann fresse ich ihm aus der Hand! So was gibt's doch nicht! Und dem habe ich auch noch die Manufaktur gezeigt! Was für eine Zeitverschwendung!«

»Vielleicht. Vielleicht aber auch nicht. Wer weiß, ob er nicht wirklich etwas bestellen wollte«, meinte Henri. Er war ganz offensichtlich unzufrieden mit ihr. »Du hättest ihm deine Abneigung nicht so offen zeigen sollen. Ich will gar nicht wissen, was du noch gesagt hättest, wenn wir ihn nicht vor die Tür gesetzt hätten.«

»Selbst wenn er bestellt hätte, bezahlt hätte er bestimmt nicht!« Dominiques Empörung richtete sich jetzt auf Henri. »Und du unterstützt ihn auch noch! Der kann mich mal!«

»Dominique!« In Henris Stimme lag eine gewisse Schärfe. »Die Arbeiter können dich hören.«

Sie warf ihm einen bösen Blick zu und zog trotzig eine Schnute. »Ist doch wahr! Von so einem dahergelaufenen, eitlen Gockel muss ich mich nicht beleidigen lassen.«

Missbilligend hob Henri die Brauen. Mehr musste er nicht tun.

Sie wusste ja, dass er recht hatte. »Ist ja gut. Entschuldige, ich werde meine Ausdrucksweise mäßigen und in Zukunft versuchen, höflicher zu sein. Du bist schlimmer als mein Vater.«

»Einer muss ja auf dich aufpassen.«

»Sollte McLane wider Erwarten doch noch mal kommen und tatsächlich Geld dabeihaben«, hier konnte sie sich ein leises Schnauben nicht verkneifen, »dann werde ich freundlich zu ihm sein. Aber wenn er wieder sagt, dass er die Manufaktur kaufen will, dann werfe ich ihn hinaus.«

»Das würde ich noch einmal überdenken. So rosig ist unsere Lage nicht, dass wir einen potentiellen Kunden vergraulen könnten«, meinte Henri ernst. »Und sein Interesse an der

Manufaktur ist vielleicht gar nicht so übel. Er könnte zum Beispiel ein stiller Teilhaber werden.«

»Willst du tatsächlich, dass uns so einer reinredet?« Sie zeigte auf die Tür, durch die McLane eben nicht ganz freiwillig gegangen war. »Einer, der nicht mal was von unserem Geschäft versteht?«

Henri seufzte. »Du bist die Besitzerin. Es ist dein Vermögen und nicht meines.«

Dominique hätte am liebsten geantwortet: Ja genau! Aber sie ließ es bleiben. Henri war ihr und ihrem Vater vor ihr immer ein guter Freund gewesen, und er tat alles für die Manufaktur. Dass er sich um sie sorgte, gehörte mit dazu. Und was ihre finanzielle Lage anging – da hatten leider sowohl Henri als auch dieser McLane recht.

Ihr Kampfgeist verlor sich, und ihre Schultern sanken nach vorn. »Wenn was ist, ich bin oben.«

In ihrem Büro setzte sie sich wieder hinter die Bücher und führte die Eintragungen über die Einnahmen und Ausgaben fort, mit denen sie beschäftigt gewesen war, bevor McLane gekommen war. Rechnung um Rechnung, Zahlung um Zahlung trug sie ein. Stundenlang. Am Ende zählte sie alles zusammen und stöhnte auf. Es sah wirklich nicht gut aus. Vor allem, weil sie für den neuen Kunden auf den Antillen, dessen erste große Bestellung sie vor einigen Tagen verschickt hatten, eine Ausnahme gemacht und keine Vorauszahlung verlangt hatten. Passierte nicht noch ein Wunder, war er ihre letzte Chance. Mit McLane einen weiteren neuen Kunden zu gewinnen – und damit ihr Wunder zu bekommen – wäre wirklich zu schön gewesen.

Bedrückt biss sie sich auf die Lippen. Diesem McLane konnte man nicht trauen. Etwas stimmte nicht mit ihm. Und je länger sie über ihn nachdachte, desto stärker wurde ihre Gewissheit, dass er nicht das war, was er vorgab zu sein.

Doch was brachten diese Gedanken? Sie glaubte nicht, dass sie noch einmal etwas von ihm hören würde. Dazu hatte sie ihm zu deutlich gemacht, was sie von ihm hielt.

Mit einem tiefen Seufzer schloss Dominique die Bücher. Normalerweise liebte sie ihre Arbeit, aber die Buchhaltung führte ihr immer wieder vor Augen, wie nah am Abgrund sie sich bewegten. Sie musste dann jedes Mal mit sich kämpfen, um nicht wieder in die dunklen Schatten der Niedergeschlagenheit zu versinken, die sie nach Jacques' Tod monatelang in den Klauen gehabt hatten und nur zwischendurch einer lodernden Wut gewichen waren, wenn sie wieder einmal über eine seiner Lügen gestolpert war.

Traurig blickte sie aus dem Fenster. Die Sonne stand bereits tief am Himmel. Zeit, nach Hause zu gehen. Henri hatte sich schon vor einer geraumen Weile verabschiedet. Doch der Gedanke, wieder einen Abend allein in ihrem Salon zu verbringen, war alles andere als erbauend. Sie überlegte, Amélie zu besuchen oder einer Einladung zu einer Abendgesellschaft zu folgen. Bei der Vorstellung jedoch, sich zusammenreißen und eine fröhliche Miene zur Schau tragen zu müssen, verwarf sie diese Ideen wieder.

Schwerfällig stand sie auf und schloss die Bücher in einem Schrank ein. Eine Weile lang blieb sie unschlüssig im Büro stehen. Bis ihre Beine sie anstatt zu ihrem Umhang zu dem Kittel führten, der an einem Haken hinter der Tür hing. Sie zog ihn über und schloss die Knöpfe. Dann ging sie hinunter in den Keller. Sie schwenkte die Laterne herum, um sich die unterschiedlichen Tonquader anzuschauen. Vorsichtig stieg sie über die Wasserrinnen und wich einer Stelle aus, an welcher der Boden morastig aufgeweicht war. Im hinteren Teil des Kellers fand sie einen Quader mit rötlicher Farbe, von dem sie einen Klumpen abtrennte.

Ihn in den Händen vor sich hertragend, stieg sie in den Saal der Former und Modelleure hinauf. Verlassen lag er da. Die Arbeiter waren alle nach Hause gegangen. Dominique suchte sich von einem Stapel ein passendes Holzbrett heraus, setzte sich an einen Arbeitsplatz am Fenster und legte den Tonklumpen auf das Brett. Kräftig knetete sie ihn durch. Es tat gut, das kühle, weiche Material unter ihren Fingern zu spüren. Wie von selbst zogen diese den Klumpen in die Länge. Dann strichen sie in der Mitte den Ton nach außen. Plötzlich wusste Dominique, was sie formen wollte: einen Phönix. Sie zog den Ton noch weiter nach außen, um Flügel zu modellieren, bis das Material zu dünn wurde. Dann formte sie den Kopf und den Rumpf. Während sie überlegte, wie sie den Phönix aus der Asche auferstehen lassen konnte, warf die untergehende Sonne rotgoldende Strahlen durch das Fenster. Sie tauchten den Vogel, den Tisch und den ganzen Saal in ihr warmes Licht.

Dominiques Hand griff zu einem Schaber in dem Holzkistchen auf dem Tisch und glättete den Rücken des Tiers. Dann nahm sie ein spitzes Stäbchen und begann damit, Federn einzuritzen. Als sie fertig war, lehnte sie sich zurück, um ihr Werk zu betrachten. Sie runzelte die Stirn. Das Muster auf dem Rücken glich vielmehr Schuppen als Federn. Und die Beine des Phönix waren viel zu massig für einen eleganten Vogel. Frustriert starrte sie die Figur auf dem Holzbrett an. Brachte sie es nicht einmal mehr fertig, einen einfachen Vogel zu formen? Und sie hatte noch nicht einmal damit angefangen, ihn in einen Phönix zu verwandeln. Wie sollte sie bloß die Asche darstellen? Ganz zu schweigen davon, wie der Vogel sich daraus erheben sollte.

Plötzlich stiegen ihr Tränen in die Augen. War das alles nicht sinnlos? Tag für Tag kämpfte sie um das Überleben der Manufaktur – und um ihr eigenes. Doch wozu? Wie lange konnte sie die Hoffnung, dass es irgendwann einmal besser werden würde, noch am Leben erhalten? So gerne sie es gewollt hätte, sie war kein Phönix, der sich aus der Asche erhob.

Ihre Finger lagen schon auf der Figur, um sie wieder zu einem Klumpen zusammenzudrücken, als das rotgoldene Licht und die Schuppen sie auf eine andere Idee brachten: Was sich vor ihr aus dem Ton erhob, war kein Phönix. Es war ein Drache!

Das letzte Mal hatte sie in ihrer Kindheit einen Drachen geformt. Nachdem Papa ihr Abend für Abend vor dem Kamin ihre Lieblingsgeschichte hatte erzählen müssen, ein Märchen, in dem das gefürchtete Tier gefangen genommen wurde und sich wieder befreien konnte.

Mit neuem Elan machte sie sich wieder an die Arbeit. Sie zog Zacken aus dem Ton, die sich in einer Linie von seinem Kopf über den Rücken und bis zum Schwanz erhoben. Daneben zeichnete sie die Schuppen weiter und formte die Beine und Füße, die sie in Klauen enden ließ. Aus dem Schnabel entstand ein aufgerissenes, mit spitzen Zähnen bewehrtes Maul.

Doch dann hielt sie inne. Sollte sie ihn Feuer speien lassen? Nein, der Drache in der Geschichte von damals konnte das nicht mehr. Er war nämlich von den Rittern des Königs gefangen genommen und im Burghof angekettet worden, wo er von den Dorfbewohnern begafft und verspottet wurde. Also formte Dominique um eines seiner Beine eine eiserne Klammer, an welcher eine Kette hing, die fest im Boden verankert war. Der arme Drache konnte sich nicht mehr in die Lüfte erheben, hatte seine Freiheit verloren und war darüber so traurig, dass er kein Feuer mehr speien konnte.

Doch es war noch da. Tief im Inneren brannte es und wollte sich befreien. Aber es gelang ihm nicht.

Wieder traten ihr Tränen in die Augen. Sie spürte das Feuer

in sich selbst, die unbändige Kraft, die es hatte, aber es kam nicht gegen die Sorgen und Pflichten, die auf ihm lasteten, an.

Fahrig versuchte sie, die Klammer um das Bein des Drachen zu lösen, damit er fortfliegen konnte, aber ihre Finger zitterten so sehr, dass sie fürchtete, ihm gleich das ganze Bein abzutrennen. Also ließ sie es. Der Drache blieb angekettet.

Dominique legte den Kopf in die Arme. Die Tränen, die sie bisher zurückgehalten hatte, brachen sich plötzlich Bahn. Tränen, denen sie zu selten erlauben konnte, zu fließen.

Irgendwann, als die Sonne schon lange untergegangen war, versiegten sie. Sie kam sich ein bisschen albern vor, dass eine Drachenfigur alle Dämme bei ihr hatte brechen lassen, aber gleichzeitig fühlte sie sich auch erleichtert. Sie rieb sich ein paar Mal übers Gesicht und straffte die Schultern. Dann nahm sie das Holzbrett und trug den kleinen Drachen behutsam, als wäre er das Kostbarste der Welt, zum Regal an der Wand, wo er trocknen würde. Mit einem letzten liebevollen Blick sah sie ihn an, dann räumte sie den Arbeitsplatz auf und ging nach Hause.

7

Am nächsten Morgen, als Dominique wieder in ihrem Büro saß, hörte sie Henri die Treppe hinaufkommen. Sein unregelmäßiger, schleppender Gang war unverkennbar. Als er den Flur erreichte, war auch sein Schnaufen zu hören. Dominique wusste, dass irgendwann die Zeit kommen würde, in der seine angegriffene Gesundheit ihm nicht mehr erlauben würde, seinen Aufgaben nachzukommen, und sie sich einen neuen Verwalter suchen musste. Dass dieses Irgendwann nicht mehr weit entfernt war, erfüllte sie mit Kummer. Wie sollte sie jemals Henri ersetzen, der nicht nur ihr Verwalter war, sondern auch ein treuer Freund, der wie ein Vater über sie wachte? Welcher andere Verwalter würde es akzeptieren, dass er nach außen zwar diese Rolle spielte, in Wahrheit aber sie tagtäglich die Geschicke der Manufaktur bestimmte? Und wem konnte sie so blindlings vertrauen, wenn sie nicht einmal einem Mann, der geschworen hatte, in guten wie in schlechten Zeiten zu ihr zu stehen, vertrauen konnte?

Schnell schob sie diese schmerzhaften Erinnerungen wieder in die Versenkung zurück, in die sie sie verbannt hatte.

Nein, einen zweiten Henri würde sie niemals finden. Und auch wenn er sich selbst dagegen sperrte, würde sie bald damit beginnen müssen, ihm Arbeiten abzunehmen und jemand anderem zu übertragen, um seine Gesundheit zu schonen.

Da klopfte es auch schon, und er streckte den Kopf zur Tür hinein, um mit missmutiger Stimme zu verkünden: »André ist da.«

Dominique erhob sich. »Sei nicht so griesgrämig. Wir waren uns doch einig, dass André ein ausgezeichneter Brennmeister und ein wahrer Glücksfall für uns ist. Er weiß, was seine Aufgaben sind, und wird dir nicht in deine reinreden.« Vorerst jedenfalls, dachte Dominique mit einem schlechten Gewissen. Denn nach und nach würde sie einige von Henris Aufgaben dem neuen, jungen Brennmeister übertragen müssen. Auch wenn er Henri niemals ersetzen können würde, hoffte Dominique, mit ihrem alten Kindheitsfreund wenigstens einen neuen Vertrauten in der Manufaktur zu gewinnen, auf den sie sich verlassen konnte.

»Darum geht es nicht«, murrte er.

»Worum dann?«

»Das wirst du gleich sehen.«

Dominique wartete auf eine weitere Erklärung, bekam jedoch keine. Stattdessen ging Henri wieder die Treppe hinunter. Sie folgte ihm.

Aus dem Innenhof war Andrés Stimme zu hören. »Ladet alles hier ab.«

Gleich darauf schimpfte eine aufgebrachte, weibliche Stimme: »Passt doch auf, Herrgott noch mal! Das sind keine Kartoffelsäcke!«

Argwöhnisch trat Dominique hinaus in den Innenhof. Ein mit Kisten und Möbeln voll bepackter Wagen stand da. Unter der Aufsicht einer jungen, blonden Frau waren André und zwei Männer mit Abladen beschäftigt. An ihre Röcke drängte sich ein kleiner Junge, und daneben stand ein vielleicht siebenjähriges Mädchen mit einem ebenso energischen Ausdruck im Gesicht, wie ihn ihre Mutter hatte. An ihre Hand klammerte sich ein weiterer Junge.

Von diesem Anblick ein wenig überrumpelt, blieb Dominique stehen. Als sie mit André vereinbart hatte, dass er als

Brennmeister die zweite Wohnung auf dem Gelände, die über dem Warenlager oberhalb derjenigen von Henri lag, beziehen konnte, hatte sie nicht weiter über seine Familie nachgedacht. Für sie war er immer noch der Junge von damals, nur jetzt als Erwachsener. Eine Frau und Kinder hatte es in diesem Bild nicht gegeben, obwohl er bereits geheiratet hatte, als er noch unter ihrem Vater in der Manufaktur arbeitete. Aber nach ihrer Rückkehr aus dem Internat waren sie einander kaum mehr begegnet – zu verschieden waren die Welten gewesen, in denen sie danach lebten –, und seine Frau hatte sie nie kennengelernt.

»Dominique, darf ich dir Jeanette, meine Frau, vorstellen?«, sagte André, nachdem sie sich begrüßt hatten.

Jeanette maß die neue Arbeitgeberin ihres Mannes von oben bis unten, machte dann einen knappen Knicks und sah ihr herausfordernd in die Augen.

Dominique fragte sich, ob sie wohl darauf wartete, sie würde ihr anbieten, sie ebenso beim Vornamen zu nennen, wie es ihr Mann tun durfte. Doch das wollte sie nicht. Es war bereits mehr als unüblich, dass André sie duzte. Und so fordernd, wie die junge Frau sich gab, wollte Dominique ihr nicht noch Tür und Tor öffnen. Daher neigte sie zur Begrüßung nur den Kopf. »Jeanette. Willkommen in unserer Manufaktur.«

»Und das sind Adéline, Michel und Etienne«, stellte André seine Kinder vor. Adéline ergriff die ausgestreckte Hand ihres stolzen Vaters und trat an seine Seite. Mit der anderen strubbelte André über Michels wilden Haarschopf, als der zu seiner anderen Seite kam. Auch der Kleinste löste sich von den Röcken seiner Mutter, um sich stattdessen an die Beine des Vaters zu klammern. André glücklich inmitten seiner Familie zu sehen versetzte Dominique einen Stich. Nicht weil sie an André ein Interesse als Mann gehabt hätte. Aber er war einmal ihr bester Freund gewesen, und nun musste sie feststellen, dass diese Zeiten unwiederbringlich vorbei waren. An seiner Seite war jetzt eine andere Frau, eine, die ihren Platz demonstrativ verteidigte, indem sie Dominique mit ihrer Haltung unübersehbar zu verstehen gab, dass sie dort nichts mehr zu suchen hatte.

Dass Jeanette mit ihren hochgesteckten, blonden Löckchen, den großen blauen Augen und dem hübschen blauen, mit violetten Bändern besetzten Kleid eine kleine Schönheit war, machte die Sache für Dominique nicht einfacher. Neben ihr fühlte sie sich mit ihrer strengen Frisur und dem schmucklosen, altbackenen Kleid reizlos und unzulänglich. Was hatte sie in ihrem Leben schon vorzuweisen? Einen verlorenen Ehemann, der sein Glück bei anderen gesucht hatte, keine Kinder, die sie mit Stolz präsentieren konnte, und eine vor dem Ruin stehende Manufaktur. So weit hatte sie es in ihrem Leben gebracht.

Sie rang sich ein Lächeln ab und beugte sich zu den Kindern hinunter. »Ihr seid bestimmt traurig, dass ihr euer altes Zuhause verlassen musstet. Aber hier in der Straße gibt es viele andere Kinder, und ihr werdet bestimmt schnell neue Freunde finden.«

»Meinst du?«, fragte der kleine Etienne scheu.

»Bestimmt. Und beim alten Wachturm an der Stadtmauer kann man wunderbar Verstecken spielen. Das war früher der Lieblingsort von eurem Vater und mir.«

»Wirklich?«, fragte Michel und sah seinen Vater an.

»Oh ja«, lächelte André. »Da gab es ein paar Verstecke, die kannten nur Dominique und ich. Dort haben uns die anderen Kinder nie gefunden.«

Zu spät bemerkte Dominique, dass es ein Fehler gewesen war, die alten Zeiten zu erwähnen. Der Blick, den sie von Jeanette auffing, bevor diese in die Hände klatschte und die Kinder ins Haus scheuchte, loderte vor Eifersucht.

Schnell verabschiedete sich Dominique. »Ich muss noch zum Hafen. Falls ihr ein paar Männer braucht, die euch helfen, die Sachen hinaufzutragen, gebt Henri Bescheid.« Sie gab einem der Arbeiter – Maurice, der trotz seiner beachtlichen Größe keiner Fliege etwas zuleide tun konnte – einen Wink, sie als Schutz zu begleiten, und machte sich auf den Weg.

Kincaid verließ das Kontor des Kaufmannes, mit dem er Inhalt und Umfang der nächsten Warenlieferungen besprochen hatte, und trat auf den Quai hinaus. Es war bereits später Morgen, und am Hafen herrschte eine emsige Betriebsamkeit. Da die Zeit nicht mehr reichte, vor dem Mittag noch einen anderen Händler aufzusuchen, beschloss er, den Quai entlangzuspazieren und sich ein Gasthaus fürs Mittagessen zu suchen.

Er war noch nicht weit gegangen, als ihm in der Menge der Hafenarbeiter, Matrosen und Fischverkäuferinnen eine Frau in einem hellblauen Kleid auffiel. Es war zwar einfach geschnitten, passte aber in seiner Eleganz nicht an diesen Ort. Neugierig geworden, lenkte er seine Schritte in ihre Richtung. Bald bemerkte er, dass er nicht der Einzige war, der ihr folgte. Einige Schritte hinter ihr ging ein Hüne von einem Mann, in eine grobe, braune Jacke gekleidet, an den Füßen Holzpantinen. Seine Bewegungen wirkten ein wenig ungelenk, ja beinahe tollpatschig, so als ob er nicht ganz wüsste, wie er mit seinen langen Gliedmaßen umgehen sollte.

Gerade wollte Kincaid die Dame warnen, dass sie von einem Mann verfolgt wurde, der es wahrscheinlich auf ihren Beutel abgesehen hatte, als sie sich nach dem Hünen umdrehte und ihm freundlich zunickte.

Als er ihr Gesicht sah, blieb Kincaid überrascht stehen: Es war Dominique Devilliers! Was hatte eine Frau wie sie am Hafen zu suchen? Damen der höheren Gesellschaft spazierten normalerweise nicht an einem solchen Ort herum.

Sie ging noch einige Schritte weiter und blieb dann neben einer Reihe Fässer stehen, die darauf warteten, abtransportiert zu werden. Vor ihr am Quai vertäut lag die *Victoire*, das Schiff, das ihre Fayencen auf die Antillen bringen sollte. Sie musterte den Dreimaster und ließ danach ihren Blick über die übrigen im Hafenbecken liegenden Schiffe schweifen. Zwischen den großen Zwei- und Dreimastern legten kleine Fischerboote mit Gaffelsegeln an und luden ihren Fang aus. Und als ob das Hafenbecken nicht schon voll genug wäre – ein richtiger Wald an Masten erhob sich darin –, waren dazwischen Ruderboote unterwegs, die Passagiere von einer Seite auf die andere oder ganz aus dem Hafenbecken hinaus und ans andere Ufer der Seine transportierten. In Le Havre mündete der Fluss, der von Paris kam und an Rouen vorbeifloss, in den Atlantik. Das war einer der Gründe, weshalb der Hafen von Le Havre einer der bedeutendsten war: Auf ihm konnten die von den Kolonien kommenden Waren auf direktem Weg in die beiden großen Städte im Landesinneren weiterverschifft werden. Der andere Grund war, dass neben dem Hafenbecken für die Handelsschiffe ein weiteres lag, das Becken des Königs, in welchem ein großer Teil der französischen Kriegsflotte stationiert war. Nicht zuletzt deshalb fand man in Le Havre zwischen den beiden Hafenbecken auch die wichtigste Schiffswerft des Landes.

Kincaid beobachtete, wie Dominique Devilliers' Blick auf dem Dreimaster neben der *Victoire*, der gerade entladen wurde, hängenblieb. Eine Weile lang verfolgte er ebenfalls, wie drei Matrosen Ballen um Ballen mit Baumwolle über den schmalen Holzsteg vom Schiff an Land trugen. Da es daran nichts Aufregendes zu sehen gab und es wohl noch eine geraume Zeit dauern würde, bis der Frachtraum geleert war, verlor er bald das Interesse daran. Nicht so jedoch Dominique Devilliers. Jedes Mal, wenn er wieder zu ihr hinüberspähte, verfolgte sie noch immer das Entladen des Dreimasters.

Was gab es da so Interessantes zu sehen?, fragte sich Kincaid. Er hätte es verstanden, wenn sie das Geschehen auf der *Victoire* beobachtet hätte, schließlich hatte sie dem Kapitän dieses Schiffes eine Menge Fayencen anvertraut. Aber weshalb dieser Dreimaster? Sie gab sich den Anschein, als würde sie aus reiner Langeweile dort stehen und einfach nur das Treiben am Hafen verfolgen wie so viele andere. Ihre Blicke kehrten aber immer wieder zu den Matrosen und ihrer Arbeit zurück. Kincaid verstand einfach nicht, was an einem langweiligen Vorgang wie dem Entladen des Schiffs ihre Aufmerksamkeit fesselte.

Bis ihm plötzlich ein Licht aufging: Aufgrund des warmen Frühlingswetters hatten die Seeleute die Ärmel hochgekrempelt und die Hemden bis zur Brust geöffnet. Der Anblick, den diese muskelbepackten, rauen Kerle boten, auf einer Schulter anscheinend mühelos einen großen Ballen Baumwolle balancierend, schien auf Madame Devilliers den gleichen Reiz auszuüben wie auf ihn ein großzügig geschnittenes Dekolleté. Unweigerlich zogen sich seine Mundwinkel nach oben. Wer hätte das gedacht! Die trockene, unterkühlte und in jeder Situation Haltung bewahrende Madame Devilliers, die sich gerne den Anschein eines faden Mauerblümchens gab, hatte Gelüste, die so gar nicht zum Bild der abgeklärten Dame passten, die über den niederen Trieben dieser Welt schwebte.

Aber war das wirklich so verwunderlich? Sie hatte keinen Ehemann und so, wie sie sich Männern gegenüber gab, bestimmt auch keinen Liebhaber. Und von dem Alter, in welchem bei Frauen das Interesse am anderen Geschlecht schwand, war sie noch weit entfernt.

Hinter ihrer kühlen, abweisenden Fassade steckten also noch ganz andere Regungen!

Obwohl er wusste, dass es besser wäre, diese Erkenntnis für sich zu behalten, juckte es ihn zu sehr, sie damit zu konfrontieren und zu sehen, ob ihr eisiger Panzer dann endlich aufbrechen oder noch eisiger werden würde, auch wenn Letzteres kaum mehr möglich schien.

Er wartete ab, bis sich die Aufmerksamkeit ihres hünenhaften Wachhundes auf etwas anderes richtete, und trat dann zu ihr. Über ihre Schulter gebeugt, raunte er ihr zu: »Gefällt Euch, was Ihr seht?«

Erschrocken fuhr sie herum. »Was …? Ihr?«

Innerhalb einer Sekunde hatte sie sich wieder gefasst. Obwohl sich ihre Wangen röteten, weil sie wohl erkannte, worauf er anspielte, ging sie gleich zum Angriff über. »Hat man Euch in England nicht beigebracht, dass man sich nicht von hinten an Leute heranschleicht?«

»Schottland«, entgegnete er. »Ich komme aus Schottland.«

Sie machte eine wegwerfende Handbewegung. »Das ist das Gleiche. Ihr seid alle Briten.«

»Das ist überhaupt nicht das Gleiche!«, brauste er auf.

»Ach nein?« Herausfordernd hob sie die Brauen.

»Nein! Wir haben eine eigene Sprache, eine eigene Kultur, eine eigene Geschichte …« Er brach ab, weil ihm bewusst wurde, wie geschickt sie ihn ausmanövriert und von ihrer Verlegenheit abgelenkt hatte. Seine Empörung verrauchte und machte einer gewissen Bewunderung Platz. Die Dame war schlagfertig. Das musste man ihr lassen.

Ein selbstironischer Zug umspielte plötzlich McLanes Lippen. Dominique erkannte, dass er sie durchschaut hatte.

»Touché«, sagte er gut gelaunt.

Die Selbstsicherheit dieses Mannes war entwaffnend. Es machte ihm offenbar überhaupt nichts aus, dass sie den Spieß umgedreht und ihn in die Enge getrieben hatte. Sie wusste nicht, warum, aber sie konnte auf einmal nicht anders, als sein Lächeln zu erwidern.

Wieder trug er den blauen Rock mit den schwarzen Hosen und den Stiefeln, die er bei ihrem letzten Treffen in der Manufaktur angehabt hatte. »Wo habt Ihr denn Euren violetten Frack und die lila Weste gelassen?« Seine Erscheinung und sein Auftreten waren so anders als auf der Soiree der Marquise de Gray, dass ihr die Bemerkung herausrutschte, bevor sie sie zurückhalten konnte. Um ihre Unbeherrschtheit zu überspielen, sah sie an ihm hinunter, so als ob sie die Bemerkung mit Absicht gemacht hätte. Als Retourkutsche für seine Indiskretion.

Er beugte sich vor und raunte in ihr Ohr: »Das heute ist meine schottische Seite. Die ist ein wenig handfester als Eure französische. In jenem violetten Frack und der lila Weste würde ich mich niemals in Schottland blicken lassen.«

Dabei kam er ihr viel zu nah. Dominique war so überrumpelt von seiner Impertinenz, dass sie nach Luft schnappte. Und sich selbst eine Närrin schalt. Warum hatte sie nicht den Mund gehalten! Sie hatte ihn geradewegs zu einem solch unverschämten Verhalten angestiftet. »Wie schade, dass Ihr kein Engländer seid. Dann hätte ich es wenigstens mit einem Gentleman zu tun.«

»Oh, das können wir Schotten auch sein – wenn wir wollen.«

»Und wovon hängt das ab?«, fragte sie spitz. »Vielleicht kann ich mich dann in Zukunft Eures guten Benehmens versichern.«

Bevor er etwas entgegnen konnte, drängte sich Maurice zwischen sie. »Madame, belästigt Euch dieser Herr?«

Einen Moment lang war sie versucht, seine Frage zu bejahen und ihn den aufdringlichen Kerl entfernen zu lassen. Aber dann dächte dieser ungehobelte Schotte womöglich noch, sie würde nicht selbst fertig mit ihm. Und diese Genugtuung wollte sie ihm keinesfalls gönnen. »Nein, es ist alles in Ordnung, Maurice. Ich kenne den Herrn.«

Ihr Beschützer bedachte McLane mit einem warnenden Blick, neigte dann ergeben den Kopf und zog sich wieder zurück.

»Würdet Ihr mir wohl die Freude machen und ein Stück mit mir spazieren?« Galant bot ihr McLane seinen Arm.

Sie könnte das Angebot höflich ausschlagen und hätte das bei jedem anderen Mann auch getan, aber aus einem unerfindlichen Grund legte sie ihre Hand auf seinen Arm und bedeutete Maurice, hier auf sie zu warten.

McLane schien wohl genauso überrascht darüber zu sein wie sie selbst, denn ausnahmsweise folgte keine unverschämte Bemerkung. Schweigend gingen sie einige Schritte nebeneinanderher.

»Was hat Euch zum Hafen geführt?«, brach er nach einer Weile das Schweigen.

»Geschäfte«, antwortete sie leichthin. »Und Euch?«

»Ebenfalls Geschäfte.«

»Was seid Ihr denn nun: Kapitän oder Kaufmann?«

»Mal dieses, mal jenes.«

Offenbar war er genauso wenig auskunftsfreudig wie sie. Aber wozu hatte er sie um einen Spaziergang gebeten, wenn er nicht mit ihr reden wollte? »Auf der Soiree der Marquise de Gray wart Ihr wesentlich galanter.«

Er sah sie von der Seite an. »Damit bin ich eiskalt bei Euch abgeblitzt.«

»Und nun glaubt Ihr, die Tour des ungehobelten Schotten zieht bei mir eher?«

Er lächelte. »Tut sie es?«

Sie konnte auch diesmal nicht umhin, das offenherzige Lächeln zu erwidern. »Nein.«

»Aber sie hat Euch dazu gebracht, mich auf einen Spaziergang zu begleiten. Und Eurem Gesichtsausdruck nach scheint es Euch sogar zu gefallen.«

Sie hob das Kinn an. »Das täuscht.«

Sein Lächeln bekam einen gefährlichen Zug. »Wenn das so ist, lasse ich mich gerne täuschen.«

»Ihr werdet wieder unverschämt.«

»Das ist das Problem mit uns Schotten: Die gute englische Erziehung hat es nie bis unter die Oberfläche geschafft.«

Sie seufzte gespielt. »Ja, und die Leidtragenden sind wir Frauen.«

»So leidtragend seht Ihr gar nicht aus.«

»Das habt Ihr meiner guten und alles andere als oberflächlichen Erziehung zu verdanken. Ich will Euch bloß davor bewahren, dass Euer Ruf Schaden nimmt, wenn für jeden offensichtlich wird, dass Ihr nicht in der Lage seid, die Dame an Eurer Seite wohlgefällig zu unterhalten.«

Er lachte auf. »Wohlgefällig! Was für ein blumiges Wort aus Eurem Mund!«

Was meinte er denn bitte damit? »Im Gegensatz zu Euch kann ich mein Gegenüber durchaus mit einer wohlgefälligen Konversation unterhalten.« Sie hörte selbst, dass ihre Stimme einen spitzen Ton angenommen hatte.

Sein Lachen wurde dennoch lauter. »Ach ja? Irgendwie ist mir das bis jetzt entgangen.«

Für einen kurzen Moment war sie sich unsicher, wie sie reagieren sollte. Machte er sich über sie lustig? Doch aus seinen Augen, die völlig auf sie konzentriert waren, sprach nichts anderes als ehrliches Vergnügen, und sein Lachen kam so tief aus seiner Brust, dass sie einfach nicht anders konnte: Sie musste mitlachen!

Da standen sie nun beide mitten auf dem Quai und lachten aus vollem Halse! Sie legte die Hand vor den Mund. »Wir sollten uns benehmen. Die Leute starren uns schon an.«

»Zumindest müsst Ihr nicht mehr um meinen guten Ruf besorgt sein: Jeder kann sehen, dass es der Dame an meiner Seite blendend geht.«

Dominiques Lachen erstarb. *An meiner Seite.* Seine Bemerkung ließ sie unwillkürlich an ihren toten Ehemann denken. Als hätte sie nach einer Rose gegriffen und sich an ihren Dornen gestochen. Es hatte einmal eine Zeit gegeben, da hatte sie an die Seite eines Mannes gehört und war glücklich darüber gewesen. Jacques war zwar nicht am Hafen mit ihr spazieren gegangen – an einem so unstandesgemäßen Ort hatte er sich freiwillig nicht aufgehalten –, aber auf den baumgesäumten Promenaden auf den alten Befestigungsanlagen war er durchaus mit ihr flaniert. Dominique hatte diese Spaziergänge geliebt. Damals hatte Jacques sie noch stolz an seinem Arm geführt, und sie hatten zusammen auf das Meer hinausgeschaut, hatten zugesehen, wie die Sonne unterging, wie sie als blutroter Ball im dunklen Meer versank und sich die Wolken darüber erst rosa und dann violett verfärbten. Es waren wunderschöne Stunden gewesen, und sie hatte geglaubt, dass Jacques genauso glücklich war wie sie.

McLanes Lachen verklang ebenfalls, als er bemerkte, dass sie ernst geworden war. Aber statt ihr eine Frage zu stellen, schwieg er und richtete den Blick nach vorn. Dominique war ihm dankbar dafür. Es gab ihr Zeit, sich wieder zu fassen.

Er führte sie an den Rand des Quais, sodass sie aufs Wasser hinausschauen konnten. Damit hatte sie auch wieder freie Sicht auf die Schiffe.

»Seht! Die *Victoire* läuft aus!«, rief sie, als sie bemerkte, dass die Leinen gelichtet wurden. Sie verschwieg, dass das der Grund gewesen war, weshalb sie an den Hafen gekommen war. Sie wollte mit eigenen Augen sehen, wie ihre Fayencen die weite Reise über den Atlantik antraten, zu einem neuen Händler auf den Antillen, auf dem all ihre Hoffnungen ruhten.

Sie sahen zu, wie Ruderboote den mächtigen Dreimaster auf die Hafenausfahrt zuzogen, und nahmen ihren Spaziergang wieder auf, um parallel zum Schiff auf dem Quai entlangzulaufen. Die Matrosen standen bereits in den Rahen und warteten auf das Kommando des Kapitäns, die Segel zu öffnen. Als es über das Deck schallte – auch auf dem Quai neben dem Schiff war der Ruf zu hören –, lösten sich die Tücher innerhalb von Sekunden. Weiß fielen sie herab, und beinahe im selben Augenblick blähten sie sich auf. Am Bug lösten zwei Männer die Trossen, und die Ruderboote wichen zur Seite. Der Wind verlieh dem Schiff Fahrt. Majestätisch glitt es durch das Hafenbecken.

Dominique und Kincaid spazierten neben dem Dreimaster her und genossen den Anblick. Bis der Quai am runden Befestigungsturm François I endete. Sie blieben stehen und sahen dem Schiff nach.

»Kommt.« McLane griff nach ihrer Hand. Er führte sie zwischen dem Turm und der Bastion Saint-André hindurch, von deren kanonenbewehrtem Dach aus die Stadt gegen Angriffe durch feindliche Schiffe geschützt wurde. Über einen schmalen Steg, der über den inneren Stadtgraben führte, gelangten sie hinaus auf den äußeren Schanzenwall, der durch einen weiteren Graben von der Küste getrennt war. Von dort konnte man auf die Mole hinausgehen, die ein Stück weit ins Meer ragte.

»Woher kennt Ihr diesen Weg?«, fragte Dominique überrascht.

»Als Kapitän ist es hilfreich, jeden Hafen wie seine Westentasche zu kennen, vor allem solche, die man regelmäßig anläuft.« Er reichte ihr die Hand, um ihr die hohen Stufen zur Mole hinaufzuhelfen.

Als sie oben ankamen, wehte ihnen eine frische Brise entgegen. Sie waren nun vom Meer umgeben. Rechter Hand rollten die Wogen gegen die stark befestigte Mole, während das Wasser in der Hafeneinfahrt linker Hand noch ganz ruhig war. Dahinter lag die breite Mündung der Seine, und man konnte bis an deren gegenüberliegendes, schilfbewachsenes Ufer sehen.

Bald liefen sie wieder auf gleicher Höhe mit der *Victoire*, die neben ihnen dahinsegelte. Nun war es kein Spaziergang mehr, sondern sie mussten zügig gehen, um mit dem Schiff, welches mit dem auffrischenden Wind an Geschwindigkeit gewonnen hatte, mithalten zu können.

»Demnach seid Ihr schon oft nach Le Havre gekommen«, bemerkte Dominique.

»Le Havre war neben Nantes und Bordeaux der Hafen, den ich am häufigsten anlief. Einer meiner Brüder fährt zu den holländischen Häfen und ein Cousin zu den Hansestädten an der Ostsee.«

Dominique riss überrascht die Augen auf. »So viele Schiffe habt Ihr?«

Er nickte. »Wir sind ein ziemlich großes, weitverzweigtes Familienunternehmen, das sich mit jeder Generation weiter vergrößert hat. Die meisten meiner Verwandten sind in irgendeiner Weise daran beteiligt.«

»Und wer hat es aufgebaut?«

»Meine Großeltern. Nachdem die Engländer uns bei der Schlacht von Culloden 1746 endgültig besiegt hatten, verlor mein Großvater seinen Einfluss als Clanchief, da viele seiner Ländereien an Engländer verteilt wurden. Deshalb begann er, mit dem Kontinent Handel zu treiben. Da kein Schotte etwas von den Engländern kaufen wollte, liefen seine Unternehmungen bald sehr gut. So gut, dass er sich ein eigenes Schiff kaufen konnte. Und als mein Großvater starb, hat meine Großmutter das Geschäft weitergeführt. Das tut sie bis heute.«

Dominique lächelte. Diese Frau würde sie gern kennenlernen. »Ihr erwähntet, dass Ihr auch in London tätig seid?«, fragte sie weiter.

»Ja, da befindet sich die Handelsunternehmung meiner Schwiegereltern.«

Sie stockte, geriet fast aus dem Tritt. Natürlich, er war verheiratet. Weshalb hätte er das auch nicht sein sollen. Alle waren verheiratet. Sie blieb stehen und gab vor, der davonsegelnden *Victoire* nachzusehen, die nun doch zu schnell geworden war, um mit ihr Schritt zu halten. McLane tat es ihr nach. Einige Möwen begleiteten das Schiff, ließen sich vom Wind unter ihren Flügeln tragen. Hinter ihnen erstreckte sich die unendliche Weite des Atlantiks. Eine Weite, in der alles möglich schien.

Wie so oft, wenn sie am Meer stand, erfasste Dominique die Sehnsucht nach dieser Weite, der Freiheit, die sie versprach. Das Entrinnen aus der Enge und den Zwängen, die die Stadt hinter ihr einem auferlegte. Besonders wenn man eine Frau war.

»Auf so einem Schiff muss man sich unendlich frei fühlen«, sagte sie leise.

McLane warf ihr einen Seitenblick zu und wandte sich wieder dem Meer zu. »Ja«, sagte er nach einer Weile.

Der Schmerz, der sie seit Jacques' Verrat täglich begleitete, begann sich wieder bemerkbar zu machen. Es wäre so schön, alles hinter sich zu lassen, einmal nicht mehr kämpfen zu müssen, nicht jeden Tag alleine der ganzen Welt zu trotzen. Aber Dominique wusste, dass das nicht möglich war. Bevor der Schmerz sie wieder übermannte, drehte sie sich um. »Ich sollte zurück in die Manufaktur.«

»Natürlich.«

Schweigend gingen sie zum Hafen zurück, wo sie sich verabschiedeten.

McLane sah der schlanken Gestalt nach, bis sie von der Menge verschluckt wurde. Danach war nur noch der braune Haarschopf ihres hünenhaften Beschützers zu sehen, bis schließlich auch dieser hinter einer Hausecke verschwand.

Es hatte Kincaid überrascht, dass sie auf seine Bitte eingegangen war und tatsächlich einen Spaziergang mit ihm gemacht hatte. Und das bis auf die Mole hinaus! Einige Strähnen hatten sich aus ihrem einfachen Chignon gelöst und waren im Wind geflattert. Es hatte sie nicht einmal gestört. Auch nicht die Sonnenstrahlen auf ihrer vornehmen weißen Haut, die nicht von einem Schirm geschützt worden war. Und sie hatte das Geschehen im Hafen mit Interesse verfolgt. Vom Auslaufen der *Victoire* schien sie sogar regelrecht gebannt gewesen zu sein.

Eigentlich hatte ihn heute alles an Dominique Devilliers überrascht. Der Hafen, das Meer und die Sonne schienen ihren Eispanzer zum Schmelzen gebracht zu haben. Ausgerechnet dieser Ort, den jede andere Dame, die etwas auf sich hielt, gemieden hätte! Selbst Ellie war nur ungern mit ihm zum Hafen gekommen. Und in ein Boot setzte sie sich gar nicht. Ihr wurde schon auf der ruhigen Themse übel. Sie war ein richtiges Stadtkind gewesen. Mit dem Meer hatte sie nichts anfangen können. Ihn hatte das nicht weiter gestört. Das Glück mit ihr in der Stadt hatte ihm genügt.

Deshalb hatte er Madame Devilliers auch nicht erzählt, dass er Witwer war. Ihm lag nicht daran, in ihr irgendwelche Hoffnungen zu wecken, selbst wenn er sie umgarnte. Das tat er schließlich nur wegen der Manufaktur.

Daran änderte auch die Tatsache nichts, dass er sich zusammen mit Dominique auf der Mole so wohl gefühlt hatte wie seit Ellies Tod mit keiner anderen Frau mehr. Ohne viel mit ihr zu reden. Einfach dazustehen und den Wind, den würzigen Duft des Meeres und die unendliche Weite zu genießen.

Er sollte besser selbst aufpassen, dass er nicht vergaß, worum es ging. Um die Manufaktur. Und um nichts anderes …

8

Dominique, so geht das nicht.«

Ohne anzuklopfen, war André in ihr Büro geplatzt. Oder vielleicht hatte er höflich geklopft, und sie hatte es überhört, weil sie so vertieft über dem Ausgabenbuch gebrütet hatte. Sie schüttelte den Kopf, um die Zahlen daraus zu vertreiben, und richtete ihre Aufmerksamkeit auf André. »Was geht so nicht?«

»Die neue Rezeptur für die Glasur.«

Innerlich stöhnte Dominique auf. Sie hatte es befürchtet. »Warum?«, fragte sie dennoch.

»Komm und sieh es dir selbst an.«

Sie legte den Federhalter in die dafür vorgesehene Schale des Schreibtischsets, ein schönes, mit Vergissmeinnicht bemaltes Fayencekunstwerk, das auch einen Platz für das Tintenfass und eine Vertiefung für Streusand enthielt. Ihr Vater hatte es für sie modelliert und bemalt und ihr zum zehnten Geburtstag geschenkt. Sie hegte es wie einen kleinen Schatz. Doch heute erzeugte es ein schlechtes Gewissen in ihr. Er hätte es nicht gutgeheißen, dass sie die Rezeptur abgeändert hatte. Aber sie hatte keinen anderen Ausweg mehr gewusst.

Schwerfällig erhob sie sich und folgte André in den Malsaal. Er ging zu dem Regal, auf welches die beim letzten Brand glasierten Teller zum Auskühlen hingestellt worden waren. »Schau, hier.«

Mit einer bösen Vorahnung nahm sie einen der Teller und ging damit zum Fenster, wo sie ihn im hellen Tageslicht hin und her drehte. Die weiße Glasur überzog den gebrannten Ton nicht in einem Guss, sondern wies Risse auf.

»Auf dem hier springt sie sogar ab.« André hielt ihr einen anderen Teller hin und fuhr mit dem Daumennagel über die abblätternde Glasur.

Seufzend besah sich Dominique das Malheur.

»Das abgeänderte Rezept taugt nichts«, sagte er. »Wir müssen die Glasur wieder nach dem Originalrezept mischen.«

»Ja, es sieht so aus.«

»Warum hast du die Rezeptur überhaupt abgeändert?«

Es dauerte einen Augenblick, bis Dominique antwortete. »Weil das Zinn zu teuer ist.« Dass sie nicht in der Lage war, ihr Handwerk richtig auszuüben, beschämte sie. Und das André gegenüber zugeben zu müssen, noch mehr. Daran änderte auch nichts, dass nicht sie die Manufaktur an den Rand des Ruins geführt hatte, sondern Jacques. Sie hatte ihn geheiratet und ihm die Führung des Betriebes überlassen. Damit war es auch ihre Schuld.

Vorwurfsvoll sah André sie an. »Du riskierst, dass wir schlechte Waren produzieren, nur um zu sparen?«

»Irgendwo müssen wir sparen!«, wehrte sie sich.

»Aber doch nicht beim Zinn!«

»Du hast gut reden! Weißt du, was uns das Zinn kostet, seit wir kein englisches mehr importieren dürfen?«

»Warum beantragst du keine Sondergenehmigung?«

»Das habe ich ja! Aber sie haben sie verweigert!«

»Weshalb?«

Dominique warf frustriert die Hände in die Luft. »Was weiß ich! Die feinen Herren Beamten bequemen sich ja nicht, mir eine Antwort zu geben! Sie lehnen meinen Antrag einfach ab.«

André schüttelte den Kopf. »Es geht nicht nur darum, dass

das französische teurer ist. Es ist auch von schlechterer Qualität als das englische.«

»Meinst du, das weiß ich nicht?«, herrschte Dominique ihn an.

André presste den Mund zusammen.

»Es tut mir leid.« Das Problem war nicht Andrés Schuld. Er tat, was er konnte. Aber mit zu wenig Zinn im Glasurbrei brachte auch der beste Brennmeister keine perfekten Fayencen zustande. »Nimm wieder die alte Rezeptur.« Auch wenn es ihr nicht behagte, so viel Geld für schlechtes französisches Zinn auszugeben, es ging nicht anders. »Wie hat das denn dein ehemaliger Arbeitgeber Guillibaud gelöst? Die müssen dort doch das gleiche Problem mit dem Zinn haben wie wir.« Sie hatte sich schon seit längerem gefragt, wie ihre Konkurrenz mit den hohen Preisen wirtschaften konnte, zumal sie die fertigen Waren zum Teil sogar noch billiger verkaufte als sie.

»Der hat eine Sondergenehmigung gekriegt.«

»Natürlich! Er kennt ja auch jeden Magistraten!« Und wahrscheinlich hatte er sich das auch einen Batzen kosten lassen. Oder er hatte die Beamten zu einem erlauchten Herrenabend eingeladen. Dominique ballte die Hände zu Fäusten. Alles Möglichkeiten, die ihr verwehrt waren. »Irgendwie muss man doch an englisches Zinn kommen.«

André sammelte die schlechten Teller vom Regal und stapelte sie auf einem Handwagen, um sie wegzuwerfen. Dann blickte er Dominique prüfend an. »Es gäbe vielleicht eine Möglichkeit.«

»Was für eine?«

Er zögerte einen Moment. »Keine legale«, sagte er dann.

Sie hielt seinem Blick stand. Sie musste nicht lange überlegen. Was blieb ihnen denn anderes übrig? »Das nehme ich in Kauf.«

»Ich könnte mich mal im Hafen umhören«, meinte er vage.

Dominique verstand trotzdem, worauf er hinauswollte. »Geschmuggeltes Zinn?« Hinter vorgehaltener Hand hatte sie schon davon gehört, dass gewisse englische Waren, deren Einfuhr nach Frankreich verboten war, über Umwege dennoch ins Land gelangten.

Er nickte.

Dominique holte tief Luft. Sie hatte auch so schon genug Schwierigkeiten. Sollten sie mit geschmuggelten Waren erwischt werden … Aber sie kam wieder zur selben Schlussfolgerung: Welcher andere Ausweg blieb ihr? »Also gut. Aber ich komme mit. Wenn etwas schiefläuft, trage ich die Verantwortung.«

»Auf keinen Fall! Das ist viel zu gefährlich für dich!«

»Für dich ist es noch gefährlicher. Du hast Familie. Nein. Entweder machen wir es gemeinsam oder gar nicht«, widersprach sie entschieden.

André schien zu merken, dass es keinen Sinn hatte, mit ihr darüber zu diskutieren. »Na gut. Aber wenn niemand mit uns spricht, weil du dabei bist, werde ich es allein versuchen.«

»Nein. Wir machen es zusammen. Es ist meine Manufaktur, und ich bin dafür verantwortlich, nicht du.«

»Manchmal hast du einen verdammten Dickschädel!«, brauste André auf.

Dominique stemmte die Fäuste in die Hüften. »Zum Glück. Denn ohne den wäre ich nicht da, wo ich bin. Da hätte ich schon lange aufgegeben.«

Er entgegnete nichts mehr. Dann deutete er verkniffen auf ihr Kleid. »Aber zieh dir was anderes an! So fallen wir schon von Weitem auf.«

»Natürlich! Was denkst du denn!« Und mit diesen Worten drehte sie sich um und stapfte in ihr Büro zurück.

Als es dunkelte, wartete Dominique nervös im Salon auf André. Sie hatte einen einfachen, dunkelgrünen Rock angezogen, eine beige Bluse und trug darüber ein geschnürtes, braunes Mieder. Damit sah sie aus wie eine ganz normale Handwerkersfrau.

Der Kammerdiener Jean hatte sie kopfschüttelnd angesehen, als sie so die Treppe hinuntergekommen war, und die Augen nach oben gerichtet. »Wenn das der gnädige Herr noch mitbekommen hätte ...«

»Sei froh, dass er nicht mehr mitbekommt, wie es heute um die Manufaktur bestellt ist«, erwiderte Dominique leise. »Es würde ihm das Herz zerreißen.« Sie dachte daran, dass sie tatsächlich bereit gewesen war, eine schlechte Qualität in Kauf zu nehmen. Etwas, das ihr Vater nie getan hätte. Für ihn hatte sein Kunsthandwerk alles bedeutet. »Wenn wir Glück haben, können wir heute Nacht alles ändern.«

Ergeben hatte Jean den Kopf gesenkt und die Tür zum Salon hinter ihr geschlossen. Und nun wartete sie angespannt auf André.

Als er endlich kam, warf sie einen alten, dunkelgrauen Umhang über, der bis zum Boden reichte und ihren Rock verdeckte, und zog die Kapuze über die Haare, die sie im Nacken zu einem Knoten zusammengesteckt hatte. So fiel sie zumindest nicht auf den ersten Blick als Frau auf.

Durch die dunklen Straßen der Stadt liefen sie in Richtung des Hafens. Hier und dort brannten Laternen an den Hausecken. Ihr Lichtschein reichte aber nicht aus, um genau zu sehen, wohin man trat. Mehr als einmal strauchelte Dominique auf dem unebenen Kopfsteinpflaster, obwohl sie ein Paar robuste Stiefel angezogen hatte anstelle ihrer sonstigen hochhackigen Schuhe.

Je näher sie dem Hafen kamen, desto belebter wurden die Straßen. Seeleute, Soldaten aus der Zitadelle, Fischer und Tagelöhner strebten von einer Wirtschaft in die nächste. Die einen bereits torkelnd und grölend, andere noch auf sichereren Beinen. In manchen Hauseingängen warteten aufreizend gekleidete Frauen auf Kundschaft, präsentierten sich den Vorübergehenden und riefen ihnen anzügliche Bemerkungen zu.

Als ein Matrose sogar sie, trotz der verhüllenden unscheinbaren Kleidung, nach ihrem Preis fragte, keuchte Dominique schockiert auf.

»Ich habe dir gesagt, du sollst zu Hause bleiben!«, murrte André.

Dominiques Schock verwandelte sich in Wut. »Und ich habe gesagt, ich komme mit!«, gab sie zurück. Der lodernde Blick, den sie dem Seemann daraufhin zuwarf, reichte, dass er sich torkelnd von dannen machte.

André war nahe an sie herangetreten, um sie verteidigen zu können. Mit einem Nicken wies sie ihn an, wieder vorauszugehen. Als er sich umdrehte, atmete sie lautlos aus. Sie war vielleicht entschlossen, aber sie war nicht dumm. Sie wusste, dass dieses Unternehmen gefährlich war und dass nicht jeder Matrose, vor allem in betrunkenem Zustand, sich so leicht vertreiben ließe. Sie unterdrückte ein Schauern, zog den Umhang noch enger vor sich zusammen und hielt den Kopf von nun an gesenkt, sodass ihr Gesicht im Schatten der Kapuze lag. Sie atmete erleichtert auf, als André endlich auf eine Schankstube zusteuerte.

Doch beim Anblick des schmiedeeisernen Schildes mit dem Totenschädel und den gekreuzten Säbeln über dem Eingang kam in Dominique der Verdacht auf, vom Regen in die Traufe zu geraten. Aus dem *Corsaire,* dem Freibeuter, schallte Lärm auf die Straße hinaus, und es war nicht zu überhören, dass der Alkohol in der Schenke reichlich fließen musste. So hatte sich Dominique das *Rumhören* am Hafen nicht vorgestellt. Kurz überlegte sie, draußen auf André zu warten, doch als eine Gruppe vorübergehender Soldaten sie anpöbelte, folgte sie ihm rasch nach drinnen.

Die Schankstube war voll, und die Luft von menschlichen Ausdünstungen und Essensgeruch geschwängert. An langen Tischen saßen Matrosen, die ihren Landgang nicht nur nutzten, um dem eintönigen Speiseplan auf See mit einem – dem Geruch nach zu urteilen – Kohleintopf Abwechslung zu verschaffen, sondern auch die Gelegenheit ergriffen, so viel zu trinken, wie sie wollten – endlich den wachsamen Augen ihrer Offiziere entkommen. Aufreizend gekleidete Frauen sorgten für ihre Unterhaltung. Und später vermutlich auch für andere Bedürfnisse, die sich auf See offensichtlich aufgestaut hatten, so ungeniert wie die Matrosen sie betatschten. Einige Fischer hatten sich um ein Würfelspiel versammelt, an einem anderen Tisch gaben Soldaten mehr grölend als singend ihr Repertoire zum Besten.

Mühsam bahnte sich André einen Weg zum Tresen, und Dominique hielt sich dicht hinter ihm, den Kopf gesenkt, um weiteren Anzüglichkeiten zu entgehen. Vor dem Tresen herrschte ein Gedränge, als ob der Alkohol bald zur Neige ginge und nur die Rücksichtslosesten noch einen Humpen ergattern könnten. Dominique gelang es, sich ans Ende der Theke durchzuschlängeln, wo sie in der Ecke einigermaßen unbehelligt warten konnte, und überließ es André, sich nach vorne durchzukämpfen.

Endlich hatte er es geschafft. Sie sah, wie er mit dem Wirt redete, doch der schüttelte den Kopf und wandte sich einem anderen Gast zu. Frustration kroch in Dominique hoch. Wenn er ihnen nicht weiterhalf, würden sie es in den anderen Schankstuben versuchen müssen, so lange, bis sie jemanden fanden, der wusste, wo man geschmuggeltes Zinn kaufen konnte. Und jedes Mal würde sie diesen Spießrutenlauf zwischen angetrunkenen Männern über sich ergehen lassen müssen.

André gab ihr einen Wink und deutete auf die andere Seite des Schankraumes. Dort saßen in einer ruhigeren Ecke einige Männer und spielten Karten. André machte sich in diese Richtung auf, und Dominique wollte ihm nachgehen, als sie plötzlich von hinten gepackt wurde. Unsanft landete sie auf dem Schoß eines Seemannes.

»Na, wen haben wir denn da?«, rief er angeheitert und zog ihr die Kapuze vom Kopf. »Ein hübsches neues Vögelchen! Dich hab ich hier noch nie gesehen!«

Entrüstet schob Dominique seine Hände von sich und stemmte sich hoch. »Was untersteht Ihr Euch!«, fauchte sie.

Doch kaum stand sie, griff einer seiner Sitznachbarn von hinten nach ihr, sodass sie das Gleichgewicht verlor und auf dem nächsten Knie landete.

»Kommst wohl direkt vom Land! So frisch, wie du noch ausschaust!«, rief er.

»Die hat hier nichts zu suchen! Verschwinde!«, blaffte die grell geschminkte, schwarzhaarige Frau, die mit den Matrosen am Tisch saß und sich nun plötzlich ihrer Aufmerksamkeit beraubt sah. Das knappe rote Oberteil, das sie unter ihrem Mieder trug, bedeckte ihre Schultern nur gerade mit so viel Stoff, dass es noch Halt fand, und war vorne tief ausgeschnitten. Wie pralle Äpfel wurden ihre Brüste von dem eng geschnürten Mieder hochgedrückt.

»Nun hab dich nicht so. Das arme Herzchen braucht auch ein Plätzchen und ein bisschen Liebe.« Flink wie ein Wiesel machte der Seemann sich an den Knöpfen von Dominiques Bluse zu schaffen.

Sie riss seine Hände von sich und schoss auf. »Fass mich nicht an!«

»Komm lieber wieder zu mir!«, rief der erste.

Doch bevor er sie ein zweites Mal auf seinen Schoss ziehen konnte, packte sie noch ein anderer. »Du hattest sie schon! Jetzt bin ich an der Reihe!«

Dominique verlor jede Zurückhaltung. Um sich tretend und schlagend versuchte sie, dem Tisch zu entkommen. Die Matrosen lachten, bis sie einen von ihnen mit dem Knie unter dem Kinn erwischte. Danach war sie sich nicht mehr sicher, was passierte. Sie landete auf dem Boden, Hände griffen nach ihr, die Männer brüllten und begannen sich zu schubsen, als jeder darum kämpfte, ihrer habhaft zu werden.

Plötzlich legte sich ein starker Arm um ihre Taille und zog sie hoch, presste sie an einen harten Körper. Dieser Griff war anders als die anderen. Bestimmter. Unbeugsamer. »Die Dame gehört zu mir!«, verkündete eine befehlsgewohnte Stimme hinter ihr.

Dominique keuchte. Sich windend und um sich schlagend versuchte sie, von dem Mann loszukommen, doch sein Arm umfing sie von hinten wie eine eiserne Manschette. Mühelos drehte der Lüstling sich mit ihr um und pflügte sich seinen Weg durch die Schenke, wie ein Linienschiff durch haushohe Sturmwellen. Hinter ihnen artete das Handgemenge in eine Schlägerei aus, an der sich immer mehr Raufustige beteiligten.

»Hört endlich auf, um Euch zu schlagen!«, knurrte der Mann, der sie trotz ihrer Gegenwehr immer noch an sich gepresst hielt. »Oder soll ich Euch lieber Euren vielen Verehrern überlassen?«

Er hatte bereits die halbe Schenke durchquert und würde bald den Ausgang erreichen. Draußen wäre niemand mehr, der ihr helfen würde. Verzweifelt schlug Dominique auf den Mann ein und scheute sich nicht, auch Zähne und Nägel einzusetzen. Sie musste ihn nur so lange hinhalten, bis André ihr zu Hilfe eilen konnte.

»Verdammt noch mal!«, fluchte der Mann, als es ihr gelang, ihn in den Arm zu beißen. »Ihr habt es nicht anders gewollt!«

Der Griff um ihre Taille löste sich, und Dominique glaubte schon, er ließe sie los, als sie plötzlich durch die Luft gewirbelt wurde. Ehe sie sich versah, hing sie kopfüber von seiner Schulter.

»Lass mich runter!« Sie strampelte mit den Beinen und schlug mit den Fäusten gegen seinen Rücken. Aber es half alles nichts. Sein Arm legte sich um ihre Kniekehlen und drückte ihre Beine gegen seine Brust, sodass sie in seinem Griff gefangen war. Er stieß die Eingangstür auf und trat auf die Straße hinaus.

»Da scheint's ja einer mächtig eilig zu haben!«, brüllte ein Soldat, der mit seinen Kumpanen an ihnen vorbeiging. »Wirft sich das Weib einfach gleich über die Schulter! Was für ein Teufelskerl! Das muss ich mir merken!« Alle lachten. Niemand kam auf die Idee, Dominique zu helfen.

Der Mann bog in eine kaum belebte, enge Seitengasse ein. Panische Angst durchflutete Dominique. Wo wollte der Kerl mit ihr hin? Und was würde er mit ihr machen? Hatte André sie in dem Getümmel in der Schankstube überhaupt gesehen? Was, wenn auch er ihr nicht zu Hilfe eilte?

Der Mann blieb stehen. Seine Hände legten sich um ihre Hüften, hoben sie von seiner Schulter und stellten sie auf die Füße. Voller Verzweiflung sammelte Dominique ihre letzten Kräfte, um sich von ihm loszureißen, doch ihr war so schwindlig, dass sie nicht einmal mehr stehen konnte. Der Mann schob sie gegen eine Hausmauer.

»Verflucht noch mal, was wolltet Ihr im *Corsaire*?«, schnauzte er sie an.

Mit einem Mal kam ihr die Stimme bekannt vor. Von der Laterne an der Hausecke fiel ein schwacher Lichtschein auf sein Gesicht. Seine Wangen waren von Bartstoppeln bedeckt, und einige wirre Strähnen hingen ihm ins Gesicht. Konnte das wirklich sein?

»McLane!« Sprachlos starrte Dominique ihn an.

Er stützte die Hände neben ihrem Kopf an der Mauer ab. Seine Stimme zitterte beinahe vor Wut. »Was hattet Ihr im *Corsaire* zu suchen?«

»Nichts«, stammelte sie. Er stand so dicht vor ihr, dass sie den Alkohol in seinem Atem riechen konnte. Seine Augen funkelten sie grimmig an. Eingeschüchtert wich sie seinem durchdringenden Blick aus und wäre am liebsten auch vor ihm zurückgewichen, was jedoch unmöglich war, da er sie zwischen sich und der Mauer gefangen hielt. Er trug einen alten Mantel und an seinem Hemd standen die obersten Knöpfe offen. Die Halsbinde, die jeder Mann trug, der etwas auf sich hielt, fehlte, und auch sonst hatte er nichts mehr von dem Galan von Marquise de Grays Soiree an sich. Nicht einmal mehr von dem McLane, der sie in der Manufaktur besucht hatte und mit dem sie einen Spaziergang auf die Mole unternommen hatte. Er wirkte so einschüchternd wie einer der Halunken, die nachts den Hafen unsicher machten.

»Nichts«, flüsterte sie noch einmal, da er sie immer noch mit seinen blitzenden Augen fixierte.

»Und wegen *nichts* habt Ihr eine solche Unruhe gestiftet?«

»Unruhe? Ich?« Vor Empörung verflog ihre Angst. »Ich habe überhaupt nichts getan! Ich bin hier das Opfer!« Was war bloß mit McLane los? Wer war dieser Mann, der jetzt vor ihr stand?

»Opfer?«, entgegnete er höhnisch. Er löste eine Hand von der Mauer und schlang eine ihrer Haarsträhnen um seine Finger. »Wenn eine Frau ins *Corsaire* geht, will sie etwas ganz Bestimmtes.«

Die unterdrückte Wut, die sie vorher in ihm gespürt hatte, verschwand und machte etwas anderem Platz. Etwas, das ihr Herz wieder schneller klopfen ließ. Sein dunkler Blick wanderte über ihren Körper. Plötzlich wurde sich Dominique ihrer offenen Haare bewusst. Der Knoten hatte sich in dem Handgemenge gelöst, und die dunklen Haare fielen ihr über die Schultern. Der Umhang war ihr abhandengekommen, und die Bluse war bis zum Mieder aufgerissen, wodurch sie den Ansatz ihrer Brüste preisgab. McLanes Blick verharrte dort. Röte schoss Dominique ins Gesicht.

»Wenn Ihr männliche Aufmerksamkeit braucht, könnt Ihr Euch jederzeit an mich wenden.« Sein Mund kam dem ihren näher, dann drehte er den Kopf ein wenig, als wolle er ihren Hals liebkosen.

Obwohl er es nicht tat, hatte sie das Gefühl, seine Lippen auf ihrer Haut zu spüren. Eine Hitzewelle durchfuhr sie, und für einige Sekunden war sie wie gelähmt.

Dann setzte ihr Verstand wieder ein. Heftig stieß sie McLane von sich. Mit einer geschmeidigen Bewegung wich er zurück, ohne seinen Blick von ihren Brüsten zu nehmen, die sich in dem Ringen um Atem hoben und senkten. Sie verschränkte die Arme davor.

In diesem Augenblick kam André um die Ecke gelaufen. »Dominique! Da bist du ja! Gott sei Dank! Ich habe dich überall gesucht!« Seine Erleichterung war ihm anzuhören.

»André!« Am liebsten wäre sie ihm um den Hals gefallen.

Doch bei McLanes Anblick verzerrte sich sein Gesicht mit kalter Wut. »Was hast du ihr getan? Du Dreckskerl!« Er ballte seine Fäuste und holte aus.

Bevor er auf McLane losgehen konnte, trat Dominique abwehrend dazwischen. »Nein! Er hat mir geholfen! Er hat mich aus der Schenke gerettet!«

Feindselig blitzte André ihren Retter an. »Und was wollte er als Belohnung dafür?«

»Gar nichts. Es ist alles in Ordnung«, beschwichtigte sie.

»Wer ist das, dein Freund?«, fragte McLane nun seinerseits bissig. »Hast du den im *Corsaire* getroffen?«

»Nein!« Aufbrausend fuhr sie herum und warf die Arme in die Höhe. Wie konnte McLane so etwas behaupten? Und wie konnte er sie einfach duzen!

»Pass bloß auf, was du sagst!« Wütend schüttelte André die Faust.

»Ich sage, was mir passt!«, fauchte McLane und hob ebenfalls seine Fäuste.

»Hört auf, alle beide!«, rief Dominique und drängte sich erneut zwischen die Männer. »Es ist alles in Ordnung. McLane hat mir geholfen, und André hat mich ins *Corsaire* gebracht.«

»Wie konntest du sie an einen solchen Ort bringen?«, herrschte McLane ihn an, ohne Dominique zu beachten.

»Weil ich es so wollte«, antwortete sie.

»Ich habe dir gesagt, du sollst zu Hause bleiben!«, fuhr André sie an.

McLane schaute zwischen ihnen beiden hin und her. »Und was wolltet ihr im *Corsaire*?«

»Das geht Euch nichts an«, gab Dominique zurück.

»Das ist kein Ort, wo sich eine anständige Dame aufhalten sollte! Ich bringe Euch jetzt nach Hause!«, beschloss McLane.

»Vielen Dank, aber das wird André machen.«

»Ach ja?«, knurrte McLane. »Ich werde Euch begleiten, damit ich sicher bin, dass Ihr heil nach Hause kommt. Denn dieser Kerl weiß offenbar nicht, was sich für eine Dame gehört.«

André setzte zu einer empörten Erwiderung an, als von der Straße her Lärm zu hören war. Die Männer spähten um die Ecke. Die Schlägerei ging nun auch vor dem *Corsaire* weiter.

»Gehen wir.« McLane griff nach Dominiques Arm.

André bedachte ihn mit einem finsteren Blick, entgegnete aber nichts.

Die Stimmung zwischen den beiden Männern war während des ganzen Heimwegs spürbar feindselig. Widerspruchslos trottete Dominique hinter McLane her, denn bereits das kleinste Aufmucken ihrerseits würde André dazu veranlassen, auf McLane loszugehen. Und sie befürchtete, dass André dabei den Kürzeren ziehen würde. McLane war ein ganzes Stück größer und kräftiger als ihr Freund und wirkte um einiges skrupelloser. Was war das für ein Mann, der sich wie ein eitler Salongecke geben konnte, dem nichts wichtiger war als der Sitz seiner aufwändig geschlungenen Halsbinde und der sich einbildete, dass alle Frauen seinen Galanterien zu Füßen lagen? Während er sich gleichzeitig in nichts vom skrupellosesten Halunken zu unterscheiden schien, der am Hafen zu finden war? Und was hatte er im *Corsaire* zu suchen? War er vielleicht einfach nur ein gerissener Betrüger aus den trüben Sümpfen der Hafenspelunken, der sich teuer eingekleidet in die vornehme Gesellschaft hineingeschmuggelt hatte? Auf der Suche nach ... ja was?

Dominique schüttelte den Kopf. Warum war er in der Manufaktur erschienen? Und was hatte er von ihr gewollt, wo er sich auf Marquise de Grays Soiree doch an wohlhabendere und einflussreichere Gäste hätte heranmachen können? Oder glaubte er, sie wäre eine reiche Witwe und somit eine erstrebenswerte Beute? Wenn er aber wirklich auf der Suche nach einer solchen war, hätte er leicht herausfinden können, dass er damit bei ihr an der völlig falschen Adresse war. Was also waren seine Absichten?

Diese Frage würde wohl unbeantwortet bleiben, denn inzwischen waren sie vor ihrer Haustür angelangt.

»Hier wohnt Ihr?« McLanes ungläubiger Blick glitt an der Fassade des schmalen, dreistöckigen Hauses empor, das in einer Zeile ähnlicher Häuser stand, sodass kaum Mondlicht in die Gasse drang.

»Ja.« Offenbar hatte er etwas anderes erwartet und war enttäuscht. Nun gut, damit war ihm wenigstens klar geworden, dass er sich besser ein lohnenderes Opfer für seine Schurkereien suchte.

Obwohl sie hätte froh darüber sein müssen, war das Gefühl, das sie bei seinem abschätzenden Blick empfand, ein anderes. Es fühlte sich viel mehr wie eine Zurückweisung an, so als wäre sie nicht gut genug für seine Aufmerksamkeit.

Sie ignorierte dieses Ziehen in ihrem Magen und drückte den Rücken durch. »Ich wünsche Euch eine gute Nacht, Monsieur McLane.«

Anstatt den Abschied zu erwidern und zu gehen, blickte er auffordernd zu André. Der gab den Blick ebenso auffordernd zurück, ohne sich von der Stelle zu rühren.

Herrgott noch mal!, fluchte Dominique innerlich. Mussten die beiden immer noch ihre Klingen aneinander wetzen! Sie drängte es, endlich zu erfahren, ob der Mann am Kartentisch etwas über geschmuggeltes Zinn gewusst hatte, und André schien nur darauf zu warten, mit ihr unter vier Augen zu reden. Doch wenn sie ihn jetzt ins Haus bat – als alleinstehende Frau und das um diese Uhrzeit! –, wäre ihr Ruf ruiniert. Denn darauf schien McLane nur zu warten. Widerwillig verabschiedete sie sich auch von André. Erst als dieser sich umdrehte und zum Gehen wandte, zog endlich auch McLane ab.

Dominique atmete tief durch. So hatte sie sich den Abend wahrlich nicht vorgestellt!

9

Kincaid warf einen Blick über die Schulter zurück. Der andere Mann ging immer noch die Gasse hinunter in die entgegengesetzte Richtung. Er schien tatsächlich nach Hause zu gehen. Halb hatte Kincaid erwartet, dass er wieder zurückkommen würde. Es hatte so gewirkt, als würden Dominique Devilliers und der Kerl nur darauf warten, ihn als lästigen Dritten loszuwerden. Daher trat er in den Schatten eines nahen Hauseinganges und beobachtete die sich entfernende Gestalt. Der Mann ging bis ans Ende der Gasse und bog dort in eine andere ein, wodurch er aus Kincaids Blickfeld verschwand. Trotzdem verharrte Kincaid in dem Hauseingang. Er wartete immer noch darauf, dass der andere versuchen würde, unbemerkt zurückzukommen.

Doch als auch nach einer ganzen Weile nichts geschah, beschloss er schließlich, nach Hause zu gehen. Wenn die beiden ein Stelldichein gehabt hatten, dann war es – zumindest für diese Nacht – vorbei.

Sein Weg führte ihn zu einem der wenigen breiteren Boulevards in Le Havre, wo er sich ein stattliches Haus gemietet hatte, das sein Ansehen als erfolgreicher Kaufmann unterstreichen sollte. Kaum schritt er die paar Stufen zum Eingang hinauf, wurde auch schon die Tür geöffnet, als hätte der Kammerdiener die ganze Nacht nur auf seine Rückkehr gewartet. Louis nahm ihm den alten Mantel ab und unterließ es für einmal, seine Nase über dieses ungebührliche Kleidungsstück zu rümpfen. Anscheinend war die Nacht dafür schon zu weit fortgeschritten. Louis folgte Kincaid ins Schlafzimmer und sammelte dort mit spitzen Fingern das einfache Hemd und die grobe Hose vom Boden auf, wo Kincaid sie fallen ließ.

»Wünschen Monsieur noch einen Gutenachttrunk?«, fragte er in seiner gestelzten französischen Art.

»Nein danke. Für heute habe ich genug gehabt«, erwiderte Kincaid und entließ den Diener.

Normalerweise ging er nur noch ins *Corsaire*, um seine Kontaktleute zu treffen. Doch als er einige Stunden zuvor allein in seinem eleganten Salon gesessen und sich gefragt hatte, was er da tun sollte, zwischen all diesen zierlichen und mit teurem Brokat bezogenen Stühlchen und Chaiselongues, den mit Intarsien belegten Tischchen aus edlen Hölzern und den dicken Teppichen, in denen man beim Laufen versank, da hatte er diesen Salon und dieses Haus kaum mehr ertragen. Und als sein Blick auch noch auf das schöne Blumenbouquet in der chinesischen Vase gefallen war, hatte er die Flucht ergriffen.

Blumen waren Ellies Passion gewesen. Sie hatte Stunden in dem Treibhaus im kleinen Garten hinter dem Haus verbracht und war danach jeweils mit einem Arm voller Blumen im Wohnzimmer erschienen, die sie mit viel Liebe und Geschick zu prächtigen Arrangements gesteckt hatte. Dann hatte sie ihm ein versonnenes Lächeln geschenkt, und sein Herz hatte sich mit Wärme gefüllt.

Wäre der Salon wenigstens mit dunkeln, schweren Möbeln ausgestattet gewesen, hätte er es ertragen, sich darin aufzuhalten. Doch diese filigrane Leichtigkeit in dem hohen, hellen Raum, der schmückende Nippes da und dort und die zarten, fröhlichen Farben verrieten so sehr die weibliche Hand der Vermieterin, die diesen Salon eingerichtet hatte, dass es Kincaid zu viel wurde.

Der Schmerz über Ellies Tod war inzwischen abgeklungen.

Nur ab und zu kam er wieder hochgekrochen, wenn ihn etwas an sie erinnerte. So auch an diesem Abend. Und wie in den Zeiten nach ihrem Tod war er die Treppe hinaufgerannt, hatte sich das grobe Hemd übergezogen, dessen Stoff auf der Haut scheuerte, und war in den Sumpf der Hafenspelunken abgetaucht, dort, wo das Leben in seiner urtümlichsten Form brodelte, wo die Menschen ihre grundlegendsten Bedürfnisse zu stillen versuchten und sich jegliche Kultiviertheit verlor. Nur dort hatte er damals noch das Gefühl zu leben. Mit einem Übermaß an Alkohol und darauf wartend, dass irgendwo eine Schlägerei ausbrach, bei der er diesen alles umfassenden Schmerz tief in seinem Inneren für eine Weile loswurde, ihn mit seinen Fäusten nach außen tragen und in den Schmerz der eingesteckten Schläge umwandeln konnte.

Später hatte er auch eine Zeitlang versucht, in den Armen einer der vielen Dirnen Erlösung zu finden, doch nachdem jeder dieser Versuche in einem Fiasko geendet hatte – ihr weiches Fleisch, ihr Geruch und die penetrante Art, mit der sie ihn umgarnten, hatten ihn so sehr abgestoßen, dass ihm übel wurde –, ließ er die Finger von diesen Frauen. Die schroffe und verletzende Art, mit der er jede zurückwies, die trotzdem versuchte, sich ihm zu nähern, hatte bald dazu geführt, dass sein Ruf die Runde machte und sie sich von ihm fernhielten.

Dann hatte er sich auf sein Schiff und in seine Aufgabe geflüchtet, wo er Verantwortung für seine Mannschaft hatte tragen und die versprochenen Liefertermine einhalten müssen. Tag und Nacht hatte er an Deck gestanden, vom Regen durchnässt, vom Wind halb erfroren. Er war nachts mit den Männern an den Strand gerudert, immer angespannt und auf der Hut vor den Zöllnern, hatte Fässer und Ballen auf seinen Schultern die steilen Küsten hochgetragen, bis seine Muskeln vor Anstrengung zu zittern begannen, in Stiefeln, in denen das Meerwasser bei jedem Schritt gluckste. Doch wie gerne hatte er Nässe, Kälte, Hunger und die Schmerzen in seinen Gelenken und auf seiner Haut ertragen! Gegen diesen dumpfen, unerträglichen Schmerz tief in seinem Inneren war alles andere eine Wohltat gewesen.

Und dann hatte Großmutter entschieden, dass er das Kommando an seinen jüngeren Bruder Dean abtreten und nach Le Havre gehen und dort diese vermaledeite Manufaktur übernehmen sollte.

Wie war sie bloß auf die Idee gekommen, er könne sich zum Kaufmann eignen? Er schüttelte den Kopf. Das war nichts für ihn. Bei der nächsten Überfahrt würde er mit Dean nach Hause segeln. Sollte sie doch einen seiner vielen Cousins nach Frankreich schicken. Er wollte wieder das Kommando über sein Schiff haben.

Über seinem Glas brütend, hatte er an diesem Abend daher auch nicht bemerkt, wie Dominique Devilliers das *Corsaire* betreten und was sie dort gemacht hatte. Erst als sich ein Tumult anbahnte, war er aufmerksam geworden. Und dann hatte er zu seiner Überraschung plötzlich diese Frau entdeckt, die so gar nicht in eine solche Umgebung passte. Mit einer dunklen Lockenmähne, einem eng geschnürten Mieder und einem Oberteil, das bis zum Ansatz ihrer Brüste offen stand, hatte sie wie eine Amazone inmitten von lüsternen Männern gekämpft. Einen Wimpernschlag lang hatte er nur dagesessen und sie angestarrt. Dann war er so schnell hochgeschossen, dass sein Stuhl krachend umfiel, hatte sich mit seinen Fäusten durch die Menge gekämpft und sich diese Amazone geschnappt. Sie hatte versucht, sich gegen ihn zur Wehr zu setzen, aber da hatte sie keine Chance gehabt. Er hatte sie sich über die Schulter geworfen und sich einen Weg aus dem *Corsaire* gebahnt, bevor die anderen ihm hatten zuvorkommen können.

Erst draußen hatte er ihre Angst bemerkt und dass sie sich wohl nicht bewusst gewesen war, auf was sie sich da eingelassen hatte. Dass sie am Hafen nach etwas gesucht hatte, war hingegen unübersehbar gewesen. Ihre Kleidung verriet, dass der Besuch geplant gewesen war. Wie sonst auch wäre eine Dame wie sie des Nachts am Hafen gelandet? Dorthin ging man nicht einfach so. Dorthin verschlug es einen nur in voller Absicht. Fragte sich nur, welches ihre Absichten gewesen waren. So, wie sie sich gegen ihn und die anderen Männer gewehrt hatte, schien männliche Gesellschaft nicht ihr Beweggrund gewesen zu sein. Nur was machte dann dieser Kerl an ihrer Seite, den sie offenbar so gut kannte, dass sie sich duzten? Ein Mann, der seinem Äußeren und seinem Benehmen nach nicht ihrer Gesellschaftsschicht entstammte? Was hatte sie mit ihm zu schaffen? War er ihr heimlicher Liebhaber? Aber warum hatte er sie ins *Corsaire* gebracht? Denn es war nicht anzunehmen, dass das ihre Idee gewesen war. Frauen wie sie kannten solche Spelunken gar nicht und würden sich normalerweise auch nicht freiwillig hineinbegeben.

Und trotzdem war sie mit ihm dort gewesen. Ärger kochte in ihm hoch über diesen Kerl, dem nichts Besseres einfiel, als eine Frau, die ihm vertraute, an einen solchen Ort zu schleppen. Liebend gerne hätte er ihn dafür verprügelt. Nur hatte Dominique Devilliers das nicht zugelassen. Schützend hatte sie sich vor ihn gestellt. Als ob ein solcher Kerl auch noch ihren Schutz brauchte! Wenn sie sich schon einen Liebhaber nahm, dann doch wenigstens einen passenderen!

Kopfschüttelnd ging er zum Fenster, zog die Vorhänge auf und starrte in die schwarze Nacht hinaus. Er konnte jetzt nicht ins Bett gehen und schlafen. Zu viele Fragen gingen ihm im Kopf herum. Und diese Fragen kreisten alle um dieselbe Person: Dominique Devilliers.

Wer war diese Frau?

Mit Gewissheit wusste er nur eines: Sie war nicht das, wofür die vornehme Gesellschaft Le Havres sie hielt.

Er erinnerte sich daran, bei seinem Besuch in der Manufaktur in ihrem Büro eine Einladung zu Comte de Beaumonts Ball gesehen zu haben. Eigentlich hatte er vorgehabt, seinen Besuch in Le Havre abzubrechen und mit seinem Bruder bei der nächsten Überfahrt nach Hause zurückzukehren. Doch nun überlegte er es sich anders. Vorher wollte er hinter das Geheimnis dieser Dame kommen, die den so völlig falschen Spitznamen *Eisprinzessin* trug.

10

Der Fußball, der mehr unförmig als rund aus alten Lumpen zusammengenäht worden war, rollte direkt vor ihre Füße. Ohne zu überlegen, hob Dominique die Röcke und schoss ihn in die Richtung zurück, aus der er gekommen war. Verdutzt starrte der kleine Etienne sie an, während der Ball an ihm vorbei die Stiege zum Keller hinunterrollte.

»Du hast nicht aufgepasst!«, rief Dominique. »Jetzt musst du ihn holen!«

Der Kleine starrte noch einige Sekunden lang die Dame an, die so undamenhaft seinen Ball zurückgeschossen hatte, dann drehte er sich um und rannte die Stiege hinab. Schnaufend kletterte er mit seinem Spielzeug wieder die steilen Stufen hinauf. Er legte den Ball vor seinen Füßen auf den Boden und sah Dominique unschlüssig an. Sie machte mit den Händen eine auffordernde Bewegung. Das schien seine Scheu und seinen Unglauben, ausgerechnet in ihr eine Spielkameradin gefunden zu haben, beiseitezuschieben. Er holte aus und trat den Ball in ihre Richtung. Mit gerafften Röcken musste sie einige Schritte rennen, um ihn zu erwischen, und schoss ihn zu Etienne. Dieses Mal erwartete der Junge ihn und spielte ihn zurück.

»Ich habe gar nicht mehr gewusst, wie viel Spaß das macht!«, rief Dominique.

»Hast du denn früher auch Ball gespielt?«, fragte der Kleine immer noch ungläubig.

»Aber ja! Draußen auf der Straße. Mit den anderen Kindern.«

»Auch mit meinem Vater?«

»Ja, der war meistens auch dabei. Der konnte besonders gut schießen.«

Etiennes nächster Pass ging daneben, und der Ball prallte gegen die Mauer des Innenhofes. Schnell holte ihn der Kleine und schoss ihn wieder zu Dominique. Sie wollte ihn gerade zurückspielen, als Etiennes Schwester Adéline in den Hof gelaufen kam.

»Da bist du ja!«, rief die Siebenjährige aufgebracht. »Wie oft habe ich dir schon gesagt, dass das kein Spielplatz ist!« Sie fasste ihren Bruder am Ohr und zog ihn zum Hauseingang.

»Ach, lass ihn doch«, versuchte Dominique, dem Kleinen zu helfen.

»Das ist kein Spielplatz, sondern eine Manufaktur, und außerdem soll er Euch nicht belästigen«, meinte Adéline naseweis.

»Solange keine Fayencen verpackt werden, habe ich nichts dagegen, wenn er hier spielt. Und mir hat es Spaß gemacht, ihm Gesellschaft zu leisten.«

Adéline sah sie an, als wäre sie von allen guten Geistern verlassen. »Er muss jetzt aber ins Haus kommen. Hat Mama gesagt«, schob sie nach.

»Na, dann lasst eure Mama nicht warten«, sagte Dominique. Es war wohl besser, sich nicht in Jeanettes Familienangelegenheiten einzumischen. Sie war auch so schon abweisend genug. »Tschüss, Etienne.« Sie winkte dem Kleinen nach.

»Tschüss, Madame.« Er wollte ebenfalls die Hand heben, wurde aber von seiner Schwester ins Haus gezogen.

»Armer Kleiner«, murmelte Dominique. Sie überlegte, ob sie mit André sprechen sollte, entschied sich dann aber dagegen. Er würde es nur Jeanette weitergeben. Und die hätte noch einen Grund mehr, sie abzulehnen. Trotzdem machte sie sich auf den Weg zu ihm. Sie musste endlich wissen, ob er erfahren hatte, wo sie englisches Zinn kaufen konnten.

Sie fand ihn beim unteren Brennofen, wo er gerade Holz nachlegte. Beklommen sah sie zu, wie das teure Brennholz im Ofen verschwand und der Vorrat, den sie gerade erst für viel Geld gekauft hatte, schon bald wieder aufgebraucht sein würde. Seit es so viele Manufakturen gab, welche Holz für ihre Öfen brauchten, war das Brennholz in der Gegend knapp geworden. Neue Öfen durften daher nicht mehr in Betrieb genommen werden, und das Holz musste von weiter flussaufwärts nach Le Havre geschafft werden.

Dominique wartete, bis André fertig war und die Klappe am Ofen schloss. »Hast du etwas herausgefunden wegen des Zinnes?«

Er rieb die Hände an einem Lappen ab und warf einen misstrauischen Blick in den Malsaal. Die Maler waren alle mit ihrer Arbeit beschäftigt. Keiner würde sie hören. »Am Siebzehnten soll ein Schiff anlanden, das Zinn mitbringt. Ich soll am Stadttor einen Boten treffen und ihm das Geld dafür mitgeben.«

»Können wir nicht selbst dahin?«

»Nein.«

Das gefiel Dominique nicht. »Und woher sollen wir wissen, dass der Bote nicht einfach mit dem Geld verschwindet?«

André verzog den Mund. »Wir werden ihm wohl vertrauen müssen.«

Dominique runzelte die Stirn. »Einem Fremden, den wir nicht mal kennen?«

»Mein Kontaktmann meint, der Bote sei zuverlässig.«

Dominique schnaubte. »Seine Meinung in Ehren, aber ich würde mich gerne selbst davon überzeugen, dass mein Geld am richtigen Ort ankommt.«

»Ich denke, wir können ihm vertrauen. Das Ganze funktioniert nur so. Die Schmuggler kennen einander. Sollte einer den anderen übers Ohr hauen, müsste er mit einer harten Strafe rechnen.«

»Hm.« Dominique war nicht überzeugt. Warum sollte sie ausgerechnet einem Schmuggler trauen? Jemandem, der das Gesetz brach und daraus seinen Vorteil zog? Sie wollte weitere Einwände erheben, unterließ es aber angesichts von Andrés Miene. Es war unübersehbar, dass er ihr Misstrauen persönlich nahm.

»Na gut«, lenkte sie widerwillig ein. »Aber erst warten wir noch die Antwort der Behörden ab. Vielleicht genehmigen sie uns ja doch noch, englisches Zinn ganz legal zu kaufen.«

André nickte knapp, belud die Trage mit weiteren Holzscheiten und stieg hinauf zum oberen Brennofen.

Unschlüssig sah Dominique ihm nach. Sie wusste, dass sie ihm trauen konnte – oder hoffte es zumindest. Aber einem Fremden? Sie konnte nicht riskieren, das Geld zu verlieren.

Plötzlich kam ihr die rettende Idee: Sie würde das Treffen an jenem Abend am Stadttor heimlich beobachten und dann dem Boten – und ihrem Geld – folgen.

Jetzt musste sie sich nur noch überlegen, wie sie es wiederbekommen sollte, wenn sie tatsächlich betrogen wurde.

Müde kam Dominique einige Abende später nach Hause. Der Frühsommer hatte ihnen nach einem kalten, feuchten Frühling die ersten heißen Tage beschert. Der Wetterwechsel war so schnell gekommen, dass er einem kaum Zeit ließ, sich an die Wärme zu gewöhnen. Einige der Arbeiter in der Manufaktur waren krank geworden und klagten über Durchfall und Erbrechen. Überall hatte es an zupackenden Händen gefehlt, sodass sich Dominique selbst eine Schürze umgebunden und mitgearbeitet hatte, wo es gerade nötig gewesen war.

Nun wollte sie sich nur noch in ihren bequemen Sessel sinken lassen und sich ausruhen. Die müden Beine hochlegen und einen Schlummertee trinken.

Doch kaum hatte sie sich gesetzt, klopfte es an die Salontür. Der Kammerdiener Jean kam herein. »Madame, Monsieur Gustave bittet darum, Euch seine Aufwartung machen zu dürfen.«

Seufzend schloss Dominique die Augen. Cousin Gustave war der Letzte, den sie sehen wollte. Aber da sie ihm bereits bei seinen beiden vorangegangenen Besuchen hatte ausrichten lassen, sie wäre nicht zu Hause, würde sie heute wohl oder übel wieder einmal in den sauren Apfel beißen müssen. »Führ ihn herein.«

Sie zwang sich aufzustehen, obwohl sie sich am liebsten in ihrem Sessel verkrochen hätte, und drückte die Schultern nach hinten, um sich für die bevorstehende Auseinandersetzung zu wappnen.

Sie hatte kaum ihre höfliche Maske aufgesetzt, als Gustave auch schon Jean beiseitedrängte und sich selbst Einlass verschaffte. Mit energischen Schritten marschierte er in den Salon.

»Cousine Dominique, schön, dich endlich einmal anzutreffen.« Der Zynismus in seiner Stimme strafte die Worte Lügen. Seine Lippen waren zu einem verbissenen Strich zusammengepresst, und seine schwarzen, unheimlichen Augen schienen Dominique durchbohren zu wollen.

Unwillkürlich rann ihr ein kalter Schauder über den Rücken. Gustave war kein Mann, dem sie in einer dunklen Gasse allein begegnen wollte. Ja, selbst ihr Salon verlor durch seine Anwesenheit die Geborgenheit und Sicherheit, die er ihr sonst gab.

»Wenn du unangemeldet vorbeikommst, musst du damit rechnen, dass ich vielleicht nicht zu Hause bin«, warf sie dennoch ein. Wenn sie ihm nicht die Stirn bot, würde er ihr mit seinem herrschsüchtigen Wesen nach und nach die Kontrolle über jeden ihrer Freiräume nehmen.

»Ich bin immer nach dem Abendessen vorbeigekommen. Zu

einer Uhrzeit, zu welcher jede anständige Frau zu Hause ist.« Seine Stimme war schneidend scharf, und sein Blick, mit dem er sie von oben herab abschätzig musterte, hätte nicht deutlicher machen können, wie wenig er von ihrer sogenannten Anständigkeit hielt.

Sie wusste, dass sie diesen Vorwurf nicht annehmen und sich von ihm nicht in die Defensive drängen lassen sollte, aber sie konnte nicht verhindern, dass sie sich trotzdem rechtfertigte. »Ich war zu einer Abendgesellschaft eingeladen. Bei einem Stadtrat. Es waren mehrere andere Stadträte, Kaufleute und Bankiers anwesend. Eine ehrenwerte Gesellschaft, welche meinem guten Ruf keinen Abbruch tut. Als Inhaberin einer Manufaktur muss ich die guten Beziehungen zu den einflussreichen Kreisen dieser Stadt pflegen.« Dass sie einige Abende zuvor etwas getan hatte, das ihren Ruf ruinieren könnte, würde es ruchbar werden, war ohne Belang. Außer André und McLane hatte niemand sie im *Corsaire* erkannt, und sie glaubte nicht, dass McLane sich darüber bei den falschen Personen auslassen würde. Denn es würde die Frage aufwerfen, was er selbst dort getan hatte. Er war zwar ein Mann und hatte dementsprechend viel mehr Freiheiten als sie, aber in einer solchen Spelunke verbrachte niemand, der etwas auf sich hielt, seine Zeit. Schon gar nicht in der Bekleidung eines Halunken.

Gustave beugte sich mit seiner langen, hageren Gestalt drohend über sie. Die pulsierende Ader an seinem sehnigen Hals verriet die unterdrückte Wut, die in ihm schwelte. Dominique wich einen Schritt zurück.

»Das muss endlich ein Ende haben! Mit deinem törichten Entschluss, die Manufaktur selbst zu leiten, ruinierst du den guten Ruf unserer Familie! Ich habe dir schon mehrmals gesagt, dass ich bereit bin, die Leitung zu übernehmen. Das ist doch kein angemessener Zeitvertreib für eine Frau!«

»Das ist kein Zeitvertreib!«, ereiferte sie sich. »Ich habe die Manufaktur von meinem Vater geerbt und führe sie in seinem Sinn weiter. Bis jetzt habe ich das erfolgreich getan und damit in keiner Weise unserem guten Ruf geschadet. Ich weiß, wie wichtig eine Reputation ist, und ich achte sehr darauf, was ich tue.«

»Bis jetzt hat man dir dein Verhalten durchgehen lassen aus Rücksicht auf deine Trauer um Jacques!«, zischte Gustave. »Aber das wird nicht mehr lange so gehen, und du wirst ins Kreuzfeuer der Kritik geraten! Und dann ist nichts mehr zu machen! Du wirst mit deiner Unfähigkeit und deinem skandalösen Benehmen nicht nur unser Ansehen ruinieren, sondern auch die Manufaktur!«

Dominique zuckte zurück, als hätte er sie geschlagen. Mit der Erwähnung von Jacques' Namen riss Gustave eine Wunde wieder auf, die noch nicht verheilt war. Äußerlich war sie ihr nicht mehr anzumerken, aber in ihrem Inneren brannte die Qual seines Verrats und seines sinnlosen Todes, mit dem er noch aus dem Grab einen Skandal heraufbeschworen hatte, Tag um Tag weiter.

Zitternd wich Dominique noch einen Schritt vor dem tobenden Gustave zurück. Seit ihr Vater krank geworden war, versuchte er die Manufaktur zu bekommen. Dass sie Jacques geheiratet hatte, der nach Vaters Tod die Leitung übernahm, hatte Gustaves Wut und Eifersucht nur noch gesteigert. Er hatte seine Lehre im Betrieb ihres Vaters gemacht und das Handwerk gelernt. Doch nach Abschluss seiner Ausbildung hatte Vater die Manufaktur nicht ihm überlassen, wie Gustave sich immer erhofft hatte. Sein Neffe war ihm zu ehrgeizig gewesen, zu versessen darauf, ein Vermögen zu machen und in die höheren Kreise aufzusteigen, zu denen ihr Vater als geachteter Hersteller von Kunsthandwerk gute Kontakte pflegte.

Gustave hatte nur bei einer kleinen Fayence-Manufaktur, welche billige Massenware herstellte, eine Anstellung als Verwalter gefunden. Dass diese Stellung seiner Ansicht nach unter seinem Niveau lag und er für Höheres berufen war, daraus hatte er nie einen Hehl gemacht. Aber kein anderer Fayence-Hersteller hatte seine Dienste gewollt. Alle hatten sie ihre eigenen Söhne, welche in die Fußstapfen der Väter traten und den Familienbetrieb selbst weiterführten. Und weil der Stadtrat wegen des Mangels an Brennholz keine weiteren Öfen erlaubte, konnte Gustave auch keinen eigenen Betrieb eröffnen.

Mühsam beherrscht antwortete sie ihrem Cousin. »Ich werde die Manufaktur nicht ruinieren. Ich bin sehr wohl in der Lage, sie erfolgreich zu führen.« Da ihre Stimme zu beben begann, brach Dominique ab. Sie war den Tränen nahe. Weil sie log. Die Manufaktur stand kurz vor dem Aus. Dass nicht sie, sondern Jacques sie an den finanziellen Abgrund getrieben hatte, war bedeutungslos. Sie war jetzt die Verwalterin und unter ihrer Ägide würde das Familienunternehmen seine Tore schließen müssen, wenn es so weiterging.

»Du weißt doch gar nicht, wovon du da redest! Du hast keine Ahnung, wie man ein Unternehmen leitet!« Er griff nach seinem Hut, den er auf das Beistelltischchen geworfen hatte. »Aber ich werde nicht tatenlos zusehen, wie du alles ruinierst! Darauf kannst du Gift nehmen! Ich werde dir Einhalt gebieten.« Fuchsteufelswild marschierte er aus dem Zimmer und schlug die Tür hinter sich zu.

Dominique zuckte zusammen. Der Nachhall des Knalles war schon längst verklungen, als sie immer noch wie erstarrt dastand. Langsam löste sich ihr Blick von der Tür und wanderte verloren durch den Raum, über die mit pastellenen Blumen bemalte Tapete zum Kaminsims, über die Standuhr, deren blauweißes Gehäuse ihr Vater modelliert und bemalt hatte, und weiter zu dem Drachen, auf dem er hängen blieb. Dem kleinen, in Ketten gelegten Tierchen fehlte noch immer die Bemalung. Bis jetzt hatte es Dominique nicht fertiggebracht, seine braune, raue Oberfläche mit der grünen Farbe zu glasieren, die einem Drachen zustand. Nicht einmal das hatte sie geschafft! Mit zitternden Händen nahm sie das kleine Tier vom Kaminsims, setzte sich in ihren Sessel und hielt es umklammert auf dem Schoß. Dann begannen die Tränen zu fließen. Der kleine Drache war so allein auf der Welt. Niemand stand ihm bei. Niemand half ihm, seinem traurigen Schicksal zu entkommen.

Genau wie ihr.

11

Du kannst nicht einfach einen Rückzieher machen!« Amélie warf die Hände in die Luft. »Comte de Beaumonts Ball ist *das* gesellschaftliche Ereignis des Jahres! Alle werden da sein! Seit Monaten wird von nichts anderem geredet.«

Dominiques Blick glitt trübselig über die Schminkdosen aus Perlmutt, die auf der Frisierkommode standen. Seit Gustaves Besuch überfiel sie immer wieder diese lähmende Verzweiflung, die sie auch nach Jacques' Tod monatelang in ihren Klauen gehalten hatte. Ein Ball war momentan das Letzte, wonach ihr der Sinn stand. Ihr graute bei der Vorstellung, all diesen fröhlichen Menschen gegenübertreten und den Anschein erwecken zu müssen, sie amüsiere sich großartig.

»Du kannst nicht hierbleiben! Deine Zofe hat sich so viel Mühe gegeben!« Vorwurfsvoll sah Amélie sie an.

Ja, das stimmte. Paulette wäre sehr enttäuscht, wenn ihre Bemühungen umsonst gewesen wären, musste sich Dominique eingestehen. Ihre Zofe war schon den ganzen Nachmittag damit beschäftigt gewesen, sie für den Ball herzurichten. Sie hatte das Kleid aufgebügelt, ihr beim Anziehen geholfen, die Haare kunstvoll hochgesteckt und sie geschminkt. Und noch viel enttäuschter wäre Paulette morgen, wenn sie ihr nicht alles über das gesellschaftliche Ereignis berichtete.

»Ich weiß, wie schwer du es hast«, fuhr Amélie verständnisvoll fort, »aber es wird dir guttun, mal aus dem Haus und der Manufaktur zu kommen. Du kannst dich nicht immer zurückziehen und hinter deiner Arbeit verschanzen. Der Ball wird dich auf andere Gedanken bringen. Und mit wem soll ich denn danach darüber reden, wenn du nicht dabei warst?«

In einem letzten Aufbegehren deutete Dominique auf ihr Kleid. »Ich habe nicht einmal etwas Neues zum Anziehen! Dieses Kleid habe ich schon letztes Jahr getragen.«

»Das merkt doch niemand! Jetzt komm.« Amélie zog sie am Arm hoch.

Seufzend erhob sich Dominique von der Frisierbank. Sie wusste, dass Amélie nicht nachgeben würde. Wenn sie darauf bestand, zu Hause zu bleiben, würde sich ihre Freundin aus Trotz ebenfalls in ihrem Boudoir niederlassen und auf den Ball verzichten. Und ihr die nächsten Monate über Vorhaltungen machen, wenn sich die anderen Frauen bei gesellschaftlichen Anlässen über den Ballabend unterhielten und sie nicht mitreden konnten. »Na gut. Ich komme mit. Aber nur, weil du es willst.«

Amélies Mundwinkel hoben sich. »So gefällst du mir schon viel besser! Jetzt müssen wir los, sonst verpassen wir das Schiff.«

Comte de Beaumonts Schloss lag außerhalb der Stadt ein Stück weit die Seine hinauf, am Ufer des Flusses. Mit dem Schiff war es daher komfortabler zu erreichen als mit Kutschen, in denen sie auf den holprigen Wegen durchgeschüttelt würden.

Gerade noch rechtzeitig erreichten sie den Hafen und das kleine Segelboot. Die einsetzende Flut und das Gaffelsegel des Einmasters würden sie den Fluss hinauftragen bis zum Schloss. Und für den Fall, dass es keinen Wind gab, war das Schiff mit genügend Ruderern ausgestattet.

An Bord trafen die beiden auf eine fröhliche Schar anderer Ballgäste, und zu ihrer eigenen Überraschung ließ sich Dominique von der Stimmung anstecken. Sie genoss die frische Luft und die schöne Abendstimmung. Im Westen hing die Sonne tief über dem Meer und tauchte mit ihren goldenen Strahlen das Wasser und die mit Schilf bewachsenen Ufer in ein warmes Licht. Jemand hatte Champagner mitgebracht, und schon nach kurzer Zeit übertönte das Geklirr der Gläser und das aufgeregte Geplauder der Gäste das Schnattern der Enten, die im Schilf ihre Nester gebaut hatten.

Endlich tauchte hinter einer Biegung das Schloss auf. Majestätisch thronte es auf einer Anhöhe. Mit seinen Erkern und Türmen, den Nebenflügeln und dem weitläufigen Park beeindruckte es jeden Besucher, der es zum ersten Mal sah. Doch Dominique wusste, dass dieser Anblick täuschte. Der Comte de Beaumont war weniger wohlhabend, als er sich gerne den Anschein gab. Zur Hochzeit hatte er für seine Frau ein exklusives Tafelservice bei ihr bestellt, mit allen möglichen Schalen, Saucieren, Krügen, Terrinen und Vasen dazu. Er hatte genaue Vorgaben gemacht, in welchen Farben und mit welchen Motiven es bemalt werden sollte – es musste zum Interieur seines Speisesaals passen –, aber als es darum ging, die Rechnung zu begleichen, hatte er um den vorher vereinbarten Kaufpreis gefeilscht, und zwar mit einer Hartnäckigkeit, um die ihn jede Marktfrau beneidet hätte. Bis Dominique dann ihr Geld bekommen hatte, waren noch mehrere Monate vergangen und drei Mahnungen nötig gewesen.

An der mit Blumengirlanden geschmückten Anlegestelle warteten zwei Diener in Livree und halfen den Gästen an Land. Während sie zum Schloss hinaufschritten, zuckten weiter flussaufwärts Blitze durch die schwarze Wolkenwand, die sich dort zusammengebraut hatte.

»Zum Glück sind wir noch rechtzeitig angekommen«, meinte Amélie. »Stell dir vor, das Gewitter wäre auf dem Fluss über uns hereingebrochen. Wir wären alle patschnass und könnten gleich wieder nach Hause gehen.«

Skeptisch beobachtete Dominique das schaurig-schöne Wetterleuchten. »Ja, damit wäre der Ball buchstäblich ins Wasser gefallen.«

»Siehst du, selbst Gott wollte, dass du an dem Ball teilnimmst.«

Dominique schüttelte den Kopf. »Ich glaube nicht, dass Gott meinetwegen das Gewitter an einem anderen Ort niedergehen lässt. Er denkt ja auch nicht an die armen Bauern, deren Heu jetzt nass geregnet wird.«

Amélie wendete nichts mehr ein, denn inzwischen waren sie auf der Terrasse vor dem Ballsaal angelangt. Am Eingang standen der Comte und die Comtesse und begrüßten die Gäste. Es dauerte eine Weile, bis Dominique und Amélie an der Reihe waren. Sie gehörten nicht zu der höheren Gesellschaftsschicht der Adligen, die den Vorzug genoss. Amélie machte das nichts aus, sie war einfach nur glücklich, an dem Ball teilnehmen zu dürfen.

Dann betraten sie den Saal. Amélie blieb verzückt stehen und schaute sich um. Für einmal hatte ihr der opulente Anblick die Sprache verschlagen. Selbst Dominique war beeindruckt. Jede Frau schien die andere mit ihrer Aufmachung zu übertreffen. Feinste Stoffe raschelten, aufwändig mit Bändern und Stickereien verziert, Röcke bauschten sich in mehreren Lagen um ihre Trägerinnen, an Dekolletés und in den Hochsteckfrisuren glitzerten Juwelen. So mancher Ehemann hatte sich für diesen Anlass wohl in Schulden gestürzt.

»Hier fühlt man sich beinahe wie am Hof in Paris!«, flüsterte Amélie überwältigt. »Dieser Saal ist riesig! So groß hatte ich ihn gar nicht in Erinnerung.«

Tatsächlich schien der Raum seit ihrem letzten Besuch größer geworden zu sein. Bis Dominique bemerkte, dass im hinteren Teil die Türen ebenso zur Terrasse hin geöffnet waren wie im vorderen. »Er hat eine Spiegelwand anbringen lassen!«

»Du hast recht!« Ehrfürchtig betrachtete Amélie die goldumrahmten, mächtigen Spiegel, die sich über die ganze hintere Wand des Saals zogen.

»Es ist tatsächlich wie am Hof in Versailles!«, sagte Dominique scharf. Derselbe kaum bezahlbare Prunk. Sie würde sich wundern, wenn die Spiegelmacher bereits ihren Lohn erhalten hatten.

Amélie entging anscheinend der bissige Unterton. Staunend fragte sie: »Woher weißt du das?«

»Ich habe mal Bilder gesehen, die ein Maler vom Spiegelsaal im Palast gemalt hat.«

»Und das sah genauso aus?«

Dominique nickte. »Nur noch größer.«

»Dann ist es hier bei uns bald so vornehm wie am Hof. Niemand kann mehr sagen, wir lebten in der Provinz.«

»Zumindest bei den Beaumonts.« Dominique dachte an ihr einfaches Zuhause und wie ihre Arbeiter lebten. Diese Welten waren so grundlegend verschieden, dass sie sich plötzlich fehl am Platz fühlte. »Ich frage mich, ob die Handwerker, die die Spiegel geschaffen haben, deine Begeisterung teilen.«

»Warum sollten sie nicht?«

Dominique wollte es ihrer Freundin erklären, beschloss dann aber, die Antwort für sich zu behalten und winkte ab. Wozu sollte sie Amélie den Abend verderben, indem sie den schönen Schein zerstörte und erzählte, was für ein Mann der Comte de Beaumont in Wahrheit war? Seit Wochen hatte Amélie auf diesen Ball hingefiebert und sich ausgemalt, was für ein rauschendes Fest der Abend werden würde. Und noch wochenlang würde sie in Erinnerungen daran schwelgen.

Dominique versuchte, das Thema zu wechseln, indem sie auf einige Bekannte hinwies, die sie begrüßen sollten. Sie hätte sich jedoch gar keine Gedanken machen brauchen, wie sie ihre

Freundin ablenken konnte, denn diese ergriff plötzlich ganz aufgeregt ihren Arm.

»Sieh mal, wer da drüben ist! Monsieur Bellami und dieser gutaussehende Schotte!« Und schon schob sie Dominique in deren Richtung.

Schockiert wandte sich Dominique um. McLane war der Letzte, dem sie hier begegnen wollte. Die Umstände ihres Zusammentreffens im *Corsaire* waren derart skandalös gewesen, dass sie ihn am liebsten vom Erdboden verschluckt gesehen hätte. Ihm ausgerechnet hier wieder zu begegnen, inmitten der einflussreichsten Persönlichkeiten der Stadt, ließ beinahe ihr Herz stillstehen. Was, wenn er sich in Andeutungen darüber erging, wo und in welchem Zustand er sie das letzte Mal angetroffen hatte? Oder wenn er es gar offen ihren Bekannten gegenüber aussprach? Ihr Ruf wäre so zerstört, dass sie sich nie wieder in der Nähe von Le Havre würde sehen lassen können. Sie würde an einen anderen Ort ziehen müssen! »Nein! Amélie, lass das! Wir können uns ihnen nicht einfach aufdrängen.«

»Wir drängen uns doch nicht auf! Wir sagen höflich guten Tag, wie man das bei einem Fest wie diesem macht. Dafür sind wir hier: um zu plaudern und uns zu unterhalten.«

»Ja, aber nicht mit ihm!«

Amélie blieb stehen, um tadelnd die Arme in die Seiten zu stemmen. »Doch, genau mit ihm! Damit du dich dieses Mal von deiner wohlerzogenen Seite zeigen kannst! Damit er nicht mit dem Eindruck nach Schottland zurückreist, wir Französinnen wüssten nicht, wie man sich benimmt.«

Und mit diesen Worten zog ihre Freundin sie entschieden weiter in Richtung des Schotten. Dominique wollte am liebsten aufschreien. Amélie wusste nicht, was sie da anrichtete! Irgendwie musste sie ihre Freundin davon abhalten, sie zu Bellami und McLane zu schleppen. Und nicht nur das! Sie musste Amélie in den anderen Salon hinüberschaffen, damit McLane sie nicht bemerkte. Den ganzen Abend würde sie ihm ausweichen müssen. Warum war sie nicht zu Hause geblieben?

Ihr Blick schweifte auf der Suche nach einer Ausrede verzweifelt durch den Saal – und landete auf einer Frau, die gerade den Ballsaal betrat. Entsetzt starrte Dominique sie an. »Oh nein! Da ist die Marquise de Tournoi!«

»Wo?«, fragte Amélie alarmiert.

»Dort!« Dominique vergaß ihre guten Manieren und zeigte auf die Frau.

»Himmel, ist die wieder aufgeputzt! Schau mal! Sie kann nicht einmal gerade durch die Tür gehen, weil ihr Rock auf beiden Seiten so aufgeplustert ist! Sie muss seitlich durchgehen! Wie die wohl mit dem Kleid in die Kutsche gepasst hat? Und diese Hochsteckfrisur!« Amélie konnte kaum noch an sich halten vor Entrüstung. »Was sie da alles reingeschoben haben muss bei ihren dünnen Haaren! Diese Frisur ist mindestens eine Elle hoch! Und darauf trägt sie einen ganzen Garten! Sie muss in der Kutsche auf dem Boden gekauert haben!«

Tatsächlich sah die Marquise de Tournoi aus, als käme sie direkt von einem Empfang beim König. In ihrer hoch aufgetürmten Frisur steckten ganze Schwärme von Schmetterlingen, Vögeln und Blumen.

»Wie will die damit tanzen?«, fragte Dominique, immer noch ungläubig den Aufzug der anderen Frau betrachtend.

»Wahrscheinlich gar nicht. An ihrem breiten Rock kommt sowieso kein Mann vorbei«, meinte Amélie bissig. »Die bleiben daran hängen wie Fliegen.« Kopfschüttelnd sah sie die Marquise an. »Dass Jacques dich ausgerechnet mit dieser aufgeplusterten Henne betrügen musste! Man sieht doch auf den ersten Blick, dass das alles nur eitler Zierrat ist. Was bleibt denn von dieser Frau übrig, ohne all diesen Schnickschnack?«

Dominique brachte es nicht fertig, etwas darauf zu erwidern. Sie war zu schockiert, die Marquise ausgerechnet hier wieder zu sehen. Man hatte sich erzählt, dass sie von ihrem Mann nach Paris geholt worden war, als ihre Affäre mit Jacques' Tod und dem darauf folgenden Skandal publik wurde.

»Wahrscheinlich hat er sie gar nie ohne ihren Putz gesehen«, überlegte Amélie ungerührt. »Sie hat wohl einfach nur ihre Röcke gehoben.«

Der Schmerz fraß sich so schnell durch Dominiques Körper, dass sie glaubte, keine Luft mehr zu bekommen. Sie ließ Amélie stehen und rannte nach draußen auf die Terrasse, wo sie sich in die abgeschiedenste Ecke flüchtete. Sie stützte die Ellbogen auf die Balustrade und barg ihr Gesicht in den Händen. Keuchend rang sie in dem eng geschnürten Korsett nach Atem. Der Schmerz in ihrem Inneren zerrte so heftig an ihr, dass sie glaubte, er würde sie zerreißen.

Sanft legte sich eine Hand auf ihren Rücken. »Tief Luft holen«, sagte Amélie leise. Sie stellte sich ganz dicht neben Dominique und atmete langsam mit. Ein und aus. »Konzentrier dich auf deinen Atem, nicht auf den Schmerz.«

Dominique versuchte es. Aber der Schmerz war zu überwältigend. »Es geht nicht!«, keuchte sie.

»Doch, es geht. Du musst es nur wollen. Du schaffst das. Du hast es schon so viele Male geschafft. Und du willst dir doch nicht von so einer den Abend verderben lassen.«

»Ich will nach Hause«, stieß Dominique verzweifelt hervor.

»Nein. Diesen Triumph gönnen wir ihr nicht. Wir gehen gleich wieder hinein. Hocherhobenen Hauptes. Und wir werden uns amüsieren. Du wirst jedem zeigen, dass du dich nicht unterkriegen lässt!«

Dominique hätte ihre Freundin am liebsten angefahren. Wie

konnte sie von ihr verlangen, sich zu amüsieren, wo es ihr doch nur mit Mühe und Not gelang, nicht in Tränen auszubrechen!

»Ich weiß, dass du dich lieber im dunkelsten Loch verkriechen würdest. Aber ich weiß auch, dass du stark genug bist, wieder in den Ballsaal zu gehen und Haltung zu bewahren. Allen zu zeigen, dass du über dem stehst, was Jacques und die Marquise dir antaten. Auch wenn dir nach Weinen zumute ist.«

Amélie hat recht, bläute sich Dominique ein. Sie konzentrierte sich auf ihren Atem, und langsam gelang es ihr, beherrscht ein- und auszuatmen. Mit all ihrem Willen drängte sie den Schmerz zurück. *Ich darf mich nicht unterkriegen lassen. Nicht von so einer aufgeblasenen Pute. Das ist es nicht wert.*

Sie richtete sich schließlich wieder auf, schob die Schultern zurück und atmete noch einige Male tief durch. Dann nickte sie ihrer Freundin zu.

Gemeinsam gingen sie zurück in den Ballsaal. Amélie hielt Ausschau nach ihrem Bruder und entdeckte ihn mit einigen Freunden in ein Gespräch vertieft. Den tanzenden Paaren ausweichend hielt sie auf die Gruppe zu. Dominique folgte ihr, obwohl sie sich lieber zu den älteren Damen im Salon nebenan zurückgezogen hätte. Denn der Gang durch den mit Menschen gefüllten Saal kam ihr wie ein Spießrutenlaufen vor. Immer wieder wurden sie aufgehalten von Bekannten, die sie begrüßen und die sie freundlich anlächeln musste. Sie hatte das Gefühl, als müsste sie um jedes einzelne höfliche Wort hart ringen.

Dann fiel ihr Blick zufälligerweise auf einen braunen Haarschopf, der über die Menge hinausragte. Ausgerechnet in diesem Moment wandte der Mann den Kopf und schaute genau in ihre Richtung. McLane! Dominique erstarrte.

Von Weitem nickte er ihr zu. Sie wandte schnell den Blick ab und hastete weiter. Er sollte bloß nicht auf die Idee kommen, sie anzusprechen!

Endlich erreichten sie die Gruppe um Amélies Bruder Matthieu. Seine Schwester flüsterte ihm etwas zu, woraufhin er sich lächelnd an Dominique wandte. »Amélie meinte, du würdest gerne tanzen? Normalerweise hätte ich nicht gewagt, dich darum zu bitten. Bis jetzt hast du immer abgelehnt.«

Bevor Dominique den Tanz ausschlagen konnte, reichte er ihr seinen Arm. Seine Bitte jetzt abzulehnen wäre sehr unhöflich gewesen. Widerwillig legte sie ihre Hand auf seinen Arm und ließ sich von ihm zur Tanzfläche führen. Im Vorbeigehen warf sie Amélie einen vorwurfsvollen Blick zu. Die lächelte jedoch zufrieden.

Es war so lange her, dass Dominique das letzte Mal getanzt hatte, dass sie sich unsicher fühlte. Was, wenn sie sich ungeschickt anstellte und sich lächerlich machte? Konzentriert hörte sie auf die Musik und zählte in Gedanken den Takt mit, um ja keinen Einsatz zu verpassen.

Plötzlich drehte sich McLane an ihnen vorbei. Mit der Marquise de Tournoi in den Armen! Ihr rot geschminkter Mund verzog sich zu einem herablassenden, falschen Lächeln, als ihre Blicke sich trafen. Dominique war so schockiert, dass sie aus dem Takt kam. Sie stolperte über Matthieus Fuß und verlor das Gleichgewicht. Hätte er sie nicht geistesgegenwärtig aufgefangen, wäre sie zu Boden gefallen. Direkt vor der Marquise de Tournoi!

Auch Matthieu hatte das andere Paar bemerkt. »Es scheint immer wieder Männer zu geben, die auf dieses Luder hereinfallen«, sagte er bissig.

Dominiques Kehle war wie zugeschnürt. Es gelang ihr nicht, eine Antwort zu geben. Schlimm genug, dass sie sich im Angesicht der Marquise diese Blöße gegeben hatte, nun musste sie auch noch Matthieus Mitleid ertragen. Warum konnte sich nicht der Erdboden auftun und sie darin versinken lassen?

Sie hätte zu Hause bleiben sollen, wie sie es vorgehabt hatte. Bestimmt lachten alle hinter ihrem Rücken über sie. Die kleine, naive Handwerkerstochter, die geglaubt hatte, einen Mann wie Jacques halten zu können. Der, auch wenn seine Familie verarmt war, immer noch ein Adliger war und in der Gesellschaft über ihr stand. Mit dem Geld ihres Vaters hatte er nicht nur seine Familie unterstützt, sondern auch Frauen wie die Marquise ausgehalten. Wie viele andere mochten da noch gewesen sein? Wie dumm und blind war sie in ihrer Liebe zu ihm gewesen? Konnte man denn niemandem vertrauen? Was war das für eine Welt, in der sogar der Mensch, der einem ewige Treue und Liebe geschworen hatte, einen hinterging?

Mit einem schweren Seufzer löste sie den Blick von Matthieus Schulter, an der sie sich krampfhaft festhielt wie eine Ertrinkende an einem Stück Treibholz. Sie rang sich ein Lächeln ab und drückte den Rücken durch. In diesem Augenblick tanzte McLane mit der Marquise wieder vor ihnen vorbei. Für eine Sekunde sah er genau in ihre Augen, dann drehte sich das Paar weiter.

Sein Anblick versetzte Dominique einen Stich. Warum musste es ausgerechnet McLane sein, der der Marquise als Nächster auf den Leim ging?

Sie schüttelte den Kopf über sich selbst. Warum berührte sie das überhaupt? Was ging es sie an, mit wem McLane tanzte? Sie sollte froh sein, dass er sich von ihr fernhielt und sich stattdessen mit der Marquise befasste. Wahrscheinlich passten die beiden gut zusammen. Nach außen präsentierten sie eine verführerisch glänzende Fassade, die dazu diente, von den Abgründen abzulenken, die sich dahinter verbargen. Es geschah diesem undurchsichtigen McLane recht, an eine Frau zu geraten, die genauso durchtrieben war wie er.

»Du bist bewundernswert. Wie du das alles bewältigst und auch noch die Manufaktur leitest. Ich kenne keine andere Frau, die über solche Stärke verfügt.«

Matthieus Worte rissen Dominique aus ihren Gedanken. Überrascht sah sie ihn an. Was hatte er gerade gesagt? Es hatte wie ein Kompliment geklungen. Aber das konnte nicht sein. Was an ihr war es wert, bewundert zu werden? Nichts. Deshalb hatte sich Jacques ja auch anderen Frauen zugewandt. Sie musste sich verhört haben. Bestimmt machte sich Matthieu einfach nur lustig über sie. Genau wie alle anderen.

»Eine Frau wie dich trifft man nicht alle Tage«, fuhr er fort.

Ungläubig starrte Dominique ihn an. Es waren nicht nur hohle Worte, er meinte es tatsächlich so. Das war an seinem Blick abzulesen.

Wie konnte das sein?

Beinahe bekam Dominique ein schlechtes Gewissen. Während sich in Matthieus Augen nichts als Aufrichtigkeit widerspiegelte, begannen ihre Wangen von dem aufgesetzten Lächeln, hinter dem sie ihre wahren Gefühle verbarg, zu schmerzen.

»Ich fühle mich geehrt, dass du mir diesen Tanz geschenkt hast. Eine junge und schöne Frau wie du sollte viel öfter tanzen, anstatt sich zu den älteren Damen zurückzuziehen.«

»Vielen Dank, aber so jung bin ich nicht mehr.« Mehr brachte sie nicht heraus. Seine Bewunderung überraschte sie zu sehr. Sie fühlte sich weder stark noch jung noch schön. Vielmehr das Gegenteil von alldem. Warum sonst hatte Jacques sie betrogen? Weil sie genau das alles nicht war.

Zumindest hatte sie das bis jetzt so empfunden.

Aber Matthieu schien nicht dieser Meinung. Verlegen

wandte sie den Blick ab und ließ ihn ziellos über die Menge gleiten. Erstaunt stellte sie fest, dass ihr viele wohlwollende Gesichter entgegenblickten. Matthieus Freunde standen am Rand der Tanzfläche und unterhielten sich. Immer mal wieder warf einer von ihnen einen Blick zu ihnen hinüber – nein, zu ihr!

Wie sehr unterschied sich das Bild, das die Menschen anscheinend von ihr hatten, von dem, das sie sich machte! Ahnte denn wirklich niemand, was in ihr vorging? Ihr war zum Weinen zumute, und sie wäre dieser fröhlichen Gesellschaft am liebsten entflohen. Doch stattdessen lächelte sie, als ginge es um ihr Überleben.

Das Musikstück war zu Ende, und bevor sie in den Nebensalon entfliehen konnte, kam einer von Matthieus Freunden auf sie zu. »Madame Devilliers! Nachdem Ihr nun schon Matthieu die Ehre gewährt habt, könnt Ihr mich nicht leer ausgehen lassen.« Mit einem charmanten Lächeln griff er nach ihrer Hand und zog sie zurück auf die Tanzfläche. »Wir mussten Euch so lange entbehren, dass es eine Freude ist, Euch endlich wieder in unserer Gesellschaft zu wissen.« Das Orchester stimmte ein fröhliches Volkslied an, und mit großem Enthusiasmus wirbelte er Dominique herum. Der schnelle Rhythmus verdrängte bald alle Gedanken. Sie musste nicht mehr mitzählen, ihr Körper begann sich wie von selbst zu bewegen. Als wäre er das Instrument, von dem die Musik ausging.

Mit einem Male wurde ihr bewusst, dass sie lächelte. Von selbst! Ohne sich anstrengen zu müssen! Ohne es zu spielen! Es bereitete ihr tatsächlich Freude, zu der fröhlichen Musik zu tanzen. Einfache, pure Freude!

Wie lange hatte sie dieses Gefühl vermisst! So lange, dass sie schon vergessen hatte, wie es sich anfühlte. Doch mit der Freude kam im nächsten Moment auch die Angst, dass das

Leben ihr dieses Gefühl wieder entreißen würde. Sie war fröhlich und ängstlich und unsicher. Und das alles verbarg sie hinter ihrem Lächeln.

Nachdem jeder von Matthieus Freunden auf einem Tanz bestanden hatte, gelang es ihr endlich, sich mit der Ausrede, sie müsse sich ausruhen, zurückzuziehen. Sie wollte gerade hinübergehen in den anderen Salon, als jemand sie von hinten um die Taille fasste und festhielt.

»Ihr müsst mir unbedingt helfen. Noch einen Tanz mit diesem fliegenden Garten überlebe ich nicht«, raunte eine Stimme in ihr Ohr.

Sie wandte sich um und blickte in McLanes grüne Augen! Er stand so dicht hinter ihr, dass sie glaubte, seinen Atem auf ihrer Wange zu spüren. Warm lagen seine Hände auf ihrer Taille.

Überrumpelt von seiner Bemerkung und von der Unverfrorenheit, mit der er sie einfach entführte, fand sie sich im nächsten Moment erneut auf der Tanzfläche wieder.

Er zog sie an sich und flüsterte: »Ihr seid meine Rettung.«

Unauffällig, damit es die Umstehenden nicht bemerkten, schob sie ihn von sich, um wieder einen geziemenden Abstand zwischen sie zu bringen.

McLane hielt ihn gerade so lange ein, bis ihm das aufspielende Orchester erlaubte, sie für den beginnenden Tanz wieder näher zu ziehen.

Was ist das bloß für ein impertinenter Kerl!, regte sich Dominique auf, den Funken Unsicherheit entschieden beiseiteschiebend, den sein Verhalten in ihr auslöste. »Wieso Rettung? Bis jetzt habt Ihr Euch mit der Marquise doch bestens amüsiert!«, warf sie ihm mit spitzer Zunge hin.

McLane zog die Brauen hoch. »Amüsiert? Darunter verstehe ich etwas anderes. Diese aufgeputzte Matrone ist schlimmer als jede Klette. Schon die ganze Zeit versuche ich, ihr zu entkommen. Aber sie ist wie ein Bluthund. Und ich fange langsam an, mich wie ein Karnickel zu fühlen. Vor jedem Ausgang meines Baues lauert diese aufgetakelte Fregatte.«

Wider ihren Willen musste Dominique lachen. »Was für eine Vorstellung! Ihr als armes Karnickel, gejagt von der Marquise de Tournoi!«

»Das ist nicht zum Lachen!«, beschwerte sich McLane.

»Doch! Und wie!« Dominique kicherte. Sie nahm ihre Hand von seiner Schulter und hielt sie sich vor den Mund, da sie sich kaum noch zurückhalten konnte.

»Die eine jagt mich wie ein Karnickel und die andere lacht über mich!«, beklagte sich McLane, konnte aber nicht verhindern, dass sich seine Mundwinkel ebenfalls nach oben zogen. »Zumindest amüsiert Ihr Euch bei mir mehr als bei den anderen vorhin.«

»Eifersüchtig?«, platzte Dominique lachend heraus.

Er sah sie eindringlich an. »Ja.«

Er sagte das in so ernstem Ton, dass ihr das Lachen verging. Plötzlich nahm sie seine Berührung überdeutlich wahr. Der Arm, mit dem er sie hielt. Die Wärme und Stärke, die er ausstrahlte. Wie er sie bei jeder Drehung näher zu sich zog, als nötig war. Sie erwartete, dass sich in ihr das Gefühl der Abwehr und der Flucht einstellte, so wie es bis jetzt bei jedem Mann gewesen war, der ihr nach Jacques zu nahe gekommen war. Doch es passierte nicht. Stattdessen keimte ein anderes Gefühl in ihr auf. Eines, von dem sie nicht geglaubt hatte, dass sie es je wieder spüren würde: Sie fühlte sich von McLane angezogen. Ausgerechnet von McLane!

Erschrocken stieß sie ihn von sich. »Ich brauche eine Pause.« Bevor er reagieren konnte, flüchtete sie aus dem Saal.

Das zweite Mal an diesem Abend!, ging ihr durch den Kopf. Was ist bloß mit mir los?

Ihre Gefühle fuhren Karussell. Sie verstand sich selbst nicht mehr. Alles drehte sich nur noch. Mit zitternden Händen fasste sie Halt suchend nach der Balustrade, an der sie heute Abend schon einmal gestanden hatte. Der raue Stein fühlte sich kühl und sicher an. Die frische Nachtluft roch beruhigend nach der mächtigen Fichte, die sich neben der Terrasse erhob. Sie holte tief Luft.

Konnte dieser Abend noch schlimmer werden?

Verdutzt blieb Kincaid stehen und sah der Frau nach, die er eben noch in seinen Armen gehalten hatte. Was hatte er falsch gemacht? Sie schien sich doch bestens unterhalten zu haben.

Den Kopf schüttelnd drehte er sich um und verließ die Tanzfläche. Er fand Rémy im Herrensalon, wo er sich, eine Zigarre rauchend, in einem Ledersessel niedergelassen hatte. Als Kincaid eintrat, erhob sich gerade der Mann neben Rémy. Er ließ sich in dem frei gewordenen Sessel nieder.

Genüsslich blies Rémy den Rauch aus, der in einer grauen Wolke zur Decke stieg. »Ich dachte, du tanzt mit der Eisprinzessin.«

Die Bezeichnung stieß Kincaid sauer auf. Er wollte seinem Freund erklären, wie falsch dieser Spitzname war. Doch dann kam ihm der Gedanke, dass vielleicht gar nicht sein Freund, sondern er derjenige war, der auf dem Holzweg war. Hatte er in Dominique Devilliers' Verhalten vielleicht etwas hineininterpretiert, das gar nicht da war? Wie konnte er glauben, diese Frau besser zu kennen als ihre langjährigen Bekannten? Nur weil er sie einmal an einem Ort angetroffen hatte, den anständige Frauen mieden wie der Teufel das Weihwasser? In einem Aufzug, der in jedem Mann das Denkvermögen eine ganze Etage tiefer sinken ließ?

»Das dachte ich auch«, antwortete er daher nur. »Doch dann hat sie mich einfach stehenlassen.«

»Du kannst froh sein, dass sie überhaupt mit dir getanzt hat. Das hat sie nicht mehr getan, seit ihr Mann ums Leben kam.«

Die Antwort munterte Kincaid nicht auf. Trübselig ließ er sich tiefer in den Sessel sinken.

»Vielleicht hättest du dich vorher nicht die ganze Zeit mit der Marquise de Tournoi beschäftigen sollen«, meinte Rémy.

»Das wollte ich ja gar nicht! Aber das Weib ließ mich nicht mehr davonkommen«, brauste Kincaid auf.

Nachdenklich sah Rémy ihn an, während er an seiner Zigarre zog. »Madame Devilliers ist nicht besonders gut auf die Marquise zu sprechen.«

»Viel kann man diesem wandelnden Haarteil auch nicht abgewinnen.«

Rémy zog vielsagend die Augenbrauen hoch. »Ihr Mann war da anderer Meinung.«

Erstaunt runzelte Kincaid die Stirn. Er wollte damit doch nicht andeuten ...? »Ihr Mann? Inwiefern?«, fragte er nach.

»Er hat sich von ihr den Kopf verdrehen lassen. Oder vielmehr etwas anderes.«

Kincaid rümpfte die Nase. »Von der? Wie kann man sich von der den Kopf verdrehen lassen? An der ist doch nichts echt!«

»Lass mich nachdenken«, meinte Rémy trocken, »wie viele Runden hast du mit ihr getanzt?« Er hielt seine Finger zum Zählen hoch. »Drei, vier ...?«

»Aber nur, weil sie wie eine Klette an mir hing! Ich wollte gar nicht mit ihr tanzen. Doch sie hat es so gedreht, dass mir gar nichts anderes übrig blieb!«

»Du Ärmster!«

»Genau!«

Rémy schüttelte den Kopf. »Du trotzt den schlimmsten Stürmen, hältst eine Horde von ungehobelten Matrosen unter eiserner Kontrolle, legst dich mit Zöllnern an und jedem, der dir sonst blöd kommt, aber gegen dieses Weib willst du nicht angekommen sein?«

Kincaid presste die Lippen zusammen und erwiderte nichts.

»Tja, mein Lieber«, Rémy klopfte ihm auf den Arm, »das war ein großer Fehler.«

»Und warum?«, knurrte Kincaid trotzig, obwohl er die Antwort ahnte.

»Weil«, Rémy legte eine bedeutungsschwangere Pause ein, »die Marquise de Tournoi wohl die Frau ist, welche die Devilliers am meisten hasst.«

»Hättest du mir das nicht vorher sagen können?«

»Woher hätte ich denn wissen sollen, dass du ausgerechnet mit dem wandelnden Garten tanzen willst?«

»Ich habe dir schon einmal gesagt, dass ich nicht mit ihr tanzen wollte!«

»Das musst du nicht mir sagen, sondern Dominique Devilliers.«

Kincaid knirschte mit den Zähnen. »Das habe ich ihr schon gesagt.«

»Dann warst du nicht überzeugend genug.«

Verbissen schwieg Kincaid daraufhin. Aber da auch Rémy still blieb, fragte er nach einer Weile: »Und warum hasst Dominique die Marquise so sehr? Bloß weil die ihrem Mann den Kopf verdreht hat? Was war das überhaupt für ein Kerl, der sich von so einer Frau angezogen fühlte? Wenn er zu Hause jemanden wie Dominique hatte?«

»Er hat sich von ihr nicht nur den Kopf verdrehen lassen. Er ist für sie gestorben.«

»Was?« Kincaid fuhr auf.

»Er hat sich wegen ihr duelliert. Weil jemand ihre Ehre in Frage gestellt hat.«

»Weil ...?« Kincaid konnte es nicht glauben. »Die weiß doch nicht einmal, wie man das Wort Ehre buchstabiert!«

»Da schien der gute Jacques anderer Meinung gewesen zu sein. Lag vielleicht daran, dass er betrunken war. Nur hat sich sein Gegner daran nicht gestört und ihn mit einer Kugel ins Jenseits befördert.«

»Und Dominique? Warum ist sie nicht wütend auf ihn?«

»Ist sie vermutlich. Aber sie hat ihn wohl geliebt. Und in ihrer Anwesenheit mimte auch er den liebenden Ehemann, während er sonst hinter jedem Rock her war. Das fand sie aber erst heraus, als er in dem Duell starb.«

Kincaid atmete seufzend aus. »Das muss hart gewesen sein.«

»Ja. Vor allem, weil es einen Riesenskandal gab, wie du dir vorstellen kannst. Und dann musste sie auch noch feststellen, dass er in seiner Unfähigkeit die Manufaktur an den Rand des Ruins getrieben hatte.«

»Er hat ...« Kincaid konnte nur ungläubig mit dem Kopf schütteln. Was hatte Dominique durchleiden müssen!

»Ja, er war wirklich ein feiner Kerl«, bestätigte Rémy zynisch. Dann berichtete er weiter. »Während Madame Devilliers mit ihrer Trauer kämpfte, hat sich die Marquise mit dem nächsten getröstet. Das gab ein Getratsche! Schließlich drang es bis in die Salons in Paris, wo der Marquis davon hörte. Er glaubte, seine Frau erhole sich an der frischen Meeresluft von ihrem Lungenleiden. Stattdessen hat sie sich durch die Betten von Le Havre gewälzt. Damit war dann Schluss. Er holte sie nach Paris, wo er sie im Auge behalten konnte.«

»Und warum ist sie jetzt wieder hier?«

»Das weiß der Himmel.«

Kincaid fuhr sich durch die Haare. »Kein Wunder, dass mich

Dominique stehen gelassen hat. Sie glaubt wohl, ich sei nicht besser als ihr Mann.«

Rémy bedachte ihn mit einem schrägen Seitenblick. »Seit wann nennst du sie eigentlich beim Vornamen?«

»Das tue ich doch gar nicht.«

»Ach nein? Du redest die ganze Zeit von Dominique.«

»Ja und?«, fauchte Kincaid. »Soll ich ständig Madame Devilliers sagen? Das ist viel zu lang!«

Rémys Lippen kräuselten sich amüsiert. »Unsere Eisprinzessin scheint es dir angetan zu haben.«

»Unsinn! Ich habe nicht mehr als geschäftliches Interesse an ihr.«

»Ja, ja. So kann man das auch nennen.«

Kincaid erhob sich. »Ärgere einen anderen.« Damit verließ er den Herrensalon.

12

Hier seid Ihr!«

Dominique schrak auf. Sie hatte geglaubt, dass niemand sie am dunklen Ende der Terrasse, das im Schatten der mächtigen Fichte lag, bemerken würde. Der hohe Baum schirmte hier das Licht des Vollmondes ab, das auf dem Rest der Terrasse die Steinplatten hellgrau aufleuchten ließ.

»Ich wollte mich bei Euch entschuldigen. Ich muss wohl ein ziemlich schlechter Tänzer sein, dass Ihr vor mir geflohen seid.« McLane lehnte sich neben ihr auf die Balustrade.

»Nein, nein, gar nicht«, versicherte Dominique hastig. »Ich brauchte nur etwas frische Luft.« Unauffällig rückte sie ein wenig von ihm ab. Ein Teil von ihr freute sich darüber, dass er nach ihr gesucht und sie gefunden hatte. Es wärmte ihr Herz, dass er sich anscheinend Sorgen um sie gemacht hatte. Gleichzeitig beunruhigte seine Anwesenheit sie auch.

»Es ist ziemlich heiß da drin«, bemerkte er.

»Ja. Heiß und stickig«, wiederholte sie, da ihr nichts Besseres einfiel. McLane machte sie nervös.

»Ihr solltet aufpassen, dass Ihr Euch hier draußen nicht erkältet.« Mit der Spitze eines Fingers berührte er ihren nackten Unterarm.

Ob dieser unerwarteten, wenngleich so kleinen Berührung zuckte sie zusammen. Sie rückte noch ein Stück von ihm ab. »Das werde ich schon nicht.«

»Ihr fühlt Euch aber schon ganz kühl an.« Er zog ohne Umschweife seinen Rock aus und legte ihn ihr über die Schultern.

Dann stützte er sich mit den Armen wieder auf die Balustrade, den Blick auf den dunklen Garten gerichtet, als hätte er nicht gerade etwas vollkommen Unschickliches getan.

Sie war zu überrumpelt, um etwas einwenden zu können. Wieder einmal!

Und als sie sich etwas gefasst hatte, beschloss sie, lieber nichts zu entgegnen. Was hätte sie auch sagen sollen? Ihn für eine gutgemeinte Geste zu schelten kam ihr nicht richtig vor. Außerdem fühlte sich die Wärme, die seinem Rock noch anhaftete, gut an. Warm und weich wie ein beschützender Kokon. Sie wollte ihn nicht wieder hergeben.

Eine Weile lang standen sie schweigend da.

Bis McLane wieder das Wort ergriff: »Ich war froh, Euch auf der Tanzfläche zu entdecken. Die Marquise de Tournoi ließ mich nicht mehr entkommen. Was für ein unerträgliches Weibsbild«, bemerkte er in die Nacht hinaus.

»Da sind nicht alle Eurer Meinung«, entgegnete Dominique leise.

McLane schnaubte. »Dann sind sie Idioten.«

Wider ihren Willen erschien ein kleines Lächeln auf ihren Lippen. Es war erfrischend, wie unumwunden McLane seine Meinung kundtat. So direkt hätte sich wohl kein anderer Gast im Ballsaal geäußert. »Ihr nehmt kein Blatt vor den Mund.«

Er drehte sich zu ihr hin. »Warum sollte ich?«

Sie zuckte nur mit den Schultern. Auf diese Frage hatte sie keine Antwort.

McLane legte sanft eine Hand an ihren Rücken. »So angenehm es ist, mit Euch hier in Ruhe zu plaudern, sollten wir dennoch wieder hineingehen. Nicht, dass Ihr Euch hier draußen noch eine Erkältung holt.«

Sie nickte und schlüpfte aus seinem Rock. Die kühle Nachtluft strich über ihre Haut, und sie erschauerte. Sofort vermisste sie seine Wärme.

Er zog sich seinen Rock wieder an, geleitete sie zur Terrassentür und führte sie auf die Tanzfläche.

Sie vergaß völlig, sich dagegen zu wehren. Erst als sie sich schon im Takt der Musik bewegten, fiel ihr ein, dass sie hätte Einspruch erheben sollen. Aber im nächsten Moment schüttelte sie den Kopf über sich selbst. Warum eigentlich? Warum sollte sie nicht mit ihm tanzen? Ja, der Mann verunsicherte sie. Aber wollte sie deswegen wirklich vor ihm fliehen? Sie hielt sich eigentlich nicht für eine Frau, die sich von ihrer Angst überwältigen ließ, auch wenn ihr das heute Abend gleich zwei Mal passiert war. Also würde sie diesen Tanz jetzt einfach genießen.

»Wollt Ihr schon wieder über mich lachen?«, fragte McLane.

»Wie kommt Ihr darauf?«

»Ihr lächelt.«

Sie konnte nicht anders, ihre Mundwinkel zogen sich noch weiter nach oben. »Vielleicht amüsiere ich mich ja nur.«

Er zog die Augenbrauen hoch. »Dann verratet mir sofort, woran das liegt. Damit ich weiß, was ich tue, wenn Ihr mir wieder die kalte Schulter zeigt oder vor mir flüchtet.«

»Ich bin nicht vor Euch geflüchtet!« Zumindest würde sie es nicht zugeben.

»Ach nein?« Er gab sich den Anschein nachzudenken. »Wie würdet Ihr es nennen, wenn …«

»Passt auf, was Ihr jetzt sagt«, warnte sie ihn. Da erblickte sie über seiner Schulter die Marquise. Und in diesem Moment – in McLanes Armen – versetzte ihr der Anblick der Frau zum ersten Mal keinen Stich. Sie hob das Kinn. »Die Marquise de Tournoi kommt direkt auf uns zugerauscht. Vielleicht sollte ich meinen Tanzpartner wechseln.« Sie tat, als mustere sie interessiert den Mann an der Seite der Marquise.

McLanes Blick folgte dem ihrem. »Ihr wollt mich doch wohl nicht gegen diesen Wicht eintauschen!«

Neben der Marquise de Tournoi mit dem hoch aufgetürmten Kopfputz erschien ihr Tanzpartner in der Tat klein und schmächtig. Es sah fast so aus, als würde er von ihren bauschigen Röcken verschlungen.

»Jemand muss dem armen Mann doch helfen!«, gab Dominique zurück.

»Der hat sich sein Los selbst ausgesucht«, meinte McLane mitleidlos.

Sie hob die Augenbrauen. »So wie Ihr vorhin?«

Einen Augenblick lang sah er sie mit blitzenden Augen an, bevor er antwortete: »Ihr scheint es immer wieder darauf anzulegen, mich herauszufordern.«

»Ich?«, fragte sie mit Unschuldsmiene.

»Ja, Ihr.«

Dominique kam nicht mehr dazu, etwas zu erwidern. Das Lied ging zu Ende, und das Orchester beendete sein Spiel mit einem Tusch. Dabei zeigte der Dirigent mit einer ausholenden Armbewegung zur Treppe. Auf dem Absatz erschien der Comte de Beaumont, ein Glas in der Hand. Er klopfte mit einem Ring dagegen, und das helle Klirren ließ die Gäste im Saal verstummen. Dann hob er zu einer Rede an. Dominique bekam nur die ersten Sätze mit, da sie jemand am Arm zog.

»Hier bist du! Ich habe dich schon überall gesucht. Wo warst du denn die ganze Zeit?«, flüsterte Amélie. In ihrem Schlepptau erschien Rémy Bellami.

»Hier und dort«, antwortete Dominique ausweichend, in dem jähen Bewusstsein, dass sie nicht nur zwei Mal mit McLane getanzt hatte, sondern auch mit ihm auf der Terrasse gewesen war. Inständig hoffte sie, dass keiner der Gäste das bemerkt hatte. Das Gerede würde unweigerlich einsetzen.

Bis jetzt hatte sie immer darauf geachtet, einen tadellosen Ruf zu bewahren und als so langweilig zu gelten, dass die Leute nicht auf die Idee kamen, über sie zu reden. Warum hatte sie sich an diesem Abend so vergessen? Dabei hatte sie sogar noch darüber nachgedacht, ob es einen Grund gab, kein zweites Mal mit ihm zu tanzen. Warum nur war ihr nicht eingefallen, was für einen Eindruck es machen würde? Schuld daran war nur McLane. Warum musste ihr dieser Mann immer wieder in die Quere kommen und sie in die Bredouille bringen?

»Das Feuerwerk beginnt gleich. Lass uns rausgehen«, schlug sie Amélie vor, in der Hoffnung, sich so unauffällig von McLane lösen zu können, dem jetzt ja Bellamis Gesellschaft blieb.

»Das ist eine gute Idee«, bemerkte jedoch Bellami. »Sobald Beaumont seine Rede beendet hat, strömen alle nach draußen, und dann sind die besten Plätze auf der Terrasse sofort vergeben.«

McLane ging sogleich darauf ein und bahnte ihnen einen Weg durch die Menge. Amélie und Bellami folgten ihm. Dominique blieb nichts anderes übrig, als dasselbe zu tun.

Draußen traten sie an die Balustrade, und Amélie und Bellami begannen zu plaudern. Dominique stellte sich daneben und tat so, als würde sie beobachten, wie die Männer im Garten das Feuerwerk vorbereiteten, um McLane ausweichen zu können.

Bald strömten auch die anderen Gäste auf die Terrasse. Als alle da waren, hob der Comte seinen Arm, hielt einige Sekunden lang inne, bis die Aufmerksamkeit aller auf ihn gerichtet war, dann gab er das Zeichen zum Start. Wie von Geisterhand flammte zu beiden Seiten der Terrasse ein Licht auf. Ein Funke schoss vorwärts, an einem unsichtbaren Band entlang, und entzündete ein gelb sprühendes Sonnenrad nach dem anderen. Die beiden Funken schlängelten sich durch den Garten, fanden zueinander und eilten geradeaus auf ein unsichtbares Ziel zu. Bevor sie wie auf einen Schlag erloschen, schossen sie in einem letzten Aufbäumen einen brennenden Pfeil ab.

Gebannt verfolgten die Zuschauer seine Bahn durch den dunklen Nachthimmel. Der Pfeil stieg höher und höher, erreichte seinen Zenit und fiel wieder in Richtung Erde. Im Orchester, das den munteren Lichterreigen im Garten bisher mit einem fröhlichen Stück untermalt hatte, setzte ein Instrument nach dem anderen aus, als ob auch die Musiker gebannt verfolgten, was jetzt geschehen würde.

Alle glaubten, der Weg des Pfeiles und damit das Schauspiel selbst näherten sich ihrem Ende zu. Doch wie wurde das Publikum getäuscht! Der Pfeil erreichte sein Ziel. Mit einem heftigen Knall flog es in die Luft. Glühende Funken spiegelten sich auf einer glatten Oberfläche. Erst jetzt wurden die Zuschauer gewahr, dass die Explosion sich auf einem See ereignet hatte. Die Funken senkten sich nieder und entzündeten neue Lichter.

»Das sind kleine Schiffe!«, rief Amélie atemlos aus.

»Tatsächlich!«, murmelte McLane.

Bald war der ganze See mit beleuchteten Segeln überzogen. Als wehten Winde aus verschiedenen Richtungen, bewegten sich die Schiffe aufeinander zu. Die Musik wurde wieder lauter und gewann an Dramatik. Mit einem Donner begann das erste Schiff auf ein anderes zu feuern. Dieses erwiderte das Feuer. Eine Seeschlacht setzte ein. Jedes Schiff schoss brennende Kugeln auf die anderen ab. Ununterbrochen knallte es. In einem Durcheinander flogen Lichter über den See. Dominique wusste nicht mehr, wohin sie schauen sollte. Das erste Schiff ging lichterloh in Flammen auf und versank langsam in den dunklen Fluten. Das zweite folgte. Schließlich blieben nur noch zwei Schiffe übrig, die beiden größten.

»Seht Ihr die Flaggen an den Masten?«, fragte Amélie aufgeregt. »Unsere Trikolore!«

Dominique reckte sich, um die andere besser erkennen zu können. »Und der englische Union Jack!« Sie warf einen Seitenblick zu McLane. Wie würde er es aufnehmen, dass hier eine Seeschlacht der Franzosen gegen die Engländer inszeniert wurde, von der anzunehmen war, dass der Sieger bereits feststand?

McLane verfolgte das Schauspiel auf dem See mit ausdruckslosem Gesicht.

Inzwischen hatten auch die übrigen Zuschauer die Flaggen erkannt. Sie begannen zu johlen. Wider Erwarten ergriffen nicht alle die Partei des französischen Schiffes. Einige erlaubten sich den Spaß, die gegnerische Seite mit Zurufen zu unterstützen.

Die Feuerbälle flogen hin und her. Die Musik setzte zum dramatischen Höhepunkt an. Dann löste sich eine besonders große Rakete vom französischen Schiff. Die Zuschauer hielten die Luft an. Sie traf das englische genau in der Mitte. Mit einem letzten ohrenbetäubenden Knall flog es in die Luft. Das Publikum brach in Begeisterung aus. Siegesschreie gellten durch die Nacht, es wurde geklatscht und gepfiffen. Als Schlussakt feierte das französische Schiff mit einem silbernen Funkenregen seinen Sieg.

»Das war überwältigend! Habt ihr das gesehen!« Amélie konnte kaum noch an sich halten vor Begeisterung.

Selbst Bellami hatte leuchtende Augen.

»Lasst uns zum See hinuntergehen und sehen, wie sie das gemacht haben!«, schlug Amélie vor.

»Ja, das würde mich auch interessieren«, erwiderte McLane. Er bot Dominique seinen Arm. Amélie hängte sich bei Bellami ein. Zusammen spazierten sie durch den Garten zum See.

»Ich hoffe, Ihr seid nicht allzu bekümmert über die englische Niederlage«, meinte Dominique zu McLane, nachdem sie den Weg zum See schweigend hinter sich gebracht hatten.

Er schnaubte. »Ich bin Schotte!«

»Aber Ihr habt doch auch Geschäfte und ein Haus in London.«

»Das ändert nichts daran, dass sich ein Schotte immer freut, wenn die Engländer eins aufs Dach kriegen.«

»Dann seid Ihr also nicht verstimmt über diesen Abend?«, versicherte sich Dominique.

»Nein, wie könnte ich, mit Euch an meiner Seite.«

Dominique hielt für einen Moment die Luft an. Sie wollte keine Komplimente. Sie durfte nicht schon wieder vergessen, dass McLane gefährlich für ihren Ruf werden könnte. Sie wandte sich um und bemerkte, dass sie ihre Freunde verloren hatten. Auch das noch! Sie war allein mit McLane. Irgendwo in diesem fremden Garten. Der Vollmond schien so hell, dass die Umgebung sich in deutlichen Konturen abzeichnete. Damit würde man sie von Weitem erkennen können. »Wo sind denn Amélie und Bellami?«

»Die haben wir wohl verloren«, antwortete McLane ungerührt.

»Wir sollten zurückgehen und sie suchen«, sagte Dominique entschieden.

»Ich glaube nicht, dass sie darüber besonders erfreut wären.«

Sie runzelte verwirrt die Stirn. »Wieso nicht?«

McLane drehte sich zu ihr hin. »Habt Ihr das nicht bemerkt?«

»Was denn?«, fragte sie ein wenig unwirsch.

Er sah sie mit einem amüsierten Ausdruck an. »Sie haben uns vermutlich nicht unabsichtlich verloren.«

»Könnt Ihr auch deutlicher werden?«

Ein Grinsen stahl sich auf sein Gesicht. »Sie wollen allein sein.«

Dominique starrte ihn an. Er meinte doch nicht ... »Weshalb?«

McLane sah aus, als wollte er die Augen verdrehen. »Weshalb wohl?«

»Aber ... Amélie und Bellami ...« Sie schüttelte den Kopf. »Was will Amélie von Bellami?«

Dieses Mal gab McLane keine Antwort. Er sah sie nur weiterhin mit diesem Ausdruck im Gesicht an, als stellte sie sich dümmer an, als sie war.

»Sie hat nie in besonderem Ton von Bellami gesprochen«, ereiferte sie sich. »Weshalb sollte sie also das Risiko eingehen, sich zu kompromittieren?«

»Sie ist *Eure* beste Freundin, nicht meine.«

»Genau! Und darum muss ich Euch auch widersprechen. Das ist völlig undenkbar.«

»Seid Ihr Euch da so sicher?«.

Dominique stemmte die Hände in die Hüften. »Natürlich!«

»Vielleicht hat sie das einfach für sich behalten.«

»Das kann nicht sein. Wir sind beste Freundinnen. Wir erzählen uns alles.«

»Alles?« McLane hob die Brauen. »Weiß sie auch von Eurem Ausflug ins *Corsaire?*«

Dominique ließ die Hände wieder sinken. »Nein.«

»Und von unserem Spaziergang auf der Mole?«

Also wirklich! Das war etwas ganz anderes. »Warum hätte ich ihr davon erzählen sollen?«

»Und dass wir vorhin miteinander getanzt haben?«

Dominique wusste, dass er nicht ganz unrecht hatte, also ging sie zum Angriff über. »Was wollt Ihr von mir?«

»Gar nichts. Außer Euch aufzeigen, dass Ihr Eurer Freundin nicht alles erzählt.«

»Hm.« Sie sah ihn grimmig an.

Er hob abwehrend die Arme. »Seid nicht wütend auf mich. Ich habe damit nichts zu tun.«

Sie presste die Lippen zusammen. »Nein, Ihr seid wie immer das reinste Unschuldslamm.«

Er grinste. »Genau!«

»Und obendrein sehr frech!«

Sein Grinsen vertiefte sich.

Ein Tropfen fiel Dominique ins Gesicht. Dann noch einer. In der Ferne war ein Donnergrollen zu hören.

McLane wandte sich um. »Da scheint ein Gewitter im Anzug zu sein. Wir sollten besser umkehren.«

»Ja.«

Schweigend eilten sie am Ufer des Sees entlang. McLane hatte immer noch einen Nachhall seines Grinsens auf dem Gesicht, was Dominique ärgerte. Was erdreistete sich dieser Kerl, sich in ihre Freundschaft mit Amélie einzumischen? Amélie und Bellami – das war doch lächerlich! Er war ein Advokat! Nicht, dass dagegen etwas einzuwenden gewesen wäre, aber trotzdem! Sie hatte es gut bei ihrem Bruder. Warum sollte sie sich auf eine Tändelei mit einem flatterhaften Mann wie Bellami einlassen?

Die vage Sehnsucht, die sie beim Gedanken daran erfasste, dass Amélie vielleicht einen treuen Partner gefunden haben mochte, schob Dominique vehement beiseite. Lieber konzentrierte sie sich auf ihren Ärger über McLane. Dieser Mann war …!

Ihr fiel nichts mehr ein. Der Ärger war erloschen. Sie versuchte, die Glut wieder anzufachen. Doch es war vergebens.

Was blieb, war die Sehnsucht. Und der Schmerz. Über das,

was sie verloren hatte und was Amélie vielleicht in Bellami gefunden hatte. Unweigerlich sammelten sich Tränen in ihren Augen. Sie konnte nicht verhindern, dass sie ihr über die Wangen rollten. Glücklicherweise setzte der Regen ein. Er würde verhindern, dass McLane bemerkte, wie es ihr ging.

Er beschleunigte seinen Schritt und fasste sie bei der Hand. Sie stolperte hinter ihm her.

»Seht, da drüben ist ein Bootsschuppen! Wir sollten uns unterstellen, bis das Gröbste vorüber ist.« Er eilte darauf zu und riss die Tür in dem Augenblick auf, in dem das Gewitter sich richtig zu entladen begann. Als sie aus dem Schutz des Schuppens nach draußen sahen, schüttelte er den Kopf. »Das war in letzter Minute!«

»Allerdings!«

Wie aus Eimern prasselte der Regen jetzt nieder. Er trommelte auf das Dach und spritzte auf dem Kiesweg hoch.

»Wir wären völlig durchnässt worden«, meinte Dominique bei dem Anblick. Sie schlang die Arme um sich.

McLane zog sofort seinen Rock aus.

Dankbar schlüpfte sie in den warmen Wollstoff. »Was meint Ihr, wie lange es anhalten wird?«

Sie standen in der offenen Tür und sahen hinaus. »Wahrscheinlich nicht lange. Das ist ein richtiges Sommergewitter.«

Eine Weile sahen sie zu, wie der Regen niederprasselte und auf dem Weg Pfützen zu bilden begann. Dann wandte sich Dominique um. Neugierig schaute sie sich im Inneren des Schuppens um. Er war nicht groß, zumindest nicht jener Teil, welcher auf festem Boden stand. Mehr als drei Viertel ragten in den See hinaus, mit nur zwei schmalen Gängen an den Wänden. Zwei Ruderboote schaukelten auf dem Wasser. An der Wand links hingen Fischerruten und ein Netz, auf der anderen Seite standen auf dem Boden Stiefel und Eimer.

Eine Sitzgelegenheit gab es nirgends, außer sie wäre in eines der Boote gestiegen. Doch das ließ sie lieber bleiben. Ihre Röcke waren nicht zum Klettern geeignet. Nachher kenterte sie noch mit dem Boot und landete im Wasser.

»Wir hätten uns eine behaglichere Gartenlaube aussuchen sollen«, meinte McLane bedauernd.

»Im Augenblick reicht es mir völlig, ein Dach über dem Kopf zu haben.«

Und sie würden ja nicht lange hierbleiben müssen ...

Kincaid beobachtete, wie sie nachdenklich auf die beiden Ruderboote schaute. Plötzlich erschien es ihm, als würde sich ihr Gesicht mit einem Lächeln überziehen. Er konnte es nicht wirklich sehen, dafür war es zu dunkel. Aber da war etwas in der Art, wie sie ihren Kopf hielt, das ihn sicher machte. »Warum lächelt Ihr?«

Ohne sich ihm zuzuwenden, antwortete sie: »Wie diese Schiffe in die Luft geflogen sind. Genauso ist mir das Leben um die Ohren geflogen.«

Er runzelte die Stirn. »Und was bringt Euch bei diesem Gedanken zum Lächeln?«

Sie lachte freudlos auf. »Eigentlich nichts, wenn man es genau betrachtet. Aber ...«

»Aber was?«

Sie schwieg eine Weile, bevor sie antwortete. »Manchmal hat eine Explosion auch ihr Gutes.«

»Was ist gut daran, wenn einem das Leben um die Ohren fliegt?« Er vermutete, dass sie über den Tod ihres Mannes sprach. Unweigerlich dachte er an jenen Tag, als er nach Hause kam und keine freudige Ellie ihn begrüßte. Als in seinem Haus die Vorhänge zugezogen waren, obwohl es mitten am Tag war.

»Manchmal ist es danach ... besser.« Sie brach ab und sah ihn an. Unsicherheit lag in ihren Augen.

»Ihr meint, wenn man danach ... allein ist? Wie kann das besser sein?« Er konnte ihren Gedanken nicht folgen.

»Nun ... seit Jacques nicht mehr da ist, kann ich wieder in der Manufaktur arbeiten. Vorher hat er den Betrieb geleitet, und für mich gab es nichts zu tun, außer Gesellschaftsanlässe zu besuchen. Für die ich mich stundenlang herrichten musste. Damit ich in seine Kreise passte. Doch wie viel Mühe ich mir auch gab, von den meisten seiner adligen Bekannten wurde ich nie wirklich akzeptiert. Sie waren zwar immer überaus freundlich zu mir, wenn Jacques zugegen war. Aber diesen Menschen scheint es mit in die Wiege gelegt worden zu sein, anderen mit dem freundlichsten Gesicht unmissverständlich klarzumachen, dass man nicht genügt.«

»Wie könnt Ihr jemandem nicht genügen?«, fragte er überrascht.

Sie zuckte mit den Schultern. »Ich bin nur eine Bürgerliche. Eine Handwerkerstochter«, setzte sie scharf hinzu.

»Ich finde Euch bewundernswert. Wie Ihr die Manufaktur leitet und Euch gleichzeitig in den vornehmsten Kreisen bewegt.« Plötzlich tauchte ein Bild vor seinen Augen auf. Wie er mitten im Sturm an Deck seines Schiffes stand. Sie an seiner Seite. Dem Sturm trotzend. Sie würde sich nicht unter Deck verkriechen, sondern dem Sturm Auge in Auge entgegenblicken und ihn unterstützen. Es wäre ihr egal, dass sie nass würde, und sie hätte auch keine Angst.

Wie anders war sie doch als Ellie! Dominique Devilliers war eine Frau, die ihr Leben in die Hand nahm und für ihre Ziele kämpfte. Sie war wie ihre Fayencen: robust genug, um alle Herausforderungen des Alltags zu bestehen, und nur zerbrechlich, wenn man nicht sorgsam mit ihnen umging. Dagegen war

Ellie eine dieser beinahe durchsichtigen chinesischen Kostbarkeiten gewesen, so filigran und empfindlich, dass man sie in eine Vitrine stellte und bewunderte. Sie war nicht für den Alltag geschaffen gewesen.

Bis jetzt war ihm das nie so bewusst geworden. Er hatte sie über alles geliebt. Vielleicht gerade, weil sie so gewesen war. So anders als er. Der derbe Highlander, der eine solche Eleganz und Feinheit nicht kannte.

Wieder lachte Dominique auf. »Was ist das heute für ein Tag, dass ich das gleich zweimal zu hören bekomme«, sagte sie, mehr zu sich selbst als zu ihm. »Ich liebe die Manufaktur. Ich habe meine Kindheit dort verbracht. Ich liebe es, meine Hände in den Ton zu tauchen, ihn zu kneten und zu formen. Und ich liebe es, mein eigener Herr zu sein. Unabhängig zu sein. Auch wenn Ihr mir entgegenhaltet, dass meine Manufaktur nicht rentabel läuft.«

»So etwas würde ich Euch nie vorwerfen. Die schlechte Geschäftslage ist nicht Eure Schuld.«

»Nein, aber ich muss trotzdem damit fertigwerden.«

»Das werdet Ihr. Davon bin ich überzeugt.« Warum sagte er so etwas? Bis jetzt hatte er doch nur darauf gewartet, dass das Geschäft zusammenbrach, damit er es übernehmen konnte. Bis jetzt hatte er auch Dominique Devilliers nur als einen Geschäftspartner gesehen. Einen, den er dazu bringen wollte, sich seinen Wünschen zu beugen. Dabei hatte er nicht bemerkt, wie sich seine Gefühle ihr gegenüber verändert hatten. Das war zu schleichend vor sich gegangen.

Anstatt die Situation auszunutzen, bestärkte er sie, und er wünschte sich, dass sie es schaffen möge. Er wollte sehen, was alles in dieser Frau steckte. Mit welchem Mut und welcher Kraft sie allen Widrigkeiten trotzte. Sie würde nicht aufgeben. Sie würde kämpfen bis zum Letzten. Davon war er überzeugt.

Eisprinzessin! Verständnislos schüttelte er den Kopf über diesen so völlig unpassenden Spitznamen. Wie konnte alle Welt diese Frau so falsch einschätzen? Andererseits – wenn er sich die verstohlenen Blicke der Männer im Ballsaal ins Gedächtnis zurückrief, die ihr gegolten hatten, rührte der Grund für diesen Spitznamen wohl eher von den vielen Zurückweisungen her, die diese hatten hinnehmen müssen.

Er betrachtete sie. Dominique stand im Türrahmen und blickte versonnen auf den See hinaus. Die Nacht dort draußen war etwas heller als das dunkle Bootshaus, sodass er ihre Silhouette erkennen konnte. Das schmale Kinn, das sie ihm so unglaublich herausfordernd entgegenstrecken konnte, ihr schlanker Hals, der durch die kunstvolle Hocksteckfrisur noch länger wirkte. Wieder einmal hatten sich einige Strähnchen daraus gelöst, als sie mit ihm zu der Bootshütte gerannt war. Doch es gefiel ihm viel besser so. Es ließ ihr wahres Wesen durch die vornehme Fassade schimmern. Das Temperament, das sich dahinter verbarg.

Mit einem Mal fragte er sich, wie viele Menschen außer ihm es noch gab, die ahnten, was in dieser Frau steckte. Und unvermittelt erfüllte es ihn mit Stolz, dass sie seinen Rock trug. Auch wenn sie von dem zu großen Kleidungsstück umhüllt wurde und ihm der Anblick ihrer süßen Gestalt dadurch verwehrt war. Aber er erinnerte sich genau daran, wie es darunter aussah.

Wie magisch angezogen, trat er zu ihr in den Türrahmen. Dieser war so schmal, dass er kaum Raum zwischen ihnen ließ. Nicht mehr als eine Handbreit. Er befürchtete schon, dass sie wieder die Flucht ergreifen und zurückweichen würde. Aber sie tat es nicht. Sie wandte den Kopf und sah zu ihm hoch. Mit einem Blick, der ihn alles andere vergessen ließ.

Dominique sah in den Regen hinaus und fragte sich, warum sie sich McLane anvertraut hatte. Warum hatte sie einem Fremden so viel über sich erzählt? Ihm ihre tiefsten Gedanken preisgegeben?

Vielleicht weil er ihr nicht mehr als ein Fremder erschien, sondern vielmehr wie ein Vertrauter. Wie jemand, den sie schon lange kannte. Und diese Gedanken auszusprechen hinterließ in ihr ein friedvolles Gefühl. Eines, das sie schon lange nicht mehr gespürt hatte.

Unvermittelt wurde ihr klar, dass es genau das war, was in ihr Ruhe und Selbstsicherheit erwachsen ließ: das Bewusstsein, ihr Leben selbst in der Hand zu haben. Selbst darüber bestimmen zu können. Ihrer Passion nachgehen zu können, jeden Tag in der Manufaktur sein und etwas bewegen zu können. Für sich selbst kämpfen zu können. Für die eigenen Wünsche und Ziele.

Einen Moment lang vergaß sie darüber sogar McLane.

Bis er plötzlich zu ihr in den Türrahmen trat. So dicht stand er bei ihr, dass sie seine Wärme spüren konnte. Seine körperliche Nähe brachte ihre Gedanken auf einen Schlag zum Schweigen. Es war, als ob er direkt in sie hineinfluten und sie umhüllen würde. Trotz dieser ungebührlichen Nähe blieb sie stehen. Genau dort, wo sie war. Denn sie wusste, dass diese Intimität nur ein gestohlener Moment war. Und um nichts wollte sie diese Nähe verlieren. Sie fühlte sich einfach viel zu gut an. Keinen Millimeter würde sie freiwillig davon preisgeben. Wenn es ihm zu intim wurde, musste er selbst zurückweichen.

Also hob sie den Kopf und sah ihn herausfordernd an. Doch als sich ihre Blicke trafen, stockte ihr der Atem. Seine Augen waren dunkel und eindringlich. Und darin las sie dieselbe Sehnsucht, die auch in ihren stehen musste.

Langsam beugte er sich näher. Mit einem Male erkannte Dominique, was er vorhatte: Er würde sie gleich küssen!

Für den Bruchteil einer Sekunde schoss Angst in ihr hoch, und sie war versucht zu flüchten. Aber diese Regung wurde sogleich und so völlig von einer anderen ausgelöscht, dass sie ihm nur noch ihr Kinn entgegenhob und die Augen schloss: Sie konnte es nicht erwarten.

Die erste Berührung seiner Lippen auf den ihren war federleicht. Beinahe, als entspränge sie nur einem Wunschtraum. Aber sie löste einen Blitz in ihr aus, der durch jede ihrer Nervenzellen schoss, so wie sie vorher die dunkle Gewitternacht durchzuckt hatten. Sie legte die Hände auf seine starken Schultern, um sich daran festzuhalten. McLane vertiefte die Berührung. Samtweich strichen seine Lippen über die ihren. Warm und den Wunsch nach mehr wachrufend. Dieser Wunsch überrollte Dominique so unerwartet und so heftig, dass sie beinahe ins Taumeln geriet.

Er legte seine Hände um ihre Taille, und sie ließ sich willig von ihm näher ziehen, nicht mehr in der Lage zu unterscheiden, ob er sie wirklich an sich zog oder ob sie es war, die sich an ihn presste. Aber was spielte das schon für eine Rolle? Überhaupt keine. Nichts spielte mehr eine Rolle, außer diesem warmen, kräftigen Körper, gegen den sie lehnte, und das, was er mit ihr tat. Sie hatte nicht geglaubt, solche Gefühle noch einmal zu erleben.

Seine Lippen teilten sich, und seine Zunge glitt über ihre Mundwinkel. Dominique wollte den Kuss erwidern, ihn kosten und ebenso spüren.

Plötzlich zog sich McLane zurück. Seiner Wärme beraubt, wollte sie ihm nachfolgen und ihn wieder zurückholen.

Er jedoch richtete sich auf und horchte in die Nacht hinein. »Da kommt jemand.«

Erschrocken wich Dominique zurück. »Wo?«

Er zeigte hinaus in die Nacht.

Jetzt hörte sie es ebenfalls. Kies knirschte unter Schritten. Sie war versucht, sich in der Dunkelheit des Schuppens zu verbergen, damit niemand sie hier zusammen mit McLane ertappte. Aber im Bootshaus gab es kein Versteck, und jeder Näherkommende würde sich vermutlich neugierig im Inneren umsehen. Also entschied sie, in die Offensive zu gehen. Sie trat unter dem Vordach hinaus.

In den letzten Minuten hatte es aufgehört zu regnen. McLane folgte ihr. Ein Paar kam ihnen entgegen. Wohl andere Gäste, die auch irgendwo im Garten Schutz vor dem Regen gesucht hatten.

»Da seid ihr ja!«, rief eine weibliche Stimme.

Amélie! Dominique fiel ein Stein vom Herzen. Bei ihrer Freundin musste sie nicht befürchten, dass gleich das Gerücht die Runde machte, sie und McLane hätten ein Stelldichein im Garten gehabt. Und von Bellami an deren Seite war das ebenfalls nicht zu erwarten, schien er doch ein Freund von McLane zu sein.

»Der Bootsschuppen hat uns Schutz vor dem Regen geboten«, erklärte Dominique.

»Wir hatten uns im Garten in einer Laube untergestellt«, antwortete Amélie. »Seid ihr nass geworden?«

»Nur ein bisschen.«

»Wir sollten zurück zum Schloss gehen, bevor die Damen sich erkälten«, schlug McLane vor.

Bellami nickte. Die beiden Männer gingen vor, und Dominique und ihre Freundin folgten ihnen, den Lichtern entgegen, die in der Ferne brannten.

Amélie ging ungewohnt schweigsam neben ihr her, was Dominique jedoch kaum wahrnahm. Zu sehr kreisten ihre Gedanken um das, was sich zwischen ihr und McLane abgespielt hatte. Jetzt, da er mit Bellami zusammen vor ihr herschritt, als wäre nichts geschehen, fragte sie sich plötzlich, ob das alles nur Einbildung gewesen war.

Mit einem Finger fuhr sie über ihre Lippen. Nein, es war tatsächlich geschehen. Sie hatte den Eindruck, seinen Mund noch immer auf dem ihrem zu spüren. Und ihr Körper sehnte sich nach der Wärme und der Stärke des seinen.

Großer Gott! Was tust du da?, fragte plötzlich eine andere Stimme in ihr. Du verzehrst dich nach McLane! Du hast ihn geküsst!

Und der Kuss wäre noch leidenschaftlicher und intensiver geworden, wären sie nicht unterbrochen worden. Amélie hatte sie davor gerettet, eine Riesendummheit zu begehen. Sie war immer wieder hin- und hergerissen zwischen dem Wunsch nach der Freiheit zu tun, was sie wollte, und der lebenswichtigen Notwendigkeit, ihren Ruf zu bewahren. Vielleicht durfte sie sich hin und wieder wirklich einen gestohlenen Moment erlauben, aber mit McLane verlor sie vollkommen die Kontrolle. Das durfte nicht noch einmal passieren.

Und dann kam ihr ein Gedanke, der alle ihre romantischen Gefühle mit einem Mal wie eine Seifenblase platzen ließ: Er war verheiratet! Gott, wie hatte sie das vergessen können. Irgendwo hatte er ein Zuhause, wo eine Frau auf ihn wartete. Er machte mit seiner Frau genau dasselbe, was Jacques mit ihr gemacht hatte. Bestimmt schwor er ihr zu Hause seine Liebe, während er sie – kaum war er aus dem Haus – mit einer anderen betrog! Und jetzt war sie es, die einer anderen Frau das Leid zufügte, das zuvor ihr zugefügt worden war. Sie war nicht besser als die Marquise de Tournoi! Wie hatte sie so etwas tun können? Wie um alles in der Welt hatte sie McLane küssen können? Und es auch noch genossen!

Dominique verabscheute sich selbst. Es war nicht richtig gewesen, was sie getan hatte. Auch wenn McLane anscheinend zu der Sorte Mann gehörte, die es mit der ehelichen Treue nicht ernst nahm, wollte sie keinen Anteil daran haben. Sollte er sich dafür – wenn es denn schon sein musste! – eine andere suchen, die diese Last auf sich nahm, ein anderes Herz zu brechen. Sie würde von jetzt an einen großen Bogen um ihn machen.

Damit so etwas nie wieder vorkam!

13

»Wir sollten warten, bis das Hochwasser nachlässt«, meinte Kincaid, als die Ballgäste am nächsten Morgen am Bootsanleger standen, um mit dem Schiff nach Le Havre zurückzukehren.

Es hatte aufgehört zu regnen, aber weiter im Landesinneren musste es starke Unwetter gegeben haben, so wie das Wasser im Fluss angestiegen war. Sogar die Uferböschung war ein Stück weit überflutet. Im Gegensatz zum sanften Dahinfließen tags zuvor war die Strömung heute reißend. Schwemmholz schoss den Fluss hinab, darunter ganze ausgewurzelte Bäume. Es erschien Kincaid sinnlos gefährlich, jetzt loszusegeln, statt zu warten, bis das Hochwasser in einigen Stunden nachlassen würde. Und er wusste, dass die Seine, je näher sie der Mündung kamen, von Sandbänken durchzogen war, die immer wieder ihre Lage änderten. Ständig verschob der Fluss den Sand, und jedes Schiff brauchte am Bug einen Lotsen, der den Weg zwischen den Sandbänken hindurchfand.

»Dafür haben wir keine Zeit«, erwiderte der Kapitän kurz angebunden. Seinem Gesichtsausdruck nach zu urteilen und so, wie er seine Mannschaft behandelte, schien er ein ziemlich verbissener Mensch zu sein. Noch etwas, das Kincaid nicht gefiel.

»Dann sollten wir das nächste Schiff nehmen«, schlug er den anderen Gästen vor.

»Gegen diese Strömung wird heute keines mehr den Fluss hinaufkommen«, erwiderte der Kapitän barsch.

»Das würde bedeuten, wir müssen noch eine Nacht hierbleiben und kommen erst morgen nach Le Havre«, stellte einer der Ballgäste fest.

Ein anderer, der dem Stadtrat angehörte, wie Kincaid wusste, meinte: »Ich muss heute noch zurück.«

»Ich auch«, erklärte der Verwalter der großen Tabakmanufaktur.

»Wir könnten es mit Kutschen versuchen«, schlug Dominique vor.

Kincaid fiel es schwer, sie nicht anzustarren, seit sie mit den anderen Gästen ins Freie getreten war. Seit ihrem Kuss hatte er kein Wort mehr mit ihr gewechselt. Als sie gestern Abend das Schloss erreicht hatten, hatte sie sich sofort entschuldigt und sich in ihr Gästezimmer zurückgezogen.

Der Stadtrat schüttelte den Kopf. »Damit werden wir im Morast stecken bleiben. Nein, das Schiff ist die einzige Möglichkeit.«

»Das sehe ich genauso«, bekräftigte der Verwalter.

»Dann sollten wir wenigstens ein paar Stunden warten«, meinte Kincaid.

»Das könnt Ihr halten, wie Ihr wollt«, herrschte der Kapitän ihn an. »Ich jedenfalls habe keine Zeit, hier stundenlang zu warten, bis die Strömung Euch genehmer wird. Wir segeln jetzt los. Und wer nicht mitwill, bleibt halt hier!«

Die Ballgäste sahen sich ratlos an, und als der Stadtrat und der Verwalter das Schiff bestiegen, folgte ihnen der Rest. Dominique warf Kincaid einen schwer deutbaren Blick zu und bestieg dann mit ihrer Freundin ebenfalls das Schiff.

»Zumindest werden wir rasch in Le Havre ankommen«, meinte Bellami schulterzuckend.

»Wie ihr wollt«, brummte Kincaid. Er machte sich keine Sorgen um sich selbst, sondern um die anderen Ballgäste und vor allem um die Frauen, die solch schlechtes Wetter und die daraus resultierende ruppige Flussfahrt nicht gewohnt waren. In der Mitte des Flusses würde ihnen der Wind stürmisch um die Ohren pfeifen, und den schwarzen Wolken nach, die tief vom Himmel hingen, war es nicht auszuschließen, dass es erneut regnen würde. Der Unterstand auf dem Schiff bot nicht allen Passagieren Platz, und so, wie er den Kapitän einschätzte, war es nicht einmal sicher, dass sie unter diesen Bedingungen alle heil nach Le Havre gelangten. Da war er lieber mit von der Partie, um notfalls eingreifen zu können.

Insbesondere, weil Dominique auch auf diesem Schiff war.

Er konnte der Versuchung nicht widerstehen und warf einen Blick zu ihr hinüber. Sie stand auf dem Vorderdeck, zwischen dem Stadtrat und dem Verwalter der Tabakmanufaktur, und schaute auf den Fluss hinaus. Amélie und Bellami hatten sich in den Unterstand zurückgezogen. Warum hatte sie sich nicht ebenfalls dort einen trockenen Platz gesucht? Jetzt war der Unterstand voll. Wenn es zu regnen anfing, würde sie draußen bleiben müssen. Verdammtes Weib!

Er lehnte sich an die Bordwand und verschränkte die Arme vor der Brust. Sie hatte ihm bereits eine schlaflose Nacht beschert. Wenn die Flussfahrt so verlief, wie er befürchtete, würde der Tag nicht viel besser werden.

Seit jenem Augenblick in dem Bootsschuppen gestern Abend ging sie ihm aus dem Weg. Warum? Er hatte nichts getan, was sie nicht auch wollte. Sie hatte den Kuss bereitwillig erwidert. Sehr bereitwillig! Deutlich hatte er die Leidenschaft gespürt, die in ihr entflammt war. Warum zeigte sie ihm jetzt die kalte Schulter?

Er zog sich den Hut vom Kopf, den der Wind nur wegwehen würde, als die Leinen gelöst und das Schiff in die Flussmitte gezogen wurde, und fuhr sich durch die Haare. Aber wenn er ehrlich war, musste er zugeben, dass er im Grunde nicht wütend auf sie war. Es war nur einfacher, sich von ihrem Verhalten zurückgewiesen zu fühlen, als sich selbst einzugestehen, dass er einen Fehler begangen hatte. Er hätte sie nicht küssen sollen. Das verkomplizierte die ganze Sache nur ungemein. Wie sollte er sie jetzt noch dazu bringen, ihm die Manufaktur zu verkaufen? In dem Wissen, was sie ihr bedeutete? Nachdem er die Leidenschaft gespürt hatte, die in ihr steckte?

Es war auch noch aus einem anderen Grund ein dämlicher Fehler gewesen. Es war nicht einfach nur ein Kuss gewesen, nicht einfach nur zwei Körper, die sich trafen und einen leidenschaftlichen Moment teilten. Nein, ihm waren die Gefühle dabei durchgegangen. Gefühle, die bis jetzt Ellie vorbehalten gewesen waren. Er hatte diese Emotionen tief in seinem Inneren in einer Kiste verschlossen, damit sie keinen Weg mehr zu ihm hochfanden. Nur so hatte er es geschafft, mit Ellies Verlust weiterzuleben.

Und nun hatte ausgerechnet Dominique Devilliers diese Kiste wieder aufgerissen. Schmerz und Trauer und Hoffnung und Liebe waren daraus hervorgequollen wie ein pulsierender Strom von Blut aus einer Stichwunde mitten ins Herz.

Er sollte ihr eigentlich dankbar sein, dass sie ihm aus dem Weg ging. Er wollte sich mit diesen Gefühlen nicht auseinandersetzen.

Trotzdem konnte er nicht anders, als wieder einen Blick zu ihr hinüberzuwerfen. In der reißenden Strömung schlingerte das Boot nun so stark hin und her, dass sie sich zusammen mit den anderen Passagieren, die vorher noch auf dem Vorderdeck gestanden hatten, zum Unterstand zurückgezogen hatte. Sie hielt sich an einem der scheibenlosen Fensterrahmen fest, um im starken Wellengang nicht den Stand zu verlieren.

Ausgerechnet jetzt setzte der Regen wieder ein. Wind pfiff

über das Deck und verwandelte die Wassertropfen in kleine Pfeile, die Kincaid direkt ins Gesicht trafen. Der heftige Schauer verschleierte die Sicht. Das Ufer war nur noch schemenhaft zu erkennen.

Plötzlich gab es einen Knall. Als er den Kopf in Richtung des Geräuschs herumriss, sah er, dass sie mit einem entwurzelten Baum kollidiert waren. Der Kapitän schrie etwas zu seinen Männern, die zum Heck rannten. Das Ruderblatt musste sich im Astwerk verfangen haben, denn das Schiff drehte sich zur Seite und trieb auf das Ufer zu, während der Baum wie ein Auswuchs an ihrem Heck hängen blieb.

Kincaid eilte nach hinten, um den Matrosen zu helfen. Sie versuchten, das Gewirr der Äste vom Ruderblatt wegzuschieben. Immer näher schob die Strömung sie an die Felswand des Ufers heran. Sie würden dagegendonnern, wenn es ihnen nicht gelang, das Steuer wieder funktionstüchtig zu machen. Der Kapitän brüllte seine Männer an, während er selbst auf eine der Bänke an der Bordwand sprang und mit dem Fuß gegen die aus dem Wasser ragenden Äste trat. Mit einem Ruck löste sich der Baum vom Schiff, und befreit von seinem Ballast, wurde es jäh von der Strömung mitgerissen. Der Kapitän verlor den Halt und stürzte in die Fluten. Die Matrosen versuchten, ihn zu packen, aber er wurde sofort vom Schiff weggetrieben. Hektisch holten sie die Ruderriemen und streckten sie über das Wasser, damit er nach ihnen greifen konnte. Doch die Riemen waren nicht lang genug, und sobald ein Ruderblatt ins Wasser tauchte, wurde ihnen der Riemen aus den Händen gerissen.

»Lasst ihn! Wir haben keine Chance, ihn rauszuholen!«, schrie Kincaid den Männern zu. Bei dieser reißenden Strömung war das ein Ding der Unmöglichkeit. Sie würden nur noch mehr Riemen verlieren, was die Manövrierfähigkeit des Schiffes weiter einschränkte.

Der Steuermann hörte jedoch nicht auf ihn, sondern lenkte das Schiff in die Richtung, in welche der Kapitän abgetrieben wurde.

»So ein Idiot!«, fluchte Kincaid. Es war unmöglich, dem Kapitän so nahe zu kommen, dass sie ihn hätten herausziehen können, ohne Gefahr zu laufen, ihn zu verletzen oder selbst gegen die Felsen zu prallen. »Lenk das verdammte Schiff wieder in die Flussmitte!«, befahl er dem Steuermann. »In Ufernähe ist es zu gefährlich!«

Wütend rief der Steuermann zurück: »Wir können ihn doch nicht einfach ersaufen lassen!«

»Wir müssen ihn retten!«, schrien auch einige der Passagiere, die herbeigelaufen waren.

»Wir haben keine Chance, ihn wieder ins Boot zu holen! Er kann schwimmen und sich ans Ufer retten. Damit hat er bessere Chancen als wir, wenn wir gegen einen Felsen prallen und leck schlagen.«

Die Passagiere schienen den Ernst der Lage überhaupt nicht zu begreifen. Sie sahen ihn so feindselig an, als hätte er persönlich den Kapitän über Bord und ins Verderben gestürzt.

Wenigstens schien der Steuermann einzusehen, dass er recht hatte, denn er lenkte das Schiff wieder in die Flussmitte.

Sie waren noch nicht bis dorthin gekommen, als erneut ein heftiger Schlag den Rumpf erzittern ließ. Augenblicklich stand das Schiff still.

»Verflucht! Wir sind aufgelaufen!« Der Steuermann lief nach vorne, um sich den Schaden zu besehen.

Entsetzt sahen die Passagiere zu.

Jemand rief: »Wir werden sinken!«

Einige Frauen begannen, verzweifelt zu schreien.

Auch Kincaid lief nach vorn. Wenn sie tatsächlich einen Felsen erwischt hatten, dann sah es übel aus. Aber die Felswand des Ufers war zu weit weg, und auf der Wasseroberfläche zeigten sich keine verräterischen Wirbel. »Eine Sandbank! Kein Fels! Wir werden nicht sinken!«

Das schien die Passagiere ein wenig zu beruhigen. Einige kamen herbeigelaufen und besahen sich die Lage, jetzt, wo das Schiff relativ ruhig im Wasser lag.

»Und was machen wir nun?«, fragte jemand.

»Der Wind und die Strömung werden uns wieder freisetzen«, antwortete der Steuermann und befahl, das Gaffelsegel so auszurichten, dass es voll im Wind stand.

Sofort war es prall gefüllt. Heftig zerrte es an den Schoten. Doch das Schiff bewegte sich keinen Zentimeter. Starr blieb es auf der Sandbank hängen. Der Plan des Steuermannes schien nicht aufzugehen. Sie steckten offensichtlich zu tief fest, als dass der Druck auf das Segel sie hätte freisetzen können.

Als der Mast zu knarren begann, blickte Kincaid hoch. Der obere Teil wurde verdächtig stark nach vorne gedrückt. Wie lange würde er dem Druck noch standhalten?

Das Knarren nahm zu.

»Lasst das Segel runter!«, rief er den Matrosen zu. »Das hält der Mast nicht aus!«

»Natürlich hält er das aus!«, schrie der Steuermann aufgebracht zurück. »Das ist unsere einzige Chance, wieder freizukommen!«

Kincaid blickte die Matrosen auffordernd an, doch die stellten sich hinter den Steuermann. Verdammt noch mal! War er denn nur von Idioten umgeben?

»Was mischt Ihr Euch da ein?«, fuhr ihn einer der Passagiere an. »Der Steuermann wird schon wissen, was er tut!«

»Jawohl! Euretwegen haben wir schon den Kapitän verloren!«, fügte ein anderer feindselig hinzu.

Die Mienen der übrigen Passagiere waren nicht wohlwollender, was Kincaid beinahe seine Beherrschung verlieren ließ. Sie mussten doch erkennen, wie gefährlich die Lage war! »Ich bin selbst Kapitän! Ich weiß, wovon ich spreche!«, presste er mühsam beherrscht hervor.

»Auf dem Meer!«, brüllte ihn ein verängstigter Passagier an. »Von der Seine habt Ihr keine Ahnung!«

Kincaid wollte gerade etwas höchst Unflätiges erwidern, als er bemerkte, dass Dominique mit ihrer Freundin genau neben dem Mast stand. »Macht, dass Ihr dort wegkommt! Wenn der Mast bricht, erschlägt er Euch!«

Sie sah nach oben und trat einen Schritt zur Seite, aber sie war immer noch viel zu nah am Mast.

»Verflucht noch mal! Geht weg da! Und Ihr auch!«, schrie er den anderen zu.

Niemand bewegte sich. Sie sahen ihn nur verständnislos an.

Herrgott noch mal! Wenn der Mast brach, würde er auf das Deck und den Unterstand krachen und unter den Passagieren ein Blutbad anrichten. Er machte einen Schritt auf Dominique zu, um sie selbst in Sicherheit zu bringen, aber direkt neben ihr am Mast befand sich die Klampe mit dem Seil, das das Segel hielt. Besser holte er direkt das Segel ein. Er musste sich schließlich auch um diese anderen Idioten kümmern. »Lasst sofort das Segel runter!«, befahl er dem Steuermann noch einmal.

»Nein! Das bleibt oben! Und macht, dass Ihr von dem Mast wegkommt!«

Kincaid hatte Dominique und damit die Klampe fast erreicht, um welche das Tau geschlungen war, mit dem das Segel oben am Mast gehalten wurde. Aber bevor er es lösen und damit das Segel selbst niederlassen konnte, hatte der Steuermann seinen Plan durchschaut. Plötzlich hatte er ein Messer in der Hand und sprang auf ihn zu. »Mach, dass du da wegkommst!«

»Ich denke nicht daran! Das Segel muss runter!«

Der Steuermann holte aus. Kincaid wich zurück. Der Stich ging ins Leere. Sofort rückte der Steuermann nach und holte erneut aus. Wieder konnte Kincaid zurückweichen.

Die Passagiere standen alle nur da. Keiner war auf seiner Seite, keiner half ihm. Wo zum Teufel war eigentlich Bellami? Er sollte sie alle zur Hölle fahren lassen! Wenn da nicht Dominique wäre …

Plötzlich sah er sie aus dem Augenwinkel. Dominique hob vorsichtig die Hände an die Klampe. Sie wollte doch nicht etwa …?

Aber genau das schien sie zu beabsichtigen. Der verstohlene Blick, den sie ihm zuwarf, ließ keinen Zweifel daran. Sie musste, genau wie der Steuermann, erkannt haben, was sein Plan gewesen war, und wollte ihm nun helfen. Wenn es ihm gelang, sämtliche Aufmerksamkeit auf den Kampf zwischen ihm und dem Steuermann zu lenken, bekam sie die Chance, das Tau zu lösen.

»Das Segel muss runter!«, rief er und tat so, als wolle er sich wieder dem Mast mit der Klampe nähern. Wie erwartet, versuchte der Steuermann, ihn mit dem Messer daran zu hindern. Blitzschnell wich Kincaid dem Stoß aus. Der Angreifer rückte nach.

Das Segel war immer noch oben. Schaffte sie es nicht, den Knoten an der Klampe zu lösen? Verdammt noch mal, lange konnte er dem Steuermann nicht mehr ausweichen!

Wutentbrannt setzte ihm dieser erneut zu. Dieses Mal ging die Klinge durch seinen Umhang und zerfetzte ihn.

Endlich rauschte das Segel hinunter. Erschrocken schrien die Leute auf.

Kincaid wurde von Stoff begraben. Er wühlte sich hindurch, bis es ihm gelang, ihn beiseitezuschieben. Neben ihm schälten sich andere aus den Stoffbahnen. Hektisch blickte er um sich. Wo war Dominique?

»Was ist passiert?«, schrie jemand entsetzt.

»Nichts«, hörte er Dominique antworten. »Es ist nur das Segel heruntergekommen.«

Beim Klang ihrer Stimme stieß er den Atem aus, den er unbewusst angehalten hatte. Sie befreite sich gerade auf der anderen Seite des Mastes von den Stoffbahnen. »Ist jemand verletzt?«, fragte er und hielt Ausschau nach dem Gaffelbaum, an welchem das Segel oben festgemacht war.

»Nein«, antworteten einige.

Glücklicherweise schien der Baum beim Hinuntersausen niemanden getroffen zu haben, aber der Schreck stand den Passagieren ins Gesicht geschrieben.

»Was machen wir jetzt?«, fragte der Stadtrat.

»Warten, bis uns die Strömung oder die Flut freisetzt oder das nächste Schiff uns herauszieht«, gab Kincaid zur Antwort.

Fragend sahen die Passagiere zum Steuermann hinüber. Der nickte nur übellaunig, schien die Situation aber zu akzeptieren. Dann zog sich einer nach dem anderen in den Schutz des Unterstandes zurück. Zumindest diejenigen, welche dort noch einen Platz fanden.

»Ziehen wir das Segel über uns. Das hält den Regen ab und wärmt ein wenig«, schlug Kincaid den übrig Gebliebenen vor.

Dominique war immer noch auf der anderen Seite des Mastes, wo sie sich hinsetzte. Gerne wäre er zu ihr hinübergegangen und hätte sich neben sie gesetzt. Doch Amélie klammerte sich an sie, und zu ihrer anderen Seite hatte sich der Stadtrat niedergelassen. Es hätte nur zu Gerede geführt, wenn er sich jetzt neben ihr einen Platz erkämpft hätte. Und das war genau das, was sie nicht wollte. So viel war dem Blick anzusehen, den sie ihm zuwarf.

Es schmerzte ihn.

Er setzte sich ebenfalls, zog das Segel über sich und lehnte sich gegen die Bordwand. Widerwillig musste er ihr zugestehen, dass es besser so war. Er durfte ihrem schwer erkämpften Ruf keinen Schaden zufügen. Davon hing ihre Existenz ab und alles, was sie liebte. Das musste er respektieren. Ein Vertiefen ihrer Beziehung würde ohnehin zu nichts führen. Außer zu weiterem Leid. Und davon hatten sie beide bereits genug durchlitten.

Er musste sich damit begnügen, dass sie als Einzige an ihn geglaubt hatte und auf seiner Seite gewesen war. Ohne ihre Hilfe hätte er die Situation nicht retten können.

Ein Lächeln umspielte seine Lippen, als er sich an das Bild erinnerte, das ihm gestern Abend durch den Kopf geschossen war: wie sie neben ihm an Deck dem Sturm trotzte.

Genau das hatte sie getan.

Dieser Gedanke wärmte sein einsames Herz.

14

Müde und durchfroren stieg Dominique in Le Havre vom Schiff. Es hatte Stunden gedauert, bis endlich ein anderes Boot den Fluss heruntergekommen war und sie von der Sandbank hatte wegziehen können. Warum hatten sie nicht auf McLane gehört und die Rückreise um einige Stunden verschoben?

Sie wusste, warum *sie* es nicht getan hatte: Sie war auf das Boot gestiegen, um von ihm wegzukommen. In der Hoffnung, er würde dableiben und die Rückreise erst später antreten. Als er dann trotzdem an Bord gekommen war, hatte sie sich zwischen den Stadtrat und den Verwalter der Tabakmanufaktur geflüchtet.

Ihr Plan war so lange gutgegangen, bis sie aufgelaufen waren.

Dann hatte das Schicksal sie wieder auf die Seite von McLane verschlagen.

Das Schicksal? Nein, das hatte sie selbst getan. Im Gegensatz zu allen anderen Passagieren hatte sie ihm mehr vertraut als dem Steuermann.

Warum? Warum hatte sie einem undurchsichtigen Kerl mit zwielichtigem Hintergrund mehr vertraut als dem auf der Seine erfahrenen Steuermann und den anderen Passagieren? Einflussreichen Männern aus der Gegend, die die Geschicke ihrer Heimatstadt zu lenken wussten?

Diese Frage war ihr durch den Kopf gespukt, als sie frierend unter dem Segel gesessen hatte, eng an Amélie geschmiegt, um sich gegenseitig ein wenig Wärme zu geben. War es der Kuss gewesen? Hatte McLane es damit geschafft, ihren Verstand zu vernebeln? Ein Grund mehr, ihn endgültig aus ihren Gedanken zu verbannen!

Trotzdem kehrten sie immer wieder zu ihm zurück. Und immer wieder hatte sie verstohlen zu ihm hinübergesehen, dorthin, wo er unter dem Segel saß. Er hatte so überzeugend gewirkt, als er das Kommando übernommen hatte. Als wüsste er genau, was er tat. Und merkwürdigerweise hatte sie sofort erkannt, was er vorhatte, als er sich dem Mast und der Klampe genähert hatte, an welcher das Fall des Segels belegt gewesen war. Der Mast hatte derart zu ächzen und zu knarren begonnen, dass auch sie, die über keinerlei Segelerfahrung verfügte, befürchtet hatte, er könnte dem Druck nicht länger standhalten und brechen. Ohne darüber nachzudenken, hatte sie sich gegen alle anderen auf McLanes Seite gestellt. In diesem Moment hatte sie ihm ohne Einschränkung vertraut. Wie war so etwas möglich? Was hatte dieser Mann, dem sie doch eigentlich – nach allem, was sie über ihn wusste – misstrauen musste, an sich, dass eine derartige Verbindung zwischen ihnen möglich war?

Dominique schüttelte den Kopf. Hör auf, über ihn nachzudenken!, bläute sie sich ein. Vergiss ihn! Er bringt dir nur Ärger!

Als sie in Le Havre ankamen, eilte sie vom Schiff. Bloß weg von ihm!

Glücklicherweise konnte Amélies Bruder gleich eine freie Kutsche ergattern und setzte Dominique auf dem Heimweg zu Hause ab.

Nachdem sie sich die nassen Sachen ausgezogen hatte und in eine Wolldecke gehüllt neben dem warmen Feuer am Kamin saß, fiel ihr ein, dass sie Amélie nicht einmal auf Bellami angesprochen hatte. So sehr waren ihre Gedanken anderweitig beschäftigt gewesen.

Das musste wirklich ein Ende haben!

Am nächsten Tag stürzte sie sich in die Arbeit.

Sie überprüfte die Qualität der gebrannten Rohlinge, die jetzt, nachdem sie wieder die alte Rezeptur mit genügend Zinn anwandten, einwandfrei war. Die ersten Teller, mit den neuen Sujets aus der Antike, waren perfekt und hoben sich deutlich von den übrigen Fayencen mit ländlichen Motiven, Blumen oder anderen Naturelementen ab. Dominique war überzeugt, sie gut verkaufen zu können, und nahm gleich einige mit in den Laden, wo Henri gerade mit mehreren Kundinnen beschäftigt war. Dominique erkannte einige von Beaumonts Ball wieder. Anscheinend waren sie von der Opulenz, die er zur Schau gestellt hatte, angeregt worden und wollten nun auch ihre Esszimmer mit den neusten Services oder ihre Salons mit teuren Vasen oder anderen Kunstgegenständen verschönern. Für die neue antike Linie wurden gleich mehrere Bestellungen aufgegeben.

Der Besucherstrom hielt bis zum Abend an. Nach Ladenschluss räumten Dominique und Henri den Verkaufsraum auf, wischten den Boden und stellten die Ausstellungsstücke zurück an ihre Plätze. Sie wollten gerade nach Hause gehen, als ein Bote an die verschlossene Tür klopfte. Dominique öffnete, um den Brief entgegenzunehmen.

Die Handschrift, mit welcher ihr Name und die Adresse auf dem Umschlag vermerkt waren, kam Dominique bekannt vor. Sie erinnerte sie an jene, mit der ihr die Sondergenehmigung für englisches Zinn verwehrt worden war. Ein ungutes Gefühl machte sich in ihr breit. Hastig riss sie den Umschlag auf, faltete den Brief auseinander und überflog ihn.

»Das darf doch nicht wahr sein!« Die Hand, mit der sie das Blatt hielt, begann zu zittern.

»Was ist los?«, fragte Henri alarmiert.

»Sie lehnen meinen Antrag für eine Sondergenehmigung

wieder ab! Dabei hatte ich doch klar begründet, dass diese für uns überlebensnotwendig ist!«

»Zeig mal her.« Henri nahm ihr den Brief aus der Hand. Während er las, wurde seine Miene immer düsterer. Am Ende war von der guten Stimmung, die der Besucheransturm in ihm ausgelöst hatte, nichts mehr übrig. »Da scheint nicht mehr viel zu machen zu sein.«

»Nein.« Der Brief sprach eine klare und deutliche Sprache. Ihrem Betrieb werde keine Genehmigung erteilt. Sie solle es unterlassen, weitere Anträge zu stellen. »Ich fasse es nicht.« Dominique sank auf den Stuhl hinter der Verkaufstheke und stützte den Kopf in die Hände. Wie sollten sie mit dem teuren französischen Zinn noch kostendeckend arbeiten? Vor allem, wenn die anderen die Genehmigung bekamen und ihre Produkte billiger anbieten konnten?

Henri legte eine Hand auf ihre Schulter. »Wir werden das schon irgendwie schaffen.« Das Zittern in seiner Stimme strafte seine Zuversicht Lügen.

Dass Henri die Hoffnung verlor, ließ Dominiques Herz schwer werden. Es ging nicht nur um sie und ihr Erbe. Es ging um all die Menschen, die in der Manufaktur arbeiteten und von ihr abhingen, um Henri, der sein Leben hier verbracht hatte, um André, der auf sie baute und eine Familie zu ernähren hatte. Sie konnte diese Menschen nicht enttäuschen. Sie musste weiterkämpfen und eine Lösung finden. Welcher Art auch immer diese war.

Gegen das Gewicht auf ihren Schultern ankämpfend, stand sie auf. »Schließ bitte ab, Henri. Und mach dir keine Sorgen. Ich werde einen Weg finden.« Sie warf ihm nur einen kurzen aufmunternden Blick zu, unsicher, wie lange sie die Zuversicht, die sie ausstrahlen wollte, vortäuschen konnte, und verließ den Verkaufsraum.

Draußen hielt sie sich am Treppengeländer fest, schloss die Augen und versuchte, ihren keuchenden Atem zu kontrollieren. Sie durfte nicht in Panik geraten. Das war das Schlimmste, was ihr geschehen konnte. Denn dann würde sie nicht mehr klar denken können. Und das war jetzt das Wichtigste.

Als sie die Augen wieder öffnete, fiel ihr Blick auf die Laterne für den Keller. Ohne lange zu überlegen, entzündete sie die Kerze und stieg hinab. Dort angekommen blieb sie stehen und sog einige Male tief die kühle Luft ein. Der Duft nach feuchtem Ton, die feste Erde, auf der sie stand, und das alte, massive Gewölbe, das für die Ewigkeit gebaut schien, ließen die Anspannung allmählich von ihr weichen. Es war ein Ort, der ihr Geborgenheit gab. Von dem die tiefe, urtümliche Kraft der Erde auszuströmen schien. Eine Kraft, die alles überlebte. Für sie waren die alltäglichen Probleme der Menschen ein unbedeutendes Nichts. Belanglos wie ein beinahe unsichtbares Körnchen Staub.

Ruhe kehrte in Dominiques Gedanken ein. Die Kraft der Erde schien durch ihre Füße zu strömen, ihre Beine hinauf und breitete sich in ihrem Körper aus. Bis sie sich völlig mit ihr verbunden fühlte.

Und plötzlich war es leicht, die Entscheidung, die sie im Grunde schon getroffen hatte, zu akzeptieren.

Sie eilte die Treppe hinauf und machte sich auf die Suche nach André. Er war im Schuppen im Hinterhof.

»Ich muss mit dir reden!« Sie erzählte ihm von dem Brief und dass die Sondergenehmigung abgelehnt wurde.

Seine Miene wurde ernst.

»Nun bleibt uns nur noch eine Möglichkeit.« Bevor sie weitersprach, blickte sie sich um und zog ihn, als niemand zu sehen war, in das Halbdunkel des Schuppens, damit niemand mitbekam, was sie ihm eröffnen würde. »Wir müssen geschmuggeltes Zinn kaufen.«

André nickte bedächtig. Ebenso leise antwortete er: »Du weißt, wie wir da drankommen. Du musst mir nur dein Einverständnis geben, und ich kümmere mich darum.«

Dominique seufzte. Sie hatte diese Entscheidung hinausgeschoben, in der Hoffnung, doch noch die Genehmigung zu bekommen. Nun aber blieb ihr keine andere Wahl mehr. »Ich gebe dir morgen das Geld, damit du es dem Boten überbringen kannst.«

»Das werde ich tun.«

Bevor André noch etwas hinzufügen konnte, trat jemand in den Türrahmen. »Hier bist du! Ich habe dich überall gesucht!« Es war Andrés Frau Jeanette. Als sie Dominique erblickte, erlosch das Lächeln auf ihrem Gesicht. Der Ausdruck in ihren Augen wurde abweisend. »Das Essen ist fertig!«, sagte sie barsch zu André, ohne ihn anzusehen. Ihr eifersüchtiger Blick war immer noch auf Dominique fixiert. Dann drehte sie sich um und rauschte davon.

»Tut mir leid«, meinte Dominique. Andrés Frau hatte ihr heimliches Gespräch im Schuppen wohl gänzlich missverstanden.

Er schüttelte den Kopf. »Das ist nicht deine Schuld.« Dann lief er seiner Frau hinterher.

Zerknirscht sah ihm Dominique nach. Das Letzte, was sie wollte, war, dass er ihretwegen Ärger mit Jeanette bekam.

Sie alle hatten auch so schon genug Ärger!

15

Der Anblick des Dreimasters, der an der Quaimauer vertäut lag, ließ in Kincaid ein Gefühl der Schwermut aufkommen. Das war einmal sein Schiff gewesen. Jetzt kommandierte es sein jüngerer Bruder Dean.

Erst jetzt konnte Kincaid die Entscheidung seiner Großmutter akzeptieren. Er hatte erkannt, dass er seinen Schmerz nicht länger mit waghalsigen Manövern übertünchen konnte. Sich in jeden Sturm und jede Gefahr hineinbegeben, weil nur dieser Nervenkitzel, dieses Tanzen am Abgrund, seine Sinne so gefangen nehmen konnte, dass er nichts anderes mehr spürte. Er spielte dabei nicht nur mit seinem Leben, sondern auch mit dem seiner Männer. Und damit kam er seiner Verantwortung als ihr Anführer nicht mehr nach. Er wusste, dass Großmutter richtig damit getan hatte, ihm – einem solchen Kapitän – das Kommando zu entziehen und ihn zu zwingen, sein Leben wieder auf eine solidere Basis zu stellen. Auch wenn er mit seinem Dasein als Kaufmann immer noch haderte.

»Dean, alter Junge!«, rief er seinem Bruder zu, als er die Holzplanke zum Schiff hinaufstieg und ihn hinten auf dem Achterdeck entdeckte.

»Kincaid! Na, steht Le Havre noch, nachdem du es heimgesucht hast?«

Die beiden Männer umarmten sich und klopften sich auf die Schultern.

»Ich habe euch schon vor einigen Tagen erwartet«, sagte Kincaid.

»Wir brauchten in Aberdeen länger mit dem Anlanden.« Dean machte eine abschätzige Handbewegung. »Zöllner.«

»Gab es Schwierigkeiten?«

Sein Bruder grinste schadenfreudig. »Wir haben sie ausgetrickst.« Dann deutete er mit dem Kinn zum Niedergang und setzte sich in Bewegung. »Aber zu dir. Wie ist es dir ergangen? Hast du die Manufakturbesitzerin um den Finger gewickelt?« Er ging voraus, die steile Stiege hinunter, die zu seiner Kabine führte.

Kincaid war froh um diese Ablenkung, brauchte er doch so die Frage nicht gleich zu beantworten, die sein Bruder gestellt hatte. Als sie die Kapitänskabine betraten – seine ehemalige Kabine –, sah er sich erstaunt um. Sie hatte sich verändert. Die grobgeschnitzte Einrichtung war feinen, eleganten Möbeln gewichen, über dem Tisch hing ein kleiner Kronleuchter anstelle der alten Laterne und die kratzige Leinenbettwäsche war durch einen edlen Stoff ausgetauscht worden. Kincaid lag eine spitze Bemerkung über die pompöse Einrichtung der Schiffskabine auf der Zunge, aber als ihn Deans herausfordernder Blick traf, der ihn warnte, sich in Angelegenheiten einzumischen, die nicht mehr die seinen waren, würgte er sie hinunter. Sein Bruder war schon immer ein Lebemann gewesen, der gewisse Annehmlichkeiten zu schätzen wusste. Er hätte sich denken können, dass er damit nicht aufhörte, nur weil er ein Schiff befehligte.

»Whisky?«, fragte Dean.

Kincaid nickte.

Sein Bruder nahm zwei Gläser aus der Anrichte, goss ein und reichte ihm eines.

Kincaid starrte auf das Glas in seiner Hand. Es war aus teurem Kristall mit einem schweren Boden. Auf einer Seite war mit kunstvoller Schrift der Name des Schiffes eingraviert: *Freedom*. Er spülte seine nächste spitze Bemerkung mit einem kräftigen Schluck Whisky hinunter. »Ah, das tut gut.«

Dean schmunzelte. »Dachte ich mir doch, dass du den magst. Wie findest du übrigens die Gläser?« Er schwenkte seines im hereinscheinenden Sonnenlicht, sodass die Flüssigkeit darin golden funkelte.

Kincaid füllte sich nochmals die Kehle, bevor er antwortete. »Hübsch.« Er versuchte, nicht allzu brummig zu klingen. So war Dean nun einmal: ein guter Kapitän, ein loyaler Freund und Bruder, ein gewiefter Geschäftsmann, aber mit einem Hang, es sich immer gut gehen zu lassen. Darum hatte ihn Kincaid schon immer beneidet. Warum konnte er nicht auch etwas leichtlebiger sein?

»Wie steht es denn nun mit der Fayence-Manufaktur?«, wiederholte Dean seine Frage.

»Daran arbeite ich noch.«

»Sie hat einem Verkauf noch nicht zugestimmt?«

»Nein.«

»Aber du bist immer noch daran?«

»Aye.«

Dean schob die Brauen hoch. »Ich bewundere deine Hartnäckigkeit. Da hätte ich wohl schon aufgegeben.«

Vermutlich. Dean hatte nicht allzu viel Geduld. Wenn ihm etwas nicht gelang, suchte er sich ein neues Betätigungsfeld. Und wenn es dabei um eine Frau ging, sowieso. Kincaid musste innerlich grinsen. An Dominique hätte sich sein Bruder ganz schön die Zähne ausgebissen. Die hätte sich nämlich nicht von seinem Charme und seinem guten Aussehen einwickeln lassen. Und das würde Dean ziemlich nerven.

Kincaid ließ noch einmal seinen Blick durch die so veränderte Kabine schweifen. Und mit einem Mal war er ganz zufrieden mit sich selbst und seinem Leben.

»Nachschub?« Dean hielt ihm die Flasche hin.

Kincaid schüttelte den Kopf. Mit dem Whisky war jetzt

Schluss. Er wollte den Rest des Tages nicht benebelt verbringen. Das hatte er in den letzten Jahren viel zu häufig getan.

Erneut hob sein Bruder die Brauen. Er schien darauf zu warten, dass Kincaid seine Meinung änderte. Als er es nicht tat, korkte er die Flasche wieder zu. »Dann nicht.«

»Seid ihr schon am Abladen?«

»Ja.«

»Brauchst du Hilfe?«

Dean nickte. »Wir haben indischen Tee mitgebracht.«

»Dann kümmere ich mich darum.« Kincaid stellte das Glas auf den Tisch und verließ die Kabine.

Oben an Deck waren die Seeleute tatsächlich bereits dabei, das Schiff zu entladen, auch ohne dass der Kapitän zugegen war. Kincaid ging an der offenen Ladeluke vorbei, aus der gerade Ballen gehievt wurden. Das Entladen lief reibungslos, alle arbeiteten Hand in Hand. Dean mochte das Leben nicht allzu ernst nehmen, aber man musste ihm zugestehen, dass er das Schiff und die Mannschaft im Griff hatte.

Zurück auf dem Quai schlug Kincaid den Weg zum *Corsaire* ein. Es war noch früher Nachmittag und die Schankstube wenig besucht. Die Damen des Etablissements hingen gelangweilt herum, eine war dabei, ein Kleid zu flicken, eine andere ließ sich von einer Kollegin mit einem Lockenstab die Haare herrichten. Nur eine war mit einem Gast beschäftigt.

»Ich hätte Arbeit«, warf Kincaid in die Runde und rieb sich die Hände.

Interessiert sahen sie auf.

»Wir haben ein Schiff zu entladen.«

Eine Schwarzhaarige mit langer Mähne und einem tief ausgeschnittenen, dunkelroten Kleid erhob sich und kam mit wiegendem Gang auf ihn zu. »Da bist du bei uns genau am richtigen Ort, Süßer.« Sie blieb vor ihm stehen und streichelte mit dem Finger über sein stoppeliges Kinn. »Bei uns bekommst du alles, was dein Herz begehrt.«

Kincaid lächelte. »Das habe ich mir gedacht.« Mit einer ausholenden Armbewegung wandte er sich an den ganzen Raum und deutete eine Verbeugung an. »Wenn die Damen mir folgen würden …«

Eine von ihnen stieß einen Seufzer aus und erhob sich. »Wie könnten wir einem solchen Gentleman widerstehen.«

Die anderen kicherten und folgten ihr. Mit den kokettierenden Frauen im Schlepptau verließ Kincaid das *Corsaire* und schlug den Weg zum Schiff ein. Die Schwarzhaarige hängte sich auf der einen Seite bei ihm ein, eine dralle Blonde auf der anderen. Mit einem Schmunzeln auf den Lippen ließ er ihr Getändel über sich ergehen.

Er half gerade der Schwarzhaarigen die Holzplanke zum Schiff hinauf, als er am Rand seines Blickfeldes etwas Hellblaues wahrnahm. Er drehte den Kopf und blickte genau in die Augen der in Blau gewandeten Dominique Devilliers. Ein Stück weit von ihnen entfernt war sie dabei, mit einem Verkäufer über irgendetwas zu verhandeln. Besser gesagt, sie war gerade dabei gewesen. Denn jetzt starrte sie ihn an, als hätte sie einen Geist erblickt.

»Hier bin ich«, säuselte die Schwarzhaarige und legte die Hand auf seine Schulter.

Automatisch drehte Kincaid seinen Kopf zu ihr hin, bevor er wieder zu Dominique Devilliers hinüberschaute. Inzwischen hatte sich der Ausdruck auf ihrem Gesicht grundlegend verändert. Es war versteinert, nur ihre blitzenden Augen verrieten, dass es unter der Fassade wohl gerade brodelte.

Mist, verfluchter! Warum musste sie genau jetzt ihre Einkäufe am Hafen erledigen? Warum hatte sie das nicht zu einem anderen Zeitpunkt tun können? Oder bei einem anderen Verkäufer? Und überhaupt, wie kam sie dazu, bei ihrem gesellschaftlichen Stand selbst wegen Einkäufen zum Hafen zu kommen? Konnte sie das nicht wie andere Damen ihrer Köchin oder ihrem Hausmädchen überlassen?

Brüsk wandte sie sich ab, verabschiedete sich vom Verkäufer und eilte davon. Kincaid war versucht, ihr nachzugehen, um ihr zu erklären, was er hier tat, damit sie die Situation nicht missverstand. Doch sie war bereits in der Menge verschwunden.

»Selbst schuld«, murmelte er genervt. Es war ja wohl kaum seine Schuld, wenn dieser Anblick sie verletzt hatte. Das hier war sein Revier, nicht ihres. Wenn sie herkam und missverstand, was sich hier abspielte – na, dann war es eben so, sagte er sich. Würde sie brav bei ihrem Nachmittagstee sitzen, wie es anständige Damen taten, anstatt sich am Hafen herumzutreiben, wäre ihr das erspart geblieben.

»Was ist denn nun, Süßer?« Die Schwarzhaarige zeigte zum Schiff hinauf.

»Ja, da rauf«, antwortete er barscher als beabsichtigt. Er fasste sie geschäftsmäßig am Arm und schob sie die Planke hoch. Den beleidigten Blick, den er dafür kassierte, ignorierte er. Ihn beschäftigte noch voll und ganz derjenige, den er sich von der Dame in Hellblau eingefangen hatte.

Als die Frauen das Deck betraten, rief ein Matrose begeistert: »Aber hallo! Was für ein Empfangskomitee!«

»Die sind nicht für euch hier, sondern um zu arbeiten!«, entgegnete Kincaid grantig.

»Ich wäre schwer enttäuscht, wenn sie das nicht täten!«, rief ein anderer.

Ohne auf die Seeleute zu achten, die mittlerweile alle interessiert verfolgten, was sich auf ihrem Schiff abspielte, führte Kincaid die Frauen zum Niedergang. »Da runter.«

»Sind das nicht ein bisschen zu viele für Euch allein?«, rief ihm einer der Männer hinterher.

Kincaid blieb stehen und drehte sich um. Wenn man ihm schon den Ruf anhängte, sich mit leichten Frauen zu amüsieren, konnte er dem auch noch eins draufsetzen. »Normalerweise sind es noch eine Hand voll mehr.« Dann scheuchte er die Frauen die Stiege hinunter und führte sie zu einem Frachtraum.

Dort wurden sie bereits von Dean erwartet. »Hier sind die mit Tee gefüllten Unterröcke und Mieder. Wir warten draußen, bis ihr euch umgezogen habt.« Er reichte den Frauen die Kleidungsstücke, auf die ein zweites Stück Stoff in länglichen Bahnen aufgenäht war. In die Taschen hatten die Seeleute den teuren Tee abgefüllt. So würde er an Land geschmuggelt werden, ohne dass die Zöllner es bemerkten.

Nach einer Weile kamen die Frauen aus dem Frachtraum. Ihre Formen hatten an Üppigkeit gewonnen. Was sich aber alles unter ihren bauschigen Röcken verbarg, ahnte niemand.

»Ich bringe sie zu meinem Kontaktmann«, sagte Kincaid. Der würde ihm den Tee erfreut abkaufen, war er doch so viel billiger als der in Frankreich erhältliche, der mit hohen Zöllen belastet ins Land kam.

»Dann verlang ihm ordentlich was ab. Sag ihm, der Tee kommt frisch aus Indien und so eine gute Qualität hat er schon lange nicht mehr bekommen.«

»Natürlich. Was denkst du denn?« Er bedeutete den Frauen, wieder nach oben an Deck zu gehen und dort zu warten. Dann beugte er sich vor und fragte leise: »Wann macht ihr die nächste Überfahrt?«

»Harry wird in drei Tagen bei der Küste vor Étretat anlanden. Zwei Seemeilen östlich von der Stelle, wo die Felsnadel vor der Steilküste emporragt. Kannst du dich darum kümmern?«

Kincaid nickte. Harry war einer ihrer Cousins, der ebenfalls Waren nach Frankreich schmuggelte.

Dean und Kincaid stiegen zum Deck hinauf und verabschiedeten sich. Kincaid wollte gerade die Frauen vom Schiff bringen, als sein Bruder ihn am Arm zurückhielt.

»Los! Macht, dass ihr unter Deck kommt!«, befahl Dean leise. »Zöllner!«

Kincaid warf einen Blick auf den Quai hinunter. Tatsächlich kam gerade ein Trupp Zollbeamter aus einer schmalen Gasse zwischen zwei Häusern ganz in ihrer Nähe. Unauffällig scheuchte er die Frauen zurück in den Niedergang, bevor er sich wieder neben Dean stellte. Sie gaben vor, das Entladen des Frachtraumes zu beaufsichtigen, behielten dabei aber die Zollbeamten im Auge.

Diese marschierten zwischen den Fischständen hindurch und kamen auf das Schiff zu.

»Wir sollten ein paar Männer zu den Frauen hinunterschicken«, schlug Kincaid vor. »Damit die Beamten nicht auf falsche Ideen kommen, wenn sie das Schiff durchsuchen.«

Dean schüttelte unmerklich den Kopf. »Warte noch. Weiter vorn hat ein englisches Handelsschiff angelegt. Wenn wir Glück haben, sind sie auf dem Weg dorthin.«

Überrascht warf Kincaid einen Seitenblick den Quai hinunter. Im Gegensatz zu Dean war ihm dieses Schiff entgangen. Wie hatte ihm das passieren können? Wenn man Schmuggler war, gab es nichts Wichtigeres, als die Umgebung ständig im Auge zu behalten. Um mögliche Gefahren so frühzeitig zu entdecken, dass man noch reagieren konnte. Diese Fähigkeit hatte bis jetzt verhindert, dass er je in die Fänge der Zöllner geraten war. Doch dieses Mal war er unaufmerksam gewesen, wäre vielleicht sogar direkt in die Zöllner hineingelaufen, hätte Dean ihn nicht gewarnt.

Er hatte sich ablenken lassen. Von Dominique Devilliers. Das war schlecht. Nein, nicht nur schlecht, sondern äußerst gefährlich. Eine solche Unaufmerksamkeit konnte in eine Katastrophe führen, die nicht nur ihn, sondern auch seine Männer, seine Familie und die Frauen, die er angeheuert hatte, betraf. Die Zöllner würden das Schiff konfiszieren und sie alle in den Kerker werfen lassen, hätten sie sie beim Schmuggeln erwischt.

Neben ihm atmete Dean auf. »Sie sind weitergegangen. Zum englischen Handelsschiff, wie ich angenommen hatte. Ihr solltet jetzt von Bord verschwinden.«

Kincaid nickte verkniffen. In Zukunft durfte er sich nicht mehr ablenken lassen, und Dominique Devilliers musste er wieder auf jenen Platz verweisen, den sie in seinem Leben einnehmen durfte: denjenigen einer Geschäftspartnerin.

16

Dominique reckte den Kopf, um André nicht aus den Augen zu verlieren. Sie folgte ihm in einiger Entfernung und hielt sich in der Menge der Fußgänger auf der Straße verborgen, damit er sie nicht bemerkte.

Heute Morgen war er zu ihr gekommen, um das Geld für den Boten abzuholen. Der würde es den Schmugglern überbringen und dafür billiges englisches Zinn erhalten, das er dann zu André brachte.

Das zumindest war der Plan.

Aber Dominique war skeptisch. Was, wenn dieser Bote nur ein Gauner war, der ihnen vormachte, mit Schmugglern in Kontakt zu stehen? Oder die Schmuggler das Geld einfach einsteckten, ohne ihnen dafür Zinn zu geben? Vielleicht hatten sie ja auch gar keines. Oder noch schlimmer: Sie liefen den Zöllnern in die Arme und würden die Schuld auf Dominique abschieben.

Einfach tatenlos herumsitzen und abwarten, wie die Sache ausging, war nicht ihr Ding. Dabei würde sie zu viele Schreckensszenarien an die Wand malen. Also hatte sie beschlossen, André heimlich zu folgen. Denn dass sie ihn begleitete, hatte er kategorisch abgelehnt. Das wäre viel zu gefährlich.

Sie wusste, dass er sich mit dem Boten beim Stadttor verabredet hatte. Da sie annahm, dass dieser dann die Schmuggler irgendwo an der Küste traf, einige Kilometer von Le Havre entfernt, hatte sie ein Pferd gemietet, mit dem sie dem Boten nachreiten wollte. Ein Knecht würde damit vor dem Tor auf sie warten.

Plötzlich war Andrés brauner Haarschopf verschwunden. Dominique schrak auf. Hatte sie ihn verloren? Würde ihr Plan bereits hier scheitern? Hektisch hielt sie nach ihm Ausschau. Sie musste ihn unbedingt wiederfinden. Sie löste sich aus der Menge der Passanten, die die Auslagen der Geschäfte betrachteten, und trat in die Mitte der Straße. Da! Weiter vorne entdeckte sie den braunen Haarschopf endlich wieder!

Je näher sie dem Tor kamen, desto mehr Fuhrwerke rollten ihnen entgegen, von Händlern und Bauern, die ihre Waren in der Stadt verkaufen wollten. Hinter einem von ihnen verbarg sich Dominique, als sie den Platz vor dem Tor erreichten. Sie beobachtete, wie André sich umsah und dann auf eine Ecke des Platzes zuging, wo er zu warten schien. Eine Weile lang geschah nichts. Sie glaubte schon, dass sie unverrichteter Dinge wieder würden zurückkehren müssen, als ein Mann auf André zueilte. Die beiden sprachen kurz miteinander, dann ging der Fremde weiter, auf das Tor zu. Dominique konnte nicht erkennen, ob André ihm das Geld wie geplant übergeben hatte. Sie sah nur, dass André sich jetzt in die andere Richtung wandte, zurück in die Stadt.

Was, wenn der Bote das Geld nicht mitgenommen hatte? Wenn sie eine andere Vereinbarung getroffen hatten oder der Handel schlicht abgesagt worden war? Unschlüssig fragte sie sich, was sie tun sollte: dem Boten folgen? Aber war es wirklich eine gute Idee, allein über Land zu reiten, einem Fremden hinterher, der in Schmuggeleien verwickelt war? Und das am Ende vielleicht für nichts und wieder nichts?

Noch immer stand sie da und konnte sich nicht entscheiden. Da verschwand der Bote durch das Tor. Er hatte – zumindest äußerlich – nicht ausgesehen wie ein Mann, vor dem man sich fürchten musste. Er schien keiner dieser abgerissenen, finsteren Kerle zu sein, die sich am Hafen oder in den anderen gefährlichen Vierteln der Stadt herumtrieben. Auch kein armer Bauer oder ein hinterlistiger Tagelöhner, der einem die Taschen schneller leerte, als man gewahr wurde. Er hatte eher wie ein Gutsbesitzer vom Land ausgesehen. Einfacher gekleidet als die wohlhabenden Bürger der Stadt, aber immer noch respektabel. Also beschloss sie, ihm zu folgen.

Sie ging durch das Tor und über die Brücke, die sich über den Stadtgraben erstreckte. Entlang der Straße, die ins Land führte, gab es noch einige einfache Wirtshäuser, Herbergen und Stallungen. Auf eine von ihnen ging der Mann zu. Offenbar hatte er dort sein Pferd untergebracht. Rasch sah sich Dominique um und entdeckte den Knecht, der wie verabredet mit ihrem Reittier auf sie wartete. Kaum hatte sie sich in den Sattel gesetzt, was mit ihrem Kleid kein leichtes Unterfangen war, kam der Bote auch schon wieder aus dem Stall. Er saß auf und ritt weg. Dominique folgte ein Stück weit hinter ihm.

Das Land auf dieser Seite von Le Havre war sumpfig und von Schilf bewachsen. Erst hinter einer Anhöhe breiteten sich fruchtbare Wiesen aus. Bauern kamen ihnen mit ihren Fuhrwerken entgegen und andere Reiter, die in der Stadt etwas zu erledigen hatten. Die meisten beachteten Dominique kaum. Mit dem alten, weiten Umhang, der ihr Kleid verdeckte, und mit der hochgezogenen Kapuze, die ihre Haare verbarg, fiel sie kaum auf.

Wie sie angenommen hatte, ritt der Bote auf die Küste zu. Sie durchquerten Bauerndörfer, die irgendwann von Fischerdörfern abgelöst wurden. Mittag war schon längst vorüber, und es wurde allmählich Abend. Dominique, die das Reiten nicht gewohnt war, konnte sich nach den langen Stunden kaum mehr im Sattel halten. Ihre Muskeln brannten wie Feuer.

Was für eine dumme, dumme Idee!, schalt sie sich selbst. Warum hatte sie bloß gedacht, stundenlang einem geübten Reiter folgen zu können? Und wenn der nun gar keine Schmuggler traf, sondern irgendwann zu einem Gutshaus abschwenken würde, wo er zu seiner Familie heimkehrte? Was sollte sie dann tun? Es wäre Abend, bis sie in einem Dorf eine Herberge fand. Und das allein als Frau! Dieses ganze Unternehmen war ein Fiasko.

Sie war versucht umzukehren. Doch das hätte sie schon längst tun sollen. Andererseits würde sie es heute Abend ohnehin nicht mehr bis nach Le Havre zurückschaffen. Da konnte sie auch genauso gut weiter dem Reiter folgen. Irgendwann mussten sie irgendwo ankommen.

Langsam dunkelte es. Wenigstens war der Himmel wolkenlos, sodass der Mond, der jetzt aufging, ein wenig Licht spendete.

Endlich bog der Reiter vor ihr von der Straße in einen kleinen Pfad ab, in jene Richtung, aus der das Rauschen des Meeres zu hören war. Der Untergrund wurde sandig. Kleine Büschel aus jenem harten Gras, welches nur auf diesem Boden gedieh, überwucherten die sanften dünenartigen Hügel. Dominique saß ab und versteckte sich hinter einem von ihnen. Auf der Straße war ein einzelner weit entfernter Reiter unauffällig genug, aber sollte der Bote sie an diesem abgelegenen Küstenabschnitt entdecken, wäre sofort klar, dass sie ihn verfolgte.

Vorsichtig spähte sie hervor und beobachtete, wie der Reiter zwischen den kleinen Hügeln verschwand. Als er nicht mehr zu sehen war, folgte sie ihm.

Der Pfad führte in einer Senke zum Strand hinunter. Sie konnte gerade noch sehen, wie der Bote über den Sand galoppierte, bevor er hinter einem der Felsen der Steilküste verschwand, die sich beidseits neben der Senke erhob.

Dominique zögerte. Auf dem Strand wäre sie von Weitem

sichtbar. Da half auch die Dunkelheit nicht viel. Zu voll war der Mond, dessen Strahlen die Umgebung silbern aufschimmern ließen. Aber hatte sie die Strapazen und Gefahren auf sich genommen, um jetzt einen Rückzieher zu machen? Nein, sie war schon viel zu weit gegangen. Nun gab es nur noch eines: die Flucht nach vorn.

Sie ließ die Felsnadel, die weiter draußen einsam aus dem Meer aufragte – ein ehemaliges Stück der Küste, welches trotzig der heranrollenden Brandung standhielt – hinter sich und galoppierte über den Strand. Als sie den Felsen erreichte, hinter welchem der Reiter verschwunden war, zügelte sie das Pferd. Vorsichtig um die Ecke spähend, ritt sie um den Felsen. Die Wellen rollten hier ganz nah heran. Beinahe umspülten sie die Hufe des Pferdes.

Plötzlich schoss ihr der erschreckende Gedanke durch den Kopf, dass sie nicht einmal wusste, ob jetzt Ebbe oder Flut war. War das Meer am Steigen, und würde sie bald nicht mehr vom Strand wegkommen, wenn sie jetzt weiterritt? Viele Abschnitte der Steilküste waren nur bei Ebbe zu erreichen. Einige wurden komplett vom Wasser überspült.

Sie beschloss, ihre Sorgen beiseitezuschieben. Der Bote kannte das Gelände bestimmt so gut, dass er wusste, an welchen der Strände auch bei Flut noch ein Streifen Land übrig blieb und wo das Wasser bis an die Felsen hinaufstieg. Sie hoffte nur, dass ihr die Umgebung noch die Möglichkeit bieten würde, sich zu verstecken.

Als sie auf die andere Seite des Felsens gelangte, öffnete sich vor ihr ein weiterer Strand. Weiter vorne stand der Reiter und hielt nach etwas auf dem Meer Ausschau. Anscheinend hatten sie endlich den Treffpunkt mit den Schmugglern erreicht.

Auf ihrer Seite war der Strand übersät von heruntergestürzten Felsblöcken. Dominique atmete erleichtert auf. Hier konnte sie sich verstecken und abwarten, was geschah. Sie saß ab und führte das Pferd hinter den größten Felsblock. Dabei knickten ihre Beine beinahe ein. Sie hatte so lange im Sattel gesessen, dass sie kaum mehr geradeaus gehen konnte. An einer Stelle, von der aus sie den Strand unbemerkt beobachten konnte, ließ sie sich auf einen Stein sinken und beugte und streckte die schmerzenden Beine.

Eine ganze Weile lang geschah nichts.

Plötzlich tauchten Männer auf. Wie aus dem Nichts. Dominique hatte sie nicht kommen sehen, aber sie mussten in den Schatten unter der Felswand gewartet haben. Für einen kurzen Moment drohte ihr das Herz aus der Brust zu springen. Hatten sie aus ihrem Versteck heraus gesehen, wie sie um den Felsen gekommen war? Aber die Männer sprachen nur kurz mit dem Boten, dann verschwanden sie wieder im Dunkel unterhalb der Steilküste, und der Strand lag genauso verlassen da wie vorher.

Nichts passierte. Das Warten ging weiter. Ihr Herzschlag beruhigte sich, und bald musste sie ein Gähnen unterdrücken. Als ihr irgendwann das Kinn auf die Brust sank, schrak sie auf. War sie eingenickt? Sie wollte gerade aufstehen und ein wenig umhergehen, um die Müdigkeit zu vertreiben. Da wurde sie gepackt und nach hinten gerissen. Sie prallte gegen jemanden. Ihr Aufschrei wurde erstickt von einer Hand, die ihr den Mund verschloss. Sie wollte sich losreißen, doch kaum hob sie die Hände, wurden ihr die Arme hinter den Rücken gezerrt. Sie wand sich und versuchte, sich zu befreien, aber ihre Arme wurden dabei derart verdreht, dass sie vor Schmerz wimmerte.

»Halt still, verdammtes Weib, sonst breche ich dir alle Knochen!« Die zischende, leise Stimme klang so kalt und gefühllos, dass Dominique erstarrte. Als sie bemerkte, dass hinter dem

Mann, der sie in seiner Gewalt hatte, noch mehrere andere standen, schoss die Panik mit voller Wucht in ihr hoch. An diesem verlassenen Strand konnten die Männer mit ihr machen, was sie wollten. Niemand würde etwas bemerken und ihr zu Hilfe eilen. Sie konnten sie danach einfach umbringen. Wie lange würde ihr toter Körper an dieser einsamen Küste liegen, bis ihn jemand fand? Wie lange würde es dauern, bis ihre Leiche in einem anonymen Grab landete, denn niemand würde die tote Frau mit der verschwundenen Manufakturbesitzerin aus Le Havre in Verbindung bringen. Niemand wusste, dass sie hier war.

Tränen stiegen in Dominique auf. Warum hatte sie nur diesen absurden Plan gefasst? Wenn sie wenigstens jemandem etwas davon gesagt oder einen Brief hinterlassen hätte! Dann wüssten Henri, André, Amélie und all die anderen in ihrem Leben, was mit ihr geschehen war.

Plötzlich löste sich die Hand von ihrem Mund. Sie wollte ihn aufreißen und schreien, doch dazu kam sie nicht. Ein Knebel wurde ihr hineingeschoben, und die Hände mit einem Strick hinter dem Rücken gefesselt.

»Was machen wir mit ihr?«, fragte einer der Männer leise.

»Das soll der Chef entscheiden«, antwortete derjenige in ihrem Rücken. Er gab ihr einen Stoß, sodass sie einen Schritt vorwärtsstolperte, und schob sie über den Sand, in die Richtung, in welcher der Bote gestanden hatte.

Waren das die Männer, die sie vorhin bei ihm gesehen hatte? Es musste so sein. Denn sonst war niemand an diesem verlassenen Strand. Dominiques Panik ließ etwas nach. Er hatte einen respektableren und weniger furchteinflößenderen Eindruck gemacht als diese finsteren Kerle, die sie in ihrer Gewalt hatten. Wenn er der ›Chef‹ war, konnte sie ihn vielleicht davon überzeugen, dass sie keine Gefahr bedeutete und keinerlei Anlass hatte, den Zollbeamten irgendetwas über die Schmuggler zu erzählen. Sondern vielmehr, dass sie von ihnen Ware kaufen wollte.

»Merde! Da ist das Schiff!«, fluchte plötzlich einer von den Männern. »Los, bindet sie da hinten an dem großen Felsen fest! Wir kümmern uns nachher um sie.«

Dominique sah auf das Meer hinaus. Tatsächlich lag da plötzlich ein Schiff. Sie hatte es nicht kommen sehen. Es musste herangesegelt sein, als sie eingenickt war.

Auf dem Dreimaster wurden gerade die Segel zusammengezogen. Wie von selbst glitt ein Ruderboot die Bordwand hinunter auf das Wasser. Völlig lautlos. An Deck war kaum jemand zu sehen. Als handelte es sich um ein Geisterschiff, das im fahlen Mondlicht still und leer vor sich hin dümpelte.

Dominique wurde zu einem Felsen gezogen und musste sich in den Sand setzen. Dann wurde ihr ein Seil um den Bauch geschlungen, sodass sie an den Stein gefesselt war. Als die Männer sie zurückließen, versuchte sie das Seil zu lösen, aber es saß so fest, dass sie sich kaum bewegen konnte. Ihr blieb nichts anderes übrig, als die Vorgänge am Strand und auf dem Wasser zu beobachten. Gerade wurden Fässer über die Reling des Schiffs gehievt und ins Meer hinuntergelassen. Genauso lautlos wie vorher. Obwohl es schien, als würden sie über Bord geworfen. Warum platschten sie dann nicht laut aufs Wasser? Erst bei genauerem Hinsehen erkannte sie, dass die Fässer an ein Seil gebunden waren. Wie Perlen an einer Schnur. Das Ruderboot setzte sich in Bewegung und zog die Fässer hinter sich her. Rasch näherte es sich dem Strand. Dort wateten die Männer ins Wasser und bargen die Fässer. Eines auf dem Rücken, eines vor der Brust, trugen sie sie an Land. Im Schatten der Steilküste entschwanden sie aus Dominiques Blickfeld.

Ein zweites Ruderboot näherte sich dem Strand, Ballen an

der Perlenschnur hinter sich herziehend. Auch diese wurden an Land geschafft, während die Ruderboote auf die gleiche Weise die restliche Ladung vom Schiff holten. In kürzester Zeit war es entladen. In einer unglaublichen Geschwindigkeit und ohne ein Geräusch. Dominique hatte so etwas noch nie erlebt. In ihrem Staunen bemerkte sie nicht einmal, wie sich einer der Männer näherte.

»Los! Aufstehen und mitkommen!« Er löste das Seil um ihren Bauch, zog sie am Arm hoch und führte sie zu der Stelle, an welcher die Boote lagen. Die übrigen Männer waren noch mit dem Abtransportieren der Fracht beschäftigt.

Plötzlich riss er sie an sich, ein Arm legte sich um sie und in seiner Hand blitzte etwas auf. Dann spürte sie kalt das Metall eines Messers an ihrer Haut. »Wenn du auch nur einen Mucks von dir gibst, schneide ich dir die Kehle durch.«

Mit grimmigem Blick kam der Bote auf sie zu. Er gab dem Mann hinter ihr einen Wink. Der löste den Knebel.

»Was willst du hier?«, herrschte er sie an.

Dominique zuckte zusammen. Das war nicht der halbwegs freundliche Gutsbesitzer, den sie sich ausgemalt hatte. Er hatte nur so gewirkt. Von Nahem sah er genauso Furcht erregend aus wie die Männer, die sie überwältigt hatten.

»Die ... die Schmuggler treffen«, stammelte sie.

»Wozu?«

Vor Angst blieben ihr die Worte im Hals stecken.

»Wozu?« Seine Stimme klang jetzt messerscharf.

»Um ... Zinn zu kaufen.«

Einen Augenblick lang sah er sie an, als hätte sie etwas völlig Unsinniges gesagt. Dann lachte er kalt auf. »Willst du mich veräppeln?«

Dominique gefror das Blut in den Adern. »Nein. Ich dachte, Ihr würdet die Schmuggler treffen und von ihnen Zinn kaufen.«

»Woher willst du das wissen?«

»So war es doch ausgemacht mit …« Beinahe hätte sie Andrés Namen preisgegeben.

»Mit?«, hakte der Bote gnadenlos nach.

»Mit … meinem Kontaktmann. Er wollte für mich das Geld an die Schmuggler übergeben und Zinn kaufen.«

»Und weshalb bist du dann hier?«

»Um …« Was sollte sie darauf antworten? Dass sie dem Boten nicht getraut hatte? Das würde er kaum freundlich auffassen.

Er krallte eine Hand unter ihrem Kinn in ihren Umhang und riss sie zu sich, bis Dominique seinen Atem im Gesicht spürte. »Weißt du was?«, zischte er. »Ich glaube, du bist einfach nur neugierig und glaubst, von irgendwem eine saftige Belohnung kassieren zu können, wenn du verrätst, was hier geschieht. Aber so läuft das nicht. Da muss ich dich leider enttäuschen.« Er ließ sie wieder los, und Dominique stolperte zurück, direkt in den anderen Mann hinein, der sie grob festhielt.

»Was machen wir mit ihr?«, fragte der Mann.

Der Bote überlegte einen Moment. »Schafft sie auf das Schiff«, antwortete er dann. »Die sollen sie mitnehmen und an irgendeinem schottischen Strand absetzen.«

»Gute Idee«, meinte der Mann schadenfreudig. »Von da wird sie nicht mehr zurückkommen, und wir sind sie los.«

Panik schoss in Dominique hoch. »Nein! Das könnt ihr nicht machen!« Sie musste etwas tun! Die durften sie nicht auf das Schiff schaffen! Sobald sie das taten, war sie verloren. Verzweifelt beschloss sie, alles auf eine Karte zu setzen. »Ich bin Dominique Devilliers! Ich bin eine Manufakturbesitzerin aus Le Havre! Meine Leute wissen, dass ich hier bin! Sie werden nach mir suchen!«

»Und ich bin der englische König«, erwiderte der Bote ungerührt. »Eine Manufakturbesitzerin reitet nicht nachts allein an der Küste herum.«

»Sagen wir dem Schotten, er soll sich um sie kümmern«, schlug der Mann vor.

Der Bote wandte den Kopf, als sich jemand näherte. »Wenn man vom Teufel spricht ...«

Dominique folgte seinem Blick. Ein großer, breitschultriger Mann kam mit schweren Schritten auf sie zu. Er trug einen schwarzen Umhang, Stiefel und einen Schlapphut, der sein Gesicht verdeckte. Sie stöhnte innerlich auf. Er sah aus wie ein schwarzer Teufel. Von dem hatte sie bestimmt nichts Besseres zu erwarten als von diesen Männern. Würde man sie wirklich an einem fremden schottischen Strand aussetzen? Wie sollte sie von dort wieder nach Hause kommen? Ohne Geld? Sie würde als Bettlerin enden! Ihr Leben wäre verwirkt! Oh Gott, bitte, das durfte nicht wahr sein.

Der Bote ging auf den Mann im schwarzen Umhang zu. Leise sprachen die beiden miteinander.

»Wer?«, rief der Mann plötzlich und warf ihr einen scharfen Blick zu.

Der Bote antwortete etwas, das Dominique nicht verstehen konnte.

»Das kann nicht sein!« Der Schotte ließ den Boten stehen und stapfte wütend auf sie zu.

Dominique hatte das Gefühl, ihr Blut würde zu Eis erstarren. Voller Angst schaute sie zu Boden. Sie wollte nicht in ein weiteres finsteres Gesicht blicken. Schon gar nicht in das des Teufels.

Der Mann riss ihr die Kapuze hinunter. Starr hielt sie den Blick auf den Boden geheftet. Er fasste sie am Kinn und zwang es hoch.

Als sie in seine Augen sah, schien es für einen Moment, als würde die Welt stehenbleiben. »Ihr?«

Vor ihr stand Kincaid McLane!

17

Ich fasse es nicht!«, schimpfte Kincaid. »Was habt Ihr Euch dabei gedacht!«

Er konnte es nicht glauben. Was tat *sie* hier? Ausgerechnet an diesem Strand! Mitten unter seinen Schmugglern. Und dann noch allein!

»Ich … ich wollte doch nur Zinn kaufen«, stammelte Dominique.

»Zinn? Und da kommt Ihr hierher? Allein? Seid Ihr von allen guten Geistern verlassen? Wie kommt ein Weib auf so eine bescheuerte Idee?«

Musste ihm diese Frau denn überall über den Weg laufen! Warum konnte sie nicht, wie jede andere ihrer Sorte, brav zu Hause sitzen und sticken oder sonst tun, was Frauen so taten? Warum musste sie ihm ständig in die Quere kommen?

»Ihr seid doch auch hier«, wagte sie ihm mit vorgerecktem Kinn entgegenzuhalten.

Das war die Höhe! Übers Knie legen und ihr den Hintern versohlen, das sollte er tun! »Das ist nicht dasselbe!«, knurrte er sie an.

War ihr eigentlich nicht klar, was sie hier taten? Wie gefährlich das Ganze war? Dass die Männer bei diesen nächtlichen Aktionen mit ihrer Freiheit oder gar mit ihrem Leben spielten und daher keine Gnade kannten? Das war nicht irgendein Kaffeekränzchen!

Sie presste die Lippen zusammen. Offensichtlich hatte sie erkannt, dass sie ihm besser nicht weiter widersprach. Wenigstens dieses kleine Quäntchen Vernunft war ihr noch geblieben.

»Ich kümmere mich um sie«, sagte er zu den Männern und packte sie am Arm.

Misstrauisch kniff der Bote die Augen zusammen. »Ihr kennt sie?«

Kincaid warf ihr einen finsteren Seitenblick zu. »Das ist zu viel gesagt. Aber ich werde dieses Weib zum Schweigen bringen.«

Mit Genugtuung verfolgte er, wie sich der trotzige Ausdruck um ihre Lippen verlor und ihre Augen zu flackern begannen. Bekam sie Angst? Geschah ihr recht! Was hatte sie auch hier zu suchen! Außerdem konnte ein bisschen Angst nicht schaden. Zumindest solange das verhinderte, dass sie sich hier aufführte, als könnte sie auch noch Ansprüche stellen.

»Ich verlasse mich darauf.«

»Das könnt Ihr«, erwiderte er barsch und zog Dominique von den Männern weg, bevor sie sich irgendwelche Einsprüche überlegen konnte. Über den Strand marschierte er zur Steilküste, sie unsanft hinter sich herziehend.

»Wie seid Ihr hierhergekommen?«, herrschte er sie an, als sie weit genug von den anderen entfernt waren.

»Mit einem Pferd.«

Sollte das ein Witz sein? »Den ganzen Weg von Le Havre? In diesem Kleid?« Wie hatte sie damit so lang reiten können? Das war irgendein ... Nachmittagskleid, oder wie auch immer das genannt wurde. Aber doch kein Aufzug, um stundenlang im Sattel zu sitzen! Geschweige denn, allein über Land zu reiten! Als Frau!

»Ja.« Beschämt sah sie an sich hinunter.

»Ihr seid völlig ...« Er brach ab, denn sein Ärger begann überzukochen. Er atmete drei Mal tief durch, bevor er von

Neuem ansetzte. »Wie kann man nur auf eine so bescheuerte Idee kommen! Ist Euch nicht klar, wie gefährlich das ist? Euch hätte wer weiß was passieren können!« Er wollte sich gar nicht vorstellen, was ihr alles hätte widerfahren können. Eine Frau, allein unterwegs, war ein gefundenes Opfer für jeden Räuber, Halsabschneider und Vergewaltiger. »Wo ist eigentlich Euer Wachhund abgeblieben? Hat er sich aus dem Staub gemacht?« Sonst hatte sie sich doch immer von dem linkischen Großen begleiten lassen! Oder diesem anderen Kerl.

Betreten senkte Dominique den Kopf. »Zu Hause.«

Wie bitte? »Seid Ihr komplett von Sinnen? Ihr seid allein von Le Havre hierhergeritten?« Er hätte sie am liebsten angebrüllt. Aber damit hätte er die Männer am Strand und, noch viel schlimmer, die Zöllner auf sich aufmerksam gemacht.

Sie hielt den Kopf noch immer gesenkt. Das Einzige, was von ihr zu hören war, war, wie sie die Nase leise hochzog. Sie begann doch nicht etwa zu heulen? Das war das Letzte, was er gebrauchen konnte.

Doch als sie hochsah, waren ihre Augen trocken. »Ich brauchte das Zinn«, sagte sie entschieden. »Ohne das billige englische Zinn können wir nicht überleben.«

Er wusste nicht, ob er froh sein sollte, dass sie nicht zu weinen anfing, oder sich weiter ärgern sollte, dass sie schon wieder Einwände vorbrachte. »Sie haben kein Zinn dabei.«

»Nein?«

»Nein.«

Beinahe flehend sah sie ihn an. »Das heißt, es war alles umsonst?«

Darauf gab er – außer einem vorwurfsvollen Blick – keine Antwort. Die konnte sie sich selbst geben.

Sie ließ den Kopf hängen und sank in sich zusammen. Verzweiflung sprach aus ihrer ganzen Haltung.

Bevor sie doch noch zu weinen anfing, fragte er: »Wo ist Euer Pferd?«

Matt zeigte sie auf die Felsen.

Er holte das Pferd und führte sie auf die andere Seite des Strandes, wo sein eigenes wartete.

Dominique schien es nicht zu wagen, noch etwas zu sagen. Stumm stolperte sie seinen ausholenden Schritten hinterher. Immerhin etwas! Das gab Anlass zu der kleinen Hoffnung, dass sie zumindest etwas aus diesem desaströsen Ausflug gelernt hatte. Nämlich wann man besser schweigen sollte. Vielmehr war bei dieser Frau, so wie er sie bis jetzt kennengelernt hatte, nicht zu erwarten.

Nach einer Weile gelangten sie zu einem Einschnitt in der Steilküste, wo ein schmaler, steiler Pfad nach oben führte. Er stieg mit den beiden Pferden voran. Sollte sie sehen, wie sie mit diesem Kleid den Aufstieg bewältigte. Er hatte genug damit zu tun, sich um die Pferde zu kümmern, vor allem, da ihres nicht an ein solches Gelände gewohnt schien und scheute. Er musste es regelrecht hinaufziehen.

Endlich gelangte er mit den beiden Tieren oben an. Dominique folgte einige Minuten später. Nach Luft ringend lehnte sie sich gegen einen Felsen.

»Steig auf!«, befahl er barsch. »Wir können hier keinen Kaffeeplausch abhalten.«

Einerseits war es wegen der Zöllner tatsächlich keine gute Idee, eine Pause zu machen, andererseits verschaffte es ihm Befriedigung, ihr in dieser Situation das Leben so schwer wie möglich zu machen. Ihr sollte klar werden, dass ihr hübsches Köpfchen dieses Mal eine absolute Dummheit ausgebrütet hatte.

Gespannt verfolgte er, wie sie versuchte, in dem Kleid auf das Pferd zu steigen. Es hatte noch nicht einmal einen Damensattel! Natürlich kam sie nicht hoch. Dazu war der Rock nicht weit genug. Ohne ihn anzublicken, gab sie es auf und zog das Pferd zu einem Stein. Von dort aus gelang es ihr schließlich aufzusitzen. Dabei schob sich ihr Kleid bis über die Stiefel hoch. Für einen Moment war ein Streifen ihrer nackten, weißen Haut zu sehen.

Auch das noch! Kincaid hätte sich am liebsten die Haare gerauft. Herrgott noch mal, diese Frau gehörte zu Hause eingesperrt!

Zaghaft schaute sie ihn unter ihren langen Wimpern hervor an. »Und wohin jetzt?«

»Da lang«, antwortete er barsch und lenkte sein Pferd auf einen Trampelpfad zwischen dichte Ginsterbüsche. Auch wenn sie jetzt die Folgsame spielte, war das Thema für ihn noch lange nicht abgehakt. Nur war jetzt nicht der richtige Zeitpunkt, ihr eine Standpauke zu halten. Oder sie übers Knie zu legen.

Bei dem Gedanken zusammen mit dem Anblick ihres verführerischen Beines vorher blieb er hängen. Die Vorstellung, wie sie auf seinem Schoß lag, ließ ihn nicht mehr los. Er spürte förmlich, wie sich das anfühlen würde. Warm und weich …

Verflucht noch mal! Wenn sie glaubte, ihn mit einem unterwürfigen Blick gnädig stimmen zu können, hatte sie sich getäuscht! Er trieb das Pferd an, obwohl sie nun das Unterholz eines Waldstreifens durchquerten. Sollte sie sehen, wie sie hinterherkam.

Er duckte den Kopf, um einen tiefhängenden Ast sicher zu passieren. Hinter sich hörte er ihr Aufkeuchen, als sie das Hindernis im letzten Moment bemerkte. So war das eben, wenn man nachts durch die Gegend ritt!

Die Bäume teilten sich, und sie gelangten auf offenes Feld.

»Halt! Wer da?«, brüllte plötzlich eine herrische Stimme. Sie kam aus dem Nichts.

»Verdammter Mist!«, fluchte Kincaid unterdrückt.

»Was ist los?«, fragte Dominique.

»Zöllner. Nichts wie weg hier!« Ohne noch eine Sekunde Zeit zu verlieren, hieb er ihrem Pferd auf das Hinterteil und stieß seinem eigenen die Fersen in die Flanken. Erschrocken stieg ihr Pferd und schoss los. Sein eigenes folgte ihm dicht auf den Fersen. Zum Glück war sie im Sattel geblieben!

In wildem Galopp jagten sie über das Feld. Hinter ihnen hörte er das Getrampel der Reittiere der Zollbeamten. Er trieb sein Pferd weiter an, bis die Erdklumpen nur so aufstoben und er an Dominique vorbeizog. Das Feld ging in eine Wiese über, führte einen Abhang hinunter, hier und da unterbrochen von Baumgruppen.

Noch immer waren die Zollbeamten hinter ihnen her. Er hieb seinem Tier mit aller Kraft die Fersen in die Flanken. Sie konnten nur eines tun: hoffen, dass ihre Pferde länger durchhielten als die der Zöllner. Dass seines ausdauernd war und einen schnellen Galopp liebte, wusste er. Aber wie war es mit Dominiques? Er warf einen Blick zurück. Sie folgte dicht hinter ihm. Aufatmend sah er wieder nach vorn und überlegte, welchen Weg er einschlagen sollte. Jetzt zahlte es sich aus, dass er diese Gegend gut ausgekundschaftet und sich einen Fluchtplan überlegt hatte. Er ließ das Pferd einen Bogen um eine sumpfige Stelle mit hohem Gebüsch schlagen. Kurz dahinter bog er zu einem nahegelegenen Wald ab. Die Zöllner hatten offensichtlich nicht so gute Pferde. Sie waren inzwischen so weit hinter ihnen, dass sie das Gebüsch noch nicht umrundet hatten, als er in den Wald einbog. So würden sie sie hoffentlich für eine Weile abhängen können. Denn es gab nur eine Stelle, an welcher der Waldrand nicht mit undurchdringlichen Brombeerhecken überwuchert war. Und die war nicht leicht zu finden.

Sie durchquerten den Wald auf einem schmalen Pfad und gelangten wieder auf offenes Gelände. Jetzt mussten sie nur noch dafür sorgen, dass die Zöllner sie nicht wiederfanden. Oder genauer gesagt: sie nicht erkannten. Statt in Richtung Le Havre weiterzureiten, würden sie sich also verstecken. Er schlug den Weg zu einer alten Fischerhütte ein, die abgeschieden in einer Senke an der Küste lag.

Kaum waren sie angekommen, sprang er vom Pferd. »Los, runter!« Er stellte sich neben Dominiques Pferd und hob die Arme, um sie hinunterzuheben. Glücklicherweise realisierte sie, dass keine Zeit blieb, angemessen wie eine Dame abzusteigen. Sie schwang das Bein über den Sattel und ließ sich von ihm auffangen.

»Da rein!« Er deutete auf die Hütte.

Sie riss die Tür auf und verschwand im Dunkel.

Heftig schlug er auf die Pferde ein. »Los! Macht, dass ihr wegkommt!« Erschrocken stiegen die beiden in die Höhe und jagten wie zwei Kanonenkugeln davon. Er bedauerte zwar, sie davonjagen zu müssen, aber ein armes Fischerehepaar würde kaum zwei Pferde besitzen. Zumal welche, denen von dem wilden Galopp noch der Schaum vor dem Mund stand.

Kincaid folgte Dominique in die Hütte. Er zog die alte Holztür hinter sich zu und legte den Riegel vor. Auf dem Bord daneben tastete er nach der vorbereiteten Kerze und zündete sie an. Ein schwaches Licht erhellte den einen kleinen Raum, zu schwach, um von draußen sichtbar zu sein.

Dominique sah sich um. Es gab nicht viel mehr als eine breite Pritsche, zwei Hocker vor einem Tisch, der aus einem über zwei Fässer gelegten Brett bestand, einige Schüsseln und Töpfe neben dem Kamin und ein paar alte Kleider, die an Haken an der Wand hingen. Der Boden bestand aus festgestampfter Erde.

Sein Blick fiel auf ihr elegantes Stadtkleid, das unter dem Umhang hervorlugte. Es war in dieser armseligen Umgebung völlig fehl am Platz. »Zieh das aus.«

Sie riss die Augen auf. »Wie bitte?«

»Du sollst das Kleid ausziehen.«

Sie sah ihn an, als hätte er etwas höchst Ungebührliches verlangt.

Kincaid seufzte ungeduldig. »Ich habe nicht vor, dir zu nahe zu treten, aber dieses Kleid muss weg.«

Sie verstand immer noch nicht.

»Wenn die Zöllner an die Tür hämmern und dich so sehen, sind wir geliefert. Keine Fischersfrau trägt so ein Kleid.«

Sie schrak zusammen. »Wieso die Zöllner? Ich dachte, wir sind hier in Sicherheit.«

»Das sind wir erst, nachdem die sich davon überzeugt haben, dass wir nichts anderes als Fischer sind, die sie aus dem Bett geholt haben.«

Endlich schien sie seinen Plan zu verstehen. Mit unsicheren Fingern begann sie, die Haken an ihrem Mieder zu lösen. Dann hielt sie inne und musterte die Kleidungsstücke an der Wand. Sie waren allesamt für Männer. »Aber was soll ich dann anziehen? Ich kann doch nicht nackt dastehen, wenn die Zöllner kommen.«

Da hatte sie recht. Er hatte nicht damit gerechnet, dass er bei seiner Flucht eine Frau dabeihaben würde, die er ebenfalls verstecken musste. Wie hätte er auch auf eine solche Idee kommen sollen? Er überlegte. Dann zog er seinen Umhang und sein einfaches, altes Leinenhemd aus. Letzteres hielt er ihr hin. »Zieh das an!«

Fassungslos starrte sie ihn an, ohne sich zu rühren.

»Da nimm! Du siehst doch wohl nicht das erste Mal einen halbnackten Mann!«

Endlich kam Bewegung in sie. »Natürlich nicht!«, blaffte sie ihn an. Sie riss ihm das Hemd aus der Hand und warf es auf die Pritsche. Dann nestelte sie weiter an den unzähligen Häkchen und Ösen des Mieders herum.

Er fragte sich, ob er ihr wohl helfen musste, diese unsinnigen Verschlüsse zu öffnen. Es ohne Zofe auszuziehen, schien ein Ding der Unmöglichkeit zu sein. Zum Glück war er keine Frau, dass er sich täglich mit so etwas herumschlagen musste!

Als sie das Mieder endlich geöffnet hatte, blickte sie plötzlich hoch. »Ist es zu viel verlangt, dass Ihr Euch umdreht?«, herrschte sie ihn an.

Er konnte sich das Grinsen nicht verkneifen. Und auch nicht die Antwort, die ihre Frage provozierte. »Eigentlich schon. Jetzt wird es langsam spannend.« Das Mieder flog ihm an den Kopf und nahm ihm die Sicht. Abwehrend hob er die Hände und drehte sich um. »Aber zieh bitte alles aus. Es wird merkwürdig aussehen, wenn unter deinem Nachthemd schneeweiße Unterwäsche aus teurem Stoff hervorschaut.«

Sie gab nur ein Grummeln von sich. Nach einer Weile sagte sie: »Und hört auf, mich ständig zu duzen.«

Leise lachte er auf. »Es wird den Zöllnern ebenso merkwürdig vorkommen, wenn sich ein altes Fischerehepaar siezt, als wären sie adlige Snobs.« Da kam ihm ein anderer Gedanke. »Hast du das mit deinem Mann etwa auch getan?«

Darauf erntete er nichts als eisiges Schweigen. »Mein Vorname ist übrigens Kincaid.«

»Ach. Und was werden sich die Zöllner dabei denken, dass ich einen Schotten als Mann habe?«, gab sie spitz zu bedenken.

Stimmt. Das hatte er glatt übersehen. Aber wenn man so abgelenkt wurde? »Dann nenn mich meinetwegen Pierre.«

»Pierre …«, wiederholte sie nachdenklich. »Was für ein Allerweltsname.«

»Eben darum.«

»Ich kann mir nicht vorstellen, so einen gewöhnlichen Mann zu heiraten.«

»Herrgott noch mal! Gewöhn dich an den Gedanken, eine einfache Fischerin zu sein!«

»Na gut.«

Überraschenderweise sagte sie das ganz leichthin. Ohne irgendeinen Widerspruch oder ein Aufbegehren. Beinahe misstraute er dieser Antwort. Konnte sie sich wirklich so rasch mit diesen widrigen Umständen anfreunden? Raschelnd fiel Stoff zu Boden. Das musste ihr Rock gewesen sein. Es raschelte noch einmal. Die Unterwäsche. Demnach stand sie jetzt völlig nackt hinter ihm. Er versuchte, den Drang, sich umzudrehen, zu unterdrücken. Dann erinnerte er sich daran, dass er sie übers Knie legen wollte. Und damit war seine Selbstbeherrschung dahin. Er drehte sich um. Sie verschloss gerade die letzten Knöpfe an seinem Hemd. Auf einen Blick erkannte er, dass sie wirklich nichts mehr darunter trug. Ihre nackten Knie lugten unter dem Hemd hervor. Darunter die wohlgeformten Waden. Und schließlich die bloßen, kleinen Füße, mit denen sie auf der festgestampften Erde stand.

»Hast du noch nie eine Frau im Nachthemd gesehen?«

Er musste sie wohl einen Augenblick zu lange angestarrt haben, denn ihre Augen blitzten ihn an, als würde sie nur darauf warten, dass er etwas Ungebührliches sagte oder tat. Und dann würde sie wie eine Furie über ihn herfallen.

Um diesem verführerischen Anblick zu entgehen, bückte er sich und hob ihr Kleid vom Boden. »Wir müssen das verstecken. Nicht, dass es die Zöllner in die Finger kriegen. Damit würde unsere Tarnung auffliegen.«

Sie sah sich um. »Aber wo?«

»Hilf mir mal, die Pritsche beiseitezuschieben.«

Gemeinsam gelang es ihnen, die Bettstatt ein Stück von der Wand wegzubewegen. Darunter kam eine Steinplatte zum Vorschein. Er hob sie hoch und stopfte das Kleid in die Vertiefung darunter. Dann schoben sie die Pritsche wieder an ihren Platz.

»So. Jetzt löschen wir die Kerze und gehen ins Bett«, entschied er.

Ihr Kinn schoss hoch, als wäre sie von einer Natter gebissen worden. »Wir?«

Hatte er eben wirklich geglaubt, sie hätte sich mit den Umständen angefreundet? Was für ein Irrtum! Herausfordernd gab er zurück: »Wir. Oder soll ich etwa auf dem Boden schlafen?«

»In dem Bett ist nicht genug Platz für uns beide.«

»Glaubst du tatsächlich, Pierre, der Fischer, würde auf dem Boden schlafen, wenn er eine Frau in seinem Bett hat?«

Dominique stemmte die Fäuste in die Hüften. »Es ist mir egal, was der Fischer machen würde. Wir jedenfalls schlafen nicht gemeinsam in diesem Bett!«

»Oh doch, das tun wir«, fauchte er. »Denn wenn die Zöllner kommen, müssen wir wie ein harmloses Fischerpaar aussehen.«

»Wenn die Zöllner kommen, musst du sowieso aufstehen und die Tür öffnen. Die wird es nicht interessieren, ob du vorher im Bett oder auf dem Boden gelegen hast.«

Allmählich verlor er die Geduld. Was musste sie sich derart zickig anstellen? »Erstens«, hielt er ihr grimmig entgegen, »glaubst du doch nicht allen Ernstes, dass die Zollbeamten freundlich an die Tür irgendwelcher Fischer klopfen, wenn sie auf der Jagd nach Schmugglern sind! Sie werden die Tür eintreten, und dann werden sie mich dort vorfinden, wo ich hingehöre.« Damit schubste er sie ins Bett, zog die alte Decke unter ihr hervor und legte sich neben sie, bevor er sie beide zudeckte. »Und zweitens: Wenn ich nicht gewesen wäre, wärst du jetzt auf einem Schiff nach Schottland.«

Dominique sah aus, also, wollte sie ihm an die Gurgel springen. Er hätte nichts dagegen. Sollte sie ihm einen Vorwand liefern, würde er sie wirklich übers Knie legen. Aber anscheinend erkannte sie die Herausforderung in seinen Augen, denn sie entschied sich anders. Demonstrativ rückte sie von ihm weg an die Wand und hüllte sich in eisiges Schweigen. Das war ihm egal. Hauptsache, er konnte in diesem Bett schlafen und nicht auf dem kalten Boden. Sollte sie doch grummeln, solange sie wollte. Er streckte sich aus und schloss die Augen.

»Gute Nacht«, sagte er nach einer Weile.

Es dauerte einige Zeit, aber schließlich antwortete sie: »Gute Nacht.«

Na also! Ging doch!

Was allerdings nicht ging, und das merkte er einige Minuten später, während derer er sie neben sich unruhig atmen hörte, war einzuschlafen. Wie auch, wenn da eine wunderschöne Frau praktisch nackt neben ihm lag?

18

Dominique versuchte trotz der Umstände, ein wenig Schlaf zu finden.

Aber es gelang ihr nicht. Sie lag in einem fremden Bett, in einer kalten Fischerhütte und wurde von Zöllnern gejagt. Und neben ihr lag ein fremder Mann. Nein, nicht einfach ein fremder Mann, sondern McLane! Ausgerechnet McLane! Hätte es nicht irgendein anderer sein können? Aber nein, das war nicht möglich. Welcher andere Mann hatte schon eine Fischerhütte als Versteck? Weil er vor Zöllnern auf der Hut sein musste? Weil er ein Schmuggler war!

Es war nicht so, dass ihr diese Erkenntnis nicht schon lange gekommen wäre. Aber erst jetzt drang sie so richtig in ihr Bewusstsein. Jetzt, wo sie Zeit hatte, darüber nachzudenken. McLane war ein Schmuggler! Ein Verbrecher! Ein Gesetzloser! Der McLane, der auf der Soiree der Marquise de Gray den eitlen Pfau gespielt hatte. Den Salonhelden, dem nichts wichtiger war als der perfekte Sitz seiner Halsbinde.

Hinter dieser schillernden Fassade kam ein ganz anderer Mann zum Vorschein. Ein völlig anderer.

Aber hatte sie das nicht schon länger geahnt? Dass er jemand anderes sein musste, als er vorgab, war ihr bewusst geworden, als sie ihn im *Corsaire* angetroffen hatte. In dieser üblen Hafenspelunke, in der sich nur zwielichtige, triebgesteuerte Gestalten versammelten. Wo der Alkohol nur so floss, und auch noch ganz andere Bedürfnisse befriedigt wurden.

Dann, während der Flussfahrt, hatte sie wieder einen anderen McLane kennengelernt: einen verantwortungsbewussten, furchtlosen Kapitän, der genau wusste, was er tat. Letzteres schien überhaupt etwas zu sein, das alle Facetten von McLanes Persönlichkeit durchzog: Er wusste immer genau, was er tat.

So hatte er sie auch in diese Fischerhütte geführt. Und in ein Bett, zusammen mit ihm.

Ihr Verstand sagte ihr, dass es nur logisch gewesen war, seinem Plan zu folgen. Die harmlose Fischersfrau abzugeben.

Aber es war sein Hemd, das auf ihrer nackten Haut lag! Es war weich vom Alter, und bei jeder Bewegung, bei jedem Atemzug strich der Stoff wie eine Berührung über sie. Und als ob das nicht schon völlig ausreichen würde, sie um den Verstand zu bringen, roch es auch noch nach ihm. Nach Mann. Es war ein Geruch, den ihr Körper direkt aufzunehmen schien. Er drang in jede einzelne Pore und jede Zelle. Dagegen war ihr Verstand machtlos. Er konnte die Wirkung nicht unterdrücken. Konnte nicht verhindern, dass Verlangen in ihr hochschoss. Tief aus ihrem Inneren. Mit einer gewaltigen Kraft.

Das Bild, wie er mit nacktem Oberkörper dagestanden hatte, schob auch das letzte bisschen Verstand beiseite. Es gab nichts anderes mehr als dieses Bild. In einer Detailtreue, als hätte es sich in ihr inneres Auge gebrannt. Sie hatte gewusst, dass er groß und kräftig war. Aber seine breiten Schultern nackt zu sehen, das Spiel der Muskeln an seinen Armen, selbst als es nur darum ging, das Hemd auszuziehen, wie sich die Härchen von seiner Brust zu einer Linie verjüngten, die sich zum Bund seiner Hose hinunterzog und darin verschwand ... das alles war mehr, als sie ertragen konnte. Und dieser Mann lag jetzt neben ihr! Sie konnte dem Drang kaum widerstehen, die Hand auszustrecken und ihn zu berühren, der samtenen Haut über seinen Muskeln nachzufahren, sich an ihn zu schmiegen, seine Wärme zu spüren und seinen harten Körper.

Ihr Herz begann, wild zu klopfen. Ihr Atem wurde flach. Plötzlich bekam sie Angst, dass McLane es bemerken würde.

Das war das Letzte, was sie wollte. Dass er auch noch das Gefühl bekam, sie würde sich nach ihm verzehren. Auch wenn sie genau das tat!

Mein Gott, sie verzehrte sich wirklich nach einem Halunken und Schmuggler! Das war so was von völlig unmöglich! Sie war unmöglich! Wie konnte sie nur so etwas empfinden? Für McLane! Ausgerechnet für diesen Mann! Das durfte nicht sein. Damit schaufelte sie sich ihr eigenes Grab.

Es war ja nicht nur so, dass er ein Krimineller war. Nein, er war auch verheiratet. Er hatte zu Hause eine Frau, die auf ihn wartete. Ob die genauso arglos und blind in ihn verliebt war, wie sie es in Jacques gewesen war? Nicht ahnend, dass es für ihren Mann offensichtlich das Normalste auf der Welt war, bei einer anderen Frau im Bett zu liegen? Wie oft hatte McLane das seiner Frau schon angetan?

Diese Gedanken halfen ihr, das plötzlich entflammte Begehren und das unglaublich verführerische Bild in ihrem Kopf wenigstens ein Stück weit beiseitezuschieben. So weit, dass sie sich auf ihren Atem konzentrieren konnte und darauf, sich wieder zu beruhigen.

Sie atmete tief ein und wieder aus. Und versuchte dabei, alles andere auszublenden. All die Empfindungen, die durch ihren Körper jagten. All die Erinnerungen daran, wie es war, mit einem Mann im Bett zu liegen. Und was man alles mit ihm tun konnte …

Es gelang ihr mehr schlecht als recht. Zumindest beruhigte sich ihr Herzschlag ein wenig. Gott sei Dank! McLane durfte nicht bemerken, wie es ihr ging. Sonst hätte er sie völlig in der Hand. Und das durfte nie passieren.

Sie versuchte, sich ihre Angst am Strand in Erinnerung zu

rufen. Wie es sein würde, nach England oder Schottland verschleppt und dort einsam und verloren ausgesetzt zu werden. Weit weg von zu Hause. Womöglich nie wieder zurückkehren zu können.

Das half, McLanes Anwesenheit auszublenden. Und die ungewollten Gefühle wieder tief in ihr zu begraben.

Aber nicht einzuschlafen.

Sie wusste nicht, wie lange sie dagelegen und sich das schreckliche Schicksal, in der Einsamkeit ausgesetzt zu werden, ausgemalt hatte, als plötzlich Hufgetrampel zu hören war. Die Zöllner!

Sie schoss hoch. »Sie sind da!«

McLane drückte sie mit einer Hand auf der Schulter wieder auf die Pritsche zurück. »Beruhige dich. Du bist eine einfache Fischersfrau. Du hast nichts zu befürchten.«

Und wenn sie uns das nicht abnehmen?, wollte sie schreien. Aber er hatte recht. Sie durfte nicht die Nerven verlieren. Das war das Wichtigste. Sie musste ihre Rolle spielen. Wenn sie das hinkriegte, dann hatten sie eine Chance.

Fäuste hämmerten gegen die Tür. »Aufmachen! Sofort!«

McLane stand auf und schob den Riegel zurück. Er konnte kaum zurücktreten, als die Tür auch schon mit Gewalt aufgedrückt wurde. Mehrere uniformierte Männer fielen in die Hütte ein.

Abwehrend hob er die Hände und spielte den verunsicherten Fischer. »Was ist los? Was wollt ihr von uns?« Er brachte es sogar fertig, die französische Aussprache eines solchen nachzuahmen!

»Wir suchen die verdammten Schmuggler, die uns an der Nase herumgeführt haben!«

McLane breitete in einer hilflosen Geste die Arme aus. »Hier sind keine Schmuggler.«

»Ach nein?« Der Anführer riss einem seiner Männer die Fackel aus der Hand und leuchtete den Raum aus. »Die müssen hier irgendwo sein!«

»Hier ist niemand außer mir und meiner Frau.«

»Deine Frau?«, zischte der Anführer.

»Ja.« McLane zeigte hinter sich auf das Bett. Auch aus dieser Geste sprach nichts als Unsicherheit. Er war wirklich ein guter Schauspieler.

Der Anführer stieß ihn beiseite und hielt die Fackel vor Dominiques Gesicht. »Einer der beiden Schmuggler, die wir verfolgt haben, war eine Frau.«

Verängstigt zog Dominique die Bettdecke bis zur Nasenspitze hoch. Die Angst musste sie beileibe nicht schauspielern. »Ich ... ich bin keine Schmugglerin. Wir waren die ganze Nacht im Bett und haben geschlafen.«

»Und was hast du unter der Bettdecke zu verstecken?«

»Nichts«, krächzte sie, da ihr die Stimme zu versagen drohte.

»Das will ich sehen. Los, steh auf!«

»Lass meine Frau in Ruhe!«, knurrte McLane. Er klang plötzlich gar nicht mehr wie ein verängstigter Fischer.

Dominique beschloss, lieber aufzustehen, als zu riskieren, dass er womöglich ihretwegen seine Tarnung vergaß. Sie schlug die Decke zurück und kroch aus dem Bett. Mit Argusaugen beobachteten die Zöllner jede ihrer Bewegungen.

»Das da ist deine Frau?«, fragte der Anführer misstrauisch.

»Ja«, antwortete McLane.

Der Zöllner rümpfte die Nase. »Das glaube ich nicht. Die ist viel zu hübsch.« Sein Blick glitt über Dominiques Nachthemd und ihre nackten Beine, und plötzlich mischte sich ein ganz anderer Ausdruck in sein finsteres Gesicht.

McLane schob sie hinter sich, und Dominique war noch nie so froh gewesen, sich hinter einen Mann stellen zu können.

»Ich sage es noch mal«, presste McLane zwischen zusammengebissenen Zähnen hervor. »Hier sind keine Schmuggler. Ihr sucht am falschen Ort.«

Der Blick des Zöllners schien McLane erdolchen zu wollen. »Da bin ich mir nicht sicher. Wir sind euch lange genug hinterhergeritten. Ihr seht genau aus wie die beiden Gestalten, die wir verfolgt haben.«

»Aber wir haben gar keine Pferde«, widersprach Dominique mit vor Angst hoher Stimme. Sie hatte sich schräg hinter McLane gestellt, damit sie die Zöllner sehen konnte, aber selber verdeckt blieb. Jetzt schob McLane sie wieder ganz hinter seinen Rücken.

»Warum versteckst du sie eigentlich?«, fragte der Anführer lauernd. »Ich würde das hübsche Weib gerne sehen.« Er machte einen Schritt auf McLane zu, um ihn beiseitezuschieben.

In diesem Augenblick schnellte McLanes Hand zur Wand und riss ein großes Küchenmesser herunter. »Keinen Schritt weiter!«

Dominique unterdrückte einen Aufschrei und klammerte sich unwillkürlich an den Arm, mit dem McLane sie hinter sich hielt.

Überrascht über die plötzliche Aggressivität, die in der Stimme des angeblichen Fischers nicht zu überhören war, wich der Zöllner zurück. »Du bedrohst mich?« In seiner Stimme schwang Unglauben mit.

»Das ist meine Frau!«, knurrte McLane.

Dominique blieb der Atem stehen. In diesem Moment hatte sie keinen Zweifel, dass McLane für sie töten und sterben würde. Zu besitzergreifend, zu vehement waren seine Worte, als dass es anders sein könnte. Panisch wich sie zurück und sah sich nach einer Waffe um, mit der sie helfen konnte.

Mit blitzenden Augen zog der Zöllner seinen Degen. »Du elender Nichtsnutz wagst es, so mit mir zu reden?«

»Wenn du meine Frau anfasst, bringe ich dich um!«

Bevor die beiden aufeinander losgehen konnten, stürmte einer der Zöllner in die Hütte. Dominique hatte gar nicht bemerkt, dass einer von ihnen den Raum verlassen hatte. »Sie hat recht: Da sind weit und breit keine Pferde.«

Der Anführer sprach seinen Untergebenen an, ohne die Augen von McLane zu nehmen. »Hast du überall gesucht? Wahrscheinlich haben sie sie irgendwo versteckt!« Seine Stimme war grimmig. Offenbar sah er den Grund schwinden, aus dem er McLane aus dem Weg hätte räumen können.

»Ja. Wir haben die ganze Umgebung abgesucht. Da sind keine Pferde.«

Einige Sekunden lang starrte der Anführer McLane noch an. Dann schob er den Degen kopfschüttelnd zurück in die Scheide. »Gehen wir. Bevor die Schmuggler noch mehr Vorsprung gewinnen.« Er machte auf dem Absatz kehrt und verließ die Hütte. Seine Männer folgten ihm.

McLane schloss die Tür und legte den Riegel wieder vor.

Mit weichen Knien ging Dominique zurück zum Bett und ließ sich hineinfallen. Ihr Herz klopfte immer noch viel zu schnell. »Das wäre beinahe schiefgegangen.«

»Ist es aber nicht.« McLane legte sich wieder neben sie.

Sie protestierte nicht. Sie bemerkte es nicht einmal. Denn plötzlich begannen ihre Glieder zu zittern. Hätte sie nicht gelegen, wäre sie ins Taumeln geraten. Während die Männer in der Hütte gewesen waren, hatte sie die Nerven behalten. Aber jetzt forderte der Schock seinen Tribut.

McLane zog ihr die Decke bis zum Kinn hoch und stopfte sie an den Seiten unter ihren Körper. »Hier. So wirst du wieder warm.«

»N-e-i-n.« Sie konnte kaum sprechen, so klapperten ihre Zähne. Das Zittern hörte nicht mehr auf, und durch ihre Adern hämmerte das Blut.

McLane zog die Decke wieder unter ihr hoch und rückte an sie heran. Er drehte sie auf die Seite und legte sich dicht hinter sie. »Ganz ruhig. Es ist vorbei.«

Sie wollte Ja sagen, brachte aber kein Wort heraus. Also nickte sie nur. Er legte den Arm um sie und hielt sie fest. Sie war froh, dass er da war. Sein großer, starker Körper, der sie in seine Wärme einhüllte, gab ihr Geborgenheit. Erschöpft ließ sie sich in seine Umarmung hineinsinken. Es war das, was sie jetzt brauchte. Nach diesem Tag und allem, was sie erlebt hatte. Nach all den Katastrophen, denen sie knapp entronnen war. Sich einfach gehenlassen. Sich beschützt und in Sicherheit fühlen. Für einmal nicht kämpfen müssen, sondern sich anlehnen dürfen. An jemanden, der für eine Weile die Rolle des Starken übernahm.

Morgen würde sie wieder selbst kämpfen. Und auch für alles andere war morgen noch früh genug. Sie konnte ihm dann noch sagen, dass das, was sie hier taten, nichts zu bedeuten hatte, und die nötige Distanz zwischen ihnen wiederherstellen.

Aber nicht mehr heute Nacht …

Übermüdet schlummerte sie in seinen wunderbaren Armen ein.

19

Der fröhliche Gesang einer Amsel holte Kincaid aus dem Schlaf. Er ließ die Augen geschlossen, denn er wollte noch nicht aufstehen. Im Bett war es so schön warm und gemütlich. Er räkelte sich und bemerkte dabei, dass er nicht allein war. An ihn geschmiegt lag eine Frau. Von ihr kam die Wärme und die Weichheit, die er unter seinen Fingern spürte.

Er öffnete die Augen. Ein Kopf mit einem dunklen, zerzausten Haarschopf war an seine Brust gebettet. Dominique. Im Schlaf hatte sich ihr Zopf gelöst, und nun breiteten sich ihre langen Locken über das Kissen aus.

Sie musste wohl sein Erwachen gespürt haben, den ihr Mund bewegte sich, als wollte sie etwas sagen. Doch sie veränderte nur ihre Position und schlief weiter.

Er war froh, dass sie nicht aufgewacht war. Denn wenn sie bemerkt hätte, wie sie an ihn geschmiegt dalag, wäre sie wohl aufgeschossen und aus dem Bett geflohen wie eine von einem Hund aufgeschreckte Katze.

Also bewegte er sich nicht. So konnte er sie noch eine Weile ansehen. Bevor sie wieder ihre Krallen ausfuhr.

Er musste lächeln. Er liebte es, wenn sie das tat. Wenn sie beide ihre Klingen aneinander wetzten. Wenn er es schaffte, diese Leidenschaft in ihr hervorzulocken, die sie so gut vor aller Welt verborgen hielt. Die Leidenschaft, die er gespürt hatte, als er sie an jenem Abend im Bootshaus geküsst hatte.

Plötzlich fragte er sich, wie es wohl wäre, mit ihr zu schlafen.

Zu spät bemerkte er, dass das ein Fehler gewesen war. Das Begehren schoss so unvermittelt in ihm hoch und mit einem solchen Verlangen, dass es beinahe schmerzte. Er atmete tief ein, um sich unter Kontrolle zu bringen.

Vorsichtig, damit sie es nicht bemerkte, nahm er seine Hand von ihrer Hüfte. Ihre weiche Haut zu spüren war mehr, als er ertragen konnte. Und die Erkenntnis, dass ihr Nachthemd unter der Decke so weit hochgerutscht sein musste, dass seine Hand auf ihrer nackten Hüfte lag, brachte ihn um den Verstand. Er musste aus diesem Bett, sonst würde er auf der Stelle über sie herfallen.

Es gelang ihm, sich unter der Decke hervorzuschälen, ohne dass sie erwachte. Erleichtert stellte er die Füße auf den kalten Boden und stand auf. Er ging zur Tür, öffnete sie und trat hinaus.

Die ersten Sonnenstrahlen ließen die Tautropfen an den Grashalmen glitzern. Es war noch kühl, doch das war ihm egal. Barfuß schritt er durch das feuchte Gras zum Brunnen. Dort klatschte er sich kaltes Wasser ins Gesicht, bis es sein Verlangen abgekühlt hatte. Mit nassen Fingern kämmte er sich die Haare nach hinten und sog die würzige Morgenluft tief ein. Der laue Wind wehte den Geruch des Meeres herbei, der auch heute seine beruhigende Wirkung in ihm entfaltete. Einen Moment lang drängte es ihn, zum nahegelegenen Strand hinunterzulaufen und ein Bad im Meer zu nehmen. Doch dafür war es noch zu kalt. Also setzte er sich auf die Bank vor der Hütte, lehnte sich gegen die Holzwand und genoss die Wärme der aufgehenden Sonne.

Er musste nochmals eingenickt sein, denn er erwachte, als sie neben ihn trat.

»Hier, Euer Hemd«, sagte sie ein wenig verlegen. Sie war bereits vollständig angezogen und frisiert, zumindest soweit sie das mit ihren bloßen Fingern hatte bewerkstelligen können. In dem vornehmen Stadtkleid, mit dem strengen Haarknoten und ihrer kontrollierten, verkrampften Haltung wirkte sie vor der einfachen Hütte mit den an den Wänden aufgehängten Fischernetzen fehl am Platz. Genauso schien sie sich auch zu fühlen. Wobei das wohl weniger an der Umgebung als an ihr selbst lag. Sie benutzte auch wieder das steife ›Ihr‹, um ihn anzusprechen.

Er beschloss, es zu ignorieren. Er wollte noch nicht wieder in jene Welt zurück. Zu gut hatte es sich angefühlt, hier, mit ihr. Sie im Arm zu halten, als würden sie sich schon lange kennen. Ohne all die Schranken, die ihnen das Leben in der Stadt aufzwängte. »Guten Morgen.«

»Guten Morgen«, erwiderte sie, noch verlegener. »Das Hemd.«

Er ließ sich Zeit, es ihr abzunehmen. Die verstohlenen Blicke, die sie auf seinen nackten Oberkörper warf, fielen ihm durchaus auf. Sollte sie ihn ruhig noch etwas länger ansehen. Damit sie den Anblick nicht mehr vergaß. Und sich daran erinnerte, wenn sie wieder einsam und allein in ihrem kalten Bett zu Hause lag.

Denn mit einer urplötzlichen Gewissheit wusste Kincaid, was er wollte: sie.

Die Eisprinzessin. Die jetzt schon wieder versuchte, ihn abblitzen zu lassen. Aber so weit würde er es nicht kommen lassen. Er war genauso stur wie sie. Und er wusste inzwischen, wo die Schwäche in ihrem Eispanzer lag: Er kannte das Feuer darunter, das nur darauf wartete auszubrechen.

»Wie kommen wir zurück nach Le Havre?«, fragte sie unsicher.

»Zu Fuß.«

So wie sie dreinschaute, hatte sie wohl gehofft, er hätte einen besseren Plan. Den hatte er natürlich auch, aber das musste sie nicht gleich wissen. Sonst würde sie nur wieder versuchen, die Führung zu übernehmen. Und die wollte er selbst noch eine Weile behalten. Zumindest bis sie das blöde ›Ihr‹ wieder vergaß.

»Dann sollten wir uns auf den Weg machen«, beschloss sie entschieden.

Er seufzte innerlich auf. So viel zum Thema Führung. Diese Frau war bockiger als der schlimmste Matrose. Aber das würde er ihr noch austreiben. Und er wusste auch schon, wie er das anstellen und welche Lust ihm das bereiten würde. Er würde sie bis zu dem Punkt treiben, wo sie sich nach ihm verzehrte und ihn anflehte, ihr das zu geben, was sie brauchte. Was sie nur von ihm bekommen konnte.

Bevor seine Gedanken wieder in Richtung verschwitzter Bettlaken abdrifteten und ihm den Schritt unangenehm eng machen würden, stand er auf und zog sich das Hemd an. Er verschloss die Hütte, und dann machten sie sich auf den Weg.

Eine Weile lang gingen sie schweigend nebeneinanderher.

Plötzlich erinnerte er sich an etwas, das er sie schon lange fragen wollte. »Wie kommt es eigentlich, dass du dich in der Manufaktur so wohl fühlst? Normalerweise sind solche Werkstätten keine Orte, an denen sich Frauen deines Standes aufhalten.«

»Meines Standes!«, schnaubte sie. »Ich bin eine Handwerkerstochter, nichts anderes.«

»Nicht wirklich. Besitzer solcher Unternehmen sind wohlhabende Bürger, die zu den höheren Kreisen einer Stadt gehören.«

Sie zuckte mit den Achseln. »Schon möglich.«

Das war offenbar ein heikles Thema. Er vermutete, dass es mit ihrem verstorbenen Mann zusammenhing, der, wie ihm

Bellami erzählt hatte, ein Adliger gewesen war. Also ließ er es bleiben, weiter nachzuhaken. »Und warum hast du die Manufaktur nie verkauft?«

»Sie ist mein Zuhause.«

»Aber du hast doch ein richtiges Zuhause.«

Sie schüttelte den Kopf. »Da bin ich erst eingezogen, als mein Mann gestorben war. Das große Haus, in dem ich mit Jacques wohnte, konnte ich nicht mehr halten.«

»Und das Haus, in dem du groß geworden bist?«

»Das hat mein Vater verkauft, als meine Mutter aufs Land gezogen ist.«

»Deine Mutter wollte nicht in Le Havre leben?«

Dominiques Stimme war tonlos, als sie antwortete. »Sie hat sich in der Stadt nicht wohl gefühlt und mit meinem Vater auch nicht. Ständig war sie krank. Sie brauche mehr Ruhe, meinten die Ärzte. Da ist sie wieder zu ihren Eltern aufs Land gezogen, wo sie einige Jahre später verstarb.«

»Und du?«

»Ich blieb bei meinem Vater.«

»Das muss hart gewesen sein für dich.«

Sie zuckte zwar beiläufig mit den Schultern, aber die Verkrampftheit, mit der sie es tat, ließ durchschimmern, dass es härter für sie gewesen sein musste, als sie zugeben wollte. »Zu jener Zeit war ich recht wild, und es war zu anstrengend für meine Mutter, sich ständig um mich zu kümmern. Also hat mein Vater mich in die Manufaktur mitgenommen.«

»Und das hat dich nicht gestört?«

Sie lächelte, und die Verkrampfung in ihren Schultern löste sich. »Nein. Für mich war es das reinste Paradies. Abenteuerlich. Ich konnte mich frei bewegen, niemand ermahnte mich, wie ich mich zu benehmen hatte, und auf der Straße gab es viele andere Kinder, mit denen ich spielen konnte.«

»Da haben wir wohl etwas gemeinsam.«

Sie sah ihn fragend an.

Jetzt war er es, der mit den Schultern zuckte. »Ich bin so gesehen auch auf der Straße aufgewachsen.«

Sie sah ihn interessiert an. »Warum?«

»Meine Mutter starb früh, und mein Vater war ständig auf See. Daher hat er mich in die Obhut meiner Großmutter gegeben. Und die hatte nach dem Tod meines Großvaters die Leitung des Familienunternehmens übernommen. Viel Zeit für mich blieb nicht.«

»Da haben wir tatsächlich etwas gemeinsam.« Für eine Weile verstummte sie. Dann fragte sie: »Und warum heißt du Kincaid? Ist das nicht ein Nachname?«

Er unterdrückte ein Lächeln. Sie hatte ihn wieder geduzt. »So ist es. Meine Mutter war eine Kincaid. Und sie war sehr stolz auf ihren Clan. Einen McLane zu heiraten war nicht einfach für sie gewesen. Als ich zur Welt kam, beschloss sie daher, mich so zu nennen. Damit ihr Name weitergetragen wird.«

»Und dein Vater hatte nichts dagegen?«

Er lachte. »Sie wusste, wie sie sich durchsetzen konnte. Nein, mehr Probleme machte ihr meine Großmutter, die es gewohnt war, dass alles so lief, wie sie es bestimmte. Was wahrscheinlich ein Grund mehr war, warum sie mich so nannte: um ihr einen Strich durch die Rechnung zu machen. Wenn es nach Großmutter gegangen wäre, hätte ich nämlich William geheißen.«

»Ich bin froh, dass deine Mutter sich durchgesetzt hat. Kincaid gefällt mir besser.« Sie sagte es nicht bewundernd, sondern einfach so, als würde sie etwas klarstellen.

Trotzdem machte es ihn seltsam glücklich, dass ihr sein Name gefiel. Und er war sich sicher, dass sich noch andere Dingen finden ließen, die ihr an ihm gefielen. Er selbst bemerkte in diesem Gespräch etwas Neues, das er an ihr mochte: ihre Art, die Dinge umstandslos beim Namen zu nennen. Er kannte – neben seiner Großmutter – keine Frau, die so freimütig ihre Meinung äußerte. Es war wohltuend, dass Dominique es tat. Selbst in den Fällen, in denen ihm ihre Meinung nicht zusagte. Aber immerhin wusste er dann, was sie dachte.

»Schau mal! Da vorn ist ein Haus!«, rief sie plötzlich. Aufgeregt zeigte sie nach vorn. »Ob wir da etwas zu essen bekommen? Ich bin am Verhungern!«

Kincaid lächelte. Ein wohldurchdachter Plan führte zum Erfolg. Das galt für eine Flucht genauso wie für eine Verführung …

20

Ja, wir kriegen dort Essen«, antwortete McLane mit einer Bestimmtheit, als wüsste er, dass dem so sein würde.

Dabei konnte er das gar nicht wissen. Oder etwa doch?

Mittlerweile hatte sie ihn so gut kennengelernt, dass sie wusste, dass man bei diesem Mann mit allem rechnen musste. Sie hatte ihn in so vielen unterschiedlichen Situationen erlebt, in welchen er immer ganz Herr der Dinge gewesen war, dass sie nichts mehr überraschen würde.

Eigentlich sollte das zum Fürchten sein. Diese Unsicherheit, wer er wirklich war und dass in seiner Persönlichkeit wohl noch einige weitere, unbekannte Facetten schlummerten. Aber es beunruhigte sie nicht. Das Gegenteil war der Fall: Merkwürdigerweise fühlte sie sich bei ihm sicher. Sie könnte mit ihm zusammen bis ans Ende der Welt gehen, und sie wusste, dass sie gemeinsam wohlbehalten dort ankommen würden.

Was für ein Gedanke!

Sie schüttelte den Kopf über sich selbst. *Was ist bloß mit mir los, dass ich auf solche Ideen komme? Das ist doch völlig abwegig!* Zufälligerweise hatten sie sich in einer schwierigen Situation getroffen, die sie gemeinsam meistern mussten. Aber sobald sie wieder in Le Havre wären, würde jeder seinen Weg gehen. Er zurück nach Schottland – zu seiner Frau! – und sie in ihre Manufaktur.

Das war die Realität, an die sie sich am besten jetzt schon wieder gewöhnte.

Als sie sich dem Gutshaus näherten, kam ihnen bellend ein

Hund entgegengerannt. McLane ließ sich durch das Kläffen nicht beirren. Mit ruhiger Stimme begrüßte er ihn. Da schien der Hund seine Meinung über die Absichten dieser fremden Besucher zu ändern, denn plötzlich begann er mit dem Schwanz zu wedeln. Er drückte sich sogar an McLanes Beine und forderte Streicheleinheiten, die ihm dieser bereitwillig zukommen ließ. Als der Hund genug davon hatte, rannte er zum Gutshaus zurück.

Dort ging die Tür auf, und ein kleiner Junge trat heraus. Als er sie entdeckte, rief er: »Kincaid!«, und schon kam das nächste Energiebündel auf McLane zugerannt.

Der hob den Jungen lachend hoch und warf ihn in die Luft. Nach einer weiteren Umarmung stellte er ihn wieder auf den Boden.

»Wir sind gerade beim Frühstück. Isst du mit uns?«, fragte der Junge aufgeregt.

»Aber gerne. Wenn ihr noch was für uns übrig habt?«

Einmal mehr schüttelte Dominique den Kopf, während sie die Szene beobachtete. Natürlich hatte McLane gewusst, dass sie hier etwas zu essen bekommen würden. Wie hätte es auch anders sein können? Die Frage, wie er als Schotte die Bewohner hier auf dem Land in der Normandie so gut kannte, versuchte sie erst gar nicht zu beantworten. Das war eben McLane.

»Und wer ist das da?« Der Junge zeigte auf sie. »Deine Freundin?«

McLane warf ihr einen tiefen Blick zu. »Das ist Madame Devilliers«, sagte er dann. »Sie ist geschäftlich unterwegs, und ich begleite sie.«

»Oh«, sagte der Junge, beinahe ein wenig enttäuscht. Dann nahm er McLane bei der Hand und führte ihn ins Haus. »Mama! Wir haben Besuch! Kincaid ist da!«

Dominique hörte Besteck auf Teller fallen, und dann kamen ihnen drei weitere Kinder entgegengerannt, die McLane aufgeregt begrüßten, und schließlich folgten auch noch die Eltern. »Darf ich euch Madame Devilliers vorstellen?«, sagte er und fügte die gleiche Erklärung über Dominiques Anwesenheit an, die er schon dem Jungen gegeben hatte. Komischerweise schien niemand seine Erklärung in Frage zu stellen. Auch die Eltern wunderten sich nicht darüber, warum sie als Frau in geschäftlichen Dingen unterwegs sein sollte, noch dazu begleitet von einem fremden Mann. Beide begrüßten sie herzlich.

Nachdem sie ausgiebig verköstigt worden waren, führte sie der Hausherr in den Stall. »Uns sind heute Morgen zwei Pferde zugelaufen. Ihr erkennt die beiden nicht zufälligerweise wieder?«, fragte er amüsiert.

Allmählich ging Dominique ein Licht auf. Nicht nur McLane kannte die Familie sehr gut, auch sein Pferd hatte den Weg hierhin gefunden. Ob sie wussten, was für Geschäfte er tätigte? Es musste so sein, denn sonst hätten sie nicht mit einer solchen Selbstverständlichkeit auf ihr unangemeldetes Erscheinen reagiert.

Und dann ging Dominique die ganze Tragweite dieser Erkenntnis auf: McLane hatte alles so eingefädelt! Sein Treffen mit den Schmugglern am Strand, sein Versteck vor den Zöllnern, seine Bekanntschaft mit den Leuten in der Umgebung. Seine Schmuggeleien waren nicht etwas, das einfach so ein bisschen nebenherlief, oder ein Geschäft, das er einmal tätigte, wie sie es wegen des Zinnes tat. Das war seine Haupttätigkeit! Er war durch und durch ein Schmuggler! Der sich den Anschein eines redlichen Kaufmannes gab und in der Gesellschaft auch als solcher auftrat! Und zwar so geschickt, dass niemand auf die Idee kam, hinter seinem gutbürgerlichen Ansehen etwas anderes zu vermuten!

Verstohlen warf sie ihm einen Blick zu, während er zusammen mit dem Gutsherrn dabei war, die Pferde zu satteln. Im gleichen Moment sah er zu ihr hin. Ihre Blicke trafen sich, und ihr war, als ob er in ihren Augen lesen würde, was gerade in ihrem Kopf vorging.

Es war beinahe unheimlich.

»Dann wünsche ich Euch eine gute Heimkehr nach Le Havre«, sagte der Gutsherr und verabschiedete sich von ihnen.

Sie verließen das Anwesen und folgten dem Weg in Richtung Osten.

»Du kanntest die Leute«, bemerkte Dominique, nachdem sie ein Stück geritten waren. Es war nicht wirklich eine Frage, sondern vielmehr der Versuch, ihn auf das Thema zu lenken, das sie interessierte.

»Ja.«

»Die Kinder mögen dich sehr.«

»Ja.«

Sie hoffte, dass er sich weiter dazu äußern würde. Doch das tat er nicht. Mit dieser Taktik würde sie offensichtlich nicht weiterkommen. Es half alles nichts: Wenn sie mehr wissen wollte, musste sie das Kind beim Namen nennen. Er kannte nicht nur die Leute hier auf dem Land, sondern er hatte auch die Männer am Strand gekannt. So gut, dass sie sich darauf verlassen hatten, dass er das Problem mit der unerwünschten Zeugin erfolgreich löste.

Sie atmete einmal tief durch. »Gehörst du zu den Schmugglern?«

Er warf ihr einen prüfenden Blick von der Seite zu. Nach einer Weile antwortete er: »Ja.«

Wieder fügte er dem nichts hinzu. Musste man diesem Mann denn alles aus der Nase ziehen? »Und wie lange machst du das schon?«

»Schon länger.«

Dominique stieß ein frustriertes Stöhnen aus. »Du hast mich im *Corsaire* in einem sehr unziemlichen Aufzug angetroffen, du hast mich allein an diesem Strand erwischt, und die letzte Nacht haben wir miteinander geschlafen.« Eigentlich wollte sie darauf hinaus, dass sein Geheimnis bei ihr sicher wäre, denn mit dem, was er über sie wusste, hätte er sie im Handumdrehen kompromittieren können. Stattdessen ging ihr viel zu spät auf, was sie gerade gesagt hatte. Verlegen wedelte sie mit einer Hand durch die Luft. »Nicht miteinander geschlafen, also … ich …« Und sie hatte es schon wieder gesagt. Geschlafen. Miteinander. Wieso hörten sich normale Worte plötzlich unanständig an? »Ich meine … du weißt, was ich meine!«

Seine Mundwinkel zogen sich nach oben. »Zu *miteinander schlafen* gehört bei mir normalerweise noch etwas ganz anderes.«

Dieser vermaledeite Kerl! Er konnte es nicht lassen! Er musste auch noch darauf herumreiten! Natürlich! Aber daran war sie selbst schuld. Und warum duzte sie ihn eigentlich wieder? Sie hatte sich doch vorgenommen, eine angebrachte Distanz zwischen sie zu bringen. Aber das schien bei ihm einfach nicht möglich zu sein. »Davon will ich nichts wissen!«

»Schade. Das wäre viel interessanter als deine Fragerei.«

Sie schnaubte. »Ich versuche nur, dich besser kennenzulernen.«

Seine Augenbrauen hoben sich belustigt. »Ach ja? Was für eine erfreuliche Wendung der Dinge.«

»Weißt du was? Lassen wir das einfach!« Dieser Mann hatte das Talent, sie in Nullkommanichts zur Weißglut zu bringen. Sie drückte dem Pferd die Fersen in die Flanken. Was sie jetzt brauchte, war ein schneller Galopp. Einen, bei dem sie ihn hinter sich lassen konnte. Sollte er doch sehen, wo er blieb!

Das Pferd schien ihr überkochendes Temperament zu spüren, denn es schoss in riesigen Sätzen davon. Als hätte es nur darauf gewartet, sich endlich austoben zu können. Seine Hufe flogen nur so über den Boden. Dominique stemmte sich in die Steigbügel und feuerte es weiter an. Ihre Haare lösten sich aus dem Knoten. Wild flatterten sie im Wind. Es war ihr egal. Nein, es tat sogar gut! Die Geschwindigkeit zu spüren, die Konzentration, die es brauchte, um im Sattel zu bleiben und jedes Hindernis, jeden Graben und jedes Mäuerchen zu meistern, die unglaubliche Kraft in den Muskeln dieses großen Tieres. Und sie konnte es lenken. Dahin, wohin sie wollte. Als wären sie miteinander verbunden. Nichts hielt sie auf.

Erst nach einer ganzen Weile wurde das Pferd allmählich langsamer. Es fiel vom schnellen in einen gemächlichen Galopp und dann in den Trab. Als der Weg an einen Waldrand führte und dort eine Biegung machte, zügelte Dominique es und wartete auf McLane. Jetzt war sie bereit, sich wieder mit ihm auseinanderzusetzen.

Störrisch den Kopf herumwerfend kam sein Pferd mit ihm herbeigetrottet. Offenbar waren die beiden nicht gleicher Meinung gewesen, was das Tempo anging. Beinahe hätte der Anblick Dominique ein Lächeln entlockt. Nachdem er zu ihr aufgeschlossen hatte, drehte sie sich wieder nach vorn und ließ das Pferd im Schritt weitergehen.

»Und, genügend galoppiert?«, fragte er nach einer Weile.

Irrte sie sich, oder schwang da eine Spur Verärgerung in seiner Stimme mit? Sie biss sich auf die Lippen, um nicht doch noch zu lächeln. Geschah ihm recht. Er hatte sie in den letzten zwölf Stunden so oft ausgetrickst, dass sie es nicht einmal mehr zählen konnte. Sollte er ruhig spüren, dass nicht immer alles nach seinem Willen ging. Zumindest nicht, solange sie auch noch ein Wörtchen mitzureden hatte. »Ja.«

Er brummte etwas Unverständliches.

Der Weg traf auf ein Bächlein und folgte seinem Lauf, sodass das Wasser fröhlich neben ihnen herplätscherte.

»Es war bemerkenswert, wie schnell und lautlos gestern das Schiff entladen wurde«, bemerkte sie nach einer Weile, um das Eis zu brechen. »Da könnten sich die Seeleute im Hafen von Le Havre noch einen ganzen Batzen abschneiden.«

»Das gehört zum Metier. Je schneller die Männer aus der Gefahrenzone der Zöllner wieder herauskommen, desto besser.«

Endlich! Mehr als eine einsilbige Antwort. »Und wenn sie doch einmal erwischt werden?«

»Dann wird gekämpft.«

»Und wenn die Zöllner in der Übermacht sind?«, fragte Dominique weiter.

»Dann konfiszieren sie alles, die ganze Fracht, das Schiff, den Besitz, den man an Land hat, und ab geht es in den Kerker.«

Dem war sie also gestern um Haaresbreite entkommen! Die Vorstellung war erschreckend. Das musste sie erst einmal verdauen. Natürlich hatte sie gewusst, dass Schmuggel gegen die Gesetze und gefährlich war. Aber es so unverblümt aus seinem Mund zu hören, war etwas anderes. Wie konnte er das so emotionslos sagen? Hatte er denn gar keine Angst? »Und warum machst du es trotzdem?«

»Anfangs war es eine reine Überlebensfrage. Nachdem die Engländer uns erobert hatten und uns das Land weggenommen und an ihre Adligen verteilt hatten, damit sie ihre Schafe darauf weiden lassen konnten, verloren viele meiner Landsleute ihre Existenzgrundlage. Zu allem Übel erhoben die Engländer auch noch auf die meisten Dinge des täglichen Lebens hohe Steuern und Zölle. Vieles konnten sich die Menschen gar nicht mehr leisten. Darum fing meine Familie an zu schmuggeln.«

»Warum haben die Engländer überall Steuern und Zölle draufgeschlagen?«

»Damit die Krone ihre Kasse wieder füllen konnte, die nach dem Krieg leer war. Und die englischen Gutsbesitzer, die Manufakturbesitzer, die Kaufleute und so weiter, eben diejenigen mit Macht und Einfluss, versuchten, ihr Gewerbe zu schützen, indem sie Gesetze erließen, die die Einfuhr von billigeren Rohstoffen aus anderen Ländern verbieten. Das kennst du ja selbst mit dem Zinn.«

Dominique nickte. »Die französischen Minenbesitzer wollen nicht, dass wir billigeres englisches Zinn kaufen.«

»Genau. Und deshalb schmuggeln wir es ins Land.«

»Aber … es ist so gefährlich!« Sie fragte sich, wie häufig er den Zöllnern schon fast in die Fänge geraten war. Sie hatte gestern Abend das erste Mal mit Schmuggelei zu tun gehabt, und es war beinahe auch das letzte Mal gewesen. Wie lange konnte so etwas gutgehen?

Er zuckte mit den Schultern. »Man muss es eben geschickt anstellen.«

Aber selbst das würde irgendwann nicht mehr genügen. »Und wenn sie euch dennoch einmal erwischen?«

»Dann machen wir es wie alle anderen: Eine kleine Summe unter der Hand löst die meisten Probleme. Und bei den Zöllnern, die jede Nacht bei jedem Wetter die Küste entlang patrouillieren müssen und das zu einem Hungerlohn, reicht es meist schon, wenn wir ihnen hie und da etwas Schmuggelware überlassen. Dafür verschließen sie die Augen vor dem, was sich an ihrem Küstenstreifen abspielt.«

Dominique runzelte die Stirn. Das hörte sich nun wiederum nicht mehr so gefährlich an. »Das scheint ein richtiges Geschäft zu sein.«

»Ist es auch. Kaum einer an der Küste ist nicht in Schmuggeleien verwickelt. Nicht nur die Fischer, die die Ware am Strand abholen. Auch die Bauern, die ihre Pferde und Ochsen als Lasttiere zur Verfügung stellen oder ihre Scheunen als Verstecke.«

Ganze Familien waren daran beteiligt. So wie seine auch. »Du hast erzählt, dass deine Großmutter euer Unternehmen leitet.«

»Ja, sie und Großvater haben das Geschäft nach dem Krieg aufgebaut. Und heute sind fast alle aus unserer Familie irgendwie daran beteiligt. Sei es als Kapitän, Seemann oder Kaufmann. Wir haben auch Läden in Schottland und in London, wo wir die Waren verkaufen. Und natürlich schmuggeln wir nicht nur. Mit einem leeren Schiff könnten wir keinen Hafen anlaufen, ohne dass die Beamten auf uns aufmerksam würden. Wir verschiffen auch ganz legale Fracht.«

»Und das Schiff gestern? Gehörte das auch euch?«

McLane nickte. »Ja. Einer meiner Cousins kommandiert es.«

Dominiques Augen wurden immer größer. In was war sie da nur hineingeraten? Sie hatte doch nur englisches Zinn kaufen wollen. Und plötzlich erfuhr sie von einer Schattenwelt, von der sie nicht einmal geahnt hatte. »Was genau tust du denn hier in Frankreich? Bist du nicht Kapitän? Oder Kaufmann?

»Bis vor kurzem habe ich eines unserer Schiffe kommandiert. Dann meinte Großmutter, dass wir unsere Kontakte in Frankreich stärken und unsere Gewinne in eigenen Manufakturen anlegen sollten. Um weniger von fremden Lieferanten abhängig zu sein.«

Dominique erinnerte sich daran, wie er sie in der Manufaktur besucht und von seinem Kaufinteresse gesprochen hatte. Damals hatte sie seine Rede als Wichtigtuerei abgetan. Aber er hatte es tatsächlich ernst gemeint! »Hast du immer noch die

Absicht, meine Manufaktur zu kaufen?« Ihre Gedanken begannen zu rasen. Er könnte sie erpressen, er könnte …

Seine ruhigen Worte unterbrachen ihre aufkeimende Panik. »Du willst sie doch nicht verkaufen.«

Dominique schüttelte vehement den Kopf. »Nein.«

Er zuckte mit den Schultern. »Dann ist das ja geklärt.«

Misstrauisch musterte sie seine Miene. »So einfach geht das?«

»Ja.«

»Hm.« Konnte sie ihm das wirklich glauben? Ihm, der seine Ziele so konsequent verfolgte? »Und was ist mit meinem Geld, das ich dem Boten für das Zinn gegeben habe?«

»Darum kümmere ich mich«, antwortete er barsch.

Sie hätte ihn gerne gefragt, was genau das bedeutete, aber sein Ton hielt sie davon ab. Sie befürchtete, wenn sie jetzt nachfragte, würde er das als Misstrauen interpretieren. Wohl oder übel musste sie ihm vertrauen.

Der Buchenwald, durch den sie gerade ritten, lichtete sich, und sie gelangten wieder auf freies Feld. Ein Stück weit vor ihnen erhoben sich der Kirchturm und die Häuser eines Dorfes.

»Von dort aus können wir die Postkutsche nach Le Havre nehmen«, erklärte McLane. »Ist etwas angenehmer, als die ganze Strecke zu reiten.«

Dominique seufzte erleichtert auf. Ihr taten bereits die Muskeln weh, und das obwohl sie noch nicht allzu lang unterwegs waren. Vermutlich war das noch eine Nachwirkung ihres gestrigen Ritts.

Im Wirtshaus im Dorf mussten sie nicht lange warten, bis die Kutsche kam. Sie war schon ziemlich voll, und die Passagiere mussten zusammenrücken, damit sie noch Platz fanden.

Holpernd fuhr das Gefährt los.

Dominique saß neben zwei älteren Frauen. Ihrer Kleidung nach zu schließen, stammten sie aus Le Havre. Als Dominique und McLane eingestiegen waren, war ihr aufgeregtes Geschnatter verstummt. Neugierig musterten sie nun die beiden neuen Passagiere, als könnten sie es nicht erwarten, etwas von ihrer Unterhaltung mitzukriegen, das sie dann als Tratsch bei ihren Kaffeekränzchen weitererzählen konnten. Also zog Dominique es vor zu schweigen.

McLane, der ihr gegenübersaß, schien der gleichen Meinung zu sein, denn er schwieg ebenfalls. Zuerst schaute er gelangweilt zum Fenster hinaus, danach streckte er sich aus und schloss die Augen. Dabei fanden seine Beine den Weg an ihren vorbei unter die Bank, auf der sie saß. Dominique versuchte, ihm auszuweichen, sodass sie sich nicht berührten, stellte jedoch bald fest, dass das auf dem engen Raum nur möglich war, wenn sie ganz an die Tür rückte. Irgendwann wurde sie es leid. Wie sollte sie in dieser verkrampften Haltung die nächsten Stunden bis Le Havre überstehen? Wenn er sich nicht anständig hinsetzen konnte und ihr genügend Platz ließ, dann konnte er das von ihr auch nicht erwarten. Also überwand sie ihre gute Erziehung, setzte sich bequem hin und streckte die Beine genauso aus. Glücklicherweise verbarg ihr bauschiges Kleid, wo genau sich ihre Gliedmaßen und diejenigen von McLane befanden, sodass sie nicht befürchten musste, den beiden Matronen doch noch Gesprächsstoff zu liefern.

Was sie jedoch nicht bedacht hatte, war der Effekt, den selbst eine flüchtige Berührung mit McLane auslöste. Bei dem holprigen Untergrund, über den die Kutsche fuhr, rieb ihre Wade immer wieder für einen kurzen Moment über seine. Während sich ihre Gedanken, oder besser gesagt, ihre Empfindungen völlig auf diesen einen Punkt der Berührung konzentrierten, schien McLane davon überhaupt nichts mitzubekommen. Er hatte den Kopf gegen das Polster gelehnt und döste vor sich hin.

Sie ärgerte sich über ihn – wie konnte etwas, dass sie so sehr mitnahm, ihn so kalt lassen –, aber nach einer Weile gelang es ihr, ihre Gedanken in andere Bahnen zu lenken. Wenn er es schon nicht mitbekam – warum sollte sie es nicht einfach genießen? Zumal es das letzte Mal sein würde, dass sie sich so nah waren. Bei ihrer Ankunft in Le Havre wäre es damit vorbei. Wahrscheinlich würde sie ihn nicht einmal wiedersehen, und selbst wenn, dann würden sie sich begegnen wie zwei Fremde, die sich erst ein oder zwei Mal getroffen hatten.

Sie lehnte den Kopf zurück und schloss ebenfalls die Augen. Nun bestand die Welt nur noch aus dem Rütteln der Kutsche und McLane … und dem Punkt, an welchem sie sich berührten.

Was für eine berauschende Qual!

21

Ich hoffe, die geschäftliche Reise ist zu Eurer Zufriedenheit verlaufen«, sagte Louis, als er ihm beim Auskleiden half.

»Das ist sie, in der Tat«, antwortete Kincaid. Nicht nur die geschäftlichen Dinge, sondern vor allem die privaten. Er nahm jetzt noch einen leichten Hauch von Dominiques Duft wahr, als er das Hemd über den Kopf streifte.

»Gestattet Ihr, dass ich Euch das abnehme?«

Widerstrebend hielt Kincaid sein Hemd fest. Der Kammerdiener würde es in die Waschküche bringen, um es reinigen zu lassen. Sollte er ihn davon abhalten? Aber wie? Er konnte ihm kaum sagen, dass die Frau, die er ... ja was? Die Frau, die ...

Dass eine bestimmte Frau es getragen hatte und er nicht wollte, dass ihr Duft hinausgewaschen wurde?

Kincaid schüttelte den Kopf über sich selbst. War er ein Mann oder ein schwärmerischer Schuljunge?

Entschieden schob er diese Gedanken beiseite, bevor er sie womöglich noch zu Ende denken konnte, und reichte dem Kammerdiener das Hemd. Für einmal unterließ der sein übliches Nasekrausen über die einfache Kleidung seines Herrn. Dann zog Kincaid sich die Hose aus, während der Diener wartete, und reichte ihm auch diese. Louis legte die Sachen auf einen Stuhl, schüttelte den akkurat gefalteten Bademantel auf und half ihm beim Anziehen. »Womit kann ich Monsieur noch zu Diensten sein?«

Louis sah ihn an, als warte er sehnsüchtig auf eine weitere

Aufgabe, doch Kincaid winkte ab. Beim Baden wollte er den Kammerdiener wirklich nicht auch noch dabeihaben. »Ich werde dich rufen, wenn ich etwas brauche.«

Ein wenig enttäuscht nickte Louis, legte sich die Kleider für die Wäsche über den Arm und verließ das Schlafzimmer.

Kincaid war es nicht gewohnt, dass ihm die alltäglichsten Kleinigkeiten abgenommen wurden. Anfangs hatte er Louis, der mit zum Personal des gemieteten Hauses gehörte, hinausgescheucht, wenn ihm dieser beim An- und Ausziehen behilflich sein wollte. Er war schließlich kein kleines Kind mehr! Das hatte er so lange getan, bis er die niedergedrückte Stimmung des Mannes bemerkte. Auf seine Frage hin hatte ihm die Haushälterin erklärt, dass der Kammerdiener glaube, Monsieur sei nicht zufrieden mit ihm und er erledige seine Arbeit nicht gut genug. Also ließ Kincaid seitdem widerstrebend Louis' Hilfe über sich ergehen.

Im Bad wusch er den Schmutz der letzten Tage von sich und legte dann den Kopf zurück auf den Wannenrand. Sosehr er sonst die Annehmlichkeit eines warmen Bades zu schätzen wusste – in den Jahren auf See lernte man, sich an solchen Dingen zu erfreuen –, sehnte er sich heute nach einer anderen Wärme. Dafür hätte er gerne auch noch mehr Staub in Kauf genommen. Viel zu schnell waren sie in Le Havre angelangt. Er hatte nicht gedacht, dass er sich einmal wünschen würde, eine Kutschenfahrt dauere länger. Dass er tatsächlich einmal die Enge in einem solchen, unbequemen Gefährt genießen würde. Aber mit Dominique als Mitreisender ... Er schloss die Augen, so wie er es in der Kutsche getan hatte, und versuchte, das Gefühl ihrer Nähe zurückzurufen. Ihr Bein an seinem. Die Erregung, die die Tatsache, dass sie sich seiner Berührung nicht entzogen hatte, in ihm ausgelöst hatte. Und dies in einer so öffentlichen Situation!

Er seufzte. Er könnte dieser Erinnerung noch lange nachhängen, wäre nicht inzwischen das Badewasser so abgekühlt, dass es ihn zwang, sie gehen zu lassen und aufzustehen.

Nachdem er sich abgetrocknet und die dem Herrn eines Stadthauses angemessene Kleidung angezogen hatte, ging er in den Salon hinunter. Dort schenkte er sich einen Fingerbreit Whisky ein, ließ sich in dem einzigen bequemen Sessel im Raum nieder und streckte die Beine von sich.

Kaum saß er, klopfte es an der Tür. Louis trat ein. »Monsieur Bellami wünscht, Euch seine Aufwartung zu machen.«

»Natürlich, führ ihn herein.«

Louis ging zurück in die Eingangshalle und holte den Gast.

Schon beim Eintreten rief Bellami: »Mein lieber Freund! Welch eine Erleichterung, dass du ein wenig Zeit für mich erübrigen kannst!«

»Für dich habe ich immer Zeit. Setz dich.«

Umständlich ließ sich Bellami auf einem der feinen, brokatbezogenen Stühlchen nieder, denen Kincaid, wann immer möglich, aus dem Weg ging. Er schlug die Beine übereinander, setzte sich gleich darauf wieder gerade hin und überschlug sie auf die andere Seite.

Belustigt beobachtete Kincaid das unruhige Treiben seines sonst so distinguierten Freundes. »Welche Laus ist dir denn über die Leber gelaufen?«

»Laus?« Nach seinem Gesichtsausdruck zu urteilen, konnte er mit der Frage nichts anfangen. Dann schüttelte er den Kopf. »Nein, keine Laus.«

»Was dann?«

Mit einem tiefen Seufzer stieß Bellami die Luft aus. »Das ist nicht so einfach.«

»Was ist nicht so einfach?«

Anstatt einer Antwort rückte er wieder auf dem Stuhl umher.

Kincaid erhob sich, schenkte ein weiteres Glas Whisky ein, dieses Mal halbvoll, und reichte es seinem Freund. »Hier, trink erst mal was.«

Widerstrebend nahm Bellami das Glas und starrte auf die goldene Flüssigkeit.

»Santé!« Damit goss sich Kincaid seinen Rest die Kehle hinunter.

Endlich nippte auch Bellami am Glas. Schon nach dem ersten Schluck begann er zu husten.

»So stark ist er auch wieder nicht.«

»Nein«, krächzte Bellami. »Ich habe ihn nur in den falschen Hals gekriegt.«

Natürlich. Das kam davon, wenn man sich nur an Wein und Champagner hielt. »Jetzt kipp ihn endlich runter! Du trinkst ja wie eine Memme!«, drängte Kincaid seinen Freund. Anders würde der wohl heute Abend nicht mehr die Ruhe finden, um zu erzählen, was ihn bedrückte.

Bellami holte tief Luft und stürzte den Whisky hinunter.

»Besser?«

Bellami nickte nur.

Eine Weile lang sahen beide schweigend dem prasselnden Feuer im Kamin zu. Endlich löste sich Bellamis Anspannung, und er sank in den Stuhl, soweit das auf einem solchen überhaupt möglich war. »Es ist wegen Amélie«.

»Amélie?«

»Die Freundin von Dominique Devilliers.«

»Ah!« Kincaid erinnerte sich an die zarte Frau, die immer in etwas glücklicheren Sphären zu schweben pflegte als der Rest der Welt. Als würde sie diese ständig durch eine rosarote Brille betrachten. Eigentlich passten die beiden überhaupt nicht zusammen. Aber vielleicht war das der Grund, weshalb sie sich so gut verstanden.

Wie Bellami und er. Sie waren ein genauso ungleiches Gespann, wenn man es genauer bedachte. Außerhalb von Salons, Ballsälen und vornehmen Clubräumen trafen sie sich kaum. Zu unterschiedlich waren ihre Leben. Trotzdem waren sie gute Freunde.

Wie anders war da Dominique. Als er darüber nachdachte, musste er regelrecht nach einem Bereich seines Lebens suchen, in welchem sie noch nicht aufgetaucht war. Sie hatte ihn beim Schmuggeln am Strand erlebt und auf der Flucht vor den Zöllnern, im *Corsaire*, am Hafen ... selbst in seinem Bett war sie gewesen. Kincaid schmunzelte. Und diese Frau bezeichnete ganz Le Havre als Eisprinzessin! Wie falsch sie doch alle lagen!

Als er weiter darüber nachdachte, erkannte er, dass er sich in einer Sache korrigieren musste: Es war nicht sein Bett gewesen, in welchem sie gelegen hatte. Und sie hatte nicht so darin gelegen, wie er es sich seit gestern ausmalte.

Doch bevor er weiter in Fantasien abschweifen konnte, löste sich Bellamis Zunge. »... so zart wie eine blassrosa Frühlingsblume stand sie da ...«

Von wem redete Bellami da? Ach ja, die kleine Amélie. Er war so mit seinen eigenen Gedanken beschäftigt gewesen, dass er den Anfang der Rede verpasst hatte.

»... in ihrer süßen Schüchternheit neben all diesen aufdringlich kokettierenden Weibern ...«

Ja, mit denen hatte Bellami nichts am Hut. Kincaid hatte anfangs sogar befürchtet, sein Freund könne mit Frauen gar nichts anfangen und würde männliche Gesellschaft vorziehen. Aber nachdem Bellami nie auch nur die geringsten Absichten in diese Richtung hatte erkennen lassen, ließ sich Kincaid zur Begrüßung – wenn sie sich eine Weile lang nicht gesehen hatten – wieder entspannt umarmen.

Bellami seufzte. »Ich würde sie gerne wiedersehen.«

Kincaid dachte nach. Vielleicht konnte man hier zwei Fliegen mit einer Klappe schlagen! Ohne Anstandsdame konnte sich Amélie nicht mit Bellami treffen. Und Dominique als Witwe fungierte sicher häufig in dieser Position. Er musste einfach nur eine Aktivität vorschlagen, bei der Amélie ihre beste Freundin mitnehmen wollte, sodass auch er sich anschließen konnte! »Lade sie ins Theater ein.«

Bellami schnaubte. »Das geht doch nicht! Ich kann sie nicht einfach so einladen! So gut kennen wir uns nicht. In ihrer Schüchternheit wird sie noch ablehnen.«

Schüchtern? Amélie? Bellami sprach wohl eher von sich selbst. So selbstsicher er als Advokat und in Gesellschaft von Männern war, wenn es um Frauen ging, verlor sich diese auf dem Grund des Atlantiks. »Warum nicht? Das einzige Risiko, das du eingehst, ist eine Abfuhr. Ansonsten kannst du nur gewinnen.«

»Für dich ist immer alles so einfach!«, brauste Bellami auf. »Aber wir sind hier nicht in Schottland, wo man sich die Frau, die man will, schnappt, über den Rücken wirft und sie in seine Höhle schleppt! Wir sind hier im kultivierten Frankreich.«

Kincaid schnaubte. Wenn Bellami wüsste, dass man das auch mit französischen Frauen tun konnte … Nur zu gut erinnerte er sich daran, wie sich Dominique auf seiner Schulter angefühlt hatte. Er seufzte. Leider hatte er an jenem Abend im *Corsaire* zu früh aufgegeben und sie wieder runtergelassen, bevor sie in einer Höhle waren.

Vielleicht sollte er diese Strategie einfach noch einmal anwenden, wenn sie wieder versuchte, ihn abblitzen zu lassen.

»Ich dachte, du könntest mir weiterhelfen«, maulte Bellami.

»Das tue ich doch. Du schreibst jetzt eine Einladung für sie und ihre Freundin, dann wird sie bestimmt einwilligen. Und ich komme auch mit.«

»Na gut.«

22

Dominique! Da bist du ja!« Atemlos kam André am nächsten Tag die schmale Stiege zum Dachboden hinauf, wo sie gerade dabei war, den Bestand an kostbaren Farben, die hier gelagert wurden, zu prüfen. »Wo bist du denn die letzten zwei Tage gewesen?«

»Unterwegs«, antwortete sie ausweichend.

André runzelte die Stirn. »Nicht einmal Henri wusste, wo du warst.«

»Nein, ich wollte ihn nicht beunruhigen.«

»Womit solltest du ihn beunruhigen?«, fragte André.

Dominique verwünschte sich. Warum hatte sie ›beunruhigen‹ gesagt und nicht etwas Unverfänglicheres? Fieberhaft suchte sie nach einer Ausrede. Sie konnte André nicht gestehen, wo sie wirklich gewesen war. Dass sie seinem Kontaktmann misstraut und ihm bis zu den Schmugglern gefolgt war. Dass sie dort auf McLane getroffen war und sie vor den Zöllnern flüchten mussten. Und was dann alles geschah ... Das konnte sie niemandem erzählen. Nicht einmal André.

Dann kam ihr die rettende Idee. »Ich bin zu einer Bekannten aufs Land gereist, um sie zu fragen, ob sie mir mit einem Darlehen aushelfen kann. Das hat sie schon einmal getan.«

»Und, hat sie dir eines gegeben?«

Dominique schüttelte den Kopf und senkte den Blick. Sie konnte André nicht in die Augen sehen. Sie belog ihre beiden besten Freunde nach Strich und Faden. Aber was blieb ihr anderes übrig?

»Mist.«

»So schlimm ist es nicht«, versuchte sie, ihn zu beruhigen. »Ich habe noch genügend Geld, um die Produktion so lange aufrechtzuerhalten, bis der neue Lieferant auf den Antillen bezahlt.«

»Das ist es nicht«, meinte er zerknirscht.

»Was dann?«

»Darüber wollte ich mit dir gestern schon reden. Aber du warst ja nicht da.«

Fragend sah sie ihn an.

Er holte tief Luft. »Wir haben weder Zinn bekommen noch das Geld zurück. Der Bote ist schlichtweg wie vom Erdboden verschluckt.« Er machte eine Pause und schien auf ein Donnerwetter zu warten.

Mitfühlend sah sie ihn an. »So einfach an billiges, englisches Zinn zu kommen, wäre auch zu schön gewesen, um wahr zu sein.«

»Du bist nicht wütend deswegen?«

»Nein. Es war ein Versuch, und wir wussten, auf was wir uns einließen. Ich bin froh, dass du den Vorschlag gemacht hast und wir es ausprobiert haben.«

»Wirklich?«

»Ja. Mach dir keine Sorgen. Wir werden das schon irgendwie hinkriegen.« Sie setzte ein Lächeln auf, auch wenn ihr ganz anders zumute war. Aber ihre missliche Lage war schließlich nicht Andrés Schuld. Er tat, was er konnte. Erleichtert seufzte er. »Na gut. Dann mache ich mich mal wieder an die Arbeit.«

Sie nickte ihm freundlich zu. Nachdem er die Stiege hinunter verschwunden war, fiel ihr Lächeln in sich zusammen. Sie sank auf eine Kiste und stützte den Kopf in die Hände. Was sollte sie jetzt bloß tun?

Nicht nur hatte sie sich aussichtslosen Fantasien hingegeben, was McLane betraf, nein, das Geld für das Zinn war jetzt auch noch weg. Er hatte zwar gesagt, dass er sich darum kümmern werde. Aber würde er tatsächlich Wort halten? Wieso sollte er ihr gegenüber loyaler sein, als es ihr eigener Ehemann gewesen war?

Wieder tat sich vor ihr jener Abgrund auf, in den Jacques sie gestürzt hatte, als er ihr Vertrauen so grausam missbraucht hatte. Weshalb sollte McLane ehrlicher sein? Er war ein Schmuggler. Einer, der ständig die Gesetze brach. Der sich in einer abgründigen Schattenwelt bewegte. Wie konnte sie da annehmen, dass sein Verhalten ehrenhaft war? Er war einer, der jedem etwas vorspielte, um seine Ziele durchzusetzen. Und darin war er so geschickt, dass alle darauf hereinfielen. Man konnte ihm nicht trauen. Wie hatte sie jemals denken können, dass es anders wäre? Ja, dass ihm sogar etwas an ihr lag?

Sie schüttelte den Kopf über sich selbst. Wie war sie auf diesen Holzweg geraten? Wie hatte sie sich so von ihm um den Finger wickeln lassen können?

Sie hämmerte die Stirn gegen die Hände. »Ich bin so dumm!«

Nichts hatte sie aus der Lektion mit Jacques gelernt! Wieder war sie auf einen Mann hereingefallen, der sie umgarnte und ihr schöne Augen machte! Sie hatte McLane einfach alles abgenommen, was er ihr erzählt hatte. Seine ganze, nach Verständnis heischende Geschichte über seine Kindheit, die der ihren ja so ähnlich gewesen sein sollte. War davon überhaupt etwas wahr?

Jacques hatte sie belogen und betrogen, und blauäugig war sie auf seine schönen Reden hereingefallen. War McLane genauso? Er konnte ihr erzählen, was er wollte. Nichts davon würde sie je überprüfen können, denn seine Geschichten spielten sich im fernen Schottland ab.

Dominique wusste nicht mehr, was sie glauben sollte. Welcher der Stimmen in ihrem Inneren sie noch vertrauen konnte. Denn keine von ihnen hatte damals bei Jacques Alarm geschlagen. Sie hatte ihn geliebt und ihm vertraut – und war aufs Bitterste enttäuscht worden.

Wäre er nicht schon tot gewesen, hätte sie ihn für das würgen können, was er ihr angetan hatte: dass das Vertrauen, das sie früher in sich selbst und in andere Menschen gehabt hatte, so gründlich zerstört worden war, dass sie nicht mehr wusste, wem sie noch glauben konnte.

Schwerfällig erhob sie sich. Es brachte nichts, hier oben zu sitzen und in Selbstmitleid zu baden. Unten wartete Arbeit auf sie. Sie hatte eine Aufgabe, eine Verantwortung. Der musste sie nachkommen.

Mit der Hand wischte sie durch die Luft, als könnte sie damit die trübseligen Gedanken wie Spinnenfäden beiseiteschieben. Dann nahm sie sich ein paar der dunkelvioletten Gesteinsbrocken, die die Malerinnen zermalmen würden, um daraus die Farbe zu gewinnen, und trug sie nach unten in den Malsaal, um die zur Neige gegangenen zu ersetzen. Manganviolett. Was hatte McLane bei seinem Besuch hier gesagt? Dass es ihm besser gefiel, wenn der Farbton mehr an Brombeeren erinnere als ins Purpurne gehe? Sie sah auf die Steine in ihren Händen hinab. Warum musste McLane sie selbst hier noch verfolgen? In ihrer Manufaktur? Bei ihrer Arbeit? Warum schlich er sich immer wieder in ihre Gedanken? Sie musste ihn endlich loswerden!

Nachdem sie das Rohmaterial für die Farben in den Malsaal gebracht hatte, ging sie hinunter in den Verkaufsladen. Es war noch zu früh am Morgen, als dass bereits Kundschaft da gewesen wäre.

»Wie lief es die letzten beiden Tage?«, fragte sie Henri, der die neusten Fayencen in die Regale räumte.

»Gut.« Er drehte sich nicht nach ihr um, sondern räumte weiter ein.

»Und wie macht sich unsere neue Linie über die Antike?«

»Wir haben einiges davon verkauft. Darum bin ich am Nachfüllen.« Noch immer drehte er sich nicht zu ihr um.

»Entschuldige bitte, dass ich dir nicht Bescheid gegeben habe, dass ich zwei Tage weg bin. Aber es hat sich vorgestern Abend alles so überstürzt ergeben ... ich musste kurzfristig zu einer Bekannten aufs Land reisen.«

Endlich drehte er sich zu ihr um, auch wenn die Kränkung auf seiner Miene immer noch abzulesen war. »Der Tag gestern lief gut, bis Gustave hier auftauchte.«

»Gustave?«, fragte Dominique alarmiert. »Was wollte er hier?«

»Wissen, wo du bist.«

Oh nein! Auch das noch! Sie war weder Zuhause noch hier in der Manufaktur gewesen und keiner ihrer Angestellten hatte gewusst, wo sie war. Das war ein gefundenes Fressen für Cousin Gustave, der ihr jedes auch noch so kleine Fehlverhalten vorhielt. Mit dem, was sie sich die letzten beiden Tage geleistet hatte, würde er ihr einen Strick drehen können. »Was hast du gesagt?«

»Dass du bei einer Freundin seist. Aber so leicht wird er sich auf Dauer nicht abspeisen lassen.«

Da hatte Henri recht. So wie sie Gustave kannte, würde er ihr schon bald einen Besuch abstatten und Rechenschaft von ihr verlangen. Bis dahin musste sie sich eine gute Ausrede überlegen und eine Bekannte finden, die ihren Besuch bezeugen würde. Denn Gustave wartete nur auf einen Anlass, ihr einen liederlichen Lebenswandel vorzuwerfen, der Schande über die ganze Familie brachte. Irgendetwas, das schlimm genug war, ihr die Manufaktur wegzunehmen oder sie entmündigen zu lassen. Erführe er von den Vorgängen der letzten beiden Tage, wäre sie ihm auf Gedeih und Verderben ausgeliefert.

Das war das Los so mancher unverheirateten Frau, die sich nicht dagegen wehren konnte, wenn ein männliches Familienmitglied sich ihr Vermögen unter dem Vorwand, sie benötige einen Vormund, unter den Nagel riss. Als Witwe standen ihr zwar mehr Rechte zu, aber wie sollte sie diese einfordern, wenn der Kläger und der Richter unter einer Decke steckten, wie das in einer Stadt wie Le Havre schnell einmal der Fall war?

Sie konnte auch den Verdacht nicht loswerden, dass Gustave bei der Ablehnung ihrer Sondergenehmigung für das Zinn die Finger im Spiel hatte. Den zuständigen Beamten zu bestechen, wäre ein wirklich hinterlistiger Schachzug. Wenn sie deswegen vor dem Ruin stand, konnte Gustave jedem Richter beweisen, dass sie als Frau eine unfähige Verwalterin war, der ein solches Unternehmen nicht in die Hände gegeben werden durfte.

Sie musste verhindern, dass Gustave seine Pläne durchsetzen konnte, und dafür brauchte sie ein gutes Alibi. Die einzige, der sie trauen konnte und die für so etwas infrage kam, war Amélie. Also schrieb sie ihr eine Notiz, in der sie noch am selben Abend um ein Treffen bat. Diese übergab sie Maurice, der sie zu Amélie bringen sollte.

»Dominique!« Aufgeregt kam Amélie am frühen Abend in den Salon gerauscht, in der Hand einen Umschlag, den sie hin und her wedelte. Sie hatte Maurice ausrichten lassen, dass sie noch vor dem Abendessen vorbeikommen würde. »Rate mal, was ich bekommen habe!«

»Ganz ruhig«, mahnte Dominique und winkte ab, als Jean mit gequältem Gesicht in der Tür erschien, ganz offensichtlich zu langsam, um Amélies Ankunft anzukündigen. »Willst du nicht erst einmal deinen Umhang ablegen?«

»Ach so, ja.« Kaum war der Umhang weg, sprudelte sie los: »Ich habe eine Einladung ins Theater bekommen! Von Rémy Bellami! Ist das nicht wunderbar?«

»Ja«, antwortete Dominique tonlos. Sie wusste, dass sie sich freuen sollte, dass Amélie endlich einen Verehrer gefunden hatte – das hatte sich ihre Freundin so sehr gewünscht. Aber Dominiques Probleme verhinderten ehrliche Freude. Und warum musste es gerade eine Theatereinladung sein? Amélie brauchte für einen Theaterbesuch mit einem Mann eine Begleitung. Und bevor diese ihren Bruder fragte, würde sie sich an ihre Freundin wenden. Aber Dominique stand der Sinn nicht nach den frivolen Verlustigungen eines Theaterabends zusammen mit einem romantisch angehauchten Pärchen. Und schon gar nicht, wenn sie damit rechnen musste, dass Bellami seinen schottischen Freund mitbringen könnte. McLane wollte sie nicht wieder über den Weg laufen. Schon gar nicht bei einem solchen Anlass. Einen ganzen Abend lang im Theater neben ihm sitzen zu müssen wäre mehr, als sie ertragen konnte.

»Du musst mich unbedingt begleiten!«, rief Amélie.

Genau wie sie erwartet hatte. »Kann das nicht dein Bruder übernehmen?«

»Nein, der muss nach Rouen. Und ich will Matthieu ohnehin nicht mitnehmen! Der würde Bellami mit Argusaugen beobachten.«

Dominique seufzte. »Ich habe im Augenblick so viel zu tun …«

»Aber ich habe sonst niemanden, der mich begleiten könnte! Du bist die Einzige.« Amélies glückliches Lächeln geriet bei Dominiques Worten ins Wanken.

»Was ist denn mit einer deiner Bekannten?«

»Nein, die würden mich doch keinen Augenblick mit Bellami allein lassen!«

»Darum geht es dabei doch auch«, brummte Dominique vor sich hin. »Was willst du nur von Bellami?«

Amélies fröhliche Miene schwand vollends. »Warum freust du dich nicht für mich? Endlich interessiert sich einmal ein Mann für mich.«

»Das tue ich doch.«

»Nein, tust du nicht. Du bist heute sehr griesgrämig«, warf Amélie ihr enttäuscht vor. »Was stört dich an Bellami? Er ist charmant und kultiviert, er interessiert sich für Theater, Literatur und Musik, genau wie ich, und verdient als Advokat genug, um eine Familie ernähren zu können.«

»Ich habe nichts gegen Bellami.« Er war zwar überhaupt nicht Dominiques Fall – dazu war er zu feingliedrig, zu kultiviert und ein zu großer Bewunderer der schönen Künste –, aber wenn Amélie ihn mochte, dann reichte ihr das vollkommen. »Ich habe im Moment einfach eine Menge Probleme.«

»Endlich habe ich einen Verehrer, der mich sogar ins Theater einlädt, und du lässt mich im Stich!«, stieß Amélie frustriert hervor.

Dominique stöhnte auf. »Amélie, ich kämpfe um meine Manufaktur. Wir haben große Schwierigkeiten.«

»Die habt ihr, seit du dort arbeitest! Und immer habe ich dir zugehört. Jetzt brauche ich dich einmal, und du willst mir nicht helfen!«

Dominique schloss die Augen. »Es ist nicht nur das. Gustave will wissen, wo ich die letzten beiden Tage war.«

»Und wo warst du?«

»Das kann ich dir nicht sagen.«

»Kannst du nicht, oder willst du nicht?«, fragte Amélie leise.

»Es ist besser, wenn du es nicht weißt. Es ging um die Manufaktur.«

»Vielleicht solltest du die Verwaltung wirklich endlich abgeben.«

Dominique zuckte zusammen. Würde sie jetzt auch noch einen Keil zwischen sich und ihre Freundin treiben? Vielleicht sollte sie ihr doch die Wahrheit erzählen. Aber es ging dabei ja nicht nur um ihre Geheimnisse, sondern auch um McLanes und sogar um Andrés, der den Kontakt zu den Schmugglern hergestellt hatte. Nein, das ging nicht. »Die Manufaktur ist mein Leben!«, sagte sie daher nur entschieden.

Amélie verdrehte tatsächlich die Augen, aber dann schien sie sich einen Ruck zu geben. »Also gut. Was ist mit Gustave?«

»Ich brauche eine Ausrede, wo ich die letzten beiden Tage war.«

»Dann sag, du wärst bei mir gewesen.«

»Und wenn er deinen Bruder oder jemand von eurem Haushalt fragt?«

»Hm.« Nachdenklich legte Amélie den Zeigefinger auf die Lippen. »Ich habe noch eine alte Schulfreundin, die zurückgezogen auf dem Land lebt. Ich könnte sie fragen, ob sie uns hilft.«

»Meinst du, sie würde mitmachen?«

»Das denke ich schon. Sie hat mich früher des Öfteren für Ausreden benutzt.«

Erleichtert stieß Dominique die Luft aus. »Das wäre meine Rettung!«

»Gut. Und im Gegenzug begleitest du mich ins Theater?«

»Das würde ich gerne, aber …«

»Was aber?«

Dominique presste die Lippen zusammen. In diesem Fall gab es keinen Grund, ihrer Freundin nicht die Wahrheit zu sagen. Doch es fiel Dominique schwer, ihr diese verflixten Schwärmereien über McLane zu gestehen, die völlig daneben waren – und von denen sie trotzdem einfach nicht loskam. Das war schlichtweg peinlich.

»Warum sagst du mir nicht einfach, was los ist?«

Dominique zögerte. Dann atmete sie einmal tief durch und sprang über ihren Schatten. »Es ist wegen McLane. Ich will ihm nicht begegnen.«

»Warum nicht?«, fragte Amélie erstaunt. »Er ist doch ein netter, gutaussehender Mann, der dich offenbar mag.«

»Eben genau darum.«

»Das verstehe ich nicht. Was ist schlecht daran, wenn er dich mag?«

Dominique stöhnte innerlich auf. Wie sollte sie das ihrer Freundin erklären?

»Weißt du was?«, meinte Amélie, ohne die Antwort abzuwarten. »Ich schreibe jetzt gleich meiner Bekannten, dass du ihre Hilfe brauchst, und du überlegst dir, was du ins Theater anziehen willst. Denn in deinen üblichen taubengrauen Kleidern nehme ich dich nicht mit. Da wird man ja trübselig.«

»Ich habe keine anderen Kleider. Und mir gefällt taubengrau.«

»Dann wirst du vorher noch mit mir einkaufen gehen müssen.«

Dieses Mal stöhnte Dominique laut auf.

Amélie nahm davon keine Notiz. Mit einem Lächeln tätschelte sie ihr den Arm, nahm den Umhang und eilte freudestrahlend aus dem Haus.

23

»Moment noch! Ich bin gleich so weit«, sagte ihre Zofe.

Dominique seufzte. Seit mindestens einer Stunde werkelte Paulette nun an ihr herum. Anders als sonst hatte sie ihr die Haare zu einer verspielten Hochsteckfrisur gezaubert, aus der da und dort neckische Strähnchen gezogen waren.

Paulette und Amélie hatten sich ganz offensichtlich verbündet, um Dominique herauszuputzen, als ginge sie auf ihren Debütantinnenball. Die Frisur hatten die beiden miteinander besprochen. Auf dem neuen Kleid, ein süßes Etwas mit mehr Ausschnitt als Stoff, hatte Amélie bestanden. Und unter dem lachsfarbenen Kleid musste Dominique auf Drängen von Paulette ein Korsett tragen, das diese geschnürt hatte, bis sie kaum mehr Luft bekam.

Es war nicht so, dass Dominique es grundsätzlich verabscheute, hübsch auszusehen. Aber heutzutage musste sie jeden Pfennig umdrehen. Extravagante Kleider konnte sie sich nicht mehr leisten. Doch Amélie hatte für dieses nicht nur einen unschlagbaren Preis verhandelt, sie hatte mit der Schneiderin auch vereinbart, dass diese als Bezahlung Fayencen akzeptierte. Da hatte Dominique nicht mehr Nein sagen können, auch wenn sie wegen des verführerischen Kleides ein mulmiges Gefühl hatte.

Früher hatte sie es geliebt, sich herauszuputzen. Auch die Bälle hatte sie geliebt. Aber es hatte dazu geführt, dass der falsche Mann auf sie aufmerksam geworden war und sie auf seinen verführerischen Charme hereingefallen war. Diesen Fehler wollte sie nicht noch einmal begehen. Darum ging sie Männern lieber aus dem Weg. Und so gefährlichen wie McLane sowieso.

Aber das würde in einem solchen Aufzug wie heute nicht mehr möglich sein. Sie sah ja geradezu wie eine Sirene aus!

Endlich war Paulette zufrieden. »Und, wie gefällt es Euch, Madame?«

Dominique rang sich ein Lächeln ab. »Das hast du sehr gut gemacht.« Es war schließlich nicht Paulettes Schuld, dass sie sich fühlte, als müsste sie den Gang zum Henker antreten.

Die Zofe strahlte. »Vielen Dank, Madame. Das habe ich gerne getan. Vielleicht gefällt Euch das Stück, und Ihr werdet in Zukunft öfters ins Theater gehen.«

Vorher fließt die Seine aufwärts, dachte Dominique. Aber sie ließ es sich nicht anmerken. Paulettes Freude zu spüren, tat ihr gut. Selbst wenn es nur darum ging, ihre Fähigkeiten beim Anziehen, Schminken und Frisieren zeigen zu können. Etwas, das ihrer Zofe bis anhin meist versagt geblieben war.

»Was ist es denn für ein Stück?«, fragte Paulette.

»Eine Komödie von Molière.«

»Oh! Die sollen wunderbar sein! Zumindest habe ich das gehört. Ihr müsst mir morgen erzählen, wie es war. Und wie gut allen das neue Kleid gefallen hat.« Bewundernd betrachtete Paulette ihr Werk, als Dominique aufstand.

Vorsichtig schritt sie die Treppe hinunter. In den Schuhen mit den hohen Absätzen und dem eng geschnürten Kleid war das, wenn man es nicht gewohnt war, gar nicht so einfach.

Amélie wartete bereits im Salon und strahlte, als sie Dominique erblickte. »Du siehst wunderschön aus!«

»Vielen Dank. Aber nicht ich bin es, die heute Abend brillieren soll, sondern du.«

Amélie drehte sich einmal um sich selbst, sodass sich das

smaragdgrüne Kleid um ihre Füße bauschte. »Wie sehe ich aus? Glaubst du, es wird Monsieur Bellami gefallen?«

»Natürlich. Er wird nur Augen für dich haben.«

»Meinst du wirklich? Oder hätte ich doch lieber das Blaue anziehen sollen?« Unsicher begutachtete sich Amélie im Spiegel.

»Nein, dieses passt ganz wunderbar zu dir.«

»Und wenn es ihm nicht gefällt?«

Dominique war schon versucht zu antworten: Dann soll er es bleiben lassen. Sie konnte sich jedoch gerade noch rechtzeitig zurückhalten. Amélies Unsicherheit war durchaus verständlich, und sie wäre eine schlechte Freundin, wenn sie darauf keine Rücksicht nähme. »Es wird ihm gefallen. Bestimmt. Du gefällst ihm ohnehin in jedem Kleid.« Um die nervöse Amélie zu beruhigen, nahm Dominique ihre Hand und drückte sie.

Es klopfte an der Tür. Paulette streckte den Kopf herein. »Die Herren sind da. Sie steigen gerade aus der Kutsche aus.«

Beim Wort *Herren* zuckte Dominique zusammen. McLane! Also doch! Genau wie sie befürchtet hatte.

Nun war es Amélie, die sie aufgeregt an der Hand aus dem Salon in die Eingangshalle zog.

»Meine liebe Mademoiselle Courtois!«, rief Bellami, der noch in der offenen Tür stand. »Welch eine Ehre, mit einer so überaus reizenden Dame wie Euch den Abend verbringen zu dürfen!« Er legte sich die Hand auf die Brust und verbeugte sich tief.

Was danach zwischen den beiden geschah, bekam Dominique nicht mehr mit. Denn hinter Bellami trat McLane in die Eingangshalle, und als er sie sah, leuchteten seine Augen auf. Der Blick, den er ihr zuwarf, war so entwaffnend und eindringlich, dass sich Dominiques sämtliche Vorsätze, ihn nicht nur äußerlich auf Distanz zu halten, sondern auch innerlich, in Luft auflösten. Wie konnte jemand einem solchen Blick widerstehen, der einem das Gefühl vermittelte, direkt in sein Herz zu schauen?

»Madame Devilliers.« McLane trat zu ihr, nahm ihre Hand und hauchte einen Kuss darauf. Mehr sagte er nicht. Aber das brauchte er auch nicht. Seine ganze Haltung drückte nichts als Bewunderung und Freude aus. So als ob sie die einzige Frau auf der Welt wäre und es ringsum nichts anderes mehr gab.

Erst als auch Bellami nach ihrer Hand griff, um sie zu begrüßen, löste sich dieser magische Moment auf, und die Welt um sie beide füllte sich wieder mit den Menschen neben ihnen und den Möbeln in der Eingangshalle.

»Meine Kutsche steht gleich vor dem Haus. Wollen wir?« Bellami bot Amélie den Arm und geleitete sie aus dem Haus.

Ohne etwas zu sagen, tat McLane dasselbe, und Dominique legte die Hand auf seinen Arm. Schweigend folgten sie dem Paar vor ihnen und bestiegen die Kutsche.

Glücklicherweise bestritten Bellami und Amélie die ganze Unterhaltung während der Fahrt, denn Dominique wusste plötzlich nicht mehr, wie sie mit McLane umgehen sollte. Ein Blick von ihm hatte genügt, die sorgfältig aufgebaute Mauer, die sie als Grenze zwischen ihnen gezogen hatte, niederzureißen. Wie ein Sturm war er einfach darüber hinweggefegt, mitten in ihr tiefstes Inneres. Mühsam versuchte sie nun, ihn wieder daraus zu verdrängen, ihn Stück um Stück zurückzuschieben, hinter die Mauer, und diese Stein um Stein wieder aufzubauen. Das gelang ihr nur, wenn sie seinem Blick auswich und so tat, als wäre er nicht da.

Und vielleicht gelang es ihr selbst dann nicht. Als sie beim Theater ankamen, stieg sie rasch aus der Kutsche, damit er nicht etwa vor ihr ausstieg und ihr behilflich war. Eine solche

Nähe hätte ihre wacklige Mauer gleich wieder zum Einsturz gebracht.

Die nächste rettende Ablenkung von McLane bot sich ihr, als aus dem Gefährt neben ihrem der Verwalter der Tabakmanufaktur stieg, ein älterer, distinguierter Herr mit graumeliertem Haar.

»Guten Abend, Monsieur! Besucht Ihr auch das Theater?«

»Madame Devilliers! Welch eine Überraschung, Euch hier zu sehen!« Der Verwalter verneigte sich und küsste ihre Hand. »Eine wunderbare Überraschung.« Dann trat er einen Schritt zurück und betrachtete sie bewundernd. »Dieses Theater hat Eure so überaus reizende Anwesenheit viel zu lange vermisst.«

»Ja, es ist eine ganze Weile her.«

»Viel zu lange. Ich hoffe doch, Ihr beehrt uns in nächster Zeit wieder des Öfteren mit Eurer Gesellschaft.«

»Das hängt von Mademoiselle Courtois ab. Sie bat mich, sie zu begleiten«, erklärte Dominique, um von vornherein klarzustellen, mit wem sie hier war. Damit er nicht auf die Idee kam, sie mit McLane in Verbindung zu bringen.

»Ah, liebe Mademoiselle Courtois, das habt Ihr gut gemacht!« Er begrüßte auch Amélie und wandte sich dann gleich wieder Dominique zu. »Darf ich Euch hineinbegleiten?«

»Gerne. Allerdings haben sich uns schon die Herren Bellami und McLane angeschlossen.«

Der Verwalter bedachte die beiden mit einem abschätzenden Blick. »Umso besser, dass ich nun hier bin, um die Damen vor den jungen Burschen zu beschützen.«

Auch wenn McLane keine Miene verzog, spürte Dominique, dass es ihm gegen den Strich ging, dass sich der Verwalter ihnen anschloss. Ihr hingegen war er willkommen, denn er tat genau das, was er angekündigt hatte: sie vor McLane beschützen.

Was soll das?, fragte sich Kincaid, als Dominique ihre Hand auf den Arm eines fremden Mannes legte. Warum zog sie plötzlich die Gesellschaft dieses Verwalters der seinen vor? Was fand sie an dem, dass sie ihn einfach so stehen ließ?

Vor allem, da sie diesen magischen Augenblick, als sie in die Eingangshalle kam und ihn erblickte, doch auch gespürt hatte. Plötzlich war ihr angespanntes Gesicht weich geworden und ein strahlendes Lächeln darauf erschienen. Ja, ihre ganze Erscheinung hatte die gewohnte Kühle verloren. Sie sah so ganz anders aus als bisher. Weg waren die trüben grauen und eisblauen Farben und die strenge Frisur. Stattdessen trug sie ein aufregendes Kleid, wie er es noch nie an ihr gesehen hatte. Ihr Eispanzer schien völlig geschmolzen, wie die Schneereste in den Bergen, die in der warmen Maisonne so schnell verschwanden, als hätte es sie nie gegeben.

In seiner Verzückung hatte er angenommen, dass er der Grund für diese Veränderung war. Weil sie mit ihm ins Theater ging. Denn bis jetzt hatte noch kein anderer Mann eine solche Veränderung bei ihr bewirkt. Mit vor Stolz geschwellter Brust hatte er sie zur Kutsche geführt.

Doch während der Fahrt hatte sie ihm nicht einen Blick zugeworfen. Und nun wandte sie sich auch noch einem anderen zu!

Er konnte es nicht fassen. Was hatte er falsch gemacht? Warum hatte sie so unvermittelt die Verbindung zwischen ihnen gekappt, die sie doch auch gespürt hatte? Die da gewesen war, ohne dass sie sich mit Worten verständigen mussten.

Oder hatte er sich getäuscht? War es bloß seine Wunschvorstellung gewesen, die ihm eine besondere Verbindung vorgegaukelt hatte? Die ihm eingeredet hatte, sie fühle dasselbe wie er?

Offenbar. Denn nun schritt sie fröhlich plaudernd an der

Seite des Verwalters die Stufen zum Eingang hoch. Dort blieb sie sogar stehen und begrüßte den Stadtrat, der zusammen mit ihnen die Flussfahrt von Comte de Beaumonts Schloss zurück gemacht hatte! Und das von sich aus! Sie ging von sich aus auf ihn zu! Das hatte sie früher nie getan. Viel mehr als eine zurückhaltende, höfliche Begrüßung hatte niemand von ihr bekommen.

Kincaid wurde erst gewahr, dass er ihr hinterherstarrte, als Bellami ihn anstieß. »Kommst du?«

»Natürlich«, beeilte er sich zu antworten und stapfte hinter den beiden her zum Eingang.

»Ich bin froh, dass Dominique endlich ihre Fröhlichkeit wiedergefunden hat«, meinte Amélie zu ihm, als sie das Foyer betraten. Sie deutete zu ihrer Freundin hinüber, die inzwischen in einer größeren Gruppe um den Verwalter und den Stadtrat stand und sich blendend unterhielt.

»Ich auch«, knurrte Kincaid.

»Früher war sie immer so. Ein richtig fröhlicher Sonnenschein.«

Ein fröhlicher Sonnenschein?, fragte er sich. Ein Sonnenschein, der jeden Mann außer ihm anstrahlte?

»Hoffentlich findet sie bald wieder einen Verehrer. Das täte ihr gut.« Bei diesen Worten blickte Amélie verzückt zu Bellami.

Wenn sie so weitermacht, hat sie davon bis zum Ende des Stücks ein ganzes Dutzend!, dachte Kincaid übellaunig. Als ob sie es darauf anlegen würde. Aber warum war sie dann mit Bellami und ihm ins Theater gekommen?

Als er ein aufdringliches Lachen hörte, wandte sich Kincaid um und blickte suchend durch das Foyer. Da! Die Marquise de Tournoi!

Eine Sekunde lang überlegte er, ob er auf sie zugehen sollte.

Auf keine andere Frau in diesem Raum würde Dominique eifersüchtiger reagieren. Aber dann hätte er diese unausstehliche Klette wieder den ganzen Abend am Hals. Bei dieser Vorstellung schauderte es ihn. Schnell drehte er sich wieder um, damit sie ihn nicht bemerkte, und brachte sich hinter einer Säule in Sicherheit. Von dort ließ er den Blick noch einmal durch das Foyer schweifen und entdeckte die italienische Sängerin, die auf der Soiree der Marquise de Gray für musikalische Unterhaltung gesorgt hatte. Eine Frau, deren Sinnlichkeit schon einige Männer in den Bann gezogen hatte, die nun um sie herumflatterten wie die Motten um das Licht. Ihre provokante, südländische Sinnlichkeit war zwar nicht sein Fall, aber er hatte bei der Soiree kurz mit ihr gesprochen und den Eindruck bekommen, dass die Sängerin durchaus Interesse an ihm hatte.

Ein weiteres kurzes Gespräch – oder auch mehr, wenn Dominique darauf reagierte – konnte nicht schaden, und so hielt er auf sie zu. Obwohl sie ihm den Rücken zugewandt hatte, schien sie es zu bemerken, denn plötzlich drehte sie sich in seine Richtung. »Monsieur McLane! Euch hätte ich hier nicht erwartet!«

Er zuckte mit den Schultern und schenkte ihr ein Lächeln. Hoffentlich bekam Dominique das mit. »Warum nicht?«

Die Italienerin ließ ihre übrigen Verehrer stehen und hängte sich an seinen Arm. Mit einem koketten Augenaufschlag blickte sie zu ihm hoch. »Ein echter Mann wie Ihr, aus den wilden Bergen Schottlands, passt so gar nicht in dieses künstliche Ambiente, in dem wir Städter unser Vergnügen suchen.«

Kincaid verkniff sich ein Schmunzeln. Seine Wahl war genau richtig gewesen. Die Sängerin ließ sich nur zu gern auf einen Flirt ein, schien das Ganze aber eher als ein Schauspiel zu betrachten denn als irgendetwas Ernsthaftes. Er gab ihr eine schmeichelnde Antwort, während er gleichzeitig aus dem Augenwinkel zu Dominique hinüberschaute. Würde sie das nun bemerken und sich endlich bequemen, ihm wieder ihre Aufmerksamkeit zu schenken?

Leider war die Dame zu vertieft in ihr Gespräch mit diesen eitlen Gockeln um sie herum. Was fand sie nur an denen? Stubenhocker, die sich herausgeputzt hatten, als wäre der Sitz ihrer Halsbinde das Wichtigste auf dieser Welt. Die sich nicht einmal alleine anziehen konnten. Die sich von ihren Hausangestellten durch das tägliche Leben tragen ließen. Das waren doch keine richtigen Männer! Wie konnte sie die ihm vorziehen?

Allmählich schlug seine Eifersucht in Ärger um. Er hatte grundsätzlich nichts dagegen, dass sie mit anderen Männern redete, aber damit, dass sie ihn komplett ignorierte, trieb sie es definitiv zu weit.

Er überlegte noch, welche Taktik er anwenden sollte, um diesem Treiben ein Ende zu setzen, als der Gong erklang, der den Beginn des Schauspiels ankündigte. Vielleicht war das besser so. Bevor er sich noch hinreißen ließ, durch diesen Saal der Eitelkeiten zu pflügen, als wäre er auf einem Schlachtfeld, und sich einfach das zu nehmen, was er wollte. Ohne sich um irgendwelche Verluste zu kümmern.

Er atmete tief durch und drängte sein aufwallendes Temperament wieder zurück.

»Wollen wir hineingehen?«, fragte die Sängerin.

»Nichts würde ich lieber tun, als mir in Eurer werten Gegenwart das Stück anzusehen. Doch leider hat mein Freund für mich bereits einen Platz in seiner Loge reserviert.« Er vertröstete die Sängerin auf die Pause und ging auf Bellami und Amélie zu. »Wollen wir?«

»Das hatten wir gerade vor«, erwiderte sein Freund. »Wir haben nur auf dich und Dominique gewartet.«

»Gut. Dann können wir ja.«

Anstatt sich in Bewegung zu setzen, blieben die beiden stehen und sahen ihn an, als stimme etwas nicht. Er wusste genau, was es war, aber er würde einen Teufel tun, ihrer stummen Aufforderung nachzukommen. Zum Henker noch mal! Sollte sie doch selbst sehen, wie sie zu der Loge kam.

Als er nicht reagierte, meinte Amélie mit einem leisen Vorwurf in der Stimme: »Dominique ist noch nicht da.«

Er sah hinüber zu der Gruppe, bei der sie stand. War das sein Problem? »Sie wird sich wohl kaum freuen, wenn wir sie bei ihrer blendenden Unterhaltung stören.«

Amélie bedachte ihn mit einem Blick, als wäre er ein Holzklotz, dem die Feinheiten der Welt abgingen, dann rauschte sie davon zu der Gruppe.

Bellami seufzte. »Ist sie nicht einfach süß?«

»Süß?« Kincaid furchte die Stirn. Wie konnte jemand Dominique als *süß* bezeichnen? Im Moment würde er sie mit allen anderen Wörtern beschreiben als mit diesem. Bis ihm aufging, dass Bellami gar nicht Dominique gemeint hatte, sondern seine Angebetete. »Ja, das ist sie«, pflichtete er ihm bei, obwohl sie ihn gerade eben ziemlich säuerlich angesehen hatte.

Als die beiden Frauen zurückkamen, würdigte er Dominique nur eines knappen Blickes und wandte sich dann zur Treppe, die hinauf zu den Logen führte. »Wir sollten uns beeilen. Das Stück wird gleich beginnen.« Er sagte das nicht, weil ihm daran gelegen war, den Anfang nicht zu verpassen, sondern weil er Dominique nicht formell begleiten wollte. So konnte er sie hinter sich lassen und ihnen einen Weg durch die Schar der Gäste bahnen, die jetzt ebenfalls zu den Eingängen des Theatersaals und zu den Treppen in die obere Etage strömten.

Die Loge, die Bellami reserviert hatte, bot genau vier Gästen Platz. McLane setzte sich auf einen der mittleren Sessel. Neben ihm ließ sich Bellami nieder, nachdem er Amélie auf den äußeren geleitet hatte. Für Dominique blieb nur noch der Sitzplatz neben Kincaid. Absichtlich unterließ er es, wegen ihr aufzustehen. So musste sie sich an ihm vorbeizwängen. Das erhöhte zwar sicher nicht ihr Wohlwollen ihm gegenüber, aber das war ihm gerade egal. Selbst wenn ihr Temperament wieder zu gefrieren begann. So fühlte es sich eben an, wenn man nicht beachtet wurde.

Die Kerzen auf den Leuchtern im Saal unter ihnen wurden gelöscht, und die schweren, dunkelroten Vorhänge auf der Bühne glitten auseinander. Sie gaben den Blick frei auf ein Schlafzimmer. Im Bett lag ein älterer Mann mit einer weißen Zipfelmütze auf dem Kopf. Er prüfte Rechnungen.

»Drei und zwei sind fünf – plus fünf macht zehn und zehn dazu gleich zwanzig. Darüberhinaus – am 24. – ein einschmeichelndes, vorbereitendes und einweichendes Klistier, um des werten Herrn Argan Eingeweide reinzuweichen, zu befeuchten und zu laben. Das lob' ich mir an meinem Apotheker Fleurant, seine Rechnungen haben Stil und Form.«

Wider Willen musste Kincaid schmunzeln. Die speziellen Praktiken dieses Apothekers schienen – auch wenn für einen normalen Menschen eher unverständlich – dazu angetan, seinen Patienten wohlwollend zu stimmen.

Allerdings hielt das nicht lange vor. Aber auf eine ganz andere Weise als erwartet: Es war nicht etwa die Höhe des Betrages, die den Kranken schimpfen ließ, sondern dass die Eingriffe und Arzneien des Apothekers im vergangenen Monat weniger waren als im Monat zuvor.

»Kein Wunder, geht es so bergab mit mir!«, rief der Kranke aus und steigerte sich immer mehr in eine Tirade über die mangelnde Aufmerksamkeit seines Apothekers, dessentwegen sein Gesundheitszustand jetzt so miserabel sei.

Das Stück war so unterhaltsam, dass es Kincaid allmählich von dem Ärgernis neben ihm ablenkte und das wehleidige Jammern und Klagen dieses eingebildeten Kranken auf der Bühne ihn zum Lachen brachte.

24

McLanes lauthalses Lachen brachte Dominique zum Kochen. Warum hatte dieser Kerl sie ins Theater begleiten müssen? Warum war er nicht einfach zu Hause geblieben, wenn er sich keinen Deut um ihre Gesellschaft scherte? So wenig, dass er nicht einmal die grundlegendsten Anstandsregeln befolgte?

Während des ganzen Stücks sprach er kein einziges Wort mit ihr. Er schien nur an dem Geschehen auf der Bühne interessiert und an der italienischen Sängerin, die unter ihnen in einer der Sitzreihen auf dem Parkett weilte. Warum hatte er nicht einfach sie eingeladen?

Was die Situation aber wirklich unerträglich machte, war, dass sich in ihren Zorn Schmerz zu mischen begann. Darüber, dass er das Interesse an ihr so schnell verloren hatte. Dass er so unbeständig war.

Das tat weh. Obwohl sie sich selbst gesagt hatte, dass er nicht aufrichtig war und man ihm nicht vertrauen konnte. Dass er keinen Deut besser war als Jacques. Aber das nun noch einmal so anschaulich bestätigt zu bekommen ließ etwas in ihr schmerzen, von dem sie nicht gewusst hatte, dass es da war.

Sie hätte McLane erwürgen können. Zumindest wenn es nach ihrem Verstand ging. Ihr Körper reagierte trotz allem auf seine Anwesenheit neben ihr, als gäbe es nichts anderes. Ausgerechnet nach diesem Kerl sehnte er sich! Jede ihrer Fasern schien ihn wahrzunehmen.

Vermutlich lag das nur daran, dass McLane sich in seinem

Sessel so breit machte. Er hatte wieder einmal die Beine ausgestreckt, und seine Ellbogen ragten über die schmalen Lehnen hinaus. So weit, dass sie beinahe auf ihren Armlehnen ruhten. Wäre die Wand neben ihr nicht ein unüberwindbares Hindernis gewesen, hätte sie ihren Sessel von ihm weggerückt. So jedoch blieb ihr keine Chance, seiner Präsenz auszuweichen.

Kaum glitten auf der Bühne die Vorhänge für die Pause zu, schoss Dominique von ihrem Sitzplatz hoch und flüchtete aus der Loge. Sie musste Abstand zwischen sich und McLane bringen, bevor dieser sie noch um den Verstand brachte.

Sie durchquerte bereits das Foyer, als die anderen Gäste gerade vom Saal hineinströmten, stieß die schwere Eingangstür auf und trat hinaus in die kühle Nacht. Tief sog sie die frische Luft ein. Es war ruhig hier draußen. Nur hie und da drangen die nächtlichen Geräusche der Stadt bis zu ihr. Fetzen von Stimmen von weit her, das Rumpeln eines Karrens auf dem Kopfsteinpflaster. Aus einigen Fenstern drang der Schein von Kerzen hinaus in die Dunkelheit.

Allmählich beruhigte sich ihr aufgewühltes Inneres wieder. Sie genoss die Ruhe und das Alleinsein noch eine Weile, bevor sie die Schultern straffte und sich wieder der lärmenden Menschenmenge im Foyer aussetzte.

Vor dem Buffet drängten sich die Gäste. Als sie darunter auch McLane entdeckte, der unübersehbar aus der Menge aufragte, schlug sie die Richtung zum Tresen ein, wo Getränke ausgegeben wurden. Auch hier hatte sich eine lange Schlange gebildet. Dominique wollte sich gerade hinten anstellen, als der Verwalter der Tabakmanufaktur, der weiter vorne stand, sie bemerkte. Er bedeutete ihr mit einem Handzeichen, dass er ihr etwas zu trinken mitbringen würde. Also wandte sich Dominique zum Rand des Saales, wo es etwas ruhiger zuging. Amélie und Bellami waren nirgends zu sehen. Wahrscheinlich hatten sich die beiden an einen ruhigen Ort zurückgezogen oder waren allein in der Loge geblieben.

Dass sich da zwei gefunden hatten, die anscheinend wunderbar harmonierten, ließ sie sich einsam fühlen. Und traurig, weil sie sich nicht einfach für Amélie freuen konnte. Verloren ließ sie ihren Blick durch das Foyer gleiten. Unglücklicherweise fiel er dabei wieder auf McLane, der der Sängerin gerade ein Glas Champagner reichte, was ihre Gefühle beinahe wieder zum Überbrodeln brachte. Und als wäre das nicht schon mehr als genug, erinnerte sie sich plötzlich daran, dass McLane sich um das Geld für das Zinn kümmern wollte. Bis jetzt hatte er es ihr weder zurückgegeben, noch hatte er es sonst angesprochen. Also blieb ihr nichts anderes übrig, als es selbst anzusprechen, denn sie konnte es sich nicht leisten, einfach darauf zu verzichten. Auch wenn sie nichts lieber getan und den Rest des Abends damit verbracht hätte, ihm so weit wie möglich aus dem Weg zu gehen. Nun war sie gezwungen, sich ihm wieder auszusetzen.

Der Verwalter gesellte sich zu ihr und reichte ihr einen Weißwein. Ihre Finger umklammerten das Glas, als könnte es ihr Halt geben, und sie lächelte dem Mann verkrampft zu. Er schien es nicht zu bemerken und plauderte munter drauflos. Als kurz darauf der Gong erklang, der das Ende der Pause ankündigte, stürzte sie den Rest des Weins in einem Zug hinunter. Wenn sie sich schon in die Höhle des Löwen begeben musste, brauchte sie jede Stärkung, die sie bekommen konnte.

Als sie die Loge erreichte, saßen die anderen bereits auf ihren Plätzen, und wie schon zuvor musste sie sich an McLane vorbeizwängen. Er war in ein Gespräch mit Bellami vertieft und schenkte ihr kaum Beachtung. Was gleich wieder Empörung in ihr heraufbeschwor. Nicht nur zog er ihr eine andere vor, er hatte nicht einmal den Anstand, ihr Platz zu machen! Musste sich dieser Mann denn immer so breitmachen, als gehörte ihm die Welt!

Am liebsten hätte sie sich gleich jetzt mit ihm über das Geld gestritten, doch dazu war keine Zeit mehr. Auf der Bühne glitten in diesem Moment die Vorhänge wieder auf.

Sie versuchte, das Brodeln in ihr wieder unter Kontrolle zu bekommen, indem sie sich auf das Schauspiel konzentrierte. Aber wann immer es ihr gelang, sich in die Geschichte des eingebildeten Kranken zu vertiefen, hörte sie im nächsten Moment McLanes Lachen, und es erinnerte sie daran, dass er dicht neben ihr saß. Es war unmöglich, ihn aus ihrem Bewusstsein zu verdrängen.

Als der letzte Vorhang endlich fiel, war sie geladen. Sie wartete, bis Bellami und Amélie die Loge verlassen hatten. Als McLane ihnen nachfolgen wollte, hielt sie ihn auf. »Wartet bitte. Ich will etwas mit Euch besprechen.«

Er drehte sich um und zog eine Augenbraue hoch. »Ach ja?«

Irrte sie sich oder war seine Haltung feindselig? »Ja.«

»Besprechen?« Er sprach das Wort aus, als wäre es etwas höchst Verachtenswertes.

Seine Haltung war definitiv feindselig. Das wiederum machte sie wütend. Warum verhielt er sich ihr gegenüber so? Sie hatte nichts getan, dass das rechtfertigen würde. Er war derjenige, der nichts von ihr hatte wissen wollen und seine ganze Aufmerksamkeit der Sängerin geschenkt hatte. Er hatte kein Recht, ihr feindselig zu begegnen. »Wegen des Geldes. Für das Zinn.«

»Was ist damit?«

Seine scheinheilige Frage brachte sie noch mehr auf. »Ihr habt gesagt, dass Ihr Euch darum kümmern werdet. Aber bis jetzt habe ich weder Zinn bekommen noch mein Geld zurück.«

Er sah sie von oben herab an. Seine Augen blitzten. Es war förmlich zu spüren, dass auch er wütend war. Nichtsdestotrotz drückte Dominique den Rücken durch und schob das Kinn vor. Sie würde nicht nachgeben.

»Du willst das Geld zurück? Das ist alles, was dich interessiert?«

»Ja. Was sonst?«

Er machte einen Schritt auf sie zu, mit dem Blick eines gereizten Stiers. Sie wich zurück. Dabei prallte sie mit dem Rücken gegen die Wand. Er rückte näher, stemmte seine Hände neben ihrem Kopf an die Wand und funkelte sie an.

Sie hätte sich unter seinen Armen hindurchducken und ausweichen können. Aber das wäre einer Kapitulation gleichgekommen. Und sie kapitulierte nicht. Sie versuchte, ihr Kinn noch weiter anzuheben, um ihm zu trotzen, ihre Miene noch entschlossener werden zu lassen. Sie war sich nicht sicher, ob es ihr gelang. Zu aufgeregt schlug ihr Herz in der Brust. Es war außer Rand und Band.

Plötzlich drängte er sie mit seinem Körper gegen die Wand. Und ehe sich Dominique versah, presste er seinen Mund auf den ihren. In einem erschrockenen Aufkeuchen öffnete sie ihn. Seine Zunge drang in sie ein. Fordernd. Voller Eroberungswut. Es war kein zärtlicher Kuss. Er erfolgte mit einer derart erbitterten Leidenschaft, dass seine Wucht ihren Verstand und ihren Zorn so radikal aus dem Weg fegte, dass nichts davon übrig blieb. Sie spürte nur noch seinen warmen, harten Körper und was sein Mund und seine Zunge mit ihr machten. Ihr eigener Wille war wie weggewischt. Als hätte es ihn nie gegeben. Es gab nur noch diesen Mann, der Besitz von ihr ergriff. Und dann erwachte ihr eigener Körper. Das Verlangen durchschoss sie wie rasendes Feuer. Sie konnte nicht mehr anders, als seinem Drängen nachzugeben. Sie wurde weich und nachgiebig. Auch wenn er hart und besitzergreifend blieb. Oder genau deswegen. Dem konnte sie nichts mehr entgegensetzen. Ihrem eigenen Verlangen folgend, gab sie sich dem hin. Dieser Kraft und diesem Willen. Sie wollte sie aufnehmen, sich daran laben, sie verschlingen.

Da zog er sich plötzlich zurück.

Atemlos versank sie in seinen dunklen Augen.

»Für eine Nacht mit mir …«

»Was?« Sie schüttelte den Kopf, als könnte sie damit den benebelnden Rausch, in dem sie gefangen war, loswerden. *Was* wollte er?

»… kriegst du das Geld.«

Sprachlos starrte sie ihn an. Hatte sie ihn gerade richtig verstanden? Den ganzen Abend über hatte er sich um eine andere Frau bemüht und sie links liegen lassen, und jetzt wollte er, dass sie eine Nacht mit ihm verbrachte? Sie wusste nicht, ob sie ihn ohrfeigen, ihn an sich reißen und wieder küssen oder zu heulen anfangen sollte. Bevor sie auch nur irgendeinen klaren Gedanken fassen konnte, machte er auf dem Absatz kehrt und verließ die Loge.

Mit zwei Schritten auf einmal lief Kincaid die Stufen hinunter. Er musste von dieser Frau wegkommen, bevor er noch den Verstand verlor.

Bevor du ihn verlierst?, höhnte eine Stimme in ihm. Du hast ihn doch längst verloren! Fällst einfach über sie her! Bloß weil sie nicht tut, was du willst. Weil sie andere Männer dir vorzieht. Was hast du gerade von ihr verlangt? Du erpresst sie mit dem Geld, das ihr gehört und von dem du weißt, wie dringend sie es braucht, damit sie sich dir eine Nacht lang hingibt? Damit du kriegst, was du willst? Auf eine solche Weise?

Aber daran ist sie doch selbst schuld!, fuhr eine andere Stimme wütend dazwischen. Ihr geht es nur um das Geld! Und um das Zinn. Vermutlich hatte sie sich deshalb von ihm küssen lassen. Weil er der Einzige war, der es ihr verschaffen konnte. Und sie ihre Manufaktur in den Wind schreiben konnte, wenn sie es nicht bekam.

Er rempelte einen der anderen Gäste an. Ohne sich zu entschuldigen, marschierte er weiter auf den Ausgang zu. Von Weitem winkte er Bellami zu und deutete auf die Eingangstür. Verständnislos den Kopf schüttelnd sah der ihn an. Egal. Dominique konnte sich etwas einfallen lassen, wie sie ihren Freunden die Situation erklärte. Er musste hier raus.

Draußen lief er weiter. Durch die dunkeln Straßen der Stadt. Seine Schritte hallten in den engen Gassen wider. An einer Ecke wurden ein paar zwielichtige Gestalten auf ihn aufmerksam. Doch als sie seinen finsteren Ausdruck bemerkten, wichen sie in die Dunkelheit zurück. Gut so. Das war besser für sie. In einer Schlägerei mit ihm hätten sie heute Nacht keine Chance gehabt.

Seine Schritte hämmerten auf das Kopfsteinpflaster, als er in die nächste Straße abbog. Er wusste nicht einmal, wohin er ging.

Er war da drin kurz davor gewesen, ihr einfach die Röcke hochzuschieben und sie gleich an der Wand zu nehmen. Egal, ob sie es wollte oder nicht. Dieses verdammte Kleid, mit dem sie ihn und jeden anderen wie eine Sirene anzog! Wer hätte es ihm verdenken können?

Er sich selbst, verdammt noch mal!

Das war ihm plötzlich klar geworden, als sie seinem Drängen nachgab. Als ihr Körper nachgiebig und geschmeidig wurde. Er musste aufhören, solange er noch konnte. Bevor er nicht mehr unterscheiden konnte, ob sie willig war oder er ihr seinen Willen aufdrängte. Bevor seine Eifersucht ihn noch weiter antrieb und er ihr ein für alle Mal klarmachte, wem sie gehörte.

Wem sie gehörte? Nicht ihm! Das hatte sie ja wohl mehr als deutlich gemacht!

Aber warum hat sie dann nachgegeben?

Weil du sie überfallen hast! Du hast sie dazu genötigt. Ihr blieb ja kaum eine andere Wahl. Hätte sie um Hilfe gerufen und hätte daraufhin jemand entdeckt, was er mit ihr in dieser Loge trieb, wäre ihr Ruf und damit ihre Existenz ruiniert gewesen.

Kincaid eilte weiter durch die engen Gassen. Erst als er den Geruch von Brackwasser wahrnahm, fiel der Wahn allmählich von ihm ab. Ohne nachzudenken, hatte er sich in Richtung Hafen orientiert. Jetzt schlug er den Weg zum *Corsaire* ein. Er brauchte einen Whisky. Einen großen. Am besten eine ganze Flasche. Nur das würde das Toben in seinem Inneren zum Schweigen bringen. Damit wieder Ruhe einkehren konnte. Damit er dieses Chaos hinter sich lassen konnte.

Endlich sah er das rettende Licht, das aus der Schankstube durch die Butzenfenster auf das Pflaster davor fiel. Lärm, Lachen und Gesang ertönten, als er näher kam. Gerade wollte Kincaid die Eingangstür aufstoßen, die ihn in diese verheißungsvolle Höhle der Erlösung führen würde, als ihn etwas innehalten ließ. Mit erhobener Hand blieb er davor stehen. Als wäre er plötzlich zu Eis erstarrt. Die Erkenntnis, dass er das nicht wollte, überrollte ihn. Dass der Alkohol und das kurzzeitige Vergessen rein gar nichts besser machen würden. Er wich einen Schritt zurück. Und noch einen.

Schließlich stand er am Rand des Quais, dort, wo jäh das Wasser begann. Wo keine Mauer die Menschen mehr aufhielt. Nur ihre eigene Umsicht.

Kincaid blieb stehen und drehte sich langsam um. Sein Blick glitt über das Hafenbecken. Das Licht einzelner, verstreuter Laternen ließ die Konturen der Schiffe aus dem Schwarz der Nacht hervortreten. Mit leisen, glucksenden Geräuschen plätscherte das Wasser unter ihm gegen das Bollwerk der Quaimauer. Dann und wann schlug ein Tau gegen einen Mast. Es waren beruhigende Geräusche. Er kannte sie schon sein ganzes Leben lang. Sie gaben ihm das Gefühl, zu Hause zu sein.

Langsam ging er an der Quaimauer entlang. Bis sie an der Bastion Saint André endete. Über den Steg dahinter gelangte er auf die Mole hinaus. Dort, wo er mit Dominique gewesen war. Wo er sich wohl gefühlt hatte. Zusammen mit ihr. Damals hatte er geglaubt, es wäre das Meer gewesen, das ihm die Ruhe verschafft hätte. Jetzt jedoch fragte er sich plötzlich, ob es nicht an ihr gelegen hatte. An ihrer Anwesenheit – auch wenn sie ihn heute in den Wahnsinn getrieben hatte.

Versunken in der Erinnerung an ihren Spaziergang setzte er sich auf einen Stein. Eine ganze Weile lang saß er nur so da und war dankbar für die Ruhe, die sich in ihm ausbreitete. Mit ihr kam die Erkenntnis, dass er die Situation mit Dominique klären musste.

Irgendwann wurde ihm allmählich kühl. Die Brise hier draußen fraß sich durch seine Kleider. Er stand auf und schlug den Weg nach Hause ein.

Am nächsten Morgen weckte ihn Vogelgesang. Vor dem Fenster zwitscherte ein Tier, als ginge es um sein Leben. Was vielleicht auch so war. Gegen welchen Rivalen musste der Vogel wohl sein Revier – und sein Weibchen – verteidigen?

Die Erinnerung an den Abend zuvor kam Kincaid in den Sinn und vertrieb den wohligen Frieden. Wie sollte er die Sache mit Dominique klären? Gab es da überhaupt noch etwas zu klären, oder hatte er das Ganze endgültig vermasselt?

Als Erstes würde er sich entschuldigen müssen – wenn sie überhaupt noch bereit war, ihn zu empfangen. Damit konnte er nach letzter Nacht nicht mehr rechnen. Aber wie sollte er die Sache dann klären?

Grübelnd wälzte er sich hin und her. Vielleicht war es besser, ihr erst einmal einen Brief zu schreiben mit einer Entschuldigung.

Er stand auf, zog sich an und setzte sich an den Schreibtisch. Er nahm sich die Schreibfeder und zog ein Blatt Papier aus der Schublade. Stirnrunzelnd saß er davor. Er war kein Schreiberling. Wie sollte er zu Papier bringen, was in ihm vorging? Womit sollte er anfangen? Ratlos starrte er auf das Blatt. Es war immer noch leer.

Das war es auch noch nach einer halben Stunde.

Kincaid schreckte auf, als jemand an die Tür klopfte. Louis, der Kammerdiener, trat ein, in der Hand einen Umschlag. »Monsieur, das ist gerade für Euch abgegeben worden. Von Madame Devilliers.« Er legte ihn auf das Kaminsims und zog sich wieder zurück.

Kincaid starrte auf den Umschlag. Sein unschuldiges Weiß war der pure Hohn. Für die Nachricht, die er bestimmt enthielt, wäre Schwarz passender gewesen.

Nach einer halben Ewigkeit gab Kincaid sich schließlich einen Ruck und stand auf. Je näher er dem Kamin kam, desto schwerer wurden seine Schritte. Als wäre es der Weg auf das Schafott. Langsam griff seine Hand nach dem Umschlag.

In energischer, schwungvoller Handschrift prangte sein Name darauf. Wie eine Anklage. Geschrieben von einer entschiedenen Hand, die endgültig einen Schlussstrich zog.

Die kleine Hoffnung, die er noch gehegt hatte, erlosch wie

das Flämmchen einer Kerze im Wind. Sie war schneller gewesen als er. Damit hatte er seine letzte Chance verspielt.

Es blieb nur noch eine Sache zu tun: den Brief zu öffnen. Als er schließlich ihre Worte las, fiel ihm beinahe das Papier aus der Hand ...

25

Sprachlos hatte Dominique ihm nachgesehen, als McLane so unvermittelt die Loge verlassen und sie einfach stehenlassen hatte.

Nach dem, was gerade passiert war.

Sie spürte noch den Druck seiner Lippen auf den ihren, die Wärme seiner Hände auf ihrer Taille. Sie wollte ihn berühren, ihn küssen – oder schlagen. Sie wusste es nicht. Doch da war nichts mehr. Die Loge war leer. Sie war allein. Er hatte sich in Luft aufgelöst. So wie diese Eroberung eben. Die gar keine gewesen war. Oder doch?

Warum hatte er gesagt, er wolle eine Nacht mit ihr verbringen? Nein, das hatte er nicht gesagt. Er hatte eine gefordert. Weshalb? Und weshalb hatte er sie geküsst, wenn er doch an der Sängerin interessiert war?

Sie verstand die Welt nicht mehr. Sie verstand ihn nicht mehr – und sich selbst schon gar nicht. Warum nur reagierte sie so auf diesen Mann? Warum konnte sie diesen Wahn nicht einfach loswerden? Denn genau das war es: ein Wahnsinn. Ein Wahn ohne jeglichen Sinn. Und eine Leidenschaft, die nur Leiden schaffen würde.

Aber sie konnte einfach nicht anders. Sie konnte ihn nicht aus ihrem Kopf verbannen. Und schon gar nicht konnte sie verhindern, dass sich dieses Gefühl in ihrem Körper ausbreitete, kaum betrat er den Raum. Dieses Gefühl, dass sie zu ihm hinzog, ob sie es wollte oder nicht. Dagegen anzukämpfen war aussichtslos. Sie konnte es nicht verdrängen. Und selbst wenn es ihr in seiner Abwesenheit nach einer Weile gelang, kehrte es umso heftiger zurück, sobald er wieder in ihr Leben rauschte. Denn so war er: wie ein Sturm, der sie einfach mitriss.

Erschöpft ließ sie sich gegen die Lehne eines Sessels sinken. Sie war noch zu benommen, um sich aufzuraffen und hinunterzugehen. Ein unbeschwertes Gesicht aufzusetzen und in die leichtfertige Oberflächlichkeit der Menschenmenge unten im Foyer einzutauchen.

Er wollte eine Nacht mit ihr verbringen – dieser Gedanke ließ sie nicht mehr los. Ob es nun tatsächlich so war oder ob er Hintergedanken hatte, die nichts mit einer intimen Beziehung zu tun hatten, war im Augenblick irrelevant. Gesagt hatte er diese Worte. Wie Honig rannen sie durch ihre Eingeweide, in ihren Unterleib. Dort verwandelte sich ihre Süße in ein nagendes Brennen. Sehnsucht stieg empor. Breitete sich in ihr aus. Nach ihm. Sie wollte ihn umarmen, ihn an sich ziehen, mit ihm verschmelzen.

Als würde es helfen, schlang sie die Arme um sich. Die Sehnsucht schnürte ihr beinahe die Luft ab. Sie wurde unerträglich. Schmerzhaft.

Um sich aus ihren Fängen zu befreien, atmete sie einige Male tief durch. Sie musste sie loswerden, erkannte Dominique, sonst verbrannte sie in ihren Klauen.

Sie richtete sich auf, ordnete ihr Kleid und ihre Frisur. Dann streckte sie den Rücken durch und holte noch einmal tief Luft. Entschieden trat sie aus der Loge auf den Korridor und schritt die Treppe hinunter, den Blick auf die Theatergäste gerichtet, die im Foyer zusammenstanden und ihre Eindrücke über das Stück austauschten. Sie zwang sich, lächelnd und erhobenen Hauptes zwischen ihnen hindurchzuschreiten und hier und dort mit jemandem eine Bemerkung auszutauschen. So als wäre nichts gewesen. Als hätte es diesen Zwischenfall in der Loge, der ihr beinahe wie eine Einbildung vorkam, nie gegeben.

»Wo ist denn Monsieur McLane?«, fragte Amélie.

Was sollte sie dazu sagen?, fragte sich Dominique. War es ihre Angelegenheit, seine Abwesenheit zu erklären? Sie entschied sich dagegen. Er hatte sie einfach stehenlassen. Also oblag es nicht ihr, sein Verhalten zu entschuldigen. »Keine Ahnung. Er hat die Loge vor mir verlassen.«

Amélie runzelte die Stirn. »Er hat nicht auf dich gewartet?«

Dominique zuckte mit den Schultern. »Nein.«

»Na so was!« Tadelnd schüttelte die Freundin den Kopf. »Er kann dich doch nicht einfach allein lassen!«

»Warum nicht? Ich bin alt genug, auf mich selbst aufzupassen.« Jetzt nahm sie ihn auch noch in Schutz!

»Er hat mir zugewinkt und ist rausgegangen. Vielleicht wartet er draußen«, meinte Bellami.

»Das glaube ich nicht«, erwiderte Dominique. Oder vielmehr: Sie hoffte es nicht.

»Lasst uns nachsehen«, schlug Bellami trotzdem vor und führte sie hinaus. Doch dort war McLane nicht.

»Seltsam. So kenne ich ihn gar nicht«, murmelte Bellami. »Was ist denn in ihn gefahren?« Fragend sah er Dominique an.

Sie zuckte nur noch einmal mit den Schultern und wiederholte ihre vorherige Antwort. »Keine Ahnung.«

»Dann lasst uns nach Hause fahren. Er findet den Weg wohl auch allein«, meinte Amélie bissig. Wenn sie das nächste Mal auf den Schotten traf, würde sie ihm vermutlich eine gehörige Standpauke halten.

Beinahe tat ihr McLane leid. Im nächsten Moment, als Dominique klar wurde, was sie da dachte, schob sie diesen

Gedanken rasch beiseite. So, wie er sich heute Abend benommen hatte, war Mitleid das Letzte, was er verdiente. »Ja, lasst uns nach Hause fahren«, bekräftigte sie Amélies Vorschlag. »Es ist schon spät, und ich bin müde«, setzte sie hinzu, um den Einwand, den Bellami vorbringen zu wollen schien, gleich beiseitezuschieben.

Ihre Entschiedenheit wirkte. Zumindest bei Bellami. Er bot ihnen sofort den Arm, um die beiden Frauen hinauszuführen.

Wenn es bei McLane doch nur genauso wäre.

Bevor er ihre Gedanken wieder gefangen nehmen konnte, setzte sie zu einem Geplauder über das Stück an, um sich abzulenken.

Es klappte. Erst als sie im Bett lag und es still um sie herum wurde, krochen die Gedanken wieder hervor. Egal, wie oft sie sich hin- und herwälzte, sie fand einfach keinen Schlaf. Die Erinnerung an den leidenschaftlichen Kuss war nicht auszulöschen. So sehr sie es auch versuchte.

Irgendwann gab sie es auf. So konnte sie dieses Problem nicht lösen. Ihre Gefühle zu verdrängen funktionierte nicht mehr. Sie wurden nur noch stärker, setzten sich in ihr fest und fraßen sie auf.

Sie musste einen anderen Weg finden.

Nur wie? Wie konnte sie diese Neugier loswerden, diese Sehnsucht? Plötzlich setzte sie sich senkrecht im Bett auf. Nein, sie konnte doch nicht ... oder doch? Neugier legte sich, wenn sie gestillt wurde. Sehnsucht verschwand, wenn sie erfüllt wurde. War das der Weg? Womöglich der einzige Weg? Sich dem Drängen hinzugeben und tatsächlich eine Nacht mit McLane zu verbringen? Oder zumindest den Anfang davon. In der Hoffnung, dass es in einem solchen Desaster endete, dass dieses Drängen ein für alle Mal starb und sie davon geheilt wäre.

Oder aber, es befriedigt wurde und aufhörte.

Oder sich herausstellte, dass McLane gar nicht an ihr interessiert war. Dass es ihm nur darum ging, sie bloßzustellen oder – für was auch immer – zu bestrafen. Vielleicht dafür, dass sie seinem Charme nicht ebenso erlag wie andere Frauen. Warum aber konzentrierte er sich dann nicht auf diese? Die Sängerin wäre hin und weg gewesen, hätte er ihr dieses Angebot gemacht. Und dann die Frauen im Hafen, mit denen sie ihn gesehen hatte. In einem Arm hatte er eine sinnliche Schwarzhaarige gehalten und im anderen eine üppige Blondine. Sie konnte das Bild nicht vergessen, wie er ihnen den Schiffssteg hinaufgeholfen hatte. Was hatte er an Bord mit ihnen gemacht? Darüber dachte sie lieber nicht weiter nach.

Er schien einen ziemlich frivolen Lebenswandel zu führen. Dass er zu Hause eine Frau hatte, die auf ihn wartete, störte ihn dabei offensichtlich nicht.

Sollte sie wegen dieser Frau Gewissensbisse haben, wenn sie sich mit ihm einließ? Letztendlich hatte McLane seiner Gattin gegenüber eine Verpflichtung, nicht Dominique. Vermutlich war es ohnehin eine reine Zweckehe, die er führte. Warum sonst würde er sich mit anderen Frauen vergnügen und so lange seiner eigenen fernbleiben? Das würde doch keine normale Ehefrau akzeptieren.

Je länger Dominique darüber nachdachte, desto vernünftiger erschien ihr ihre Idee. Sie konnte dabei nur gewinnen: Ihr Verlangen wurde gelöscht. Entweder weil es in einem Desaster endete, oder weil es schlichtweg gestillt wurde. In jedem Fall aber wäre sie von McLane geheilt.

Ein Risiko ging sie dabei kaum ein. Sie wusste zu viel von seinen illegalen Machenschaften, als dass er sie mit der Affäre erpressen könnte. Um ihren Ruf musste sie sich also nicht sorgen, solange sie diskret war.

Im Grunde war die Situation recht einfach: Da war ein äußerst attraktiver Mann, der eine Nacht mit ihr verbringen wollte. Wie lange war es her, seit sie das erlebt hatte? Viel zu lange. Und wann würde sich eine solche Gelegenheit wieder ergeben? In ihrem Leben mit großer Wahrscheinlichkeit nicht mehr. Warum sollte sie es also nicht tun?

Natürlich war da noch die Sache mit dem Geld. Aber sie hatte das Gefühl, dass das Geld in McLanes Überlegungen genauso wenig eine Rolle spielte, wie es bei ihr gerade der Fall war.

Sie stand auf und zündete die Kerze auf ihrem Nachttisch an. Dann nahm sie ein Blatt Papier und setzte sich an ihren Sekretär. Einen Moment lang überlegte sie, was sie schreiben sollte. Schließlich entschied sie, dass eine solche Situation keiner stilvollendeten Worte bedurfte. McLane selbst hatte auch nicht mehr als nötig gesagt.

Sie tunkte den Federhalter in das Tintenfässchen und schrieb:

Ich nehme Dein Angebot an. Dominique

Bevor sie es sich anders überlegen konnte, faltete sie das Blatt und steckte es in einen Umschlag. Darauf schrieb sie seinen Namen.

Kincaid McLane

Eine Weile lang starrte sie darauf. Der Name schien ihr inzwischen die reinste Verheißung zu versprechen.

Mit einem sehnsuchtsvollen Seufzer legte sie den Umschlag auf die Frisierkommode und begab sich wieder zu Bett.

In dem Wissen, dass die Nachricht dort lag und sie endlich eine Lösung für ihr Problem gefunden hatte, schlief sie ein.

Sie erwachte erst wieder, als draußen die Morgendämmerung anbrach. Der Umschlag lag noch immer an seinem Platz. Was sie beruhigte und gleichzeitig auch nervös machte. Bevor Letzteres Zweifel würde in ihr hochkommen lassen, stand sie auf und klingelte nach Paulette.

»Könntest du bitte dafür sorgen, dass dieser Brief gleich überbracht wird?«

»Natürlich, Madame.« Paulette knickste und verließ mit dem Umschlag in der Hand das Schlafzimmer.

Dominique zog sich an, ließ sich ein kleines Frühstück bringen, von dem sie kaum etwas hinunterbrachte, und beschloss dann, trotz der frühen Stunde, in die Manufaktur zu gehen. Die Arbeit würde ihr helfen, sich abzulenken.

Im Innenhof der Manufaktur waren André, Henri und Maurice bereits dabei, Fayencen in Kisten zu verpacken. Heute war Markt, und wie jede Woche würden sie ihre Waren dort zum Verkauf anbieten. Dominique gesellte sich hinzu und half ihnen einzupacken.

»Wollt ihr nicht noch mehr von der neuen antiken Linie mitnehmen?«, fragte André, als Dominique und Henri die erste Kiste verschlossen.

»Nein«, erwiderte Dominique. »Wenn wir die neuen Stücke zu breit anbieten, werden die Leute schnell das Interesse verlieren. Wer will schon etwas, das alle anderen auch haben?«

Während sie weiterarbeiteten, kam der kleine Etienne aus dem Haus. Scheu näherte er sich ihnen. Zuerst beäugte er aufmerksam, was sie taten, dann fragte er: »Kann ich auch helfen?«

»Überlass das uns Erwachsenen«, entgegnete André. »Wenn etwas zerbricht, ist die Arbeit von vielen Stunden dahin.

Warum gehst du nicht mit den anderen Kindern in der Gasse spielen?«

Auf dem Gesicht des Kleinen machte sich Enttäuschung breit. »Die wollen mich nicht. Ich bin denen noch zu klein.«

»Weißt du was?«, fragte Dominique, der der Kleine leidtat. »Du könntest die leeren Kisten mit diesen Lumpen auskleiden. Dann können wir sie nachher gleich mit den Fayencen füllen.«

»Die da drüben?«

Dominique nickte.

Mit ernster Miene inspizierte Etienne die Kisten und die Lumpen und überlegte, wie er diese Arbeit bewerkstelligen sollte.

Dominique lächelte André zu, während sie beide den Kleinen beobachteten. »Du wirst irgendwann einmal Hilfe beim Brennen brauchen.«

André lächelte zurück. »Hoffen wir, dass das noch lange dauert.«

Aus dem Durchgang zur Gasse hallte der Klang von schnellen Schritten und unterbrach sie. Alle wandten die Köpfe. Als Dominique erkannte, wer ihnen einen Besuch abstattete, stöhnte sie auf.

»Meine liebe Cousine!«, rief Gustave über den Hof. Dass die Worte alles andere als liebenswürdig gemeint waren, machte sein Tonfall klar. »Ich hatte erwartet, dich zu so früher Stunde zu Hause anzutreffen! Wie es sich für jede anständige Dame gehört! Aber wie schon so oft musste ich unverrichteter Dinge gehen!«

»Es tut mir leid, dass du den Weg vergebens gemacht hast«, bemühte sich Dominique halbwegs freundlich zu erwidern. Es brachte nichts, ihm zu widersprechen. Das würde ihn nur noch aggressiver werden lassen, als er es ohnehin schon war.

Und er war auch so schon gefährlich und unberechenbar genug.

»Wie kommst du dazu, hier zu stehen und Kisten einzupacken?«, fragte Gustave schneidend. »Wenn dich die Nachbarn so sehen!«

»Heute ist Markt, und wir wollen möglichst früh da sein«, stellte Dominique ruhig fest.

Ihr Cousin verzog das Gesicht. »Das ist absolut ungebührlich: dass du dich zu einer Marktfrau erniedrigst!«

Dominiques Magen zog sich zusammen. Gustave und seine Drohungen ertragen zu müssen war eines. Dass er sie aber vor Henri und André so abkanzelte, machte die Sache beinahe unerträglich. Sie überlegte, wie sie darauf reagieren sollte, als auch noch Jeanettes Stimme ertönte: »Etienne, was tust du da! Ich habe dir doch gesagt, dass du im Hof nichts verloren hast!«

Alle wandten sich um. Jeanette stand schon mitten im Hof. Sie war offensichtlich nicht gerade erst aus dem Haus gekommen, sondern hatte zumindest einen Teil von Gustaves Auftritt mitbekommen. Denn trotz der Zurechtweisung ihres Sohnes war es nicht der kleine Etienne, der im Zentrum ihrer Aufmerksamkeit stand, sondern sie und Gustave, den sie mit Interesse musterte.

Unvermittelt setzte Dominiques Cousin eine freundliche Miene auf und deutete mit dem Kopf eine Verbeugung an. »Madame.«

Jeanette ließ sich dazu herab, seine Begrüßung mit einem Knicks zu erwidern, was sie sonst kaum für jemand tat.

Ihr Cousin schien von der schönen Frau abgelenkt zu sein. Diese Gelegenheit ergriff Dominique. »Es tut mir schrecklich leid, Gustave, aber wir müssen jetzt los. Ich würde unser Gespräch sehr gerne weiterführen, aber dich um eine Begleitung zum Markt zu bitten, wäre zu vermessen. Wenn du uns also entschuldigst.« Sie winkte Maurice, damit er sich den bereits beladenen Handwagen schnappte und ihr auf die Gasse folgte. Mit schnellen Schritten eilte sie davon, bevor Gustave sie aufhalten konnte. Erst als sie schon ein gutes Stück von der Manufaktur entfernt waren und sie sicher sein konnte, dass Gustave ihr nicht folgte, schlug Dominique ein gemächlicheres Tempo ein.

Auf dem Markt waren die anderen Handwerker und Aussteller dabei, ihre Waren auf den Ständen auszubreiten. Auch Dominique und Maurice machten sich an die Arbeit. Kurz darauf kam André mit einem weiteren Wagen hinzu.

»Tut mir leid, dass ich euch einfach mit ihm habe stehenlassen«, meinte Dominique mit einem schlechten Gewissen.

André wischte ihre Entschuldigung beiseite und grinste. »Keine Ursache. Für einmal war ich dankbar, dass Jeanette die Blicke eines anderen Mannes auf sich gezogen hat.«

»Ja, sie ist im richtigen Augenblick erschienen«, erwiderte Dominique leichthin, obwohl ihr nicht so zumute war. Dass Jeanette und Gustave – zwei Menschen, die alles andere als ihre Freunde waren – sich verstanden, löste ein ungutes Gefühl in ihr aus.

Sie packten die übrigen Fayencen aus und stellten sie so auf den Tisch, dass sie möglichst gut zur Geltung kamen. Bald füllte sich der Marktplatz mit Besuchern. Dominique und André hatten alle Hände voll zu tun, sodass ihr keine Zeit mehr blieb, über die Ereignisse des Morgens nachzudenken.

Erst als sie aufschnappte, wie zwei Passanten über ein Schiff sprachen, das von den Antillen kam, wurde sie hellhörig. »Was ist das für ein Schiff, das im Hafen angekommen ist?«, fragte sie die beiden Männer.

»Ein Handelsschiff von Martinique«, antwortete der eine.

Martinique! Da lebte der Kunde, der eine große Lieferung bestellt hatte. Zwar war es noch zu früh, als dass die *Victoire* ihr Ziel hätte erreichen können, aber vielleicht hatte der Kunde ja bereits eine weitere Bestellung mitgeschickt. »Ich gehe zum Hafen hinunter. Kommst du hier allein zurecht?«

André nickte.

Mit Maurice im Schlepptau eilte Dominique zum Hafen. Dort schlug sie den Weg zur großen Halle ein, in der noch nicht verkauftes Frachtgut von den Schiffen versteigert wurde. Vermutlich betraf das auch einen Teil der Ware des heute eingetroffenen Schiffs.

Als sie das große Gewölbe betrat, das das Erdgeschoss eines Speicherhauses bildete, in dem Waren aus aller Welt zwischengelagert wurden, war eine Auktion bereits in vollem Gange. Sie hatte recht gehabt! Also konnte der Kapitän des Schiffes, dessen Fracht hier verkauft werden sollte, nicht weit sein. Dominique stellte sich auf die Zehenspitzen, um ihn in der Menge der anwesenden Händler und Kaufleute zu entdecken, die alle gespannt die Versteigerung mitverfolgten und ihre Gebote abgaben. Ihre hektischen Stimmen hallten von der hohen Steindecke wider.

Doch der Mann, an dem ihr Blick hängenblieb, trug keine Kapitänsuniform. Als hätte er ihre Anwesenheit gespürt, wandte er den Kopf. McLane!

Für einen Augenblick setzte Dominiques Herz aus. Sie wusste nicht, ob sie in der Lage war, ihm nach dem, was zwischen ihnen geschehen und was zwischen ihnen ungeklärt war – wie würde er auf ihren Brief reagieren? –, so gefasst und distanziert zu begegnen, als wäre er irgendein Geschäftsmann, mit dem sie nichts weiter verband. Aber genau das war in dieser Gesellschaft, inmitten all der Kaufleute, die sie kannten, notwendig.

McLane nickte ihr zu und wandte sich wieder nach vorn, wo der Auktionator gerade einige Jutesäcke mit Kaffeebohnen anpries. McLane bot mit, stieg jedoch aus, als der Preis zu weit in die Höhe getrieben wurde. Als Nächstes kamen Kakaobohnen an die Reihe.

Dominique versuchte, sich zwischen den Händlern hindurchzuschlängeln, auf der Suche nach dem Kapitän. Doch das war ein aussichtsloses Unterfangen. Die Männer standen dichtgedrängt, um einen guten Blick auf die angebotenen Waren zu haben, und jeder versuchte, das Beste davon zu ergattern. Hektisch schossen Hände mit Geboten in die Höhe. Niemand nahm Rücksicht auf eine Frau, die versuchte, sich einen Weg zwischen ihnen hindurchzubahnen. Dominique gab es auf und zog sich an den Rand der Halle zurück. Sie würde wohl oder übel warten müssen, bis die Versteigerung vorüber war.

Nach einer halben Stunde war das ganze Frachtgut des Schiffes an den Mann gebracht. So schnell waren die Kolonialwaren, die wochenlang auf See gewesen waren, verkauft.

Die Kaufleute strömten aus der Halle in den angrenzenden Club, wo sie ihre erfolgreichen Geschäftsabschlüsse begießen würden. Dominique kannte den Ablauf, hatte sie doch selbst schon an Auktionen teilgenommen, wenn sie spezielle Farben aus den Kolonien hatte erstehen wollen, die es in Europa nicht gab. Dabei war sie als Frau geduldet gewesen, wie die wenigen anderen Händlerinnen, auch wenn es lieber gesehen wurde, dass sie ihre Verwalter oder Vertreter zu den Auktionen schickten. Der Club aber war den Männern vorbehalten.

Wo war bloß dieser verflixte Kapitän? Er musste doch irgendwo sein! Dominique folgte der Menge bis vor den Club. Der letzte der Männer verschwand darin, und die Tür verschloss sich wieder. Frustriert blieb sie davor stehen. Wenn sie jetzt nicht den Kapitän ausfindig machen konnte, würde sie ihn womöglich nicht mehr antreffen. Und sie bekäme keine Nachrichten von Martinique, auf die sie so gespannt wartete.

Dominique nahm all ihren Mut zusammen und stieß die Tür auf.

Vor ihr öffnete sich ein großer Saal mit holzverkleideten Wänden und einer ebensolchen Kassettendecke. Das allgegenwärtige Dunkelbraun des Holzes schien das Tageslicht aufzusaugen und den Raum in ein Dämmerlicht zu tauchen. Dass es sich hierbei um den Versammlungsort der Reeder, Kapitäne und Kolonialwarenhändler handelte, zeigten unübersehbar die Gemälde von Schiffen an den Wänden. Neben einem langen Tresen aus teurem Tropenholz standen einige wuchtige Ledersessel mit Tischchen dazwischen. Im Hintergrund war der Saal mit langen Tischen und Bänken gefüllt, an welchen – so erzählte man sich – üppige Gelage stattfanden, wenn es etwas zu feiern gab.

Jetzt standen die meisten Männer noch am Tresen und warteten auf ihre Getränke. Ein paar hatten sich bereits in den Ledersesseln niedergelassen.

»Madame Devilliers! Welch ungewohntes Bild in unseren heiligen Hallen!«

Der Ausruf stammte von einem Kaufmann, den Dominique kannte. Er schien überrascht, sie hier zu sehen, wirkte über ihr Eindringen aber nicht so empört, wie sie erwartet hatte.

»Ich bin auf der Suche nach dem Kapitän des Schiffes«, erklärte sie.

»Der steht dort drüben. Gestattet mir, Euch zu ihm zu führen.«

Dominique hatte den Eindruck, dass sein Angebot weniger reiner Höflichkeit entsprang, sondern vielmehr dem Wunsch, diesen weiblichen Eindringling in ihre Männerwelt unter Kontrolle zu halten. Was aber auch immer sein Beweggrund war –

sie war froh um seine Begleitung, die ihr zumindest ein gewisses Maß an Berechtigung an diesem Ort verlieh.

Als sie jedoch den Kapitän erblickte – oder vielmehr den Mann, der in der Gruppe um ihn stand –, sank ihre Zuversicht wieder. Schon wieder McLane! Warum musste er ständig ihren Weg kreuzen? Warum hatte er sich keine andere Gesellschaft aussuchen können? Und was hatte sie hier von ihm zu erwarten?

»Monsieur le Capitaine, darf ich Euch Madame Devilliers vorstellen?«, fragte der Kaufmann. »Ihr gehört die bekannte Fayence-Manufaktur.«

Der Kapitän verneigte sich beflissen. »Enchanté, Madame. Eure Fayencen sind weithin bekannt. Ich fühle mich geehrt, Eure Bekanntschaft zu machen.«

»Das freut mich zu hören, und das Vergnügen liegt ganz meinerseits. Messieurs«, begrüßte Dominique die umstehenden Herren, ohne dabei McLane spezielle Aufmerksamkeit zu schenken. Er schien es glücklicherweise auch gar nicht zu erwarten.

»Was führt eine Dame wie Euch in unser Etablissement?«, fragte einer der Kaufmänner.

»Ich wollte den Kapitän fragen, ob er Neuigkeiten von der *Victoire* hat oder eine Nachricht von meinem Kunden auf Martinique.«

»Ich bin untröstlich, Madame, dass ich Euch mit keinem von beiden dienen kann.« Seiner betrübten Miene nach zu schließen, schien er es tatsächlich ernst zu meinen.

Im Gegensatz zu dem Kaufmann, der froh schien, dass das Thema und der weibliche Besuch in ihrer Runde damit erledigt war.

McLane sah sie einfach nur interessiert an, ohne etwas zu sagen. Genauso wie der Reeder neben ihm.

»Leider haben wir weder die *Victoire* gekreuzt, noch habe ich eine Nachricht für Euch«, fuhr der Kapitän fort, als wolle er die Unterhaltung mit ihr noch nicht beenden.

»Dann werde ich Euch gerne wieder hinausgeleiten«, beeilte sich der Kaufmann vorzuschlagen.

Damit war der Kapitän nicht einverstanden. »Wir können unsere Besucherin doch nicht gehen lassen, ohne ihr etwas zu trinken angeboten zu haben.«

»Ganz meine Meinung«, setzte der Reeder hinzu. »Wenn wir schon einmal eine solch bezaubernde Gesellschaft haben. Was dürfen wir Euch bringen?«

Dominique war sich nicht sicher, was sie antworten sollte. Der Kaufmann schien nur darauf zu warten, sie endlich loszuwerden, während die anderen sie nicht gehen lassen wollten. Oder war ihr aufmerksames Verhalten einfach nur reine Höflichkeit?

McLane nahm ihr die Entscheidung ab. »Sie schenken hier einen sehr guten süßen Cidre aus. Den solltet Ihr unbedingt probieren.«

»Oh ja, es wäre schade, wenn Ihr den nicht gekostet hättet!«, stimmte der Reeder zu.

»Dann sollte ich das wohl tun«, gab Dominique nach.

McLane machte sich auf zur Bar, und Dominique wusste nicht, ob sie erleichtert sein sollte, dass er sich entfernte, oder ob sie seine Anwesenheit vermisste. Besonders in der Runde dieser fremden Männer, die ihr entweder ungnädig gestimmt waren oder aber ein Interesse zeigten, das ihr genauso unangenehm war.

Endlich kam McLane zurück und reichte ihr ein Glas Cidre. Sie schenkte ihm einen dankbaren Blick, als sie das Glas entgegennahm.

»Nun sagt mir, ob ich Euch zu viel versprochen habe«,

meinte er. »Ich bin zwar Schotte und mit Sicherheit nicht so kundig in der Beurteilung der Qualität des Cidre wie die anwesenden Herren hier, aber mir mundet er ausgesprochen gut.« Mit keinerlei Regung deutete er an, dass er sie näher kannte, aber dennoch glaubte Dominique, seinen Blick auf ihr beinahe körperlich zu spüren. Als ob er geradewegs in sie dringen würde. Unsicher fragte sie sich, ob das die anderen auch bemerkten.

»Das liegt an den speziellen Apfelsorten, die dieser Cidre-Bauer verwendet. Er pflanzt sie …« Der Reeder ließ ihr ausführlich seine Kenntnisse darüber zugutekommen.

McLane schien es nicht zu stören, dass ein anderer ihre Aufmerksamkeit zu gewinnen versuchte. Er stand einfach nur da und nippte mit einem leisen Lächeln auf den Lippen an seinem Getränk. Warum lächelte er? Weil sie auf sein Angebot eingegangen war? Weil sie bereit war, eine Nacht mit ihm zu verbringen?

Den Brief hatte er bestimmt schon gelesen. Sie hatte ihn so früh am Morgen geschickt, dass er zu dieser Uhrzeit zu Hause gewesen sein musste.

Oder hatte es gar nichts mit ihrer Nachricht zu tun? Sie wusste es nicht, und das machte sie nervös.

Und noch nervöser machte sie dieser tiefe Blick aus seinen grünen Augen.

In einem Zug kippte sie den Rest des Cidre hinunter. »Meine Herren, vielen Dank für die freundliche Bewirtung. Aber nun sollte ich mich wieder um meine Manufaktur kümmern.« Sie nickte allen noch einmal höflich zu und marschierte dann geradewegs hinaus.

Nichts wie weg hier! Sie musste von McLane wegkommen, bevor sie sich noch vergaß und sich auf eine Weise verhielt, die jedem offenkundig werden ließ, wie sehr er sie anzog. Denn das tat er. Und mit jeder Minute wurde es schlimmer.

Das helle Tageslicht draußen, die Sonnenstrahlen und das emsige Treiben auf dem Quai lösten Dominiques Anspannung etwas. An eine Mauer gelehnt, wartete Maurice auf sie. Erleichtert winkte sie ihm zu. »Lass uns zurückgehen.«

Eifrig nickend kam er zu ihr, und auch das ließ sie sich gleich viel besser fühlen. Maurice war schon so lange ein treuer und verlässlicher Beschützer, dass sie sich bei ihm wohl fühlte.

Im Gegensatz zu McLane, der ihr die Ruhe raubte und von dem sie trotzdem nicht loskam. War es ein Fehler gewesen, auf sein Angebot einzugehen? Würde sie die Anziehung damit nur noch verschlimmern? Lief sie vielleicht Gefahr, sich in ihn zu verlieben? In einen Mann, der ihrem toten Gatten in einigen unangenehmen Punkten ähnelte?

Das durfte auf gar keinen Fall geschehen.

Aber einen Rückzieher konnte sie nicht mehr machen. Sie hatte den ersten Schritt getan. Sie hatte das Angebot angenommen. Nun musste sie auch den zweiten tun. Nur musste sie ihn auf eine Art und Weise machen, mit der sie ohne Schaden wieder aus dieser misslichen Situation herauskam.

Und zwar indem sie mit ihm schlief, ohne sich in ihn zu verlieben!

26

Es war zwei Tage später, als Kincaid den Club neben der Auktionshalle ein weiteres Mal beschwingt verließ. Für seine gute Laune waren nicht nur die erfolgreichen Einkäufe von einem Schiff aus Indien verantwortlich – er hatte exzellenten Darjeeling-Tee und feinste Baumwolle zu einem außerordentlich guten Preis erstanden –, sondern auch die beiden Briefe in seiner Rocktasche.

Beinahe hatte ihn der Schlag getroffen, als er den ersten gelesen hatte. Ohne Umschweife und ohne auch nur die kleinste Möglichkeit eines Missverständnisses stand da in Dominiques schöner, schwungvoller Handschrift, dass sie sein Angebot annahm! Einfach so!

Und er hatte schon geglaubt, außer einer eiskalten Abfuhr nie wieder etwas von ihr zu hören. Wieder einmal hatte er diese Frau – wie es alle anderen auch taten – völlig unterschätzt.

Nach seiner ersten Euphorie über ihre Reaktion und nachdem er sie in der Auktionshalle wiedergesehen hatte, waren ihm allerdings Zweifel gekommen. Fühlte sie sich von ihm erpresst? Hatte sie das Angebot nur angenommen, weil sie das Geld so dringend brauchte? Natürlich. So musste es sein. Warum sonst hätte sie einem so unmoralischen Angebot zugestimmt?

Er wollte sie, aber nicht auf diese Weise. Nicht, wenn sie es nur tat, weil ihr keine andere Möglichkeit mehr blieb.

Diese unglückselige Richtung, in der er ihre Beziehung gebracht hatte, musste er stoppen. Und zwar sofort. Also nahm er den Betrag, den sie dem Boten gegeben hatte, aus seiner Geldkassette und legte ihn in einen Umschlag. Zusammen mit einer Nachricht, dass er ihr als Mann von Ehre kein solches Angebot hätte machen dürfen und sie die Angelegenheit damit als erledigt betrachten solle.

Wie überrascht aber war er, als er kurz darauf von ihr die knappe Antwort erhielt, von einem Mann von Ehre erwarte sie, dass er zu seinen Worten stehe. Hinzugefügt waren Ort, Tag und Uhrzeit.

Er hatte die Nachricht mehrmals lesen müssen, bis er tatsächlich geglaubt hatte, was da in klar leserlichen Buchstaben stand. Dann hatte sein Herz einen Sprung gemacht.

Ihr plötzliches Nachgeben, als er in der Loge über sie hergefallen war, hatte nicht daher gerührt, dass sie sich ihm wehrlos ausgeliefert fühlte. Nein. Sie musste die gleiche Leidenschaft empfinden wie er. Sonst hätte er nicht diese Antwort von ihr bekommen.

Seitdem konnte er nicht verhindern, dass er ständig mit einem dümmlichen Grinsen um die Mundwinkel herumlief, wie es ein über beide Ohren verliebter, milchbärtiger Jüngling tat. Aber eigentlich war ihm das egal. Mochten die anderen denken, was sie wollten – Hauptsache, ihm gehörte die Welt. Und vor allem diese Frau.

Seit sie ihren Eispanzer abgelegt hatte, war das Interesse der männlichen Gesellschaft an ihr markant angestiegen. Vorher hatte sie jeder höchstens aus der Ferne bewundert, wohl wissend, dass es schmerzhaft werden konnte, ihr zu nahe zu kommen. Aber jetzt hatte sich etwas geändert, und man bemerkte es. Es war im Theater so gewesen und auch vor zwei Tagen, als sie plötzlich im Club erschienen war. Jede andere Frau, die es gewagt hätte, in diese den Männern heiligen Hallen einzudringen, wäre höflich, aber unmissverständlich hinausbegleitet worden. Nicht so Dominique Devilliers. Plötzlich hatten seine Geschlechtsgenossen – oder zumindest ein Teil davon – die Verteidigung ihrer Bastion völlig vergessen und waren nur noch um sie herumscharwenzelt. Er hatte dem Treiben in aller Ruhe zusehen können. Hatten sie beide doch dieses kleine, süße Geheimnis miteinander, von dem niemand auch nur etwas ahnte.

Mit beschwingten Schritten verließ er also auch heute den Club und ließ sich von dem emsigen Treiben auf dem Quai mitziehen. Er war erst wenige Meter gegangen, als jemand seinen Namen rief. Er drehte sich um. Sein Bruder kam auf ihn zu.

»Dean, altes Haus! Wo kommst du denn her? Ich dachte, ihr wolltet nach Edinburgh hoch.« Er hatte ihn erst in einigen Tagen wieder zurückerwartet.

Sein Bruder schmunzelte. »Wollten wir auch, aber Grandma hat uns einen Strich durch die Rechnung gemacht.«

Die beiden umarmten sich und klopften sich gegenseitig auf die Schultern.

»Hat sie euch abgefangen?«, fragte Kincaid.

»Schlimmer.«

Er hob die Brauen. »Was kann schlimmer sein?«

»Für mich nichts. Aber für dich.«

»Weshalb für mich?« Deans maliziöses Grinsen ließ ein ungutes Gefühl in Kincaid hochkommen.

»Sie war in London.«

»Warum das denn? Wollte sie nicht den Sommer über in Edinburgh bleiben?«

»Ja, das dachte ich auch. Aber dann hat sie ihre Pläne geändert.«

»Inwiefern?« Kincaids ungutes Gefühl verstärkte sich.

Dean ließ sich Zeit, bevor er antwortete. »Sie hatte anscheinend den Eindruck, hier nach dem Rechten sehen zu müssen.«

»Hier?« Er riss ungläubig die Augen auf. »In Le Havre?«

»Weniger in Le Havre. Vielmehr bei dir.«

Kincaid stöhnte. »Was will sie denn von mir?«

»Du bist schon so lange hier ...«

»Was heißt denn lange?«, raunzte Kincaid.

»... und kommst anscheinend mit deinem Auftrag nicht weiter.«

»Meinem Auftrag? Was soll das denn bitte schön heißen! Ich reiße mir die Beine aus, um unser Unternehmen voranzubringen, reite des nachts an der Küste entlang, um unsere Männer zu instruieren, und spiele tagsüber den ehrenwerten Kaufmann in der illustren Le Havrer Gesellschaft! Wie kann sie da sagen, ich komme mit meinem Auftrag nicht weiter?«

Dean schwieg einen Moment. »Du weißt, was ich meine.«

Ja, das tat er, aber deswegen musste er es noch lange nicht zugeben. »Nein, das weiß ich nicht!«

»Nun stell dich nicht so an. Es geht um die Manufaktur.«

»Welche Manufaktur?«, fragte Kincaid bissig, auch wenn er es besser wusste.

»Die Fayence-Manufaktur der Devilliers.«

»Die ist nicht zu verkaufen! Das habe ich dir schon einmal gesagt.«

»Davon ist Grandma leider nicht zu überzeugen. Und wenn sie sich etwas in den Kopf gesetzt hat – du kennst sie ja.«

Kincaid brüllte beinahe: »Und jetzt meint sie, hierherkommen und mir in meine Angelegenheiten reinreden zu müssen!«

Beschwichtigend hob Dean die Hände. »Das musst du nicht mir erklären. Rede selbst mit ihr. Sie wartet auf dem Schiff.«

»Heilige ...« Den Rest des Fluches verkniff sich Kincaid. Aber nur ganz knapp. Grandma war die Letzte, die er jetzt gebrauchen konnte.

»Da ist noch etwas«, sagte Dean vorsichtig.

»Was kann da noch sein?«, fuhr Kincaid ihn an.

»Unsere kleine Schwester ist auch mitgekommen.«

»Olivia ist auch hier?«

»Ja. Oder haben wir noch eine andere Schwester, von der ich nichts weiß?«

Kincaid knurrte nur.

Dean grinste ihn an. »Grandma meinte, es täte ihr gut, eine Weile bei dir zu bleiben.«

Kincaid blieb vor Überraschung der Mund offen stehen. Er sollte sich um seine kleine Schwester kümmern? Wie kam Großmutter denn auf diese bescheuerte Idee? Nicht, dass er seine Schwester nicht mochte. Aber sie kam nun wirklich zum ungünstigsten Zeitpunkt!

»Wir sollten zum Schiff«, meinte Dean. »Grandma wartet dort auf gepackten Koffern. Und du weißt ja, wie ungenießbar sie wird, wenn man sie warten lässt.«

Oh nein! »Warum gepackte Koffer?«, fragte er langsam und betont. »Sie segelt doch mit dir zurück.«

»Nein. Sie will mindestens für eine Überfahrt hierbleiben.«

»Bei mir?«

»Bei wem sonst?«, fragte Dean mitleidlos.

»Das geht nicht!«, entfuhr es Kincaid. Morgen Abend kam Dominique zu ihm. Es hatte ihn schon Überredungskunst gekostet, seinem gesamten Personal am selben Tag freizugeben. Seine Bediensteten schienen regelrecht in Sorge gewesen zu sein, wie er einen ganzen Abend lang allein zurechtkommen wollte. Als ob er ohne einen Diener an seiner Seite augenblicklich im Elend versinken würde.

Und nun wollten sich seine Großmutter und seine Schwester bei ihm einquartieren! Im Gegensatz zu den Dienern könnte er sich zwar auf ihre Diskretion verlassen, aber Großmutter würde ihm die Ohren langziehen, wenn er unter ihren Augen eine Frau mit nach Hause brachte, damit sie die Nacht mit ihm verbrachte.

Er raufte sich die Haare. »Das geht nicht. Ich muss morgen …«, fieberhaft suchte er nach einer Ausrede, »… zur Küste hochreiten.«

»Na und? Die beiden werden sich auch ohne dich zwei Tage lang die Zeit vertreiben können.«

»Aber … ich habe dem Personal für diese Zeit freigegeben.«

Erstaunt sah ihn Dean an. »Du hast kein Personal?«

»Nein.«

»Dann wird das allerdings schwierig.«

Endlich kam Kincaid die rettende Idee. »Rémy Bellami, ein guter und sehr vertrauenswürdiger Freund von mir, reist morgen nach Rouen. Er hat eine junge Dame zu diesem zweitägigen Ausflug eingeladen und würde sich bestimmt freuen, wenn sich ihnen zwei weitere Damen anschließen und er ihnen die Stadt zeigen kann. Zumal er sich ohnehin Sorgen um den Ruf der jungen Dame gemacht hat, sodass ihm Großmutters Begleitung mehr als recht sein dürfte. Außerdem gibt es dort viel hübschere Geschäfte, in welchen Olivia einkaufen kann, als in Le Havre.«

Das war natürlich völlig an den Haaren herbeigezogen. Aber erstens schuldete ihm Bellami einen Gefallen, und zweitens verschaffte er ihm so eine Gelegenheit, mit Amélie zusammen zu sein. Denn in Begleitung seiner Großmutter und seiner Schwester wäre nichts daran auszusetzen, wenn diese mitreiste.

Dean überlegte. »Wenn das so ist …«

Kincaid atmete auf. Zumindest Dean hatte er schon mal

überzeugt. Nun musste ihm das nur noch mit Grandma und Bellami gelingen. Aber das würde er auch noch hinkriegen. Denn auf keinen Fall wollte er seine Nacht mit Dominique gefährden.

27

Nervös ging Dominique vor dem Fenster auf und ab. Paulette, ihre Zofe, hatte das Haus noch immer nicht verlassen, obwohl es bereits nach sieben Uhr am Abend war. Dominique hatte ihr freigegeben, damit sie ihre Eltern besuchen konnte. Sie würde erst morgen gegen Mittag wieder zurückkehren. Der Diener Jean zog sich jeweils nach dem Abendessen in seine Kammer zurück, und die Köchin war dabei, die Kirschen einzukochen, die sie auf dem Markt gekauft hatte, was sie mindestens noch eine Stunde in der Küche beschäftigte. So würde niemand bemerken, wenn Dominique heute Abend heimlich das Haus verließ. Für ein Stelldichein mit McLane.

Gott, wie das klang! So völlig harmlos. Als täten sie und die ganze Welt das jeden Tag.

Aber war das nicht auch so? Wenigstens teilweise? Wenn auch nur einige der Gerüchte wahr waren, die bei den Bällen und Soireen hinter vorgehaltener Hand weitergegeben wurden, so war die Le Havrer Gesellschaft keineswegs der Ausbund an Tugend, den sie nach außen zur Schau stellte. Unter der ehrenhaften und sittsamen Fassade brodelten so manche Ausschweifungen und Affären.

Man durfte sich dabei nur nicht erwischen lassen. Zumindest als Frau. Bereits ein Blick zu viel, der von der falschen Person bemerkt wurde, konnte dazu führen, dass eine solche Nichtigkeit so weit aufgebauscht wurde, bis sie als regelrechter Skandal durch die Salons wogte und den guten Ruf einer Frau vernichtete.

Noch hatte sie diesem Schicksal entkommen können. Aber das, was sie für McLane fühlte und was sie deswegen tun wollte, war wie ein Tanz am Abgrund. Sollte sie wirklich zu ihm gehen? Warum war sie nicht einfach nur froh gewesen, als er sie aus ihrer Verpflichtung entlassen hatte? Stattdessen hatte sie in ihrer Enttäuschung diese unsägliche Antwort zurückgeschrieben und auf der Einhaltung ihrer Abmachung bestanden. Was für ein Teufel hatte sie da geritten?

Plötzlich erblickte sie aus dem Augenwinkel Paulettes braunen Haarschopf unten auf der Gasse. Dominique blieb stehen und beobachtete sie durch das Fenster. Im Arm einen Korb mit Essen für die Eltern wich ihre Zofe einer entgegenkommenden Kutsche aus, lief die Gasse hinauf und verschwand um die Ecke.

Nein, nicht zu gehen, das war keine Option mehr. Dominique steckte bereits zu tief in dieser Gefühlsverstrickung mit McLane. Es gab keinen Weg mehr zurück. Nur noch den einen, den nach vorne.

Sie stieß sich vom Fenstersims ab und öffnete den Schrank. Unter den darin aufgehängten Kleidern standen ihre Schuhe. Sie holte mehrere Paare aus der hintersten Ecke heraus. Dann drückte sie auf das Brett, auf dem die Schuhe gestanden hatten. Es hob sich auf der einen Seite leicht an. Mit den Fingerspitzen bekam Dominique es zu fassen, sodass sie es hochziehen konnte. Darunter kam ein flaches Fach zum Vorschein. Es enthielt einige sehr persönliche Dinge, von denen sie nicht wollte, dass jemand sie sah – was, wenn man eine Zofe beschäftigte, kein leichtes Unterfangen war. Darin lagen einige Schmuckstücke, ein Beutel mit Silbermünzen, eine Kette aus Muscheln, die ihr ein Verehrer in Kindertagen gebastelt hatte, ein Spitzentaschentuch, das ihre Mutter für sie gestickt hatte, Andrés geliebte Steinschleuder, die er ihr als Andenken geschenkt hatte, als sie ins Internat hatte gehen müssen.

Heute aber galt Dominiques Interesse einem in Papier eingeschlagenen Packet. Sie hob es heraus und legte es auf das Bett. Einige Atemzüge lang sah sie es nur an. Dann löste sie das Samtband, das das Papier zusammenhielt. Es glitt auseinander und gab den Blick auf violetten Stoff preis. Dominique hob ihn hoch. Es war ein Kleid, das sie vor langer Zeit hatte anfertigen lassen. Ein Kleid, das sie nur spät abends anziehen wollte, wenn sie ungestört mit ihrem Ehemann in ihrem Schlafzimmer war.

Getragen hatte sie es nur einmal. Jacques' Reaktion war vernichtend gewesen. Wie eine der Huren am Hafen sehe sie aus, hatte er ihr voller Verachtung vorgeworfen und war aus dem Schlafzimmer gestürmt.

Es war wie ein Schlag ins Gesicht gewesen. Sie war aufs Bett gesunken und in Tränen ausgebrochen. Das Kleid war ihr süßes Geheimnis gewesen, mit dem sie ihn hatte überraschen wollen. Es war nicht einfach gewesen, eine Schneiderin zu finden, die vertrauenswürdig genug war und die wusste, wie man ein Kleid für einen solchen Zweck schneiderte, ohne dass es vulgär und würdelos wirkte. Es war längst nicht so weit ausgeschnitten wie die Kleider der leichten Mädchen am Hafen, mit Korsagen, welche die Brüste fast aus dem Mieder drückten. Aber es war aus einer einfachen Seidenbahn genäht und hatte keinen mehrlagigen, bauschigen Rock. Anschmiegend umfloss es die Figur der Trägerin und gab deren Rundungen einem aufmerksamen Blick preis.

Dominique atmete tief durch. Dann beschloss sie, ihrem Plan zu folgen. Dieses Kleid würde sie heute für McLane anziehen. Entweder war seine Reaktion genauso wie diejenige von Jacques, nämlich, dass sie in seinen Augen ihre Würde verlor und er nichts mehr von ihr wissen wollte. Was zum Vorteil hätte, dass diese unglückselige Verstrickung mit ihm ihr endgültiges Ende finden würde.

Unerklärlicherweise wurde ihr bei diesem Gedanken das Herz schwer.

Oder aber es gefiel ihm. Und es würde ihm die Reaktion entlocken, auf die sie bei Jacques jahrelang vergeblich gewartet hatte. Dass der sinnliche Anblick seine Kontrolle durchbrach und er seiner Leidenschaft freien Lauf ließ. Das wollte sie einmal erleben. Auch wenn es nur für eine Nacht war und sich ihre Wege danach wieder trennen würden. Das war es, was sie sich von McLane erhoffte. Und er war der Einzige, dem sie zutraute, dass er ihre heimliche Sehnsucht danach stillen würde.

Sie zog ihr Hauskleid aus. Ebenso Mieder und Unterrock. Nur ganz dünne Unterwäsche behielt sie an, denn alles andere hätte sich durch die feine Seide abgezeichnet. Sie streifte die schmalen Ärmel über die Schultern und knöpfte es hinten zu. Ein weiter Ausschnitt zog sich den Rücken hinunter, so weit, dass Dominique den obersten Knopf problemlos allein schließen konnte. Dann sah sie an sich hinunter. Zweifelnd fragte sie sich, ob es tatsächlich so vulgär aussah, wie Jacques ihr vorgeworfen hatte. Um diese Wirkung zumindest ein wenig zu mildern, ließ sie die Haare hochgesteckt. Dadurch würde es eleganter aussehen.

Immerhin standen die Chancen gut, dass McLane die Farbe gefiel. Es war schließlich violett – Brombeere, wie er die Farbe genannt hatte. Mit einem warmen Einschlag von Dunkelrot. Auch wenn sie kaum glauben konnte, dass ausgerechnet ein Mann einen solchen Ton ansprechend fand.

Die Seide knisterte, als sie ihren alten Umhang aus dem Schrank zog. Er war so lang, dass er bis zum Boden reichte und das Kleid verbarg. Dann hob sie die Kapuze über die Haare, sodass auch diese nicht mehr zu sehen waren. Damit würde sie auf der Straße zu einer unscheinbaren Gestalt verblassen, die kaum jemand wahrnahm.

Das Ohr an die Tür gelegt, horchte sie auf den Flur hinaus. Es war still. Niemand schien draußen zu sein. Vorsichtig öffnete sie die Tür und spähte hinaus. Der Flur war tatsächlich leer. Schnell verließ sie das Zimmer und schlich die Treppe hinunter. Durch den hinteren Ausgang gelangte sie unbemerkt aus dem Haus. Erleichtert atmete sie auf. Das war geschafft!

Den Kopf gesenkt, damit niemand ihr Gesicht sah und auf die Idee kam, sie anzusprechen, eilte sie durch die schmale Gasse. Sie bog nicht auf die große Rue de Paris ein, sondern hielt sich an die kleinen Gässchen, die sich durch die hinteren, verwinkelten Teile des Viertels zogen.

Erst kurz vor McLanes Haus verließ sie die schützende Düsterkeit der Gassen und schwenkte auf die Straße ein, in der er wohnte. Mächtig und Eindruck heischend erhob sich die Vorderseite seines Hauses vor ihr, eingebettet in eine Reihe ähnlicher Steinhäuser wohlhabender Bürger, die nichts gemein hatten mit den einfachen, engstehenden Fachwerkhäusern, durch die sie eben gelaufen war.

Mit pochendem Herzen stieg sie die Stufen zum breiten Eingangsportal hinauf und klopfte an die eisenbeschlagene Tür. Kaum hatte sie das getan, schwang sie auf.

Vor ihr stand McLane persönlich. Kein Diener und auch kein Hausmädchen.

»Guten Abend«, sagte er sanft und öffnete die Tür weit, um sie einzulassen.

Doch sie blieb überrascht stehen. Er trug keinen Rock und keine Halsbinde, wie es jeder Mann tat, der etwas auf sich hielt, sondern nur ein weites, weißes Hemd. Die beiden obersten Knöpfe waren nicht geschlossen, sodass der Kragen aufklaffte und die Konturen seiner muskulösen Brust erahnen ließ.

»Willst du da draußen stehen bleiben?«, fragte er nach einem Moment.

Dominique riss den Blick von seiner Brust los und trat rasch ein. »Hast du keinen Diener?«

»Doch.« Er schloss die Tür und beugte sich zu ihr hinunter. »Aber heute Abend habe ich allen freigegeben. Ich dachte, es wäre dir lieber, wenn wir allein im Haus sind.«

Das war es tatsächlich. Obwohl sie sich in jeder anderen Situation eiligst zurückgezogen hätte, wäre sie mit einem fremden Mann allein in einem Raum gewesen, geschweige denn in einem ganzen Haus. Aber bei McLane war das anders. Bei ihm fühlte sie sich sogar beruhigt. Trotz der pikanten Situation, in der sie mit ihm steckte.

Er warf einen Blick auf die Straße hinaus. »Bist du zu Fuß gekommen?«

Sie nickte.

»Und wo ist dein Leibwächter?«, fragte er, als er die Tür schloss und sich zu ihr umdrehte.

»Maurice? In der Manufaktur.«

Missbilligend zog er eine Braue hoch. »Wenn ich das gewusst hätte, hätte ich dich abgeholt. Oder dir eine Kutsche geschickt.«

Dominique schüttelte den Kopf. »Das wäre zu auffällig.« Sie schob die Kapuze hinunter, nun, wo die Tür geschlossen war.

Er beobachtete ihr Tun und schien zu erwarten, dass sie sich auch des Umhangs entledigte. Doch so weit war sie noch nicht. Einen Augenblick lang hegte sie die Befürchtung, er würde anbieten, ihn ihr abzunehmen, aber glücklicherweise schien er es sich anders zu überlegen.

»Willst du dir das Haus ansehen?«, fragte er. »Es ist gemietet, mit allem Mobiliar und auch dem Personal. Ich habe eine ganze Weile gesucht, bis ich etwas Passendes gefunden habe. Etwas, das meinen Ruf als ehrbarer Kaufmann unterstreicht«, fügte er mit einem Augenzwinkern hinzu.

Sie wusste, auf was er anspielte. Ein Geheimnis, das außer seinen Männern nur sie kannte. Etwas, das sie auf einer Ebene verband, von der alle anderen ausgeschlossen waren. Eine Ebene, die nur ihnen gehörte.

Mit einem Mal fiel ein Teil der Anspannung von Dominique ab. Aber nicht genug, als dass sie ihm eine schlagfertige Antwort hätte geben können. »Ja, gerne«, antwortete sie daher nur.

Sachte legte er eine Hand auf ihren Rücken und deutete mit der anderen wie ein Führer auf einen Raum auf der anderen Seite der großen Eingangshalle. »Madame, bitte sehr. Wenn ich Euch in den Prunkraum des Hauses geleiten dürfte? In diesem Salon spielt sich alles Wichtige ab.«

Damit entlockte er Dominique ein Lächeln. »Alles Wichtige?«, hakte sie nach und errötete im selben Augenblick über das, was sie da gerade angedeutet hatte. Für sie gab es in diesem Haus nur eine wichtige Sache.

Er schenkte ihr einen tiefen Blick. »Beinahe alles Wichtige, Madame.« Dann geleitete er sie über die Marmorplatten der Eingangshalle, die sich über zwei Etagen erhob. Auf der rechten Seite befand sich eine geschwungene Treppe, die in die obere Etage führte, und geradeaus ging es durch zwei Flügeltüren in den Salon.

Es war ein hübscher, großzügiger Raum mit Spiegeln an der einen Wand, was ihn noch weitläufiger erscheinen ließ. McLane ließ ihr Zeit, sich umzusehen.

»Die Eigentümerin hat ihn eingerichtet.«

»So etwas hatte ich mir beinahe gedacht«, erwiderte Dominique.

Nach McLanes Handschrift sah dieser Raum ganz und gar nicht aus. Zierliche, mit Brokat bezogene Stühlchen standen um ein mit Intarsien belegtes Tischchen, weiter hinten gab es eine Sitzgruppe mit eleganten Sesseln, am Fenster stand eine Chaiselongue und neben dem Kamin ein Spinett. Chinesische Blumenvasen, glänzende Kerzenleuchter und ein großer Gobelin an der Wand, der in fröhlichen Farben eine romantisierte, ländliche Ernteszene zeigte, schmückten den Raum.

»Ich hätte gerne deine Schiffskabine gesehen.«

Er runzelte die Stirn. »Meine Kabine?«

»Ja, ein Kapitän hat doch sicher eine eigene Kabine.«

»Das schon. Aber viel zu sehen gab es da nicht.«

Fragend sah sie ihn an.

Er machte eine wegwerfende Handbewegung. »Die war mehr praktisch eingerichtet als stilvoll. Das hat erst mein Bruder geändert.«

»Dein Bruder?«

»Ja, als er das Kommando übernommen hat. Nachdem sie mich ins Exil geschickt hatten. Jetzt sieht die Kabine aus wie das Boudoir eines Lebemannes.«

Seine indignierte Miene brachte Dominique zum Lachen. »Das gefällt dir offenbar überhaupt nicht.«

»Du sagst es. Wäre er nicht ein verdammt guter Kapitän, hätte ich ihn mit seinen Seidenlaken und dem anderen Schnickschnack gleich wieder von Bord geworfen.«

Dominique konnte nicht anders. »*Diese* Kabine würde ich auch gerne einmal sehen.«

Drohend erhob er den Zeigefinger. »Untersteh dich! Von der Lasterhöhle meines Bruders bleibst du schön fern.«

Sie grinste. »Warum? Denkst du, es könnte mir dort gefallen?«

Einen Augenblick lang sah er sie nachdenklich an. »Nein.«

Sein Ton war so ernst, dass Dominique sich plötzlich fragte, ob ihm mehr an ihr lag, als sie gedacht hatte. Zumindest war er nicht bereit, sie mit seinem Bruder zu teilen. Das fühlte sich gut und beängstigend zugleich an.

Um von der Stimmung abzulenken, die sich zwischen ihnen ausbreitete, fragte sie: »Und die anderen Räume?«

»Im Erdgeschoss gibt es noch ein Speisezimmer und eine Bibliothek, die zugleich als Arbeitszimmer dient.« Er öffnete eine Tür auf der anderen Seite des Salons, und sie gelangten ins Speisezimmer. Es wurde von einem langen Tisch dominiert, der offensichtlich zu mehr diente als dem Verköstigen einer großen Familie. Hier wurden Abendgesellschaften gegeben, bei denen man sich zu einem ausgiebigen Essen traf, nachdem man im Salon plaudernd einen Aperitif eingenommen hatte.

»Hier isst du?«, fragte Dominique. Sie stellte es sich nicht sehr gemütlich vor, allein an diesem langen Tisch zu sitzen.

»Selten. Meistens bin ich unterwegs. Und wenn ich da bin, lasse ich mir etwas im Arbeitszimmer servieren, während ich die Korrespondenz erledige.« Er führte sie in den nächsten Raum.

Dieser trug schon viel mehr die Handschrift eines Mannes, und tatsächlich schien McLane sich meistens hier aufzuhalten. Ungeordnete Zeitungen lagen auf einem gemütlichen Sessel, der Schreibtisch war mit Papieren übersät und über dem Stuhl davor hing ein achtlos hingeworfener Rock samt Halsbinde. Der Raum war mit Holz ausgekleidet, und mit den in Leder gebundenen Büchern in den Regalen und den massiven Möbeln wirkte er schwerer und dunkler als die filigrane Leichtigkeit, in der der Salon gehalten war. Aber irgendwie schien er zu McLane zu passen.

Und merkwürdigerweise fühlte auch sie sich wohl in diesem Raum. Mehr als im Salon oder im Speisezimmer, so schön sie auch waren. Dieses Zimmer spendete Gemütlichkeit und

Geborgenheit und vermittelte einem den Eindruck, als stünde es auf solidem Boden. Ganz anders als der Salon, der wirkte, als könnte bereits der geringste Sturm die Fenster aufreißen, durch ihn hindurchfegen und all die federleichten Kleinigkeiten mit sich reißen.

Auf dem Kaminsims entdeckte Dominique eine halbvolle Flasche mit einer goldenen Flüssigkeit. Daneben stand ein schön geschliffenes Kristallglas mit schwerem Boden. Sie ging näher. »Ist das der berühmte schottische Whisky?«

McLane folgte ihr. »Ja.«

»Der, den ihr schmuggelt?«

Er nickte. »Möchtest du ihn probieren?« Er griff zur Flasche und hielt dann inne. »Obwohl das eigentlich nicht das ist, was man einer Dame zum Aperitif anbietet. Verzeih, dass ich das vergessen habe. Oben habe ich extra für dich eine Flasche Champagner kalt stellen lassen.«

Oben. Das Wort hallte in Dominiques Bewusstsein nach. »Ich würde sehr gerne den Whisky versuchen.« Solange sie hier Whisky tranken, konnte sie das *Oben* vor sich herschieben.

Aber das war nicht der einzige Grund für ihre Antwort. Sie fragte sich tatsächlich, wie schottischer Whisky wohl schmeckte. Bis sie McLane kennengelernt hatte, war sie nie auf die Idee gekommen, dieses Getränk mit dem zweifelhaften Ruf zu versuchen – war es doch Männern vorbehalten, die es mit Vorliebe in ihren Clubs oder sonstigen für Damen ungeeigneten Etablissements tranken.

Mit einem anerkennenden Lächeln zog McLane den Korken aus der Flasche, goss ein und reichte ihr das Glas.

Ein wunderbar herber Duft nach Rauch und Torf stieg ihr in die Nase, unterlegt von einer Schwere, die sie nicht deuten konnte. Vorsichtig nippte sie daran. Die unerwartete Schärfe ließ sie nach Luft schnappen.

»Verzeih, ich hätte dir wohl etwas Wasser dazugießen sollen.«

Sie winkte ab. Irgendwie konnte sie sich nicht vorstellen, dieses Getränk mit Wasser zu verdünnen. Es wäre ebenso schade, wie wenn man an einem kalten Winterabend einen Eimer Wasser auf ein schön flackerndes, wärmendes Feuer gießen würde. »Nein, vielen Dank. Oder tust du das selbst auch?«

»Um Gottes willen!«, wehrte er ab. »Das tun nur Frauen.«

Sie schnaubte und nahm einen weiteren Schluck. Inzwischen war sie auf die Schärfe des Whiskys gefasst, sodass sie sich den Geschmack auf der Zunge zergehen lassen konnte. »Trinkst du nichts?«

»Leider habe ich nur ein Glas hier.«

Ohne zu überlegen, streckte sie ihm ihres hin. »Hier.« Erst danach wurde ihr bewusst, dass das so ziemlich gegen jede Etikette verstieß.

McLane schien das nicht zu kümmern. Er nahm es und genehmigte sich einen kräftigen Schluck, bevor er es ihr zurückreichte.

Sie nahm ihren dritten Schluck. Wie Feuer rann der Whisky ihre Kehle hinunter und breitete sich in ihrem Magen aus. Es war etwas, an das sie sich gewöhnen könnte. Etwas, das nach mehr verlangte. Herb und feurig und gefährlich. Wie McLane.

Dominique setzte das Glas ab und reichte es ihm wieder.

Er trank den letzten Schluck und stellte es auf das Kaminsims zurück. Dann nahm er ihre Hand. »Lass uns nach oben gehen.«

Dominique hielt den Atem an. Sie spürte, wie ihr Herz bis zum Hals schlug. Er zog sie hinaus in die Eingangshalle und zur Treppe. Einladend geschwungen lockte sie hinauf, in ein verheißungsvolles Dämmerlicht, das etwas versprach, von dem sie plötzlich mit einer untrüglichen Klarheit wusste, dass es sie verändern würde. Sie würde dieses Haus anders verlassen, als sie es betreten hatte.

28

Kincaid fragte sich, wann sie endlich diesen Umhang ablegen würde. Aber er ahnte, dass es besser war, sie nicht zu drängen und ihr die Zeit zu geben, die sie brauchte. Irgendwann wäre sie bereit dazu. Dessen war er sich gewiss.

Also schob er seine Ungeduld beiseite und konzentrierte sich auf das, was sie jetzt bereit war zu geben. Immerhin flirtete sie mit ihm. Und sie hatte seinen Whisky probieren wollen. Dass sie ihn auch noch mochte, hatte ihn mit Freude und Stolz erfüllt, verkörperte er doch für ihn so viel von seiner Heimat, seiner Geschichte und seinem Wesen, dass es wie ein Annehmen seiner selbst war.

»Eine hübsche Ahnengalerie hast du«, bemerkte sie, als sie die Treppe hinaufgingen.

»Das sind nicht meine. Die hingen schon da, als ich das Haus gemietet habe.«

Sie blieb stehen und betrachtete die Gemälde. »In dieser Familie scheint es einige Kuckuckskinder gegeben zu haben.«

Das hatte sie schnell bemerkt. Er selbst hatte für diese Erkenntnis einiges länger gebraucht. Aber die Bilder hatten ihn auch nicht wirklich interessiert. »Entweder das, oder die ganze Galerie ist einfach nur zusammengewürfelt und soll eine Ahnenreihe vorspiegeln, die es gar nicht gibt.«

Sie sah zu ihm hoch. Sie war immer noch ein Stück kleiner als er, obwohl sie auf der Stufe über ihm stand. »Da hast du vermutlich recht.«

Dieser Blick! Das tiefe Blau ihrer Augen erinnerte ihn an das

Meer in der sandigen Bucht nahe dem Haus, in dem er aufgewachsen war. Versinken hätte er darin können.

Viel zu schnell wandte sie sich wieder um und ging weiter die Treppe hinauf. Dabei hob sie den Umhang ein wenig hoch. Ein Hauch von schimmernder, violetter Seide blitzte hervor. Gebannt folgte er ihr Stufe um Stufe hinauf, darauf hoffend, dass ihm noch tiefere Einblicke auf das gewährt wurden, was sie unter diesem Umhang verbarg.

Oben angekommen, blieb sie stehen und drehte sich fragend zu ihm um.

Er räusperte sich. »Hier oben sind nur noch einige Schlafzimmer. Meins ist da drüben.« Er wollte keine weitere Zeit mit einer Führung durch langweilige Zimmer vergeuden. Aber wie sollte er sie an den einzig interessanten Ort kriegen, ohne dass sie gleich wieder die Flucht ergreifen würde?

Zu seiner Überraschung ging sie von sich aus auf sein Zimmer zu. Erst vor der Tür hielt sie inne. Er beeilte sich, sie zu öffnen. Sie trat hinein und blieb dann stehen. Von hinten konnte er ihren Gesichtsausdruck nicht sehen, bemerkte aber, wie ihr Blick auf das breite Bett fiel, auf dem noch die dunkelblaue Tagesdecke lag, und dann weiterschweifte durch den großzügigen, von mehreren Kerzen erhellten Raum, bis er auf dem mit einem weißen Tuch gedeckten Tisch hängenblieb, auf dem die Köchin entsprechend seinen Vorgaben ein kaltes Abendessen vorbereitet hatte.

»Das sieht ja köstlich aus!«, rief sie überrascht und trat an den Tisch.

Er atmete erleichtert aus. Das Essen war ein guter Einfall gewesen. »Willst du mir nicht deinen Umhang geben?«

»Ja, gerne.« Sie zog ihn aus, anscheinend ohne weiter darüber nachzudenken. Ihre Aufmerksamkeit war ganz auf den Tisch gerichtet.

Er war froh, dass dem so war, denn bei ihrem Anblick hätte ihn beinahe der Schlag getroffen. Dieser Hauch von einem Kleid, das sie trug, konnte zwar nicht als freizügig bezeichnet werden – dazu fehlten ihm die grelle Farbe und der aufreizende Schnitt –, dennoch ließ es den Betrachter genug erahnen, um seine Aufmerksamkeit voll und ganz zu fesseln. Die weiblichen Formen, die sich unter dem Kleid abzeichneten, die bloße Haut, die der Ausschnitt in ihrem Rücken freigab – er war regelrecht gebannt.

Wo war die Eisprinzessin geblieben? Davon war nichts mehr da, auch nicht der kleinste Rest. Verschwunden wie der letzte Schnee in der warmen Frühlingssonne. Das Eis hätte bei der sinnlichen Hitze, die sie jetzt ausstrahlte, auch gar nicht überdauern können.

»Gänseleber, Fleischterrine und verschiedene Käsesorten, die einem schon beim Anblick auf der Zunge zergehen!«, sagte sie begeistert.

Er räusperte sich, versuchte wieder einen leichten Tonfall anzuschlagen. »Natürlich. Was hast du denn gedacht? Dass du bei mir Kohleintopf bekommst?«

»Nein, das nicht, aber nicht ... so etwas. Da sind auch noch Langusten, Crevetten und sogar Austern!«

»Die wurden heute Morgen frisch mit dem Schiff von Arcachon gebracht.«

Erstaunt drehte sie sich zu ihm um. »Das sind die Besten!«

Noch einmal räusperte er sich. »Etwas anderes würde ich dir auch nicht auftischen.«

Dankbar, ja fast liebevoll sah sie ihn an.

Bevor er unter diesem Blick vollkommen die Kontrolle verlor und wie ein Wahnsinniger über sie herfiel, zog er ihr einen Stuhl hervor. »Willst du dich nicht setzen?«

Sprachlos tat sie es.

Für einen Augenblick schoss ihm der Gedanke durch den Kopf, wie schön es wäre, sie noch des Öfteren so zu verwöhnen. Eine Frau zu haben, die ihn offen und herzlich ansah. Was wollte ein Mann mehr? »Ein Glas Champagner?«

»Sehr gerne.«

Sie beobachtete, wie er den Korkenzieher ansetzte, die Flasche öffnete und begann einzuschenken. Es wäre ihm lieber gewesen, sie hätte sich wieder auf die Speisen konzentriert, denn dann hätte er sie ohne Hemmungen beobachten können. Und eingehender dieses Kleid in Augenschein nehmen. Oder vielmehr das, was es trotz der dunklen Farbe und seiner Länge von ihr preisgab. So musste er versuchen, nicht wie ein Schuljunge zu starren, während er ihr ein Glas reichte. »Voilà, Madame!«

Er goss ein zweites ein und setzte sich ihr gegenüber. »Santé.« Die Kraft, mit der sie ihn anzog, war inzwischen so stark, dass er nicht mehr anders konnte. Er suchte ihre Augen, beugte sich vor und hielt sein Glas über den Tisch. Selbst die leise Befürchtung, diese direkte Herausforderung könnte sie wieder verunsichern, kam dagegen nicht mehr an. Doch Dominique erwiderte seinen Blick und hielt ihn, während sie mit ihm anstieß. Hell erklangen die Gläser, aber viel zu schnell lehnte sie sich wieder zurück und brach den Bann. Sie lehnte den Kopf nach hinten und trank einen Schluck. Wie gerne hätte er den Augenblick davor festgehalten! Als sie ihn tief aus ihren dunklen Augen angeschaut hatte.

Er beobachtete, wie sich ihre Kehle bewegte, und ließ dann seinen Blick tiefer gleiten. »Brombeere«, stieß er unwillkürlich hervor, als er die Farbe nun erst richtig wahrnahm.

Überrascht setzte sie das Glas ab. »Wie bitte?«

»Dein Kleid. Es ist brombeerfarben.«

Sie sah an sich hinunter und lächelte. »Gefällt es dir?«

Er lehnte sich zurück und ließ einen Arm über die Stuhllehne baumeln. »Sehr.« Beinahe zu sehr.

Sie schien erfreut, dass er es mochte. Als wäre etwas anderes möglich gewesen. Es war die pure Verheißung!

»Wie kommt es eigentlich, dass du diese Farbe besonders magst?«

So gebannt war er von dem verführerischen Anblick, wie sich der Stoff an ihre Brüste schmiegte, dass er ihre Frage nur wie aus weiter Ferne hörte. »Wie bitte?«

»Warum gefällt dir gerade diese Farbe?«

Er hatte noch nie darüber nachgedacht. Aber jetzt, wo er überlegte, fiel ihm ein, womit er die Farbe von Brombeeren verband. »Sie erinnert mich an meine Kindheit. An einen sehr glücklichen Tag.« Er sah ihn noch genau vor sich, obwohl es schon so lange her war.

»Erzählst du mir die Geschichte?«

Er nickte. »Mein Vater war wieder einmal auf See, und meine Großmutter und meine Mutter hatten Streit. Ich weiß nicht mehr, um was es ging, aber meistens bestimmte Großmutter, was meine Mama tun sollte. Die jedoch hatte einen genauso starken Willen wie Grandma, und so gerieten die beiden des Öfteren aneinander. Irgendwann hörte Mama einfach auf zu streiten. Statt weiter zu diskutieren, nahm sie meinen jüngeren Bruder und mich an der Hand und rannte mit uns aus dem Haus. Meine Schwester war noch zu klein, um mitzukommen. Sie lief mit uns durch den Garten, und wir zwängten uns durch das Gebüsch an seinem hinteren Ende, wo wir auf einen Weg gelangten, der aufs Land führte. Damals wohnten wir schon bei Grandma am Rand von Edinburgh«, schob er erklärend ein. »Eine Weile lang lief sie schweigend dahin, mit uns beiden im Schlepptau, bis wir Angst bekamen. Aber Mama erklärte uns, dass wir drei heute ein Abenteuer erleben wollten. Sie fand eine Senke neben dem Weg, durch die ein kleiner Bach floss. Dort setzte sie sich auf einen Stein, und wir Jungs durften im Wasser spielen. Das war für uns großartig, konnten wir das in der Stadt doch nicht tun, und unter Grandmas Aufsicht schon gar nicht. Aber Mama ließ uns herumtollen, auch wenn wir dabei nass und dreckig wurden. Auf dem Rückweg entdeckten wir eine Brombeerhecke mit reifen Beeren. Also haben wir uns den Bauch vollgeschlagen, bis unsere Münder und Hände und auch die Kleider von den Beeren violett verfärbt waren. Als wir schließlich nach Hause zurückkamen, war Grandma so schockiert über unseren Anblick, dass es ihr für einmal die Sprache verschlug.« Er musste auch heute noch grinsen, als er sich an den Gesichtsausdruck seiner Großmutter erinnerte. »Mama rauschte mit uns beiden an ihr vorbei in unsere Zimmer. Dort konnten wir uns nicht mehr zurückhalten. Grandma hatte so urkomisch ausgesehen mit diesem entsetzten Ausdruck im Gesicht, dass wir Tränen gelacht haben.«

Wie unschuldig war er damals gewesen. Heute lachte er nicht mehr viel. Obwohl, wenn er es richtig bedachte, stimmte das nicht. In der kurzen Zeit, in der sie sich kannten, hatte Dominique ihn schon öfter zum Lachen gebracht, als er es im ganzen Jahr zuvor getan hatte.

»Kurz darauf ist meine Mutter gestorben.« Er hatte das gar nicht erzählen wollen, aber die Worte waren ausgesprochen, bevor er sich bewusst dazu entschieden hatte. Dieser Nachmittag war der letzte glückliche Moment, an den er sich mit ihr erinnerte.

»Das tut mir leid. Das muss hart gewesen sein für dich.«

Nicht länger daran denken wollend, schob er die Erinnerung an den Schmerz beiseite. »Wir hatten eine wunderbare Zeit mit ihr. Trotz ihres nicht gerade einfachen Lebens war sie ein fröhlicher Mensch, der immer lustige Ideen für uns Kinder im Kopf hatte und wenig auf Konventionen gab. Im Gegensatz zu Grandma. Aber die war nach dem Tod meines Großvaters auch gezwungen gewesen, die ganze Familie und ein Unternehmen am Leben zu erhalten. Erst Mamas Tod hat sie verändert. Sie wurde weicher und nachgiebiger. Zumindest zu uns Jungs.« Er musste schmunzeln. »Ihre Geschäftspartner würden dem wohl nicht zustimmen.«

»Sie scheint eine durchsetzungsstarke Frau zu sein.«

»Das ist sie. Ihr beide würdet euch gut verstehen. Der gleiche Wille und der gleiche Geschäftssinn.«

»Und wenn ich mal etwas tun würde, das nicht ... den Konventionen entspricht?«

Ihre Frage entlockte ihm ein Schmunzeln. »Meinst du damit Dinge wie ins *Corsaire* zu gehen? Schmugglern aufzulauern?« Oder unmoralische Angebote von fremden Männern anzunehmen? Letzteres behielt er wohlweislich für sich. Denn auch wenn sie wagemutig ein Kleid trug, das für dieses Treffen wie gemacht zu sein schien, war er davon überzeugt, dass sie so etwas noch nie getan hatte. Und er wollte ihr nicht den kleinsten Anlass geben, an ihrer Entscheidung, sein Angebot anzunehmen, zu zweifeln.

Dass sie ihm mit diesem Kleid noch einmal bestätigte, dass sich hinter ihrer Fassade eine überaus leidenschaftliche Frau verbarg, erfüllte ihn mit umso mehr Vorfreude. Denn genau das erhoffte er sich von ihr: Leidenschaft.

Sie senkte den Blick und nahm sich eine Auster.

Ihre Weigerung zu antworten, war Antwort genug. Genau das meinte sie. »Das würde Grandma heute verstehen. Sie hat sich ja selbst nie wirklich an Konventionen gehalten. Äußerlich hat sie sich ihnen gebeugt, um akzeptiert zu sein. Aber wenn es ums Geschäft ging, hat sie immer getan, was nötig war, Konvention hin oder her.«

Sie sprachen noch eine Weile über seine Familie, während sie das Essen beendeten. Als sie sich erhoben, fiel Dominiques Blick wieder auf das Bett, und Kincaids Puls beschleunigte sich, als sie ihn nicht sofort abwandte. Doch dann drehte sie sich um und stellte sich ans Fenster.

»Die Aussicht ist nicht berauschend«, entschuldigte er sich.

Sie zuckte mit den Schultern. »Ich bin es gewohnt, andere Häuser zu sehen, wenn ich aus dem Fenster schaue. Wahrscheinlich im Gegensatz zu dir.« Sie lehnte sich vor und deutete in den Himmel. »Sieh mal!« In der Ferne leuchtete zwischen Wolkentürmen ein Blitz auf.

Er trat hinter sie ans Fenster. »Scheint ein Gewitter im Anzug zu sein.«

Wieder blitzte es. Das Leuchten erhellte ihre Silhouette vor ihm. Weiße Haut und dunkler Stoff. Wie ein heller Stern in der Schwärze der Nacht. Sie bannte seine ganze Aufmerksamkeit. Das Naturschauspiel war vergessen.

Er trat noch näher an sie heran. So nahe, dass er beinahe ihren Rücken berührte.

Und auf einen Schlag war es um seine Selbstbeherrschung geschehen.

29

In dem Augenblick, in dem er hinter sie trat, verlor Dominique das Interesse an dem Wetterleuchten. Weder hörte sie seine Bewegung, noch sah sie sie. Aber all ihre anderen Sinne nahmen seine körperliche Präsenz dicht hinter ihr so intensiv wahr, wie es weder ihre Augen noch ihre Ohren je hätten tun können. Es war, als ob sie ihren ganzen Körper umfing. Nur ein ganz klein wenig hätte sie sich zurücklehnen müssen, und sie hätten sich tatsächlich berührt. Aber sie bewegte sich nicht, gefangen von diesem Moment, dieser Ewigkeit, bevor etwas Unausweichliches passierte!

Beinahe wagte sie nicht einmal mehr zu atmen.

Plötzlich legten sich seine Hände ganz sanft auf ihren Bauch. Beinahe fragend.

Sie erzitterte. Von ihnen ging eine Wärme aus, die sie durch die dünne Seide spürte, als ob sich nichts zwischen ihnen befinden würde. Als ob es nichts anderes auf der Welt gäbe als diesen einen Punkt der Verschmelzung.

Mit einem kaum fühlbaren Druck zog er sie an sich. Willenlos ließ Dominique es geschehen. Sie lehnte den Kopf nach hinten, an seine Schulter. Sie wusste nicht mehr, ob es ihr Herz war, das sie klopfen spürte, oder seines. Wer den Atemzug tat, mit dem sich ihre Brust anhob und wieder senkte.

Wie eine Daunenfeder strich sein Atem über ihre Haut. Liebkosend und zugleich erobernd, was ihm begegnete. Dann verwandelte er sich in weiche Lippen, die entflammten, was sie berührten.

Eine seiner Hände löste sich von ihrem Bauch. Dominique wollte nach ihr greifen, sie festhalten, doch ihre Glieder waren wie willenlos unter den Empfindungen, die McLane, nein, die Kincaid in ihr auslöste. *Kincaid*, flüsterte sie innerlich. Wie berauschender, goldener Whisky floss sein Name durch ihre Adern.

Seine Hand glitt über ihren Hals zu ihrem Kopf. Er begann ihre Frisur zu lösen. Eine Haarnadel nach der anderen fiel zu Boden, bis sich ihre Haare über ihre Schultern ergossen. Finger glitten ihren Nacken hinauf, fuhren durch die Fülle und zogen ihren Kopf nach hinten. Seine Lippen küssten ihren entblößten Hals und wanderten hinauf. Dies war der Augenblick, in welchem sich Dominiques Willenlosigkeit verlor. Sie wollte ihn vor sich haben, ihm in die Augen schauen können, sehen, was er empfand. Sich in seiner Umarmung windend, drehte sie sich um.

Er verharrte. Dunkel ruhte sein Blick auf ihr.

Sie legte die Hand auf seine Brust, klammerte sich in sein Hemd und zog ihn zu sich hinunter. Erst als sich ihre Lippen trafen, schloss sie die Augen.

Die erste sanfte Berührung war so überwältigend, dass Dominique ins Taumeln geraten wäre, hätte sie sich nicht an ihm festgehalten. Sie schlang die Arme um seinen Nacken. Jede Faser ihres Körpers lebte nur noch in der Berührung mit ihm. Der Kuss wurde tiefer, drängender und immer heftiger in seiner Begierde, die seit langem aufgestaute Sehnsucht zu stillen. Dominique wollte alles von Kincaid haben. Alles, was sie kriegen konnte.

Mit derselben Leidenschaft erwiderte er ihr Verlangen.

Ineinander verschlungen und sich gierig suchend, taumelten sie zum Bett. Beinahe schien die Matratze über ihnen zusammenzuschlagen, als sie darauf fielen. Kincaid nahm sie unter sich gefangen, als wolle er sich alles von ihr zu eigen machen. Sein Gewicht auf sich zu spüren war berauschender als jede Droge. Und sie gab sich dem Rausch völlig hin. Hätte Kincaid sich nicht abgestützt, damit sie noch genügend Luft bekam, wäre sie diesen Tod mit Wonne gestorben.

Seine Hand fuhr unter ihr Kleid und suchte sich einen Weg ihren Oberschenkel hinauf. Heiß und fordernd. Einem uralten Instinkt folgend, öffneten sich bereitwillig ihre Beine, sehnsüchtig nach jener Berührung verlangend, die nur er ihr geben konnte. Als ihn kurz vor seinem Ziel ihre Unterwäsche aufhielt, stöhnte sie verzweifelt auf. Sie drängte sich ihm entgegen, damit er weitermachte, aber er zog sich zurück und rollte sich von ihr herunter. Seiner Hitze beraubt, wollte sie ihm folgen und sich aufsetzen, doch er drückte sie wieder auf die Matratze nieder. Hektisch zog er ihre Unterwäsche unter ihr hervor und öffnete seine Hose. Dann endlich lag er wieder auf ihr. Dort, wo er hingehörte. Er schob ihren Rock weiter hoch und drängte sich zwischen ihre Beine. Seine nackte Haut an ihrem Schoß zu spüren jagte einen Schauer der Lust durch sie. Bevor sie recht wusste, was geschah, drang er mit einem tiefen Stoß in sie. Überrascht schrie sie auf.

Sofort hielt er inne. »Verzeih, ich habe dir wehgetan.«

»Nein«, keuchte sie. Es war nur so unerwartet schnell geschehen, und die Erinnerung daran, wie es sich anfühlte, so lange her, dass sie sich erst daran gewöhnen musste. Bevor jedoch ihr Bewusstsein dieses Gefühl wiedererkannte, begannen sich ihre Hüften bereits von selbst in jenem uralten Tanz zu wiegen, den sie nie vergaßen.

Aufstöhnend fiel Kincaid in den Tanz mit ein. Immer weiter drängte er in sie und immer tiefer. Und dann schob er seine Hand zwischen ihre Körper und berührte sie an dieser einen Stelle, die ihr Blut in flüssiges Feuer verwandelte. Bis sie jenen

Punkt erreichte, von dem es kein Zurück mehr gab. Selbst wenn sie es gewollt hätte, hätte sie es nicht mehr aufhalten können. Sie ließ los und sich von ihm über jene Klippe stoßen, hinter der es nichts mehr gab. Nur noch die pure Ekstase.

Als hätte er darauf gewartet, folgte Kincaid ihr einen Augenblick später mit einem letzten heftigen Stoß. Stöhnend brach er über ihr zusammen und begrub sie unter sich. Kurz bevor sie keine Luft mehr bekam, rollte er sich zur Seite und zog sie mit sich. Nach Atem ringend blieben sie eng umschlungen liegen, in dem Versuch, den letzten Nachhall des Glücks so lange wie möglich festzuhalten.

Draußen hatte es zu regnen begonnen. Trommelnd klatschten die Tropfen auf die Dächer und die Straße. Ein Blitz durchzuckte die Nacht.

Eine ganze Weile lang blieben sie nur so liegen und hörten dem Regen zu.

Dann löste sich Kincaid von ihr, stand auf und zog seine Hose hoch. »Ich bin am Verdursten.«

Sie bemerkte erst jetzt, dass er nicht einmal mehr genug Geduld gehabt hatte, sein Hemd auszuziehen. Genauso wenig, wie sie ihr Kleid. Sie waren immer noch angezogen, hatten aber etwas getan, das so gänzlich ihrer Erscheinung widersprach, dass es beinahe unwirklich war. Nur, dass sie immer noch in seinem Bett lag und er auf sie hinunterschaute. Auf ihre nackten Beine.

Dieser Augenblick, in dem der letzte Rest der Ekstase entschwunden war und die Realität sie wieder gefangen nahm – eine Realität, in der sie im Bett eines fremden Mannes lag, dem sie sich freizügig hingegeben hatte –, hätte ernüchternd und beschämend sein können. Aber das war er nicht. Sie fühlte sich gut. Vielleicht sogar glücklich. »Bringst du mir auch etwas mit?«

»Champagner?«

Obwohl sie seinen Gesichtsausdruck nicht erkennen konnte, wusste sie, dass er verführerisch lächelte. »Warum nicht? Ich bin mir allerdings nicht sicher, ob Champagner wirklich das Beste ist, um Durst zu löschen.«

»Kommt auf den Durst an.«

»Deinen oder meinen?«

Leise lachte er auf. »Wenn du endlich dieses Kleid ausziehen würdest, könnten wir mit dem Champagner auch noch etwas ganz anderes anstellen.«

»Aber das geht doch auch, wenn ich das Kleid anbehalte«, widersprach sie wie die Unschuld vom Lande. Schließlich trug er ja auch immer noch Hemd und Hose.

»Nicht das, was ich vorhabe.«

»Meine Mutter hat mich davor gewarnt, vor fremden Männern auch nur einen Knöchel zu zeigen.« Sittsam zog sie ihr Kleid herunter und zog auch ihre Füße an, sodass selbst die bedeckt waren. Dann lächelte sie ihn betont unschuldig an. Sie liebte es, ihn auf Teufel komm raus zu provozieren. Und dann seine Reaktion zu erleben.

»Fremde Männer? Siehst du irgendwen außer mir in diesem Raum?«

»Nein. Aber …«

»Hier gibt's kein Aber. Und du widersprichst mir schon wieder. Ich sollte dir das wirklich langsam austreiben. Fremder Mann, ha!« Mit drohenden Schritten kam er auf sie zu.

Sie rollte sich auf die andere Seite des Bettes und sprang auf. Nun stand es wie ein Hindernis zwischen ihnen.

Er machte einen Schritt auf die eine Seite, und sie wich auf die andere aus.

Lockend schwenkte er die Champagnerflasche. »Ich dachte, du bist durstig.«

»Das bin ich auch.«

»So bekommst du aber nichts.« Er deutete auf das Bett zwischen ihnen.

»Du könntest mir die Flasche einfach rüberreichen.«

»Bin ich der Weihnachtsmann?«

»Nein, aber ich dachte, du bist ein netter Mann.«

»Nett?« Er schnaubte. »Da musst du dir schon was Besseres einfallen lassen.«

»Ich könnte dir ein Gedicht aufsagen.«

»Vergiss es.«

Sie seufzte. »Oder ein Lied singen.«

»Glaubst du wirklich, du könntest einen Mann wie mich damit bezirzen?«

Einen Mann wie ihn. Bei diesen Worten kamen ihr vor allem die anrüchigen Dinge in den Sinn, die sie mit ihm erlebt hatte. Wie er sie sich im *Corsaire* einfach über die Schulter geworfen hatte, oder der Abend im Theater, als er in der Loge über sie hergefallen war. Die Nacht in der Hütte.

Mit einem Mal verschwand ihre flapsige Stimmung. Da stand ein äußerst begehrenswerter Mann vor ihr. Ein Mann, der sie soeben in den siebten Himmel katapultiert hatte. Warum verlor sie mit solchen Flirtereien ihre kostbare Zeit? Sie wollte doch etwas ganz anderes von ihm.

Langsam griff sie nach hinten und öffnete die ersten beiden Knöpfe ihres Kleides. Die kurzen Ärmel glitten über die Schultern hinunter. Kincaid hörte auf, mit der Flasche zu spielen.

Dominique löste den nächsten Knopf aus seinem Loch. Das Kleid rutschte ein Stück tiefer und gab den Ansatz ihrer Brüste preis. Mit vorsichtigen Bewegungen kam Kincaid näher, blieb dann aber stehen, als befürchte er, dass sie bei einem zu forschen Vorgehen flüchten würde.

Als ob sie so etwas noch hätte in Betracht ziehen können! Wo sie doch nur darauf wartete, dass er sich nahm, was er wollte. »Gibst du mir jetzt etwas zu trinken?«, lockte sie.

Er löste seinen Blick von ihren Brüsten und sah ihr in die Augen, dann glitt sein Blick zu ihrem Mund. Er trat langsam zu ihr, hob die Flasche und setzte sie vorsichtig an ihre Lippen. Mit beiden Händen das Kleid im Rücken festhaltend, konnte sie nur den Kopf nach hinten beugen, bis der Champagner in ihren Mund zu perlen begann, so wie es Kincaid wollte.

Er setzte die Flasche ab. »Genug?«

Sie nickte.

Ohne den Blick von ihr zu nehmen, stellte er den Champagner auf den Tisch. Dann trat er dicht vor sie und strich ganz langsam mit den Fingern an ihren Armen entlang, bis er ihre Hände erreichte, wo sie auf ihrem Rücken das Kleid festhielten. Er löste den Stoff sanft aus ihren Fingern, sodass es jetzt ganz allein in seiner Macht stand, ihn festzuhalten oder loszulassen und sie zu entblößen. Sie ließ ihn gewähren und hielt die Arme still an ihren Seiten. Langsam löste er den nächsten Knopf und ließ das Kleid weiter herunterrutschen, über ihre Brüste und ihren Bauch, bis es auf ihrer Taille hängenblieb. Gebannt folgte sein Blick dem Stoff. Als er die Hände um ihre Brüste legte und den Kopf senkte, um sie mit den Lippen zu liebkosen, schloss Dominique die Augen und ließ den Kopf in den Nacken sinken, um sich ganz diesem unglaublichen Gefühl hinzugeben, das er in ihr auslöste. Bis sein Mund wieder den ihren fand und er sie eng an sich zog. Sie legte die Arme um seinen Nacken und versank in dem Kuss, sich an seinen harten Körper pressend. Sein Verlangen zu spüren schürte ihr eigenes so sehr, dass sie sich und ihm die Kleidungsstücke, die noch zwischen ihnen lagen, am liebsten vom Leib gerissen hätte. Doch so weit zu gehen, traute sie sich nicht.

Als hätte er ihr Zögern erkannt, löste er den letzten Knopf ihres Kleides, und es glitt zu Boden.

Plötzlich gänzlich nackt vor ihm zu stehen ließ Dominique instinktiv ein Stück zurückweichen. Mit dunklen Augen betrachtete er sie, zog sein Hemd über den Kopf und warf es zur Seite. Die Hose folgte nur einen Moment später. Gebannt und mit einer Spur Unsicherheit zugleich starrte Dominique auf seine unübersehbare Männlichkeit. Er streckte ihr die Hand hin, und nach einem kurzen Zögern ergriff sie sie. Seine warmen Finger umschlossen die ihren und gaben ihr die Sicherheit, die sie brauchte, um sich von ihm mitziehen zu lassen. Hin zu dem Sessel, in den er sank. Er zog sie näher und schob dabei seine Füße zwischen die ihren. Ihm näher zu kommen war nun nur noch möglich, wenn sie dabei die Beine spreizte. Wieder ließ ihr Schamgefühl sie zögern. Warum hatte er sich so hingesetzt und es ihr damit erschwert, ihn zu erreichen? Was erwartete er von ihr? Diese Art des Spiels war ihr unbekannt. Jacques hatte nie so etwas getan. War weder so freizügig gewesen, noch hatte er sie so behandelt.

»Komm her und setz dich auf mich«, raunte er und zog sie sachte an der Hand zu sich. »Davon habe ich geträumt. Seit du mir an jenem Tag davongaloppiert bist.«

Die Erinnerung daran entlockte Dominique ein Lächeln. Es hatte ihm nicht gefallen, dass er die Situation nicht im Griff gehabt hatte, sondern sie. Ihr wiederum hatte es sehr gefallen. Würde es auch so sein, wenn sie sich jetzt auf ihn setzte? Hätte sie ihn dann in der Hand? Wie ein Sturm kam diese Vorstellung über sie, und ihr Schamgefühl war das Erste, das er hinwegfegte, als sei es nur ein Körnchen Staub. Das Begehren, das sich jetzt Bahn brach, ließ sie jedes Zögern vergessen. Sie legte die Hände auf seine breiten Schultern, die geradezu einluden, sich darauf abzustützen, und ließ sich langsam auf ihn nieder. Seine Hände führten sie, und sie stöhnte, als sie sein heißes Fleisch an ihrem Eingang spürte und begann, ihn in sich aufzunehmen.

Sie suchte seinen Mund und versank darin wie er in ihr. Warm füllte er sie aus. Tief in ihrer Mitte. Und auch äußerlich war sie umhüllt von seinen Armen und seiner Wärme. Sie fing an, sich auf ihm zu bewegen, suchte ihren Rhythmus, wurde schneller. Der Sturm fand sie und ließ das Feuer lichterloh auflodern. Mit jeder Bewegung verstärkte es sich, bis ins Unermessliche, bis alles in Flammen stand.

Dominique spürte, dass er sich bald nicht mehr zurückhalten konnte, und die Gewissheit, ihn mit der nächsten Bewegung um seine Kontrolle bringen zu können, brachte auch sie darum. Als er sich jäh unter ihr aufbäumte, erschütterte der Stoß ihr ganzes Innere. Alle Grenzen, die es jemals gegeben hatte, wurden hinweggerissen, als seien sie Luft. Nichts konnte der Kraft standhalten, die in ihr brannte. Sie füllte alles aus. So stark und mächtig war sie.

Sie hielt sich an ihm fest, und er sich an ihr. Verschmolzen zu einem Ganzen. Bis das Zucken allmählich nachließ. Aber immer noch war sie nicht bereit, ihn loszulassen und etwas von ihrem Glück herzugeben. Er ebenso wenig. Sie festhaltend, drückte er sich vom Sessel hoch und trug sie zum Bett, in das sie engumschlungen hineinfielen. Er zog die Decke über sie, und sie bettete ihren Kopf auf seine Brust.

Dann schliefen sie ein.

30

Strahlender Sonnenschein weckte sie.
Dominique kuschelte sich näher an die warme Männerbrust unter ihr und öffnete blinzelnd die Augen. Die sie im nächsten Moment aufriss, als ihr aufging, wie hoch die Sonne schon stand. Es musste bereits neun Uhr durch sein. Sie hatte verschlafen. Eilig stand sie auf und war einen Augenblick später angezogen. Ohne Korsett musste sie kaum mehr tun, als sich Kleid und Mantel überzuwerfen. Kincaid wurde murmelnd wach, und sie eilte zu ihm, um sich mit einem Kuss zu verabschieden. Als er sie – noch immer nicht ganz wach – wieder ins Bett ziehen wollte, wich sie ihm lachend aus, auch wenn sie noch den ganzen Tag mit ihm zwischen den Laken hätte verbringen können. Mit einem letzten Gruß eilte sie aus dem Zimmer und gleich darauf auch aus der Vordertür.

Ihr Plan war es gewesen, sich in aller Herrgottsfrühe nach Hause zurückzuschleichen, damit niemand ihre Abwesenheit bemerkte. Doch jetzt war ihr das egal. Falls sie zu Hause jemandem über den Weg lief, würde sie einfach behaupten, bei dem schönen Wetter einen frühen Spaziergang gemacht zu haben.

Fröhlich sandte die Sonne ihre Strahlen zwischen den Häusern hindurch und ließ die Sandsteinfassaden in warmem Licht aus den morgendlichen Schatten emportauchen. Die Regengüsse der vergangenen Nacht hatten allen Unrat aus den Straßen gespült, nur noch letzte Pfützen zeugten von dem Gewitter. Die Luft roch würzig und frisch und jungfräulich, wie sie es in einer enggebauten Stadt wie Le Havre selten tat.

Beschwingt überquerte Dominique die Straße, den Fuhrwerken ausweichend, die zum Hafen unterwegs waren. Als sie fast direkt gegenüber von Kincaids Haus eine Buchhandlung entdeckte, kam ihr in den Sinn, dass ihr Schreibpapier zur Neige ging. Sie öffnete die Tür und trat ein.

»Einen wunderschönen, guten Morgen, Madame!«, grüßte der Buchhändler.

Dominique erwiderte das strahlende Lächeln und erklärte ihm, was sie benötigte. Er zeigte ihr seine Auswahl, und sie entschied sich für einige Bögen einfachen Papiers, zu welchem es auch die passenden Umschläge und Karten gab.

Mit ihren Einkäufen trat sie auf die Straße hinaus, musste jedoch sogleich wieder zurückweichen, da ihr eine breite Kutsche entgegenkam. Munter über das Kopfsteinpflaster klappernd, trabten die Pferde vorbei. Dominique ging in die andere Richtung, als die Hufschläge plötzlich verstummten. Sie drehte sich um. Die Kutsche war direkt vor Kincaids Haus zum Stehen gekommen. Der Kutscher schwang sich vom Bock, öffnete den Verschlag und klappte einen Tritt heraus, sodass die Passagiere bequem aussteigen konnten.

Neugierig geworden, blieb Dominique stehen.

Zuerst stieg eine junge, hübsche Frau aus, die sich interessiert umsah. Ihr folgte eine ältere Dame, die sich zwar vom Kutscher die Hand reichen ließ, auf dem Tritt aber dennoch sehr entschieden einen Fuß vor den anderen setzte, bis auch sie auf der Straße stand. Im Gegensatz zu ihrer jüngeren Begleiterin war der Blick, mit dem sie sich in dieser offenbar unbekannten Gegend umsah, sehr viel kritischer. So wie sie sich benahm und wie die beiden gekleidet waren – nach der neusten Pariser Mode –, schienen sie eine noch noblere Umgebung gewohnt zu sein, obwohl Kincaids Straße eine der besten Adressen der Stadt war.

Wer das wohl sein mag?, fragte sich Dominique. Kincaid hatte nichts davon erwähnt, dass er heute Morgen Besuch erhalten würde. Ob er überhaupt mit ihnen rechnete?

Die beiden machten sich gerade auf den Weg zur Haustür, als diese sich bereits öffnete. Kincaid selbst trat hinaus, nur in Hemd und Hose, die Haare strubbelig. Kein Wunder, da er vor wenigen Minuten noch geschlafen hatte. Als die junge Frau ihn entdeckte, rief sie voller Freude: »Kincaid!« Mit ausgebreiteten Armen rannte sie auf ihn zu und fiel ihm um den Hals. Auch er öffnete die Arme, fing sie auf und hob sie freudestrahlend hoch.

Dominiques Herzschlag setzte aus. Oh Gott! Das war … Das musste … Die junge Dame war niemand anderes als seine Frau. Die er unübersehbar liebte!

Mit ihren rotgoldenen Locken war sie sehr hübsch, und obwohl sie elegant gekleidet war, fehlte ihr völlig das kühle, snobistische Verhalten der Damen der höheren Gesellschaft. Sie genierte sich nicht, ihre Gefühle ihm gegenüber mitten auf der Straße, wo alle es mitbekamen, offen zu zeigen.

Zitternd lehnte sich Dominique an die Hausmauer hinter ihr. Der Anblick dieses anmutigen, liebevollen Wesens hatte ihr einen solchen Schock versetzt, dass sie sich kaum rühren konnte.

Warum hatte er die Nacht mit ihr verbracht, wenn er eine solche Frau hatte? Sie verstand die Welt nicht mehr.

Völlig von seinem Besuch in Beschlag genommen, führte Kincaid die beiden ins Haus, ohne sich noch einmal umzublicken.

Dominique ließ den Kopf gegen die Mauer sinken. Wenigstens hatte er sie nicht entdeckt. Sie wäre vor Scham im Boden versunken, wenn er mitbekommen hätte, wie sie reagierte. Wie sehr es sie traf, dass er offensichtlich eine andere liebte.

Liebte?

Warum kam ihr dieses Wort in den Sinn? Es war doch zwischen ihnen nie um Liebe gegangen, sondern immer nur um Verlangen und um eine Nacht. Mehr war da nicht gewesen. Von mehr hatte Kincaid auch nie gesprochen.

Warum aber hatte sie dann das Gefühl, dass ihr das Herz bei lebendigem Leibe herausgerissen wurde? Warum schmerzte sie der Anblick dieses glücklichen Paares so unglaublich?

Bevor die Tränen, die in ihr aufstiegen, fallen konnten, raffte Dominique ihren langen Umhang samt Rock und rannte davon. Die Straße hinunter. Einfach weg von den beiden. Die verwunderten Blicke der Passanten ignorierte sie. Immer weiter. Nur nicht anhalten und in Tränen ausbrechen.

Sie rannte, bis ihr die Seite schmerzte, bis sie keine Luft mehr bekam. Keuchend blieb sie stehen. Nach Atem ringend legte sie eine Hand an die Seite, krümmte sich und stützte sich mit der anderen an einer Wand ab.

Als sie sich etwas erholt hatte und sich aufrichtete, bemerkte sie, dass sie noch nie in dieser von ärmlichen Fachwerkhäusern gesäumten Gasse gewesen war. Die einen waren schief und baufällig, bei anderen bröckelten der Lehm und das Stroh bereits aus den Gefachen. Sie blickte sich um, aber nirgends war etwas Vertrautes zu sehen. Nicht einmal die Erinnerung, aus welcher Richtung sie gekommen war, war mehr da. Sie hatte sich verirrt!

Ein paar finster aussehende, zerlumpte Männer kamen ihr entgegen. Hastig lief sie vor ihnen weg, die Gasse entlang, bog an deren Ende um die Ecke und dann wieder um die nächste Ecke. Als sie zurückblickte, waren die Männer nicht mehr da. Wenigstens das! Sie eilte weiter, immer geradeaus, denn so musste sie irgendwo ankommen. Nur um keine Ecke mehr biegen! Sonst verirrte sie sich immer mehr in diesem Gewirr der engen, dunklen Gässchen.

Endlich tauchte vor ihr ein massiges Bauwerk auf: die Zitadelle! Nun wusste sie endlich, wo sie war und wie sie zurück nach Hause fand.

Dort angekommen, schlich sie sich durch den Hintereingang hinein. Entgegen ihren Befürchtungen erreichte sie ihr Zimmer, ohne jemandem zu begegnen. Völlig aufgelöst lehnte sie sich innen an die Tür. Am liebsten hätte sie sich ins Bett gelegt, die Decke über den Kopf gezogen und geweint. Aber sie wusste, dass das nicht unbemerkt bleiben würde. Irgendwann würden Paulette oder die Köchin kommen und nach ihr sehen. Wie sollte sie ihnen erklären, warum sie mitten am Tag im Bett lag und weinte? Nein, das ging nicht. Sich heulend im Bett verkriechen, konnte sie sich nicht leisten. Nicht nur, weil das Fragen aufgeworfen hätte, die sie nicht beantworten wollte, sondern auch, weil sie eine Arbeit zu erledigen hatte. Sie wurde in der Manufaktur erwartet.

Also zog sie sich um und verbannte das unglückselige Kleid wieder tief in ihrem Schrank, obwohl sie es am liebsten gleich ins Feuer geworfen hätte – aber an einem so warmen Tag wie heute brannten keine Feuer in den Kaminen. Dann ging sie in die Küche, wo sie etwas zum Frühstück hinunterwürgte, um die Köchin zu beruhigen, und machte sich dann auf den Weg in die Manufaktur.

Das alles tat sie, als wäre sie eine Marionette ohne eigenes Bewusstsein. Wie wenn jemand die Fäden an ihren Gliedern ziehen würde und sie sich dadurch von selbst bewegten. In ihrem Inneren fühlte sie nur Taubheit.

Aber dieser Zustand war dennoch besser als der unglaublich schmerzhafte Stich, mit dem sich der Anblick von Kincaids Frau in ihr Herz gebohrt hatte. *McLane*, erinnerte sie sich. Ihn beim Vornamen zu nennen, stand ihr nicht mehr zu. Überhaupt stand ihr gar nichts mehr zu, was ihn betraf.

Mit aller Macht versuchte sie, ihn und die letzte Nacht aus ihren Gedanken zu verdrängen und sich auf die Arbeit zu konzentrieren. Sie half dabei, die schweren, neu gelieferten Tonklumpen vom Wagen in den Keller hinunterzutragen, bis ihr die Arme wehtaten, räumte die fehlerhaften Rohlinge von den Gestellen und brachte sie in die Grube hinter dem Haus und füllte mit André die Brennöfen mit den Tonwaren, die die Modelleure geformt hatten. Es war tröstlich, ihn neben sich zu haben, auch wenn die Anwesenheit dieses alten, lieben Freundes ihr die Tränen in die Augen treten ließ. Glücklicherweise war es in dem verrußten Raum dunkel genug, damit er diese nicht bemerkte. Und wenn sie sich die wenigen Tränen, die ihrer eisernen Kontrolle entkamen, mit dem Ärmel aus dem Gesicht wischte, würde er wegen der Hitze denken, es wären Schweißtropfen.

Erst am Abend, als es nichts mehr zu tun gab, kehrte sie nach Hause zurück. Sie wusch sich, zog sich früh zurück und ging zu Bett. Endlich war der Tag vorüber. Sie rollte sich zusammen und zog die Decke über den Kopf. Dann begannen die Tränen zu fließen.

Am nächsten Tag verschanzte sie sich in ihrem Büro hinter den Geschäftsbüchern. Bloß niemandem begegnen. Sie glaubte nicht, dass sie heute die Kraft aufbringen konnte, Frohsinn vorzutäuschen. Ihre Freunde hätten schnell bemerkt, dass mit ihr etwas nicht stimmte. Aber wie hätte sie deren Fragen beantworten sollen? Sie konnte mit niemandem über das reden, was geschehen war.

Bis zum späten Nachmittag war es erstaunlich ruhig.

Dann jedoch wurde die Schonzeit mit einem aufgeregten Rufen beendet.

»Dominique! Dominique!« Schon aus dem Treppenhaus rief Henri nach ihr.

Oh nein! Sie legte den Kopf auf die Arme und barg das Gesicht darin, als könnte sie damit die Welt um sich herum zum Verschwinden bringen.

»Dominique! Du musst sofort kommen!« Der Lautstärke nach zu urteilen, schnaufte Henri jetzt bereits auf dem letzten Treppenabsatz.

Rasch setzte sie sich wieder gerade hin, nahm den Griffel zur Hand und gab vor, die Zahlen im Ausgabenbuch zusammenzurechnen.

Henri riss die Tür zum Büro auf. »Dominique! Wo bist du denn?«

»Hier bin ich. Was gibt es?«

»Der Schotte ist wieder da! Mit seiner Mutter. Du musst unbedingt kommen!«

Der Schotte? Dominique stockte das Herz. »Du meinst ... McLane?«

»Ja, genau der! Sie sind sehr interessiert an unseren Fayencen.«

»Aber seine Mutter ist tot«, rutschte ihr heraus.

»Na, dann ist es eben seine Großmutter. Und noch eine andere Frau. Eine junge. Sie ist ganz entzückt von unserer Auswahl im Laden.«

McLanes Frau! Wie konnte er nur! Warum musste er ausgerechnet seine Frau hierherbringen? Warum konnte er sie nicht einfach in Ruhe lassen?

»Und er hat einen ganzen Wagen Zinn mitgebracht!«

Zinn? Aber er hatte ihr doch das Geld dafür zurückgegeben. Damit sie frei von allen Verpflichtungen entscheiden konnte, ob sie tatsächlich mit ihm schlafen wollte. So hatte sie die Abmachung verstanden. Warum aber brachte er ihr jetzt das

Zinn? War das … etwa eine Bezahlung für die gemeinsame Nacht? Beinahe drehte sich Dominique der Magen um. *Damit ist die Sache also für ihn erledigt? Und alles, was sie zusammen erlebt hatten? Er bezahlt und geht dann wieder über zum Tagesgeschäft, so als ob nichts zwischen ihnen geschehen wäre? Und bringt sogar noch seine Frau mit!*

Dominique wurde noch schlechter, schwarze Punkte tanzten vor ihren Augen. Halt suchend, legte sie die Hände fest auf die Tischplatte.

»Kommst du jetzt?«

»Nein«, presste sie heraus. »Ich kann nicht.«

»Warum nicht? Da unten wartet ein bedeutender Händler auf uns. Das ist genau das, worauf wir schon lange gewartet haben!«

»Kümmere du dich um die beiden.«

Konsterniert sah Henri sie an. »Hast du mir nicht zugehört? Im Laden wartet ein wichtiger Kunde!«

»Ja, aber es geht trotzdem nicht.«

Fassungslos schüttelte er den Kopf. »Ich habe ihnen aber schon gesagt, dass ich dich hole. Sie wollen mit dir sprechen.«

»Dann sag ihnen, ich wäre weggegangen.«

»Aber das stimmt doch nicht!«

»Tu es einfach!« Die letzten Worte schrie sie beinahe.

Er starrte sie an. Als sie nicht reagierte, sondern sich wieder den Büchern zuwandte, zog er beleidigt ab.

Dominique schob den Stuhl zurück, legte die Hände auf den Magen und krümmte sich vornüber, mit dem Mittagessen kämpfend, das ihr hochkommen wollte. Es half nicht viel. Sie stand auf, öffnete das Fenster und rang nach frischer Luft.

Es dauerte eine ganze Weile, bis die Übelkeit wieder abebbte.

Dann schlug sie die Geschäftsbücher zu, riss ihren Umhang

vom Haken und lief die Treppe hinab. Auf dem letzten Absatz hielt sie inne. Von unten waren Stimmen zu hören. Leise und sich eng an der Wand haltend, damit man sie vom Verkaufsraum aus nicht sah, schlich sie die letzten Stufen hinunter und hastete in den Innenhof, wo die Arbeiter gerade das Zinn abluden. Eilig lief sie an ihnen vorbei, damit keiner auf die Idee käme, sie anzusprechen, und verließ das Gelände der Manufaktur.

Wie betäubt ging sie durch die Gassen der Stadt. Gassen, die sie von ihrem täglichen Weg kannte. Trotzdem fühlte es sich an, als wäre alles fremd. Die Häuser, die Plätze, die Menschen, ja sogar ihre Sprache und ihr Verhalten. Als wäre die ganze Vertrautheit nur vordergründig da gewesen. Wie ein Bild in einem Spiegel, das mit dem Glas zerbrach und klirrend zu Boden fiel.

Wie eine Fremde ging sie weiter, mechanisch einen Fuß vor den anderen setzend.

Kurz bevor sie zu Hause ankam, bemerkte sie ein Stück weit vor sich ein bekanntes Gesicht. Doch anstatt Freude zu verspüren, begann ihr Herz zu rasen. Amélie. Sie hielt genau auf ihr Haus zu.

Dominique drückte sich in den Schatten der gegenüberliegenden Mauer und beobachtete, wie Amélie an die Tür klopfte. Paulette öffnete und ließ sie ein.

Nein! Sie konnte ihrer Freundin jetzt nicht gegenübertreten. Das war zu viel. Amélie würde sofort bemerken, dass etwas nicht stimmte. Aber was es war, darüber konnte Dominique nicht reden. Auch mit ihr nicht.

Vorsichtig wich sie zurück, damit niemand vom Haus aus sie sehen konnte, und eilte weiter durch die Straßen der Stadt.

Ziellos und getrieben von dem Schmerz in ihrem Inneren.

Dann wurde es ihr zu eng. Die vielen Menschen in den Gassen, der Lärm, das Gedränge. Sie hatte das Gefühl, keine Luft mehr zu bekommen.

Sie schlug die Richtung zur westlichen Stadtmauer ein. Dort auf der Promenade auf dem Bollwerk, von der aus man über das Meer sah, gab es mehr Freiraum, mehr Luft und mehr Ruhe.

Endlich erreichte sie die Stadtmauer. Sie stieg die Stufen hoch und gelangte auf das Bollwerk. Im Westen hing die Sonne als blutroter Ball tief über dem Horizont. Die letzten Spaziergänger flanierten über die Promenade. Dominique setzte sich auf eine Bank und wartete, bis die Sonne im Meer versank und die Spaziergänger einer nach dem anderen im Labyrinth der Stadt verschwanden.

Vom Strand her wehte eine leichte Abendbrise. Der Himmel über dem Horizont war immer noch rot gefärbt, die Wolken darüber orange-golden und weiter oben lila, und je höher man blickte, desto mehr wurde daraus ein sattes, dunkles Blau.

Diesen Ort hatte Dominique immer geliebt. Er schenkte einem Ruhe, Freiheit und das Gefühl, die Welt und ihre Probleme wären unendlich weit entfernt.

Doch heute erinnerte er sie nur daran, dass sie hier zusammen mit Jacques spazieren war. Der Erste, der sie so grausam betrogen und verletzt hatte.

Und auf jener Mole dort draußen war sie mit dem Zweiten gewesen …

Nein, sie war selbst schuld. Betrogen hatte er sie nicht. Er hatte ihr nie etwas versprochen. Sie selbst war es gewesen, die sich auf ein Spiel eingelassen hatte, dem sie nicht gewachsen war. Sie war nicht wie die Marquise de Tournoi oder der Comte de Beaumont oder viele andere. Oder wie Jacques. So leichtfertig, dass sie sich ungestraft in verbotener Weise amüsieren konnte. Sie war nicht in der Lage, die Regeln dieses Spiels zu befolgen. Es als ein Abenteuer zu sehen, das am nächsten Tag vorbei war. Die Gefühle außen vor zu lassen. Und sich dem nächsten zuzuwenden.

Das war nicht sie.

Und schon gar nicht gelang ihr das mit diesem Mann. Immer wieder hatte sie eine Mauer aufgebaut, mit der sie ihn hatte von sich fernhalten wollen. Aber jede Mauer, die sie aufgebaut hatte, hatte er im Sturm wieder niedergerissen.

Bis sie so weit gewesen war, keine Mauer mehr zu bauen. Darauf vertrauend, dass sie diesem Sturm auch so standhalten würde. Aber das tat sie nicht.

Es gab für sie keinen Weg, mit McLane umzugehen.

Eine Möwe schoss vom Himmel und stürzte ins Wasser. Als sie wieder auftauchte, hielt sie einen Fisch im Schnabel.

Nein, das Problem war nicht McLane, sondern sie selbst, erkannte Dominique. Sie hatte Gefühle für ihn ... sie hatte sich in ihn verliebt.

Und das war eine Sackgasse. Eine, aus der sie so schnell wie möglich wieder herauskommen musste. Bevor sie sich noch weiter darin verstrickte. Sie musste diese Gefühle aus ihrem Herzen verbannen. So endgültig wie möglich. Sonst würde sie daran zugrunde gehen. Noch einmal durfte sie nicht in diesen Abgrund stürzen, in den Jacques sie gestoßen hatte. Das würde sie kein zweites Mal überleben. Das war mehr, als ein Mensch ertragen konnte.

Dominique erhob sich und ging langsam die Promenade entlang. Weiter hinten rollte das Meer auf den Sandstrand. Unaufhörlich und immer wieder. Sie beobachtete, wie es kam und sich wieder zurückzog. Die Menschen konnten tun und lassen, was sie wollten, aber das Meer würde nicht aufhören, seine Wellen auf den Strand zu rollen. Bis in alle Ewigkeit.

Das war beruhigend. Es war etwas, woran man sich festhalten konnte. Etwas, das sich nie änderte, egal, was geschah.

Und genau dasselbe musste sie tun: sich wieder ihrem eigenen Leben zuwenden, der Manufaktur, den Fayencen, ihren Freunden und den Dingen, die sie mochte. Denn das alles war schon immer da ewesen und würde immer da sein.

McLane hingegen war in ihr Leben getreten und würde es bald wieder verlassen. Wahrscheinlich schon das nächste Mal, wenn sie sich begegneten. Vielleicht würde er sie noch freundlich grüßen, doch mit jeder Begegnung würde er sich weiter entfernen.

Und sich bald einer anderen zuwenden.

So wie Jacques es getan hatte.

31

Schade, dass sie nicht da war«, sagte Olivia und räkelte sich in ihrem Sessel. »Ich hätte sie gerne kennengelernt.«

»Ja, ich auch«, stimmte Grandma mit einem Augenzwinkern zu. »Sie muss eine bemerkenswerte Frau sein, wenn sie sich unserem Kincaid so lange widersetzt.«

»Das ist sie auch«, antwortete er und musste innerlich lächeln. Sein Blick wanderte zu der Flasche Whisky auf dem Kaminsims und dem einzelnen Glas daneben. Sich widersetzen? Davon hatte er vorletzte Nacht nicht viel gespürt. Aber das musste er Grandma und seiner Schwester ja nicht auf die Nase binden. Das war ihr süßes, kleines Geheimnis.

Nur darüber, dass er Dominique heute in der Manufaktur nicht angetroffen hatte, war er enttäuscht. Er hätte sie gerne wiedergesehen.

»Ihre Fayencen sind herrlich!«, sagte Olivia begeistert. »An den feinen, eleganten Stil der Franzosen kommt eben niemand heran. Daneben wirkt alles andere plump.«

»Was meinst du, weshalb ich Kincaid gebeten habe, diese Manufaktur zu kaufen?«, bemerkte Grandma trocken. »Die Frauen in Schottland und selbst in London reißen uns ihre Fayencen aus den Händen. Sie ist die ideale Erweiterung unserer Unternehmungen. Und wenn sie uns gehört, haben wir einen sicheren Lieferanten, bei dem wir nicht befürchten müssen, dass er uns gegen unsere Konkurrenten ausspielt.«

Kincaid wollte ihr widersprechen und sie von dieser fixen Idee, dass sie unbedingt Dominiques Manufaktur haben mussten, abbringen, aber Olivia kam ihm mit ihrer nächsten Lobeshymne zuvor.

»Selbst bei der neuen antiken Linie schaffen sie es, die Szenen mit dem Satyr und den Nymphen, die um ihn herumtanzen, oder die schöne Aphrodite, die aus dem Bad steigt, so darzustellen, dass sie nicht vulgär wirken und man die Teller jeder Abendgesellschaft vorsetzen kann«, schwelgte seine Schwester weiter. »Ich muss meinen Freundinnen unbedingt einige Stücke davon mitbringen! Sie werden begeistert sein.«

Seine Großmutter zog eine Augenbraue hoch. »Ich bezweifle, dass das die richtigen Mitbringsel für junge, tugendhafte Damen sind.«

»Ach, Grandma! Nun sei doch nicht so altmodisch!«

Kincaid konnte sich das Grinsen nicht verkneifen. »Und du willst wirklich, dass Olivia einige Zeit hier in Frankreich bleibt? Und das ausgerechnet bei mir?«

Grandma sah ihn verkniffen an. »Ich dachte, sie hätte einen guten Einfluss auf dich.«

»Olivia?« Kincaid lachte. »Sie wird als Erstes mein Service durch lüsterne Satyrn, nackte Nymphen und muskelbepackte Götter ersetzen.«

»Au ja!« Olivias Augen leuchteten.

Grandma zeigte mit dem Finger auf ihre Enkel. »Ihr beide werdet euch gefälligst anständig benehmen! So wie ich euch erzogen habe. Oder wollt ihr, dass die Franzosen denken, wir seien nichts weiter als niveaulose Hinterwäldler?«

Olivia kicherte und tat dann so, als würde sie nachdenken. »Also von wem stammte noch mal dieses aufregende Service?«

»Was willst du denn damit sagen?«, fragte Grandma.

Olivia grinste ihre Großmutter an. »Du willst eine Manufaktur kaufen, die Fayencen herstellt, die nichts für tugendhafte Damen sind?«

»Sie haben auch noch ganz andere Fayencen in ihrem Sortiment!«, entgegnete Grandma mit gerümpfter Nase.

»Ja, aber der Renner wird dieses Service werden. Da kannst du dich auf den Kopf stellen.«

»Ich weiß wirklich nicht, ob es eine gute Idee ist, Olivia hier bei mir zu lassen«, nutzte Kincaid die Gelegenheit. »Ich bin ständig unterwegs, und wenn ich hier bin, muss ich mich bei gesellschaftlichen Anlässen blicken lassen. Olivia wird sich nur langweilen.« Und wie sollte er Dominique zu weiteren Stelldicheins überreden, wenn seine Schwester im Zimmer nebenan schlief?

»Dann werde ich Madame Devilliers besuchen«, schlug Olivia vor. »Ich möchte sie kennenlernen, und vielleicht kann sie Hilfe in ihrem Laden brauchen.«

Das war nun das Allerletzte, was Kincaid wollte. »Das ist keine gute Idee. Der Laden ist das Reich von Henri, ihrem Verwalter.«

»Dann werde ich eben Amélie Courtois besuchen. Sie war sehr nett auf unserem Ausflug nach Rouen.«

Kincaid stöhnte innerlich auf. Er musste Grandma unbedingt dazu bringen, Olivia wieder nach Schottland mitzunehmen. Seine kleine Schwester würde sonst sein ganzes Leben durcheinanderbringen. »Sie ist eine Freundin von Madame Devilliers. Und in Anbetracht der geschäftlichen Verhandlungen, die wir gerade führen, könnte sich das als hinderlich erweisen.«

»Warum?«, fragte Grandma plötzlich interessiert. »Diese Verbindung können wir vielleicht nutzen, um Madame Devilliers von einem Verkauf zu überzeugen.«

Bloß nicht! »Sie wird es als einen Versuch der Beeinflussung sehen, als einen hinterlistigen Winkelzug von unserer Seite. Und dann wird sie erst recht stur bleiben.«

»Genau deswegen müssen wir uns eine andere Taktik überlegen. Denn bis jetzt hast du sie mit deiner nur dazu gebracht, stur zu werden.«

»Grandma, lass es! Sie will nicht verkaufen. Such dir eine andere Fayence-Manufaktur. In Rouen gibt es genug davon. Was glaubst du, warum ich euch dorthin geschickt habe?«

»Ich will aber diese.«

Kincaid beugte sich vor. »Und wer ist jetzt stur?«

»Hm.« Grandma verschränkte die Arme vor der Brust.

Auch wenn sie nichts mehr sagte, wusste Kincaid, dass sie nicht so leicht aufgeben würde. Beinahe konnte er sehen, wie sich die Rädchen hinter ihrer Stirn drehten. Er fragte sich nur, was sie sich als Nächstes ausdenken würde.

»Und morgen Abend gehen wir zu einer Soiree der Marquise de Gray?«, fragte Olivia. »Mademoiselle Courtois meinte, das seien *die* gesellschaftlichen Anlässe, zu denen jeder eingeladen werden möchte. Man trifft dort die Creme de la Creme von Le Havre. Du hast doch auch eine Einladung bekommen, nicht wahr?«

»Ja, natürlich.«

»Dann werden wir sicher auch Madame Devilliers endlich kennenlernen«, meinte Grandma.

Kincaid vermeinte, ein Glitzern in ihren Augen zu entdecken. Vielleicht war es doch keine so gute Idee, die beiden bekannt zu machen. Wenn Grandma gleich wieder auf den Kauf der Manufaktur zu sprechen kam, würde sie nur Dominiques Widerstand wecken. Und den wollte er nicht wieder abbauen müssen. Nicht, nachdem sich ihre Beziehung endlich so weit entwickelt hatte. Und schon gar nicht wollte er Gefahr laufen, dass Dominique womöglich den Schluss zog, sein Interesse an ihr basiere immer noch auf der Manufaktur. Denn das tat es schon lange nicht mehr.

»Ja, die möchte ich auch gerne endlich kennenlernen«, sagte eine Stimme hinter ihnen. Kincaid drehte sich um. Da stand sein kleiner Bruder. Der inzwischen größer war als er selbst. Dean hatte den Salon betreten, ohne dass einer von ihnen es gehört hätte. Das war typisch für ihn. Er tauchte unerwartet auf und verschwand ebenso unerwartet wieder. Aber kaum war er da, stand er sofort im Mittelpunkt.

»Dean! Wo warst du denn so lange?« Olivia sprang auf und umarmte ihren Bruder.

Der ließ die Umarmung widerwillig über sich ergehen und schob sie dann wieder von sich. »Na, na, man könnte denken, ich käme eben von einer Weltumsegelung zurück. Dabei war ich nur kurz in Bordeaux. Drei Tage und nicht mehr.«

Olivia ließ sich davon nicht beirren. »Mir kommt es viel länger vor, denn wir haben so viel gesehen, seit wir hier sind: Rouen, Le Havre, all die Geschäfte und Manufakturen! Das ist alles so aufregend! Ganz anders als das langweilige Edinburgh. Ihr beide seid zu beneiden! Ihr könnt die ganze Welt sehen.«

»So würde ich das nicht gerade nennen«, meinte Kincaid mit einem verkniffenen Seitenblick zu seinem Bruder und zu Grandma. »Seit Wochen sitze ich hier fest, während er sich auf meinem Schiff breitmacht.«

»Fang nicht wieder damit an«, warnte Grandma. »Es ist entschieden, dass Dean jetzt das Kommando hat. Du hattest es lange genug.«

»Was heißt hier entschieden?«, brummte Kincaid. *Sie* hatte das entschieden, nicht er.

Dean verschränkte die Arme vor der Brust und wippte auf seinen Füßen vor und zurück. »Genau. Jetzt bin ich an der Reihe.« Mit siegessicherer Miene blickte er auf seine kleineren Geschwister herunter. »Und wann lerne ich endlich Madame Devilliers kennen?«

Nie, wenn es nach mir geht, sagte sich Kincaid. »Wirst du nicht auf deinem Schiff erwartet?«

»Nein.« Dean gab seine Pose auf und fläzte sich in einen Sessel.

»Dir ist aber schon klar, dass die Männer jeweils nur auf den Landgang in Le Havre warten. Das Hafenleben hier ist weithin berüchtigt. Wenn du nicht aufpasst, kannst du sie morgen sturzbesoffen in der ganzen Stadt und in jedem Bordell zusammensuchen.«

»Kincaid! Ich muss doch sehr bitten. Deine Schwester ist anwesend, also mäßige deine Sprache«, tadelte Grandma.

Olivia kicherte und wollte etwas sagen.

Aber Dean kam ihr zuvor. Mit dem Finger deutete er auf sie. »Wenn du noch mal mit mir segeln willst, hältst du jetzt lieber den Mund.«

Abwehrend hob sie die Hand. »Aye, aye, Käpt'n.«

Verwundert zog Kincaid die Augenbrauen hoch. »Die hast du aber ganz schön im Griff.« So anständig und tugendhaft seine kleine Schwester sich auch geben konnte – vor allem wenn Grandma anwesend war –, so wusste Kincaid es besser. Sie war ein Wildfang, der ihnen schon als kleines Mädchen in nichts hatte nachstehen wollen. Dean und er hatten sich einen Spaß daraus gemacht, die Kleine auf die höchsten Bäume zu jagen, die es in ihrem Garten gegeben hatte. Hochgekommen war sie immer, aber mit dem Herunterklettern war es nicht so einfach gewesen – und während ihre Schwester auf dem Baum festsaß, konnten sie beide ungestört ihren Jungenspielen nachgehen.

Wenn er so zurückdachte, kam beinahe ein schlechtes Gewissen in ihm auf. Olivia hatte wirklich einiges über sich ergehen lassen müssen. Es wäre nur recht, wenn er sich jetzt auch einmal um sie kümmerte und ihr den Wunsch erfüllte, einige Zeit in Frankreich verbringen zu dürfen. Andererseits ...

»Vielleicht sollte sie lieber bei dir auf dem Schiff bleiben«, schlug er vor. »Da sieht sie mehr von der Welt. Und das ist es ja, was sie will.«

Entschieden hob Grandma die Hand. »Das kommt überhaupt nicht in Frage! Auf einem Schiff ist kein Platz für eine Frau!«

»Da hast du völlig recht«, stimmte Dean ihr zu. »Warum überlegst du dir nicht schon mal, welches deiner neuen Kleider du zu Marquise de Grays Soiree tragen willst? Ich habe gehört, dort geht es sehr vornehm zu. Inzwischen bespreche ich noch einige geschäftliche Angelegenheiten mit unserem Bruder.«

Olivia murrte. »Immer speist ihr mich ab, wenn es um Geschäftliches geht.«

»Das ist richtig so«, beschied Grandma. »Wir Damen werden uns zurückziehen, damit die Männer ungestört sind.«

Kincaid schnaubte leise, und auch Dean verdrehte hinter Grandmas Rücken die Augen.

Wie aufs Kommando drehte sie sich um und blitzte sie an. »Aber wenn ihr mir etwas Falsches besprecht, ziehe ich euch eins mit dem Holzlöffel über!«

32

Wieder einmal fühlte sich Dominique überhaupt nicht in der Stimmung auszugehen. Aber sie hatte der Marquise de Gray bereits zugesagt, und sich wie ein verletztes Reh in ihrem Zimmer einzuschließen, kam für sie nicht in Frage.

Und sie würde auch diesen Abend überstehen, sagte sie sich, als sie in den Salon trat. Ihre Augen schweiften durch den Raum. Sie hatte vor, sich wie üblich zu den älteren Damen zu gesellen. Doch bevor sie das tun konnte, sprach sie der Reeder an, den sie einige Tage zuvor bei ihrem Besuch im Herrenclub neben der Auktionshalle angetroffen hatte. »Madame Devilliers! Ich bin erfreut, Euch wiederzusehen!«

Kurz darauf kam auch noch der Kapitän aus jener Runde hinzu, und die beiden verwickelten sie in ein Gespräch.

Plötzlich bemerkte sie aus dem Augenwinkel, wie McLane den Saal betrat, zusammen mit seiner Frau und der älteren Dame. Bevor sie sich abwenden konnte, hatte McLane sie entdeckt und winkte ihr zu. Sie erwiderte seinen Gruß mit einem Kopfnicken und wandte sich dann rasch wieder dem Reeder und dem Kapitän zu, in der Hoffnung, McLane möge sich eine andere Gesellschaft suchen.

»Wie laufen Eure Geschäfte?«, fragte der Reeder gerade.

»Gut, besten Dank«, antwortete Dominique ausweichend.

»Ja, französische Fayencen sind auch in den Kolonien sehr begehrt«, fuhr er fort. »Die Herrschaften, die dort ein Vermögen gemacht haben, lassen alle möglichen Luxusartikel aus dem Heimatland kommen, um auch in der Wildnis ein angenehmes

Leben führen zu können. Wir machen unsere besten Geschäfte mit den Kolonien.«

»Nun, von Wildnis würde ich nicht mehr sprechen«, entgegnete der Kapitän. »Zumindest nicht überall. Die Hafenstädte in Amerika und auf den Antillen sind am Blühen. Und die Möglichkeiten dort unbegrenzt.«

Damit hatte er Dominiques Interesse geweckt. Geschichten aus der Neuen Welt waren immer spannend.

Doch bevor er weitererzählen konnte, kam der Kaufmann aus derselben Runde im Club zu ihnen. Seine Wangen waren vor Aufregung gerötet, und seine Stirn sorgenvoll gerunzelt. »Habt Ihr das auch gehört? Eines unserer Schiffe ist gesunken!«

»Welches denn?«, fragte der Kapitän.

»Es soll die *Victoire* gewesen sein.«

Dominique schrak auf. »Die *Victoire*?«

»Ja.«

»Das kann nicht sein!«, herrschte der Reeder ihn an. Dann wandte er sich an den Kapitän. »Ihr sagtet doch, Ihr hättet keine Nachricht von ihr!«

»Nein, wir sind ihnen nicht begegnet. Und seit wir in Le Havre sind, ist auch noch kein anderes Schiff von den Antillen eingelaufen.«

Fahrig fuhr sich der Reeder durch die Haare. »Ich habe einiges in die Fracht der *Victoire* investiert. Wenn sie gesunken ist …«

Dann bin ich ruiniert!, dachte Dominique entsetzt.

»Ich bin mir ziemlich sicher, dass der Bote von der *Victoire* gesprochen hat«, setzte der Kaufmann nervös nach. »Ich habe auch Waren mitgeschickt. Deshalb wollte ich von Euch wissen, ob Ihr etwas gehört habt.«

»Nein. Aber wenn dem so wäre …« Das Blut wich aus dem Gesicht des Reeders.

»Lasst uns zum Hafen gehen und nachfragen«, schlug der Kapitän vor.

»Ja. Ich muss wissen, was los ist«, stimmte der Reeder zu.

»Ich komme mit Euch«, beschloss Dominique. Keine Sekunde würde sie länger hier stehen und sich in oberflächlichen Plaudereien ergehen können, wenn sie damit rechnen musste, dass das Schiff tatsächlich gesunken war.

Sie eilten hinaus, und der Reeder rief seine Kutsche herbei.

»Von wem habt Ihr das gehört?«, fragte er den Kaufmann, nachdem sie eingestiegen waren.

»Einer meiner Angestellten hat mich eben benachrichtigt. Er hat es von einem Kapitän gehört, der heute Abend eingelaufen ist.«

Dominique krallte die Finger in den Stoff ihres Kleides. Das Gespräch verstummte. Jeder war in seinen Schreckensszenarien gefangen.

Am Hafen hielt die Kutsche direkt vor dem Schiff, das heute Abend angelegt hatte. Es war noch nicht einmal ganz entladen. Der Reeder sprang vom Tritt und rannte den Steg zum Schiff hinauf. Dominique und die anderen beiden Männer folgten ihm.

»Wo ist der Kapitän?«, rief er einem der Matrosen zu, die das Frachtgut aus dem Schiff trugen.

Der zeigte nach hinten. »Auf dem Achterdeck.«

Die vier liefen über das mit Ballen, Säcken und Fässern verstellte Deck.

»Ist es wahr?«, rief der Reeder atemlos, als er den Kapitän erblickt hatte.

Der wandte sich um. »Was?«

»Dass die *Victoire* gesunken ist.«

Dominique sandte ein Stoßgebet zum Himmel, dass er Nein

sagte. Oder dass es ein anderes Schiff gewesen war, das gesunken war. Nur nicht die *Victoire!*

Bedauernd nickte der Kapitän. »Frachtgut und Wrackteile wurden an Land gespült. Darunter auch ein Teil des Hecks, auf dem der Name des Schiffes stand: *Victoire*. Es tut mir leid.«

Dominiques Herzschlag setzte aus.

»Aber das kann nicht sein!«, rief der Reeder aufgelöst. »Der Kapitän hier kommt von Martinique, und er hat nichts dergleichen berichtet! Ihr müsst Euch täuschen! Ihr könnt keine neueren Nachrichten von der Insel haben!«

Er schüttelte den Kopf. »Sie ist nicht vor Martinique gesunken, sondern vor den Azoren. Schon vor einigen Wochen. Ein Sturm warf sie an die Felsen der Steilküste, wo sie leck lief und sank. Es gab nicht einmal Überlebende. Nur die Wrackteile, die man gefunden hat, bezeugen den Untergang.«

Dominique wurde schwarz vor Augen. Das Schiff war schon auf dem Hinweg gesunken! Ihre Fayencen hatten den Atlantik nicht einmal überquert! Sie war ruiniert! Und das schon seit längerem! Ohne dass sie es gewusst hatte.

»Madame, fühlt Ihr Euch nicht wohl?«, fragte der Kapitän und stützte sie am Arm.

Sie riss sich zusammen. »Es geht schon.«

»Hattet Ihr auch Fracht geladen?«

Sie nickte, da sie kein Wort mehr herausbrachte.

»Ich bringe Euch nach Hause«, bot der Kapitän an. »Hier können wir nichts mehr tun.«

Er führte sie über das Deck, und der Reeder und der Kaufmann folgten ihnen wortlos.

Als sie das Schiff verließen, warteten auf dem Quai weitere Gäste der Soiree, die anscheinend von dem Unglück gehört und sich ebenfalls zum Hafen aufgemacht hatten. »Ist es wirklich wahr?«, fragten sie erschüttert. Einige von ihnen hatten ebenso wie Dominique und der Reeder Frachtgut mitgeschickt oder Geld in dieses investiert.

Der Kaufmann berichtete ihnen, was sie von dem Kapitän gehört hatten.

Währenddessen trat McLane zu Dominique. Sie bemerkte es erst, als er direkt vor ihr stand. Als er sie ein Stück beiseitezog, hatte sie nicht die Kraft, sich zu wehren. »Ist sie tatsächlich gesunken?«

Dominique nickte nur.

»Das ist schrecklich.«

»Ja!«, fuhr der Reeder dazwischen, der ein paar Schritte neben ihnen stand. »Meine ganze Fracht ist verloren!«

McLane beachtete ihn nicht, sondern strich sanft über ihren Arm. »Soll ich Euch nach Hause bringen?«

Steif machte Dominique sich von ihm los. »Nein, vielen Dank. Der Kapitän hat bereits angeboten, das zu tun.« Das Letzte, was sie jetzt ertrug, war McLane. Sie würde sich noch an seine starken Schultern werfen und in Tränen ausbrechen. Und ihn nicht mehr loslassen.

Bis seine Frau käme. Bis sie loslassen musste. Und dann würde sie den letzten Halt verlieren, den sie noch hatte.

Nein, das durfte nicht geschehen. Sie musste sich von McLane fernhalten, um stark bleiben zu können. Stark genug, um das allein durchstehen zu können. Denn das war sie. Allein. McLane gehörte einer anderen.

»Gehen wir«, sagte sie zu dem Kapitän, der den anderen Gästen inzwischen alles erzählt hatte, was sie wussten.

Er rief eine Kutsche herbei und half ihr einzusteigen.

Dominique konnte sich nicht daran hindern, einen Blick zurückzuwerfen. Mit hängenden Schultern stand McLane da und sah ihnen nach. Schnell wandte sie die Augen ab. Ihn so zu sehen war mehr, als sie ertragen konnte.

Warum lässt sie sich nicht von mir helfen?, fragte sich Kincaid verletzt. Dass sie bei der Soiree nicht auf ihn zugekommen war, sondern sich abgewandt hatte, als er ihr zuwinkte, hatte ihm bereits zu schaffen gemacht. Da hatte er sich aber noch sagen können, dass das nichts mit ihm zu tun hatte, sondern sie nur vermeiden wollte, etwas von der Beziehung preiszugeben, die zwischen ihnen bestand. Und diese zu verheimlichen wäre schwierig geworden, wie er sich selbst eingestehen musste. Wie sollte er ihr so distanziert und formvollendet begegnen wie den anderen Gästen, wenn er es doch kaum erwarten konnte, sie zu berühren? Sie an sich zu ziehen, in die Arme zu nehmen und zu küssen?

Sie jetzt auf dem Quai so hilflos und verloren zu sehen und dennoch von ihr zurückgewiesen zu werden brach ihm beinahe das Herz. Warum ließ sie sich nicht von ihm nach Hause bringen? Er hätte sie in die Arme nehmen und ihren Kummer mittragen können. Ihr in dieser schwierigen Situation beistehen können. So, wie man es mit den Menschen tat, die man liebte. Man war für sie da, wenn sie einen brauchten.

Warum stieß sie ihn jetzt, wo sie doch ganz offensichtlich jemanden brauchte, zurück? Warum wollte sie ihn nicht an ihrer Seite haben?

So sehr er sich auch das Gehirn zermarterte, er fand keinen Grund.

Und dann ging ihm auf, was er da gerade gedacht hatte. Ein Mensch, den man liebte. Ja, das war sie für ihn. Er wusste nicht, wann es passiert war, aber irgendwann in den letzten Wochen hatte er sich in Dominique Devilliers verliebt. Und dass sie ihn jetzt nicht bei sich haben wollte . . . das konnte nur einen Grund haben.

Weil sie dich nicht liebt.

Diese Erkenntnis traf ihn schwer. Er ließ sich auf einen der Poller sinken, an welchem die Schiffe vertäut wurden.

Sie hatte nicht die Nacht mit ihm verbracht, weil sie ihn liebte, sondern weil sie seine Hilfe brauchte. Weil sie das Zinn brauchte, ohne das ihre Manufaktur nicht überleben konnte.

Offenbar hatte es nichts genutzt, dass er ihr das Geld zurückgeschickt und die Verpflichtung, in die er sie gepresst hatte, aufgelöst hatte. Dass sie sein Angebot dennoch angenommen hatte, hatte er völlig falsch verstanden. In seiner Verliebtheit hatte er geglaubt, sie tue es, weil sie genauso fühlte wie er. Während sie in Wirklichkeit für seine Hilfe bezahlte. Nicht mit Geld, sondern mit ihrem Körper.

Und nun, nachdem die Manufaktur ruiniert war, brauchte sie kein Zinn mehr. Brauchte sie ihn nicht mehr.

»Was ist denn nun los?«, fragte Grandma, die zusammen mit Olivia gerade aus einer Kutsche stieg. Er hatte sie bei der Marquise de Gray zurückgelassen, als er Dominique nachgeeilt war. Anscheinend hatten sie nicht auf Nachrichten warten wollen.

»Die *Victoire* ist gesunken«, antwortete er tonlos.

»Ist das das Schiff, mit dem Madame Devilliers die große Bestellung auf die Antillen geschickt hat?«

Er nickte.

Grandma kniff die Augen zusammen und blickte über das Hafenbecken. »Dann ist sie jetzt ruiniert.«

Er ballte die Fäuste an den Seiten. »So ist es.«

»Und wir haben ein leichtes Spiel.«

Kincaid drehte sich beinahe der Magen um. »Grandma, lass es!«

»Warum? Jetzt können wir den Plan, die Manufaktur zu übernehmen, endlich umsetzen.«

»Aber nicht so!«

»So oder anders, was spielt das für eine Rolle?«

Ihre Kaltschnäuzigkeit brachte ihn auf. »Eine gewaltige! Du

kannst doch nicht tatsächlich aus ihrem Leid Kapital schlagen wollen!«

»Es geht hier nicht um ihr Leid, sondern darum, dass sie verkaufen muss. Sie kann die Manufaktur nicht mehr länger selbst weiterführen. Warum ist es falsch, wenn wir ihr dabei unter die Arme greifen?«

Diesem Argument hatte er nichts entgegenzusetzen. »Wie du meinst. Damit will ich aber nichts mehr zu tun haben. Mit dem nächsten Schiff segle ich nach London zurück«, beschloss er.

Er musste hier weg. Weg von Dominique. Bevor sein Herz ein zweites Mal brach.

33

Dominique machte diese Nacht kein Auge zu. Ihre Gedanken kreisten unaufhörlich um das eine: Wie sollte es ihr so noch gelingen, die Manufaktur zu halten?

Vermögen hatte sie keines mehr. Der Schmuck war längst verkauft, das Haus gemietet. Es aufzugeben, das Personal zu entlassen und in eine Kammer in die Manufaktur umzuziehen, war ebenfalls keine Möglichkeit. Ein solcher Schritt würde der ganzen Gesellschaft zeigen, dass sie vor dem Ruin stand. Niemand würde ihr mehr vertrauen und ihr Waren auf Kredit verkaufen. Doch wo konnte sie noch Geld auftreiben? Und selbst wenn sie welches auftreiben konnte, irgendwann mussten ihre Schulden zurückbezahlt werden. Wie sollte sie das schaffen?

Endlich brach die Morgendämmerung an. Das löste zwar nicht ihre Probleme, aber wenigstens schwand diese unerträgliche Dunkelheit, die einem das Gefühl gab, in einem Irrgarten in seinem Kopf gefangen zu sein.

Wie so oft in der Zeit nach Jacques' Tod stand sie nur auf und zog sich an, weil sie in der Manufaktur erwartet wurde. Weil Henri, André und ihre Arbeiter sie dort brauchten. Sie konnte nicht einfach liegen bleiben und sich in ihrem Selbstmitleid vergraben. Es waren die Arbeit und die Verantwortung gewesen, die sie nach Jacques' Tod am Leben gehalten hatten. Aber wie würde es sein, wenn sie nicht mehr in die Manufaktur gehen konnte? Wie sollte sie dann überleben?

Im Büro erledigte sie die Korrespondenz, die sich tags zuvor angesammelt hatte, und ging dann in den Laden hinunter. Zu etwas anderem war sie nicht fähig. Insbesondere nicht, darüber nachzudenken, wie es weitergehen sollte.

Sie half Henri, die Kunden zu bedienen, holte weitere Fayencen aus dem Lager, um die verkauften zu ersetzen, und sorgte dafür, dass eine neue Tonlieferung im Keller verstaut wurde. Die Frage, wie sie diese bezahlen sollte, schob sie beiseite.

Dann gellte die Glocke im Laden, die sonst leise bimmelte, laut auf. Im nächsten Moment folgte ein lautes Krachen. Jemand musste die Tür so energisch aufgestoßen haben, dass sie gegen die Wand schlug. Dominique eilte mit der Sauciere, die sie im Lager geholt hatte, in den Laden zurück, um nachzusehen.

Mit funkelnden Augen marschierte Cousin Gustave herein. »Jetzt reicht es!«

Dominique ließ beinahe die Sauciere fallen, so erschrocken war sie über den plötzlichen Angriff.

Mit dem Finger zeigte er auf sie. »Du hast es übertrieben! Du hast die Manufaktur ruiniert! Du bist unfähig! Ich werde dafür sorgen, dass heute dein letzter Tag hier ist! Keinen Schritt mehr wirst du in dieses Gebäude setzen!«

Zitternd stellte Dominique die Sauciere ab, bevor sie ihr tatsächlich aus den Händen glitt.

»Ich werde dafür sorgen, dass du entmündigt wirst! Ab jetzt werde ich die Manufaktur leiten.«

»Das kannst du nicht machen. Sie gehört mir«, brachte Dominique endlich heraus.

André kam in den Laden gelaufen. »Was ist los? Ich habe Geschrei gehört.«

»Gustave will mich entmündigen lassen.«

»Das kann er doch nicht einfach so.«

»Oh doch!«, erwiderte Gustave. »Es ist schon alles in die

Wege geleitet. Die Papiere sind bei Gericht, und in der morgigen Sitzung werden sie unterschrieben.«

»Aber das geht doch nicht!«, empörte sich André. »Sie ist Witwe. Als solche kann sie das Geschäft selbst weiterführen.«

»Aber nicht, wenn sie unfähig ist und ihre Existenz gefährdet!«, bellte Gustave. »Dann hat ihre Familie die Verantwortung für sie und ihr Vermögen zu übernehmen!«

Sprachlos sah André Dominique an. Resigniert nickte sie. So wie es um sie stand, hatte Gustave gute Chancen, damit durchzukommen.

»Woher wollt Ihr überhaupt wissen, dass sie ruiniert ist?«, fragte André plötzlich.

»Die *Victoire* ist gesunken. Und damit ihre letzte Chance vertan. Nicht wahr, meine Liebe?«

Dominique hätte ihm die Schadenfreude am liebsten aus dem Gesicht geschlagen.

»Nun denn. Am besten packst du schon mal deine Sachen und lässt sie nach Hause bringen. Und dann werde ich hier übernehmen.«

Bevor sie in Tränen ausbrach oder Gustave tatsächlich die Faust ins Gesicht schlug, lief Dominique aus dem Laden und die Treppe hinauf. Ihre Gedanken kreisten so schnell, dass sie kaum einen davon fassen konnte. Zusammenpacken sollte sie. Ihre Sachen. Wie sollte sie das tun? Es ging nicht nur um ihre Sachen. Es ging um die Manufaktur und damit um ihr Leben. Das hatte sie verloren. Ihr Leben hier in Le Havre.

Oben in ihrem Büro blieb sie mitten im Raum stehen. Hektisch schweifte ihr Blick umher. Der Schreibtisch war aufgeräumt, das hatte sie heute Morgen getan. Die Bücher standen ordentlich aufgereiht in den Regalen, die neuen Zeichnungen auf der Staffelei. Die Korrespondenz war erledigt.

Sie konnte ihrem Nachfolger alles so überlassen.

Kurz entschlossen öffnete sie die Schreibtischschublade und nahm alles Geld, das sie in der Kassette verwahrte, heraus. Dann löste sie den Schlüssel von ihrem Bund und steckte ihn zurück in das Schloss der Schublade. Der Nächste, der hier saß, wäre froh darum. Und es wäre schade um den schönen Schreibtisch, wenn die Schublade aufgebrochen würde.

Noch ein letztes Mal blickte sie sich um. Dann stand sie auf und nahm rasch ihren Umhang vom Haken, um zu gehen. Bevor sie das nicht mehr schaffen würde. Bevor sie in Tränen ausbrechen und an ihrem Schreibtisch heulend zusammensinken würde.

Sie warf sich den Umhang über und lief die Treppe hinunter. Es war vorbei. Gustave hatte gewonnen. Daran gab es nichts mehr zu ändern.

Sie durchquerte gerade den Innenhof, als ihr noch etwas in den Sinn kam. Noch einmal kehrte sie um und ging in den Laden zurück. Auch hier nahm sie alles Geld aus der Kasse und stopfte es ebenfalls in ihren Beutel. Sämtliche Einnahmen der letzten paar Wochen, in denen sich die antike Linie so gut verkauft hatte. Eigentlich hatte sie damit die drängendsten ihrer Schuldner zufriedenstellen wollen. Aber das war nun nicht mehr ihr Problem. Sollte sich doch Gustave darum kümmern. Mit dem Geld würde sie eine Weile überleben können, bis sie eine neue Arbeit gefunden hatte. Denn so wie sie Gustave kannte, durfte sie – sobald er sie entmündigt hatte – nicht mehr damit rechnen, noch etwas von den Einnahmen der Manufaktur für ihren Lebensunterhalt zu erhalten. Wahrscheinlich würde er sie zwingen, in ein Kloster zu gehen, damit sie ihm endgültig aus dem Weg war und keine Ansprüche mehr stellen konnte.

Ohne noch einen Blick zurück – das hätte sie nicht ertragen – verließ sie die Manufaktur. Nur mit den Kleidern, die sie trug, und dem Beutel voll Geld stand sie auf der Straße und sah sich um. Wohin sollte sie gehen? Eine Weile lang stand sie wie erstarrt da, ihr Kopf war völlig leer. Ihre Zukunft schien ein großes schwarzes Loch zu sein, das sie verschlingen würde, egal, wohin sie sich wand. Doch dann begannen ihre Beine zu laufen. In Richtung Hafen. Denn ein Gedanke hatte sich doch durch die Leere gekämpft. Sie wollte weg. Nur noch weg!

»Wann segelst du zurück?«, fragte Kincaid seinen Bruder.

»Morgen.«

»Gut. Dann komme ich mit.«

»Wie bitte?«

»Ich segle mit dir zurück nach London. Oder Edinburgh. Oder wohin auch immer du gehst.«

Dean schüttelte den Kopf, als hätte er nicht richtig verstanden. »Du willst hier weg? Morgen?«

Kincaid nickte.

Einen Moment lang sagte Dean nichts. »Du hast hier ein Haus. Du hast deine Geschäfte am Laufen. Grandma und Olivia sind da. Und du willst weg? Und weißt noch nicht einmal wohin? Was, zum Henker, ist mit dir los?«

»Gar nichts«, sagte Kincaid ruhig. »Ich will nur hier weg.«

Dean furchte die Stirn. »Und warum so plötzlich?«

Wortlos zuckte er mit den Schultern.

»Du kannst doch nicht einfach alles sausen lassen!«, platzte Dean heraus. »Alles, was du dir aufgebaut hast!«

»Was habe ich denn aufgebaut? Eine Manufaktur sollte ich kaufen. Und das war's. Grandma kann das jetzt übernehmen.«

»Nein. Das war nur der Anfang.« Eindringlich sah Dean ihn an. »Was ist los?«

»Nichts.«

Dean verschränkte die Arme vor der Brust und wartete auf eine Antwort. Als Kincaid nichts sagte, ließ er die Arme wieder sinken. »Na schön. Wie du willst. Lauf davon wie ein Feigling.«

Immer noch sagte Kincaid nichts.

Schließlich meinte Dean: »Es ist die Devilliers, nicht wahr?«

»Das geht dich nichts an!«

»Sie hat es dir angetan.«

»Sie wollte nur das Zinn«, rutschte es Kincaid heraus.

»Hm.« Skeptisch sah Dean ihn an. »Und darum lässt du hier alles sausen?«

»Was geht dich das an?«, brauste er auf. »Ich will nur mit dir zurücksegeln!«

Dean zuckte die Schultern. »Meinetwegen. Tu, was du nicht lassen kannst. Ist dein Leben. Nicht meines.«

»Genau!«, knurrte Kincaid. »Und jetzt gehe ich packen.« Damit er dieses verdammte Le Havre verlassen konnte. Morgen.

Sollte Grandma doch selbst sehen, wie sie zurechtkam. Sie hatte ihn hierhergeschickt, obwohl er ihr von Anfang an gesagt hatte, dass es eine Schnapsidee war. Trotzdem hatte er seine Aufgabe erledigt. Oder es zumindest versucht. Jetzt konnte sie den Kauf abschließen. So, wie sie es gewollt hatte. Aber ohne ihn.

Er verließ das Schiff und machte sich auf den Weg zum Haus, um seine paar Habseligkeiten in einen Seesack zu stopfen.

34

Dominique lief den Quai entlang. Das erste große Segelboot, auf dem sie sich nach einer Überfahrt erkundigte, war ein Linienschiff, das gerade von Indien gekommen war. Wann es wieder ablegen würde, war noch nicht klar.

Das nächste Schiff, ein Zweimaster, war ihr zu klein. Mit dem kam man bestimmt nicht über den Atlantik.

Das dritte war schon besser. Ein schnittiger Dreimaster, der einen Sturm geradezu herauszufordern schien, nur um ihm zu beweisen, dass er durch nichts aufzuhalten war. Und als sie seinen Namen am Bug entdeckte – *Freedom* –, wusste sie, dass dies ihr Schiff war. Was wollte sie mehr? Egal wohin es segelte, sie würde mitsegeln. In die Freiheit. In die Kolonien, wo niemand sie bevormunden und ihr Grenzen setzen würde. Kein Gustave und keine feine adlige Gesellschaft. Kein McLane, dessen Anblick ihr jedes Mal aufs Neue das Herz brechen würde.

Dort in den Kolonien würde sie neu anfangen. Wie oft hatte sie davon geträumt? Aufs Meer hinauszusegeln, in die Freiheit und in eine neue Welt, in der einem alle Möglichkeiten offenstanden.

Sie wusste, dass diese überhastete Entscheidung vielleicht unklug war. Dass sie noch einmal darüber nachdenken sollte. Dass ein Leben in den Kolonien hart und manchmal gefährlich war. Aber sie hatte das Gefühl, nicht mehr atmen zu können. Sie hatte die Manufaktur verloren, sie hatte McLane verloren … sie hatte sich selbst verloren. Der Gedanke, alles hinter sich zu lassen, am besten noch heute, war das Einzige, was sie aufrecht stehen ließ. Und warum sollte sie es in den Kolonien nicht schaffen? Sie war eine Kämpferin, sie konnte arbeiten und hatte mit dem Geld aus der Manufaktur ein kleines Startkapital. Und irgendwann, vielleicht erst in einigen Jahren, würde sie sich ihre eigene, wenn auch einfache Existenz aufgebaut haben. So wie es viele andere Auswanderer vor ihr auch schon geschafft hatten.

Über eine Holzplanke stieg sie zum Schiff hinauf. Vorn auf dem Deck entdeckte sie einen Mann, bei dem es sich, so wie er den Matrosen Arbeiten zuteilte, um den Kapitän handeln musste. Ohne auf die Seeleute zu achten, die ihr verwunderte Blicke zuwarfen, ging sie auf ihn zu.

Als er sie bemerkte, raunzte er sie an: »Was wollt Ihr auf meinem Schiff?«

»Guten Tag, Monsieur. Mein Name ist Devilliers, und ich suche eine Kabine für eine Überfahrt.«

Der Mann hob die Augenbrauen. »Sagtet Ihr Devilliers? Etwa Dominique Devilliers?«

»Ja, das bin ich.«

»Euch gehört die Fayence-Manufaktur?«

»So ist es«, antwortete Dominique, obwohl sie versucht war, gleich nachzuschieben: Sie *gehörte* mir.

Die Miene des Mannes hellte sich auf, und er streckte ihr die Hand hin. »Guten Tag. Ich bin Dean.«

Ein bisschen überrascht von seiner zwanglosen Begrüßung, drückte sie seine Hand. Andere Länder, andere Sitten, dachte sie sich. Franzose ist er jedenfalls nicht. »Es freut mich, Euch kennenzulernen, Kapitän Dean.«

Erneut hob der Mann die Brauen hoch. Dann glättete sich seine Miene wieder, und lächelnd erwiderte er: »Es freut mich ebenfalls, Euch kennenzulernen. Ich habe schon viel von Euch gehört.«

Nun war es an Dominique, sich zu wundern. »Von mir?« Waren ihre Fayencen so weitherum bekannt?

»Ja. Aber warum sucht Ihr denn eine Kabine auf einem Schiff?«

»Um von hier wegzukommen«, antwortete sie entschieden.

Kapitän Dean sah sie an, als erwartete er, dass sie fortführe. Als sie es nicht tat, fragte er: »Wollt Ihr mich nach unten begleiten, wo wir in Ruhe reden können?«

Dominique nickte. Sie wollte möglichst schnell eine Vereinbarung treffen.

Er führte sie zu einem Niedergang auf dem Achterdeck. Dann fiel ihm etwas ein. »Wartet bitte kurz.« Er wandte sich an einen Bootsjungen, der an Deck herumlümmelte und das Treiben im Hafen verfolgte. Nachdem er etwas zu ihm gesagt hatte, sprang der Junge auf und rannte die Holzplanke hinunter auf den Quai.

»Bitte sehr.« Der Kapitän deutete auf die Stiege den Niedergang hinunter und ging voraus. Dominique folgte ihm. Sie gelangten in einen schmalen Korridor, von dem drei Türen abgingen. Diejenige geradeaus öffnete er und bat sie einzutreten.

Eine geräumige Kabine empfing sie. Überrascht blieb sie stehen und sah sich um. Sie hatte sich die Kabinen auf Schiffen beengter und einfacher vorgestellt. Diese jedoch war geradezu luxuriös ausgestattet. Rechter Hand befand sich ein breites Bett mit dunkelblauen Seidenlaken und an seinem Ende ein mit Intarsien belegter Schrank aus edlem Holz. Unter der langen Fensterfront stand ein mit Leder bezogener Sessel mit einem Beistelltischchen aus demselben Holz wie der Schrank, und auf dem Tisch linker Hand lag sogar ein Damasttischtuch. Darauf ruhte eine Porzellanschale mit Erdbeeren.

»Setzt Euch doch. Darf ich Euch etwas anbieten? Cidre oder Wein?«

Eigentlich wollte Dominique nur eine Kabine mieten und sich darin verkriechen, bis das Schiff ablegte. Doch mit ›reden‹ hatte Kapitän Dean anscheinend auch genau das gemeint. Vielleicht wollte er auch nur sicherstellen, dass sie keine Verrückte war, die ihm und seiner Mannschaft die Fahrt zur Hölle machen würde. »Einen Cidre.«

Er öffnete die Kommode, nahm zwei Gläser und eine Flasche Cidre heraus und goss ein. Dann schob er ihr die Erdbeeren hin. Große, dunkelrote Früchte, nicht wie die kleinen, die es auf dem Markt in der Stadt zu kaufen gab. »Bitte, bedient Euch.«

Um ihn nicht zu beleidigen, nahm sie eine, auch wenn ihr der Sinn, trotz des verführerischen Dufts, nicht danach stand.

»Ich liebe Erdbeeren«, meinte er. »Wir haben sie heute Morgen frisch von einem Schiff gekauft, das gerade von Nantes kam.«

Er nahm sich ebenfalls eine und biss genießerisch hinein. Nachdem er sie verspeist hatte, fragte er: »Warum wollt Ihr weg von Le Havre? Ihr habt doch ein gutgehendes Geschäft.«

Bitter lachte sie auf. »So gut läuft es leider nicht.«

»Aber dagegen kann man doch bestimmt etwas tun.«

»Leider nicht.«

»Warum nicht?«

Sie seufzte. Dann brach es aus ihr heraus. »Das Geschäft gehört mir nicht mehr.«

»Nein?« Überrascht sah er sie an. »Aber die neuen Besitzer werden es Euch doch wohl weiterführen lassen. Ihr seid eine Meisterin des Fayence-Handwerks.«

»Ich wurde angehalten, meine Sachen zu packen und zu gehen.«

Er furchte die Stirn. »Ihr beliebt zu scherzen. Bestimmt habt Ihr etwas missverstanden.«

Traurig schüttelte sie den Kopf. »Leider nicht. Die Aufforderung war klar und präzise.«

»Das kann ich nicht glauben«, empörte er sich. »Wie kann man so mit Euch umgehen?«

Plötzlich traten ihr Tränen in die Augen. Ein völlig Fremder verteidigte sie vehement, während ihr Cousin ihr ihre Lebensgrundlage nahm und ihr Liebhaber sie wie eine Hure behandelte. Sie blinzelte, um die Tränen zu verdrängen, und zuckte mit den Schultern. »Ich habe alles verloren. Alles, was mir lieb und teuer war.«

Mitfühlend sah Kapitän Dean sie an. Dann griff er nochmals in die Kommode hinter sich und holte ein Kristallglas mit dickem Boden und eine weitere Flasche heraus. Er goss ein und schob ihr das Glas hin. »Trinkt das. Das hilft gegen alle Verstimmungen.«

Dominique wollte erwidern, dass gegen ihre *Verstimmung* nichts mehr half, doch als sie das Glas mit der goldenen Flüssigkeit in die Hand nahm, drang ihr der torfige, rauchige Duft seines Inhalts in die Nase. Die Erinnerung und der Schmerz durchfuhren sie wie ein Dolchstoß. Wieder füllten sich ihre Augen mit Tränen. »Das ist Whisky.«

»Ja. Aus meiner Heimat.«

Dominique blickte auf. Kapitän Dean musste Schotte sein. Warum war ihr das nicht schon vorher aufgefallen? Er sah McLane sogar ähnlich. Er hatte die selben braunen Haare und die gleichen grünen Augen. Nur war er nicht ganz so kräftig gebaut, dafür aber ein kleines Stückchen größer. Während McLane mit beiden Beinen auf dem Boden stand wie ein Fels in der Brandung, schien Kapitän Dean jemand zu sein, der der Brandung geschmeidig auswich und sie an sich vorbeirollen ließ. Fühlte sie sich wegen dieser Ähnlichkeit so wohl bei ihm, dass sie ihm, einem Fremden, ihren Schmerz offenbarte? Oder lag es einfach daran, dass er freundlich zu ihr war? Dass er ihr zuhörte?

»Erzählt mir davon«, bat er.

Dominique senkte den Blick, um ihn nicht mit ihren tränenverschleierten Augen ansehen zu müssen. Ein Tropfen löste sich und fiel in das Glas.

»Ihr solltet ihn trinken, bevor er zu sehr verdünnt ist«, neckte er liebevoll.

Kincaid würde seinen Whisky niemals verdünnen, erinnerte sich Dominique. Ohne lange nachzudenken, stürzte sie den ganzen Inhalt in einem Zug hinunter. Es brannte für einen Moment, aber dann breitete sich eine wohlige Wärme in ihr aus.

Kapitän Dean beobachtete sie mit großen Augen. »Ihr scheint erfahren mit Whisky.«

»Das hat mir ein Schotte beigebracht«, sagte sie leise, während sie auf das kostbare Glas starrte, auf dem in geschwungenen Lettern der Name des Schiffes eingraviert war. *Freedom.* Er passte zu dem Whisky.

»Und was hat er Euch sonst noch beigebracht?«

In seiner Stimme schwang ein Unterton mit, der Dominique den Kopf heben ließ. Kapitän Deans tiefer Blick ruhte auf ihr. Für einen Wimpernschlag war es ihr, als ob sie in den grünen Augen von Kincaid versinken würde. Dann war der Bann gebrochen. Es war nicht Kincaid, der ihr gegenübersaß. Es war ein Fremder.

»Er hat nur mit mir gespielt«, murmelte sie verletzt.

»Gespielt? Seid Ihr Euch da sicher?«

»Ja. Ich war nicht die Einzige.«

Kapitän Dean keuchte auf. »Er hatte nebenbei noch andere Frauen?«

Sie nickte.

»Das kann ich kaum glauben! Wie könnt Ihr einem Mann nicht genügen?« Er zog ihr Glas zu sich und goss nochmals ein.

Nachdem sie auch dieses geleert hatte, meinte sie bitter: »Das scheint mein Schicksal zu sein.«

»Man kann sein Schicksal ändern. Man muss es nicht einfach so hinnehmen.«

Sie lachte gequält auf. »Ihr habt gut reden. Ihr seid ein Mann. Euch ist diese Möglichkeit vielleicht gegeben. Aber nicht mir.«

Prüfend musterte er sie. »Ihr unterschätzt Euch.«

Allmählich wurde es Dominique leid. Sie hatte keine Lust mehr, dieses sinnlose Gespräch weiterzuführen. Sie wollte sich nicht auch noch rechtfertigen für das, was ihr widerfahren war. Sie wollte nur eine Überfahrt in die Kolonien buchen. Doch bevor sie danach fragen konnte, klopfte es an die Tür.

Kapitän Dean stand auf. »Wenn Ihr mich einen Augenblick entschuldigen würdet?«

Genervt nickte sie.

Der Kapitän trat hinaus auf den Flur und zog die Tür schnell hinter sich zu.

Während sie wartete, dass er wiederkam, hatte sie Zeit nachzudenken. Ihr Plan geriet dabei nicht ins Wanken, aber ihr wurde klar, dass sie nicht einfach so alles hinter sich lassen konnte. Auch wenn es sehr schmerzhaft werden würde, sie musste zurück in die Manufaktur und Henri und André erklären, was geschehen war. Dass es vorbei war. Dass Gustave gewonnen hatte und sie nicht mehr weiterkämpfen konnte.

Und sie musste sich von ihnen verabschieden. Von Henri und André und all ihren übrigen Mitarbeitern. Von ihrem Hauspersonal. Und von ihrer geliebten Freundin Amélie. Das was sie diesen Menschen schuldig.

Selbst wenn ihr jede einzelne Verabschiedung das Herz zerreißen würde. Weil sie jedem Einzelnen diese unumstößliche Tatsache würde erklären müssen: Es war vorbei.

»Was gibt es denn so Dringendes?«, herrschte Kincaid seinen Bruder an. Sie hatten vor kaum einer Stunde miteinander gesprochen, und er war noch nicht einmal mit Packen fertig, als der Bootsjunge der *Freedom* aufgeregt zu ihm gelaufen kam.

»Ich habe da eine Dame in meiner Kabine …«, begann Dean.

»Ach ja?«, fuhr er ihm übers Wort. »Kannst du deine Frauenprobleme nicht selbst lösen?«

Dean verschränkte die Arme vor der Brust. Herausfordernd stand er im Korridor vor seiner Kabinentür. »Meine schon. Aber deine nicht.«

»Im Gegensatz zu dir habe ich keine Frauenprobleme!«

»Ach nein? Warum sitzt dann Dominique Devilliers in meiner Kabine?«

»Dominique? In deiner Kabine?«

»Ja.«

Eifersucht schoss wie ein glühender Pfeil in ihm hoch. »Was hast du mit ihr gemacht?«

»Ich? Gar nichts. Aber du! Wie konntest du nur so mit ihr umspringen?«, regte sich Dean auf.

»Ich habe ihr nichts getan!«

»Oh, das sieht sie aber ganz anders!«

»Wieso? Was hat sie dir erzählt? Und warum redet sie überhaupt mit dir?«, knurrte er seinen Bruder an. »Ich habe euch einander nie vorgestellt!«

»Nein, das hast du wohlweislich unterlassen! Weil du genau wusstest, dass ich ein solches Verhalten nie gutheißen würde!«

Was zum Teufel meinte Dean? Dass er mit ihr geschlafen hatte? Das wäre die reinste Heuchelei. Im Vergleich zu seinem Bruder war Kincaid buchstäblich ein Mönch! »Wovon redest du?«

»Du hast ihr die Manufaktur weggenommen!«

»Was? Bist du verrückt? Ich habe nichts dergleichen getan!«

»Warum sagt sie dann, dass sie sie verloren hat?«, wollte Dean wissen. Dann kniff er die Augen zusammen. »Hast du sie etwa verführt, um an ihr Geschäft zu kommen?«

»Ich …« Kincaid brach unvermittelt ab. Anfangs hatte er das tatsächlich versucht. Doch dann hatte er sich in sie verliebt.

»Du hast!«, rief Dean aus. »Ich kann es nicht glauben! Und das, während du nebenbei noch andere hattest!«

Was sollte denn das jetzt wieder heißen? Kincaid raufte sich die Haare. »Ich hatte keine anderen nebenbei!«, presste er zwischen zusammengebissenen Zähnen hervor.

»Da sagt sie aber was anderes!« Dean warf die Hände in die Luft. »Und ich lasse dich auch noch holen, damit du die Angelegenheit mit ihr klären kannst! Dabei gibt es gar nichts mehr zu klären! Ich sollte sie wirklich mit mir mitnehmen.«

Drohend stieß Kincaid einen Zeigefinger in Deans Brust. »Du lässt die Hände von ihr! Ist das klar?«

»Das hast nicht du zu entscheiden! Wenn sie mit mir kommen will, werde ich sie nicht aus meiner Kabine werfen.«

»Das will ich von ihr selbst hören!« Er drängte sich an Dean vorbei und stieß die Tür auf.

Da saß tatsächlich Dominique. Auf dem Tisch standen Gläser und zwei Flaschen. Was hatten die beiden zusammen gemacht? Er ballte die Fäuste.

Als sie ihn sah, schoss sie hoch. »Was machst du denn hier?«

»Dasselbe frage ich dich!«

Sie gab keine Antwort, sondern sah ihn nur mit aufgerissenen Augen an.

Er konnte den Ausdruck darin nicht deuten. »Dean hat mich holen lassen.«

»Dean?«

»Mein Bruder.«

»Das ist dein Bruder?« Als könnte es irgendeinen Zweifel geben, wer gemeint ist, zeigte sie auf Dean. Diesmal ließ sich der Ausdruck in ihrem Gesicht nur zu leicht lesen: völlige Überraschung.

»Ja. Und jetzt will ich verdammt noch mal wissen, was du in seiner Kabine machst!« Er brüllte beinahe.

Die Überraschung wich aus ihrem Gesicht, und es verfinsterte sich. »Was geht dich das an?«

Ihre abweisende Antwort dämpfte seine Eifersucht wie ein Eimer kaltes Wasser. Was zum Henker tue ich eigentlich hier?, fragte er sich plötzlich. Sie will mich nicht sehen, und sie will nichts mehr von mir wissen.

Deshalb war er am Packen gewesen. Um Le Havre zu verlassen. Sie zu verlassen. »Nichts.«

»Genau! Warum kümmerst du dich nicht um deine Frau und lässt mich in Ruhe?«, fauchte sie.

»Welche Frau?«

»*Deine* Frau!«

»Ich habe keine Frau.« Er drehte sich zu Dean um. »Was redet ihr eigentlich dauernd von anderen Frauen?«

Abwehrend hob Dean die Hände. »Das musst du nicht mich fragen.« Dann ließ er den Blick zwischen ihnen hin und her wandern. »Ich denke, ihr beide habt einiges zu klären. Wenn Ihr mich braucht, Dominique, findet Ihr mich an Deck.« Mit diesen Worten verließ er die Kabine und zog die Tür hinter sich zu.

Nun waren sie beide allein.

35

Wie kommst du darauf, dass ich eine Frau habe?«, fragte Kincaid betont ruhig.

Er und Dominique standen sich gegenüber wie zwei Boxer in einem Ring. Müde und erschöpft vom Kampf, aber bereit anzugreifen, um sich zu verteidigen.

»Du hast von ihr gesprochen, als wir auf der Mole waren. Und wer sonst soll denn die junge Frau sein, die bei dir wohnt? Die du umarmt hast, als sie angekommen ist? Am Morgen, nachdem ich bei dir war? Du hast es nicht einmal für nötig befunden, mir zu erzählen, dass sie kommt!«, warf sie ihm verletzt vor.

In einem dunklen Winkel seines Bewusstseins begann sich ein schlechtes Gewissen zu regen. »Das ist nicht meine Frau, sondern meine Schwester.«

Dominique riss die Augen auf. »Deine Schwester?«

»Ja. Ich habe keine Frau.«

»Aber … du hast von ihr erzählt!«

»Ellie, ja. Sie ist vor drei Jahren gestorben.«

Dominiques emporgerecktes Kinn sank nach unten. »Das hast du nie erwähnt.«

»Ich dachte, du wüsstest das.« Hilflos breitete er die Hände aus.

»Nein, woher denn?« Der Ärger wich aus ihrem Gesicht. Aber das machte die Sache nicht besser, denn jetzt zeichnete sich Verzweiflung darin ab.

Zerknirscht schwieg Kincaid. Was war er nur für ein Idiot! Er hatte an jenem Tag auf der Mole bewusst den Eindruck erweckt, verheiratet zu sein. Und ihn danach nie berichtigt. Er war einfach davon ausgegangen, dass sie wusste, dass seine Frau tot war. Von Rémy oder Amélie. »Es tut mir leid.«

Sie schlang die Arme um sich. »Du hättest mir das sagen müssen.«

»Du hast recht.« Betreten machte er einen Schritt auf sie zu.

Sie wich vor ihm zurück.

Flehend streckte er die Hand nach ihr aus. »Es tut mir wirklich leid. Es war dumm, davon auszugehen, dass du es weißt.«

»Ich wusste es nicht«, sagte sie tonlos. Dann wandte sie sich von ihm ab. »Aber das spielt jetzt auch keine Rolle mehr.«

Er spürte förmlich, wie sie sich zurückzog und ihm entglitt. Unsicher ließ er die Hand sinken. Was ging in ihr vor? Was sollte er jetzt tun? »Warum nicht? Jetzt ist doch alles geklärt.«

»Geklärt?« Verletzt und wütend sah sie ihn an.

»Ja. Da gibt es niemand anderen. Nur dich.«

»Und was ist mit der Sängerin? Und den Frauen am Hafen?«, warf sie ihm vor.

»Welche Sängerin?« Wen meinte sie? Dann fiel es ihm ein. Der Abend im Theater. »Oh. Die. Da war ich wütend. Du hast mich einfach stehenlassen und nicht mehr beachtet. Ich war eifersüchtig. Und habe deshalb versucht, dich ebenfalls eifersüchtig zu machen. Aber mehr war da nicht, bitte glaub mir!«

Sie schüttelte den Kopf, aber aus der Geste sprach mehr Unsicherheit als Ablehnung.

Er beeilte sich seine Erklärung fortzusetzen. »Und die Frauen am Hafen halfen uns, unter ihren Kleidern Tee vom Schiff zu schmuggeln. Es war nur ein Schauspiel für die Zöllner.«

Sie schien nicht zu wissen, wie sie reagieren sollte. Fast bewegungslos stand sie da und hielt sich selbst fest. Erneut machte er vorsichtig einen Schritt auf sie zu. Dieses Mal wich sie nicht zurück. Zaghaft zog er sie in seine Arme. Sie ließ es ohne Widerstand geschehen, erwiderte seine Umarmung aber nicht. Eine Weile lang hielt er sie einfach nur fest.

Dann fragte er sanft: »Warum hast du Dean gesagt, dass du die Manufaktur verloren hast? Ich kann dir doch helfen, wenn du wegen des Untergangs der *Victoire* in Notlage geraten bist.«

Sie gab keine Antwort. Stattdessen spannte sich ihr Körper an, und er befürchtete schon, dass sie ihn gleich wegstoßen würde. Aber sie tat es nicht. Es war vielmehr, als ob sie mit sich selbst kämpfen würde. Dann plötzlich fiel die Anspannung von ihr ab, sie sank in sich zusammen und begann an seiner Brust zu weinen.

»Schon gut. Wir werden das wieder hinkriegen«, versuchte er, sie zu beruhigen.

»Nein«, schluchzte sie und schlang die Arme um ihn, hielt sich an ihm fest, als würde sie in den Fluten ihrer Tränen untergehen, wenn sie ihn losließe. Ihr ganzer Körper bebte, so sehr weinte sie.

Kincaid hätte alles darum gegeben, ihr zu helfen. Seine sonst so starke Dominique so verzweifelt zu sehen brach ihm beinahe das Herz. »Was kann ich tun?«

»Nichts«, flüsterte sie und vergrub ihren Kopf an seiner Brust.

Angespannt wartete er, bis das Schluchzen nachließ. »Sag mir bitte, was los ist.« Er hörte selbst die Verzweiflung in seinem Ton. Es war beinahe mehr, als er ertragen konnte: sie so zu sehen und nichts dagegen tun zu können.

Endlich hob sie den Kopf. »Gustave … wird mir … die Manufaktur wegnehmen«, brachte sie erstickt hervor.

»Gustave?«

Sie nickte. »Mein Cousin.«

»Aber das kann er doch nicht so einfach!«, brauste Kincaid auf.

»Da ist nichts mehr zu machen«, antwortete sie matt. »Er versucht es schon lange. Morgen wird er mich entmündigen lassen. Und wird damit durchkommen.«

»Entmündigen?« Wut schoss in ihm hoch. Wie konnte dieser Cousin so etwas tun! Wie konnte irgendjemand es wagen, so mit Dominique umzugehen! »Das werden wir noch sehen!«

Sie schüttelte den Kopf. »Da gibt es nichts mehr zu sehen. Ich kenne Gustave. Wenn er so siegesgewiss ist, bedeutet das, er hat bereits alles eingefädelt. Es lässt sich nicht mehr ändern.«

Ihre Resignation brachte seine Wut wieder zum Erlöschen. Wo war ihr Kampfgeist geblieben? Diese Stärke, die er bis jetzt in jeder auch noch so schwierigen Situation in ihr gespürt hatte. Die sie immer dazu gebracht hatte weiterzukämpfen.

Dieses Feuer wollte er wieder in ihr spüren, und er war nicht bereit, einfach so aufzugeben. Aber er erkannte, dass es nicht der richtige Zeitpunkt war, mit ihr darüber zu reden. Erst einmal musste sie sich beruhigen. Dann würde sie auch wieder klar denken können. Und weiterkämpfen. »Wolltest du deshalb mit Dean mit?«

Sie nickte. »Ich habe alles Geld aus der Kasse genommen und bin zum Hafen gelaufen, um mir eine Kabine auf einem Schiff zu suchen.«

»Wo wolltest du denn hin?«

Sie zuckte mit den Schultern. »Einfach irgendwohin. Weg von hier.«

Auch weg von ihm? Vermutlich, sie hatte ja gedacht, er wäre verheiratet. Oder interpretierte er zu viel in diese Aussage?

Dass sie sich über ihn geärgert hatte, hieß noch lange nicht, dass er ihr auch etwas bedeutete. »Wegen der Manufaktur?«, fragte er nach. Oder wegen ihm?

»Ja, und wegen Gustave.«

Sie hatte nichts von ihm gesagt, nichts Derartiges auch nur angedeutet. Nicht er war also der Grund, dass sie wegwollte. Nicht weil sie dachte, er wäre verheiratet und ihre Beziehung hätte keine Chance. Sondern einzig und allein wegen der Manufaktur. Sie zu verlieren brachte sie dazu, aus Le Havre zu flüchten. Ihn zu verlieren nicht.

Er ließ seine Arme sinken und trat einen Schritt zurück.

Mit tränennassen Augen schaute sie zu ihm auf. Verwirrung und Schmerz lagen in ihnen.

Diesen Blick konnte er nicht ertragen. Er ließ sein eigenes Herz vor Schmerzen krampfen. Wider seinen Willen gestand er: »Ich wollte auch weg von hier.«

»Weshalb?«, flüsterte sie.

»Wegen dir.«

»Wegen mir?«, fragte sie überrascht.

»Du hast mich einfach stehenlassen, gestern am Hafen. Und hast dich von einem anderen trösten und nach Hause bringen lassen. Ich war mir sicher, dass du nicht mehr als das Zinn von mir wolltest.«

Wieder füllten sich ihre Augen mit Tränen. »Ich wollte nie nur das Zinn. Ich wollte dich. Aber ...«, sie schluckte schwer, »... ich hatte Angst. Das letzte Mal, als ich einem Mann vertraut habe, bin ich so fürchterlich enttäuscht worden, dass ich beinahe daran zugrunde gegangen bin.«

Langsam ließ er den Atem entweichen, den er unbewusst angehalten hatte, und sah ihr tief in die Augen. »Ich bin nicht wie dein Mann.«

Eine Weile lang blickte sie ihn zweifelnd an. Er wollte etwas tun, etwas sagen, um sie zu überzeugen. Aber er wusste, dass sie die Entscheidung, ihm zu vertrauen, ganz allein treffen musste.

Schließlich machte sie einen Schritt auf ihn zu. Sie hob die Arme und schlang sie um seinen Nacken. »Ich weiß«, sagte sie und zog ihn zu sich hinunter.

Eine unendliche Erleichterung durchflutete ihn, als er sie an sich presste. Warm und weich empfing ihn ihr Mund. Er wollte darin versinken, so tief er konnte, sie verschlingen mit Haut und Haaren, damit sie ihm nie wieder entgleiten konnte. So fest umarmte er sie, dass er plötzlich fürchtete, sie zu erdrücken. Aber der Drang, ihr klarzumachen, dass sie zu ihm gehörte und er sie nie wieder gehen lassen würde, war übermächtig. Er brachte ihn dazu, nach hinten zu greifen und den Schlüssel in der Kabinentür umzudrehen.

Wie ein wilder Sturm fiel Kincaid über sie her, sodass Dominique kaum noch Luft bekam. Doch es gab nichts Schöneres auf der Welt, als zu spüren, wie sehr er sie wollte und wie sicher er sich dessen war. Erst als sie das Knirschen im Schloss hörte und er sie im nächsten Moment gegen das Bett drängte, versuchte sie ihn aufzuhalten. »Kincaid! Wir können doch hier nicht ...«

Er ließ sie nicht ausreden. Mit seinem Mund brachte er sie zum Schweigen. Er küsste sie, als wäre es das Letzte, was er in seinem Leben tun würde. Die ganze Unsicherheit und Verzweiflung, die sie gefangen gehalten hatten, wurden hinweggefegt, als hätte es sie nie gegeben. Als wären es Sandkörner gewesen, die beim ersten Windstoß in alle Richtungen verstreut wurden. Sie ließ sich von seiner Leidenschaft mitreißen und spürte, wie ihre eigene wieder aufflammte.

Aber als sie plötzlich mit dem Rücken auf dem Bett lag und er begann sie auszuziehen, regte sich doch noch einmal ihr Schamgefühl. »Kincaid! Nicht hier!«

»Warum nicht?«, fragte er, ohne sich davon abbringen zu lassen, ihr Mieder zu öffnen.

»Das ist Deans Kabine! Und sein Bett!«

»Dann wird es jetzt wieder meins.« Er griff unter ihre Röcke und schob sie hoch.

»Nein! Hör auf! Was ist, wenn er zurückkommt?«

»Die Tür ist abgeschlossen«, murmelte er an ihrem Hals. »Dann wartet er halt draußen, bis wir fertig sind.«

Entgeistert sah sie ihn an. »Das ist nicht dein Ernst.«

»Doch. Und jetzt hör endlich auf zu reden.«

Sie wollte ihm noch einmal widersprechen, allein schon deshalb, weil er sich unmöglich aufführte, aber in diesem Moment fand die Hand unter ihrem Rock ihr Ziel. Mit zwei Fingern drang er in ihre feuchte Hitze, während sein Daumen über ihren empfindlichsten Punkt spielte.

Sie stöhnte auf.

Auf ihre endgültige Kapitulation wartend, fixierte er sie immer noch mit seinem durchdringenden Blick, während seine geschickten Finger das Feuer in ihr immer weiter anfachten, sie erbarmungslos auf einen Höhepunkt zutrieben. Und dann zog er die Hand zurück.

»Soll ich immer noch aufhören, Dominique?«, flüsterte er.

Aufstöhnend bäumte sie sich unter ihm auf. »Untersteh dich!«, keuchte sie. Es war ihr egal, in wessen Bett sie sich befanden. Das Verlangen, das er in ihr entzündet hatte, brachte alles andere zum Schweigen. Nichts wollte sie mehr, als ihn in sich zu spüren. Jetzt. Sofort.

Sie fiel über ihn her, als wäre sie eine Verdurstende in einer endlosen Wüste. Riss sein Hemd auf, eroberte mit Händen und

Mund seine nackte, heiße Haut. Er kam nicht einmal mehr dazu, selbst seine Hose zu öffnen, sie war schneller. Und als er endlich in sie drang, war sie am Mittelpunkt der Erde angekommen. An der Quelle allen Lebens. Dort, wo das Feuer am gewaltigsten loderte, wo der Sturm über sie hinwegpeitschte. Mit einem Aufschrei zerriss es sie, und alles, was sie war und jemals gewesen war, vermengte sich mit dieser Urkraft.

Mit einem Aufstöhnen, das tief aus seiner Brust kam, folgte er ihr in diese Welt. Sie klammerte sich an ihm fest, um ihn in dem gewaltigen Sturm nicht zu verlieren, und er tat dasselbe. Engumschlungen trieb sie das Toben davon.

Erst eine ganze Weile später, als sie sich wieder beruhigt hatte und sie die seidenen Laken, in denen sie lag, wahrnahm, meinte Dominique widerstrebend: »Wir sollten uns anziehen.«

»Warum?«, murmelte Kincaid.

»Dean wird irgendwann zurückkommen.«

Kincaid rollte sich auf die Seite und zog sie mit sich. »Mach dir darüber keine Gedanken. Dem wird schon längst klar geworden sein, dass er sich heute Nacht ein anderes Bett suchen muss.«

»Meinst du?«

»Ganz bestimmt.« Dann wurde sein Atem ruhiger, und Dominique bemerkte kurz darauf, dass er eingeschlafen war. Ruhig hob und senkte sich seine Brust an ihrem Rücken. Sie schmiegte sich in seine Umarmung und wollte das zufriedene, wohlige Gefühl genießen, in das er sie hüllte. Doch viel zu schnell glitt auch sie hinüber in den Schlaf.

Es war dunkel, und sie nahm nur wahr, dass der Boden unter ihr schaukelte. Sie musste in einem Boot sein. Kurz tauchte ein

Ruderboot aus der Dunkelheit um sie auf, dann änderte sich die Szenerie. Es wurde heller Tag. Sie stand an der Reling eines Segelbootes. Es trieb die Seine hinab. Die übrigen Passagiere hatten sich auf der anderen Seite des Schiffes versammelt und beobachteten aufgeregt etwas, das sich am gegenüberliegenden Flussufer abspielte.

Dominique ließ das kalt. Ihr Interesse erregte etwas anderes: McLane hatte sich neben sie gestellt. Aufmerksam beobachtete er den Fluss vor ihnen. Plötzlich trat er näher und zeigte mit dem Arm auf etwas: »Seht Ihr den Wirbel auf der Wasseroberfläche dort drüben?«

Dominique verneinte. Sie konnte nichts Ungewöhnliches erkennen. Er stellte sich dicht hinter sie, sodass sie mit dem Blick genau seinem ausgestreckten Arm folgen konnte. »Dort drüben.«

»Ja, jetzt sehe ich den Wirbel.«

»Darunter liegt eine Sandbank. Davon gibt es viele in der Seine. Das macht die Flussschifffahrt so schwierig.«

Er sprach noch weiter, aber Dominique konnte sich nicht mehr auf seine Worte konzentrieren. Er stand so dicht hinter ihr, dass sie sich berührten. Einen Moment lang wollte sie zurückweichen, um zu vermeiden, dass die anderen Passagiere dieses unziemliche Verhalten sahen. Doch dann bemerkte sie, dass diese immer noch völlig auf das konzentriert waren, was sich da am anderen Ufer abspielte. Also blieb sie genau da stehen, wo sie war, und genoss diese unerlaubte Berührung, solange sie konnte.

Das Schiff glitt auf eine Stromschnelle zu. McLane griff mit beiden Händen links und rechts von ihr nach der Reling, wobei er sie zwischen sich und der Bordwand einschloss. Mit einem Ruck schoss das Schiff durch die Stromschnelle. Dominique wurde gegen McLane gedrückt, und er presste sie beide noch enger gegen die Bordwand. Aber anstatt sich von ihm gefangen zu fühlen, genoss sie den Druck seines Körpers. Viel zu schnell beruhigte sich der Fluss wieder. Dominique wollte nicht, dass McLane sie losließ, und bettete ihren Kopf an seine Schulter. Er schien die Aufforderung zu verstehen, denn obwohl es längst nicht mehr nötig war, blieb er genauso stehen und hielt sie umfangen. Dann suchte sein Mund ihren Hals. Dominique neigte den Kopf, sodass ihr Nacken frei lag. Sanft strichen seine Lippen darüber.

Das Schiff und der Fluss begannen zu verblassen. Es wurde wieder dunkel um sie herum. Aber das machte nichts, sie hieß die Dunkelheit sogar willkommen, denn so konnte sie sich völlig auf McLane konzentrieren. Seine Hand lag jetzt zwischen ihren Beinen und begann sie zu streicheln. Aufseufzend räkelte sie sich. Kühle Seidenlaken umflossen ihren Körper und wechselten sich mit McLanes heißer Haut ab.

Seidenlaken. Deans Kabine auf der *Freedom*.

Die Erinnerung kam zurück. Daran, was sie hier getan hatten, bevor sie eingeschlafen waren. Mit der Erinnerung hätte auch die Scham kommen sollen, sie tat es aber nicht. Stattdessen begann Dominique zu lächeln. Kincaid konnte offenbar nicht genug kriegen. Er begehrte sie. War unersättlich.

Bereitwillig öffnete sie die Beine, als er sich über sie schob. Doch anstatt in sie einzudringen, fuhr er damit fort, sie langsam zu liebkosen. Seine Lippen strichen über ihren Hals, verweilten bei ihren Brüsten, bis sie vor Erregung keuchte. Dann fuhr er langsam ihren Bauch hinab. Mit den Fingerspitzen reizte er ihren empfindlichsten Punkt, und sie hob ihm verlangend ihr Becken entgegen. Doch als er plötzlich mit der Zunge dort weiterspielte, wo eben noch seine Finger gewesen waren, keuchte sie erschrocken auf. »Kincaid! Was tust du da?« Für einen Augenblick schoss Scham in ihr hoch. Jacques hatte nie etwas derartig … Unbeschreibliches getan.

»Dich zufriedenstellen.«

»Aber das bin ich doch schon.«

»Oh nein. Da gibt es noch viel mehr.« Seine Stimme klang so rau und dunkel und verheißungsvoll, dass sie Dominique dazu brachte, sich zurückzulehnen und sich seinen Liebkosungen einfach hinzugeben.

»Und ich will auch noch viel mehr von dir«, raunte er.

Oh Gott! Mehr als das, was er da mit seiner Zunge an ihrer geheimsten Stelle tat? Was mochte er noch alles vorhaben?

Als er mit einem Finger in sie glitt, dachte sie darüber nicht weiter nach. Vor Lust bäumte sie sich auf. Seine Liebkosungen wurden noch leidenschaftlicher, und bald hatte er sie an den Rand der Ekstase getrieben.

»Kincaid!«, schrie sie und krallte sich in sein Haar fest.

Doch anstatt weiterzumachen, hörte er auf und schob sich zu ihr hoch.

»Nein, bitte nicht aufhören«, flehte sie.

Mehr konnte sie nicht sagen, denn er verschloss ihren Mund mit seinen Lippen. Fordernd drang seine Zunge in sie. Genauso gierig erwiderte sie den Kuss. Feucht und heiß.

Viel zu schnell löste er sich wieder von ihr, stützte sich über ihr ab und sah auf sie hinunter. »Was willst du?«, fragte er mit heiserer Stimme.

»Mehr.«

»Mehr wovon?«

Von allem. Sie wollte alles, was er ihr geben konnte. »Von dir«, flüsterte sie.

Seine Augen verdunkelten sich, als er endlich, endlich in sie eindrang. Sein Blick ließ sie nicht los, während er sie mit langsamen, tiefen Stößen nahm. Während er sie immer näher an den Rand der Ekstase brachte.

»Küss mich«, flüsterte sie.

Er tat es und ließ sie gleichzeitig mit einem harten Stoß über den Rand stürzen, in die Ekstase. Mit einem Aufstöhnen tief aus seiner Brust folgte er ihr.

36

Als Dominique das nächste Mal erwachte, drang bereits helles Tageslicht in die Kabine. Wohlig schmiegte sie sich in Kincaids Umarmung, bis ihr plötzlich einfiel, was heute für ein Tag war. Erschrocken setzte sie sich auf. »Kincaid! Wach auf! Ich muss zum Gericht!«

Brummend griff er nach ihr und wollte sie wieder an sich ziehen.

»Nein! Die Sonne ist schon aufgegangen. Es ist bestimmt schon spät.« Eilig stand sie auf, sammelte ihre in der Kabine verstreuten Kleidungsstücke zusammen und zog sich an.

Kincaid tat es ihr nach. »Wann musst du beim Gericht sein?«

»Um zehn.«

»Dann müssen wir uns beeilen.«

»Ja! Ich muss noch nach Hause und mich umziehen.«

»Das werde ich wohl auch müssen, so wie du mit meinem Hemd umgegangen bist.« Er hatte es sich übergeworfen und deutete nun mit einem belustigten Schmunzeln auf die Leiste, an der mehrere Knöpfe fehlten.

Für einen Moment musste sie – trotz dem, was ihr bevorstand – ebenfalls lächeln.

Kaum waren sie fertig angezogen, eilten sie von Bord. Kincaid winkte nach einer Kutsche, die in der Nähe stand, und half ihr einzusteigen.

»Kommst du nicht mit?«, fragte sie, als er draußen stehen blieb.

»Nein. Wir wohnen zu weit auseinander, als dass wir mit derselben Kutsche fahren könnten. Diese Zeit haben wir nicht. Ich treffe dich vor Gericht wieder.«

»Na gut«, meinte sie enttäuscht, auch wenn sie wusste, dass er recht hatte. Er schärfte dem Kutscher noch ein, sich zu beeilen, dann trabten die Pferde los.

Das Gefühl von Glück und Leichtigkeit, an das sie sich in der letzten Stunde verzweifelt geklammert hatte, wich mit jeder Stufe, die Dominique auf der grauen Granittreppe emporstieg. Nicht nur die Treppe des Gerichtsgebäudes war aus diesem Stein, sondern auch die Säulen und die hohe, gewölbeartige Decke. Fröstelnd zog sie ihr Schultertuch vor der Brust zusammen.

Als sie gemeinsam mit Kincaid oben anlangte, war das Gefühl gänzlich verschwunden, und als sie den düsteren Gerichtssaal betrat, machte sich Verzweiflung in ihr breit. Ein Abgrund tat sich vor ihr auf, und mit jedem Schritt stürzte sie tiefer hinein. Nicht einmal Kincaid, der an ihrer Seite war, konnte sie davor bewahren.

Der Raum war mit dunklem Holz getäfelt, das sich über die Jahre beinahe schwarz verfärbt hatte. Vor den Fenstern waren Gitter mit Dornen, als befände man sich bereits im Vorhof des Kerkers. Tageslicht drang von außen nur spärlich herein, da sich das Nachbargebäude kaum zwei Armlängen neben dem Gericht erhob.

Die Kerzen im Saal flackerten, als die Tür hinter ihnen mit einem lauten Ächzen geschlossen wurde. Der Raum war halb voll mit Menschen, anscheinend wurde heute eine ganze Reihe an Verfahren verhandelt. Auf der gegenüberliegenden Seite des Saals thronten auf einem langen Podest hinter einem massigen Tisch die Richter, fünf an der Zahl. Gekleidet in schwarze Umhänge, mit weißen Halskrausen und grauen Perücken, die Gesichter missmutig.

Als wäre das alles noch nicht genug, um den Abgrund noch tiefer und schwärzer werden zu lassen, saß auf einer Bank neben der Tür Gustave, neben sich ein Mann, der sein Advokat sein dürfte. Der Blick, den er ihr entgegenschleuderte, war so giftig, dass er hätte töten können, und brachte sie dazu, den Kopf gleich wieder nach vorn zu drehen, zu den Richtern, die trotz der Gnadenlosigkeit, die sie ausstrahlten, weniger bedrohlich wirkten.

Gerade schlug derjenige in der Mitte mit einem Hammer auf den Tisch, und Dominique zuckte zusammen.

»Das nächste Geschäft betrifft die Entmündigung der Dominique Devilliers. Angestrebt von ihrem Cousin Gustave Renard. Sind die genannten Personen anwesend?«

Dominique erschauerte. Sie wäre beinahe zu spät gekommen.

Bevor sie etwas sagen konnte, stand Gustave mit einer energischen Bewegung auf und stellte sich, gefolgt von seinem Advokaten, vor die Richterbank. »Jawohl! Ich habe dieses Begehren gestellt, weil meine Cousine nicht in der Lage ist, für sich selbst zu sorgen …«

Bevor er fortfahren konnte, hob der Richter genervt die Hand. »Dazu kommen wir noch. Jetzt geht es nur um die Identifizierung der beiden Parteien. Madame Devilliers?« Der Richter wandte sich ihr zu. Vermutlich weil sie immer noch im Gang stand.

Dominique nickte. »Das bin ich.«

Kincaid drückte ihre Hand, doch sie entzog sie ihm. Sich auf seine Stärke zu stützen würde ihre eigene zerfallen und sie schwach werden lassen. Sie ging nach vorn und nahm ihren

Platz auf dem Stuhl ein, auf den einer der Richter deutete. Kincaid ließ sich neben ihr nieder. Auch Gustave setzte sich mit seinem Advokaten auf den ihm zugewiesenen Platz.

Der mittlere Richter griff nach dem Federkiel vor ihm auf dem Tisch, tunkte ihn ins Tintenfass und kritzelte etwas in die Papiere vor ihm. Dann stellte er das Schreibgerät zurück in seinen Behälter, faltete die Hände und blickte wieder auf. »Was sind die Gründe für das Begehren?«

Gustave schoss von seinem Stuhl hoch. »Meine Cousine ist dabei, die Fayence-Manufaktur unserer Familie zu ruinieren! Sie ist unfähig und …«

»Unserer Familie?« Dominique konnte sich nicht zurückhalten. Sie schoss selbst auf und fiel ihm ins Wort. »Sie gehörte meinem Vater und ist an mich als seine einzige Erbin übergegangen!« Sie wusste nicht, woher die Kraft kam, ihm vor diesen Richtern so zu widersprechen. Aber was hatte sie noch zu verlieren? Nichts. Sie konnte nur gewinnen. Und das Letzte, was sie wollte, war, wieder in jenen Abgrund der Verzweiflung zu stürzen, der sie lange genug in seinen Klauen gehalten hatte. Alles war besser als das.

»Einzige Erbin?«, rief Gustave aus »Er hat *mich*« – dabei zeigte er theatralisch mit dem Finger auf sich – »als seinen Nachfolger ausgewählt und ausgebildet! Er wollte, dass *ich* sie weiterführe!«

»Bis er erkannt hat, dass du dazu nicht in der Lage bist!«

Gustave lief rot an. »Das ist ja wohl die Höhe! Wie kannst du es wagen, so mit mir zu reden!« Er wandte sich nach vorn an die Richter. »Dieses Weib ist absolut unverschämt! Sie mischt sich in die Geschäfte der Männer ein, ohne eine Ahnung davon zu haben! Sie führt einen liederlichen Lebenswandel und zerstört den guten Ruf unserer ganzen Familie! Diesem Treiben muss Einhalt geboten werden! Sie gehört unter meine Vormundschaft, damit ich Schlimmeres verhindern kann. Ich werde nicht länger zusehen, wie sie uns allen schadet. Und Euch als Vertreter der Stadt kann nicht daran gelegen sein, dass sie ihr ganzes Vermögen verprasst und dann der Stadt auf der Tasche liegt.«

»Ich führe keinen liederlichen Lebenswandel!«, wehrte sich Dominique. »Ich bin eine anständige Frau mit einem tadellosen Ruf! Auf nichts achte ich mehr.«

»Ruhe! Das reicht!« Der Richter schlug mit dem Hammer auf den Tisch und blitzte sie beide an. »Wenn Ihr Euch in meinem Gerichtssaal nicht benehmt, lasse ich ihn räumen!«

»Entschuldigung, Monsieur le Juge«, murmelte Dominique schuldbewusst und setzte sich wieder hin.

»Was bringt Ihr zulasten der Angeschuldigten vor?«, fragte der Richter an Gustave gewandt und beugte sich vor. »Und ich will jetzt keine weiteren Streitereien hören, sondern Fakten, die dieses Begehren untermauern.«

Gustave wollte loslegen, doch sein Advokat hielt ihn zurück und redete flüsternd auf ihn ein.

Schließlich räusperte sich Gustave. »Meiner Cousine ist es erlaubt, als Witwe das Handwerk ihres verstorbenen Mannes fortzuführen, solange sie dies entsprechend den Regeln der Fayence-Manufakteure tut und sich und ihre Arbeiter davon ernähren kann. Aber weder das Erste noch das Zweite ist der Fall. Ihre Fayencen entsprechen nicht den üblichen Waren, die wir hier herstellen, sondern sind Spitzfindigkeiten, mit denen sie die anderen Manufakturen zu übertrumpfen versucht! Sie ging in ihrer Unfähigkeit, genug zu verkaufen, sogar so weit, ihre Fayencen mit anstößigen Motiven zu versehen! Ich möchte den ehrenwerten Herren diese Anblicke ersparen, habe aber einige dieser Produkte als Beweis mitgebracht.«

Die Richter steckten die Köpfe zusammen und tuschelten.

Dann meinte derjenige in der Mitte frostig: »Gesteht uns zu, selbst zu beurteilen, welche Anblicke wir ertragen. Wir wünschen die Waren zu sehen.«

»Oh nein«, stöhnte Dominique leise. »Wenn ich geahnt hätte, dass ausgerechnet die antike Linie, von der wir so viel verkaufen, mir den Hals bricht.«

Wieder legte Kincaid seine Hand beruhigend auf die ihre. »Warte ab. Meiner Erfahrung nach sind die Franzosen kein prüdes Volk wie die Engländer. Die wissen eine gewisse Frivolität durchaus zu schätzen.«

So ernst und unnachgiebig wie die Richter aussahen, bezweifelte Dominique, dass Kincaid recht hatte.

Zusammen mit dem Advokat trug Gustave eine Kiste zum Podest und fing an auszupacken. Einer nach dem anderen gingen die Teller durch die Hände der Richter, die jeden von ihnen prüfend anschauten. Es dauerte Ewigkeiten, während derer aus Dominiques Stuhl Nadeln zu sprießen schienen.

Schließlich wurde der letzte Teller zurückgelegt. Der Richter in der Mitte faltete wieder seine Hände. War sein Gesicht und das seiner Kollegen bis jetzt völlig reglos gewesen, schien diese Maske jetzt Risse zu bekommen. Einer seiner Mundwinkel zuckte beinahe unmerklich nach oben, als er fragte: »Und wie verkaufen sich diese Fayencen?«

Dominique errötete. »Sie werden uns aus den Händen gerissen«, gestand sie zögernd.

Der Richter wandte sich Gustave zu. »Damit ist dieser Einwand nichtig. Sie stellt her, was die Käufer wollen. Was ist daran falsch?«

»Es ist unziemlich und anstößig! Und entspricht nicht den Regeln des Handwerks!«

Der Richter fegte den Einspruch mit der Hand beiseite. »Habt Ihr noch andere Gründe vorzubringen?«

»Sie ist ruiniert!« Gustave, der seine Felle davonschwimmen sah, schrie nun beinahe. Auch sein Advokat konnte ihn nicht mehr beruhigen. »Nicht einmal den Lohn kann sie ihren Arbeitern bezahlen!«

»Ist das richtig?«, fragte der Richter.

Dominique sank in sich zusammen. Darauf gab es keine andere Antwort als Ja. Sie hatte nicht genug Geld, um ihre Lieferanten und ihre Angestellten gleichzeitig zu bezahlen. Ohne die Einnahmen, die der Handel mit den Antillen hatte bringen sollen, konnte sie ihre Schuldner nicht bezahlen. Und sobald die ihre Kredite einforderten, bliebe kein einziger Franc an Lohn mehr übrig. Und nicht einmal die Schulden wären zur Gänze getilgt.

Bevor sie dazu ansetzen konnte, diese Situation zu erklären, erhob sich Kincaid. »Monsieur le Juge. Darf ich mich dem ehrenwerten Gericht vorstellen?«

»Wenn Ihr etwas zu berichten habt, das der Sache dienlich ist.«

»Das ist es. Mein Name ist Kincaid McLane. Ich bin ein Kaufmann und Kapitän aus Schottland. Meiner Familie gehören mehrere Schiffe und Handelsvertretungen in Edinburgh und London. Als solcher bin ich an Madame Devilliers herangetreten. Wir streben eine Zusammenarbeit mit ihrer Manufaktur an, um einen exklusiven Lieferanten für französische Fayencen zu bekommen, denn diese stehen bei unserer Käuferschaft hoch im Kurs. Um diese Zusammenarbeit zu besiegeln, sind wir bereit, ihr den nötigen Kredit zu gewähren, den sie für die Fortführung ihrer Arbeit benötigt.«

»Noch mehr Schulden?«, rief Gustave aus. »Sie kann doch schon die alten nicht begleichen! Hohes Gericht, wenn dieser Kaufmann erst einmal die tatsächliche Lage der Manufaktur erkennt, wird er diesen Entschluss überdenken. Niemand gibt ihr mehr einen Kredit. Und überhaupt, wer soll dieser schottische Kaufmann hier sein, den niemand kennt? Der von sich behauptet, so wohlhabend zu sein, dass er sein Geld zum Fenster hinauswerfen kann? Am Ende ist er nichts als ein Betrüger, den Madame Devilliers angeheuert hat, um uns alle zu täuschen!«

»Ich bin in den einflussreichen Kreisen dieser Stadt sehr wohl bekannt. Gerne gebe ich Euch eine Liste meiner Geschäftspartner. Und ein guter Freund von mir ist Rémy Bellami, ein Advokat, der des Öfteren Angelegenheiten für seine Klienten vor diesem Gericht vertritt«, erwiderte Kincaid ruhig.

Bei der Erwähnung dieses Namens nickten die Richter wohlgefällig. Und derjenige, der rechts außen saß, meinte: »Das ist richtig. Euer Name fiel schon mehrfach bei meinen Bekannten.«

»Selbst wenn er ihr einen Kredit gibt«, fuhr Gustave dazwischen, »wird es nicht lange dauern, bis er dessen Rückzahlung verlangt! Spätestens dann nämlich, wenn ihm klar wird, dass sie auch sein Geld durchgebracht hat. Und an ihrem liederlichen Lebenswandel ändert sich dadurch auch nichts. Im Gegenteil, ein weiterer Kredit erlaubt ihr, sich noch länger in die Geschäfte der Männer einzumischen. Das heißt, sie muss erst recht unter Vormundschaft gestellt werden!«

»Da hat der Kläger nicht unrecht«, bestätigte einer der Richter. »Ich sehe hier durchaus genügend Gründe für eine Entmündigung gegeben.«

Dominique vermutete, dass Gustave diesen Herrn bestochen hatte. Sie wusste, dass ihr Cousin alles tun würde, um die Manufaktur zu bekommen. Aber der mittlere Richter schien ihr wohlgesonnen zu sein. Sie konnte nur hoffen, dass die anderen sich seiner Meinung anschlossen.

»Mit einer Heirat würden alle Gründe, die Ihr aufführt, hinfällig«, entgegnete Kincaid.

Was? Völlig entgeistert starrte Dominique ihn an. Was hatte er da gerade gesagt? Heiraten? Das ... das ... konnte er doch nicht ernst meinen. Trotz der Intimität, die sie beide in der letzten Nacht verbunden hatte, war nie die Rede von einer gemeinsamen Zukunft gewesen. Oder gar einer Heirat.

»Ich wäre auch bereit, sie zu heiraten«, ließ sich da Gustave vernehmen, »wenn das Gericht dies als die bessere Lösung ansieht als eine Vormundschaft.«

Dominiques Herzschlag setzte für einen Moment aus. Entsetzt sah sie zu ihrem Cousin hinüber. Hatte sie gedacht, schlimmer könne es nicht kommen, wurde sie jetzt eines Besseren belehrt. Die Vorstellung, mit Gustave verheiratet zu sein, übertraf ihre schlimmsten Albträume. Lieber verdingte sie sich als Straßendirne.

»Ich werde Dominique Devilliers heiraten.« Kincaids Stimme hallte laut und klar durch den Raum.

Völlig perplex blickte Dominique zu Kincaid. Seine Worte dröhnten in ihrem Bewusstsein nach wie der Schlag gegen das Messing einer Kirchenglocke. Obwohl ihr Sinn unmissverständlich klar war, gelang es Dominique nicht, ihn zu erfassen und sich mit der Tragweite dieser Aussage auseinanderzusetzen. Sie saß einfach nur da und lauschte dem Hallen.

Anders Gustave. »Das ist ausgeschlossen! Ihr seid nicht von hier! Ihr habt keine Ahnung von der Fayence-Herstellung und könnt den Betrieb nicht übernehmen!«

Heiraten!, hallte es in Dominique wider. Das ... das ging nicht! Den Albtraum, den sie mit Jacques durchlebt hatte, noch einmal durchleben? Das konnte sie nicht.

»Ich habe sehr wohl einiges Wissen über Fayencen«, widersprach Kincaid. »Darüber hinaus stehen uns ein langjähriger

Verwalter und ein ausgezeichneter Brennmeister beiseite. Ganz abgesehen davon, dass Dominique Devilliers eine Expertin auf diesem Gebiet ist.«

Der mittlere Richter stieß ein indigniertes Schnauben aus, ohne Gustave weiter zu beachten. »Warum sagt Ihr denn nicht gleich, dass Ihr heiratet? Wir hätten uns die Zeit, diesen Sachverhalt zu beraten, sparen können.«

»Entschuldigt bitte, dass wir nicht früher dazu gekommen sind«, erwiderte Kincaid.

Erneut nahm der Richter den Hammer zur Hand und schlug auf den Tisch. »Damit ist diese Verhandlung abgeschlossen. Unter der Bedingung, dass die Heirat innerhalb eines Monats stattfindet und die Verhältnisse der Dominique Devilliers damit geklärt sind.«

»Das gibt's doch nicht!«, tobte Gustave. »Das ist nur eine Finte! Reines Gewäsch von Betrügern!« Er hörte nicht auf zu schreien.

Kincaid reagierte nicht darauf, sondern erhob sich, zog Dominique, die immer noch wie erstarrt dasaß, ebenfalls hoch und führte sie aus dem Saal.

Wie betäubt schritt sie die Stufen hinab. Sie sollte heiraten. Kincaid. Nun ja, besser er als Gustave. Sie mochte ihn. Und es gab nichts Aufregenderes, als das Bett mit ihm zu teilen. Aber deshalb gleich heiraten? Denselben Fehler wie mit Jacques noch einmal begehen?

Unter gesenkten Lidern sah sie zu ihm hinüber, betrachtete seine stattliche Gestalt, den starken Arm, an dem er sie die Treppe hinunterführte. Nein, gestand sie sich ein: Sie mochte ihn nicht nur. Sie liebte diesen Mann.

»Ich würde gerne wieder das Kommando übernehmen«, sagte Kincaid.

Dominique erstarrte. Die Leitung der Manufaktur aus den

Händen geben und nur noch zu Hause sitzen? So wie mit Jacques? Das konnte sie sich nicht vorstellen. Nicht einmal für Kincaid.

»Wenigstens jede zweite oder dritte Überfahrt. Wenn du damit einverstanden wärst.«

Überfahrt? Meinte er … »Das Kommando über das Schiff?«

»Ja. Du hast deine Manufaktur, und ich brauche auch meine Aufgabe. Ich kann nicht nur Kaufmann sein. Das ist nicht mein Ding. Das ist mir zu langweilig.«

Völlig perplex sah sie ihn an. Meinte er das tatsächlich so? Oder sagte er das nur, damit sie in die Heirat einwilligte? Und danach würde sich sein Verhalten ändern und er ihr die Manufaktur wegnehmen? Sie hatte das Gefühl, wieder an einem Abgrund zu stehen. Auf einer Steilküste, unter der das Meer mit voller Wucht gegen die Felsen donnerte. Jeder, der dort hinabstürzte, wurde unweigerlich zermalmt.

Aber zurück konnte sie nicht mehr. Das war ausgeschlossen. Es gab nur noch einen Weg: den nach vorne. Und der bedeutete, in dieses brodelnde Meer zu springen. Mit der Ungewissheit, ob es sie zermalmen oder überleben lassen würde.

Kincaid legte seinen Arm um sie und drehte sie zu sich hin. »Was hältst du davon?«

Täuschte sie sich oder schwang in seiner Stimme eine leise Unsicherheit mit? Sie suchte seinen Blick. In seinen klaren grünen Augen war nichts als Liebe zu lesen. Kein Abgrund und keine Felsen, die sie zermalmten. Keine Falschheit und keine Hintergedanken. Nur Ehrlichkeit und Unsicherheit, die mitten aus seinem Herzen zu sprechen schienen.

Da sprang sie. »Ja, ich werde dich heiraten. Und ich möchte, dass du das tust, was du am liebsten tust, auch wenn ich dich vermissen werde, wenn du auf deinem Schiff bist.«

Ein überglückliches Lächeln breitete sich auf seinem Gesicht aus. »Umso schöner wird es sein, wenn ich zurückkomme.« Er zog sie an sich und küsste sie mit einer Innigkeit, wie er es noch nie getan hatte.

Und Dominique begann zu fliegen. Wie eine Seeschwalbe glitt sie dahin, über den Abgrund und das brodelnde Meer. In den weiten rosa-violett verfärbten Himmel, der in der Abendsonne glühte.

Epilog

»Die nächste Überfahrt werde ich wieder machen!«, knurrte Dean.

»Dagegen habe ich überhaupt nichts«, erwiderte Kincaid großzügig. »Wieso sollte ich eine feuchte, kalte Koje gegen das warme Bett tauschen, in dem meine wunderbare Frau liegt?« Mit einem zärtlichen Blick griff er nach Dominique und zog sie zu sich.

Inzwischen wusste sie, dass seine Familie solche offen gezeigten Intimitäten zwischen ihnen nicht als unpassend empfand, und ließ es geschehen. Sie setzte sich auf die Lehne des Sessels, in dem er sich ausgestreckt hatte, und ließ sich von ihm im Arm halten.

»Herbststürme habe ich schon mehr als genug erlebt. Die kannst du gerne übernehmen.«

»Ich wollte es nur klargestellt haben«, antwortete Dean. »Langsam habe ich genug vom Herumgetänzel auf diesen Soireen und Abendgesellschaften.«

Dominique lächelte breit. Dass ausgerechnet der Lebemann Dean so etwas äußerte, hätten wohl die wenigsten Damen, die er in der letzten Zeit in Le Havre beehrt hatte, von ihm gedacht. Aber mittlerweile kannte sie ihn besser. Unter seinem glänzenden Äußeren und seiner gewinnenden Art, die er gezielt einsetzte, um zu erreichen, was er wollte, verbarg sich eine Tiefe, von der die wenigsten auch nur eine Ahnung hatten. Man liebte ihn oder hasste ihn wegen seines eitlen, egozentrischen Wesens und der allgegenwärtigen, durch nicht unerhebliche Fähigkeiten unterfütterten Arroganz. Aber was sich darunter verbarg, ahnte niemand, abgesehen von seiner Familie.

»Sehr gut. Dann haben wir hier wenigstens wieder etwas Ruhe«, warf ihm Olivia mit einer gewissen Verbissenheit hin.

In den vergangenen Monaten, in denen Dominique nun Kincaids Familie kennengelernt hatte, war ihr auch der Ehrgeiz, mit dem Olivia ihrem schillernden Bruder nacheiferte, nicht entgangen. Nichts hasste sie mehr, als von ihm an den Rand gedrängt zu werden, wenn er sich wieder einmal ins Rampenlicht stellte.

Leise seufzend legte Dominique den Arm um Kincaid. Sie war froh, diesen McLane an ihrer Seite zu haben. Er war genauso, wie er sich gab. Natürlich wusste auch er seine Ziele durchzusetzen, sich Macht zu verschaffen, wo es nötig war, und den Ton anzugeben. Aber seit sie verheiratet waren, hatte sich sein Verhalten ihr gegenüber nicht verändert im Vergleich zu vorher. Die Ängste, die sie vor der Heirat gehabt hatte, hatten sich in Luft aufgelöst. Sie war in keinen Abgrund gestürzt, sondern konnte immer noch fliegen. Und es war eine Fähigkeit, die sie ausnehmend gut beherrschte, wie ihr bewusst geworden war. Sie war keine kleine Seeschwalbe mehr, sondern tanzte mit den Winden wie ein Sturmvogel.

Und sollte sie doch einmal stürzen, war Kincaid da, um sie aufzufangen.

Erst als Louis, der Kammerdiener, sich neben ihr räusperte, kehrte sie aus ihren Gedanken in den Salon zurück. »Madame, André wünscht Euch zu sprechen.«

»André? Ist in der Manufaktur etwas passiert?«, fragte sie alarmiert.

Louis zuckte mit den Schultern. »Davon hat er nichts gesagt.«

»Führ ihn bitte herein.«

»Sehr wohl, Madame.« Louis verneigte sich und verließ den Raum. Als er zurückkam, brachte er nicht nur André, sondern auch dessen Frau Jeanette mit. Die Miene des Brennmeisters verhieß nichts Gutes.

»Was ist passiert?«, fragte Dominique. »Gibt es Schwierigkeiten in der Manufaktur?«

André gab keine Antwort, sondern drehte sich mit grimmigem Gesicht zu seiner Frau um, die hinter ihm stehen geblieben war. »Komm her!«

Mit gesenktem Kopf stand sie da, als hätte jemand einen Eimer kaltes Wasser über sie gegossen. Erst als er sie am Arm packte und nach vorn zog, machte sie einen Schritt.

»Sag ihr, was du getan hast!«

Dominique betrachtete die beiden verwirrt, während sie in Gedanken Schreckensszenarien durchging, was in der Manufaktur passiert sein mochte. Jeanette sah wirklich mitleiderregend aus. Die sonst so stolze Frau krümmte sich beinahe zusammen, und Andrés Griff um ihren Arm musste mehr als fest sein. Dominique wollte ihn gerade ermahnen, nicht so ruppig mit seiner Frau umzuspringen, als diese stockend zu sprechen anfing.

»Die Nachricht von der *Victoire* … dass sie gesunken ist … ich war es … die sie Gustave überbracht hat.«

Im ersten Moment erfasste Dominique die Bedeutung von Jeanettes Worten nicht. Sie war nur erleichtert, dass in der Manufaktur alles in Ordnung war. Kein Arbeiter war verunfallt, keine Funken aus dem Brennofen hatten ein Feuer verursacht und keine Fayencen waren zu Schaden gekommen.

»Von mir wusste er, dass Ihr ruiniert seid«, gestand Jeanette leise.

Dominique atmete einmal tief durch. »Du warst das?«

»Ja, sie war es!«, fuhr André auf. »Meine eigene Frau!«

Unter Andrés bösem Blick füllten sich Jeanettes Augen mit Tränen. »Es tut mir leid«, stammelte sie. Dann begannen die Tränen zu fließen.

»Warum hast du das denn getan?«, fragte Dominique konsterniert.

Jeanette brachte kein Wort mehr heraus. Wie ein Häufchen Elend stand sie da.

»Sag es ihr!«, verlangte André.

»Ich dachte ... Ihr wolltet ...«, schluchzte sie. Mehr brachte sie nicht heraus.

»Aus reiner Eifersucht hat sie es getan!«, rief André aufgebracht. »Dabei habe ich dir nie irgendeinen Anlass gegeben!«

Schuldbewusst starrte Jeanette zu Boden.

»Du warst eifersüchtig auf *mich?*«, fragte Dominique.

Jeanette zog ein Taschentuch aus dem Ärmel und wischte sich die Tränen aus dem Gesicht. Es half nicht viel. Sie flossen gleich wieder. »Ja«, flüsterte sie.

Traurig sah Dominique sie an. »Du hattest nie einen Grund dazu. Ich mag André zwar sehr gern, aber er ist für mich wie der Bruder, den ich nie hatte. Etwas anderes war nie zwischen uns.«

»Es tut mir leid«, schluchzte Jeanette.

»Ich liebe Kincaid«, sagte Dominique.

Zum ersten Mal hob Jeanette den Blick. Er wanderte von Dominique zu Kincaid und wieder zurück. Leise sagte sie: »Ich weiß.«

»Für nichts und wieder nichts hast du uns verraten!«, fauchte André.

Jeanette schluchzte nur umso heftiger. Sie war wirklich verzweifelt.

»Gustave hätte es sowieso erfahren. Wenn nicht von Jeanette, dann von jemand anderem«, versuchte Dominique, die arme Frau zu beruhigen. Sie wollte nicht, dass Andrés vormals glückliche Ehe zerbrach. Schon gar nicht wegen ihr. Sie wollte ihren Freund glücklich sehen. »Du solltest ihr verzeihen. Sie hat einen Fehler gemacht. Wir alle machen mal einen Fehler.«

Doch André war unversöhnlich. »Ja, aber nicht so einen!«

Dominique legte ihm eine Hand auf den Arm. »Bitte, André.«

Seine Miene blieb grimmig.

Sie drückte seinen Arm noch einmal, dann ließ sie ihn los. »Gib ihr die Chance, daraus zu lernen.«

Endlich schien er sich einen Ruck zu geben. »In Ordnung. Wenn du ihr verzeihst, kann ich das wohl auch.«

Dominique wollte entgegnen, dass er es nicht ihretwegen, sondern wegen Jeanette tun sollte. Aber sie realisierte, dass er so weit noch nicht war.

André ging zu seiner Frau. »Kannst froh sein, dass sie so großzügig ist! Ich wäre es in ihrer Situation nicht.« Dann legte er Jeanette einen Arm um die Schulter. Die Berührung war ungelenk, so als wüsste André nicht mehr, wie er sie berühren sollte. »Gehen wir! Wir haben die Herrschaften lange genug belästigt.«

Als die beiden gegangen waren, seufzte Dominique und legte ihre Hand auf Kincaids. »Ich bin froh, dass ich dich habe und du nicht eifersüchtig bist.«

Er schmunzelte. »Geht mir genauso. Nur was die Eifersucht anbelangt, muss ich dich warnen: Ich kann sehr eifersüchtig werden, wenn du einen anderen anschaust.«

Sie lächelte zärtlich. »Warum sollte ich einen anderen anschauen, wenn ich dich habe?«

»Genau. Etwas Besseres wirst du nämlich nicht bekommen.«

»Hoho!«, rief Dean dazwischen. »Da soll mir noch mal einer sagen, ich wäre eitel!«

Dominique bedachte ihn mit einem giftigen Blick. »Kincaid darf so etwas sagen.«

»Und ich etwa nicht?«

Bevor ein neuer Wettstreit zwischen den Brüdern – oder zwischen ihr und Dean – losbrechen konnte, meldete sich Grandma zu Wort. Die alte Dame hatte nach der Hochzeit darauf bestanden, so von Dominique angesprochen zu werden. »Es wird wohl Zeit, dass wir nach Edinburgh zurückkehren.«

»Nach Edinburgh? Jetzt, wo der Winter kommt?«, rief Olivia entsetzt.

»Wir waren lange genug hier«, erwiderte Grandma ungerührt.

»Ich will aber nicht nach Schottland zurück! Ich will hierbleiben!«

»Das bestimmen immer noch wir, junge Dame. Deine Brüder haben sich lange genug um dich gekümmert. Ganz zu schweigen von Dominique. Wir können ihr und Kincaid nicht länger zur Last fallen.«

»Ihr fallt uns doch nicht zur Last«, widersprach Dominique. »Olivia macht sich sehr gut im Laden. Sie ist eine ausgezeichnete Verkäuferin und bei der Führung der Bücher ebenfalls eine große Hilfe. Ich würde sie ungern missen.« Sie dachte daran, was es für sie bedeutete, wenn Olivia nicht mehr da wäre. Zum einen würde sie die junge Frau, die ihr wie eine Schwester ans Herz gewachsen war, wirklich vermissen. Zum anderen müsste sie sich in der Manufaktur auch wieder um alles selbst kümmern. Und das ausgerechnet jetzt, wo der Winter bevorstand. Die Monate, in denen Kincaid keine Überfahrten mehr machen wollte. Wo sie ihn die ganze Zeit für sich hätte …

Er wandte den Kopf und sah ihr in die Augen. Er brauchte nichts zu sagen. Sie wusste genau, was er dachte. Wie so oft.

»Ich habe nichts dagegen, wenn Olivia den Winter über bei uns bleibt«, bekräftigte er.

Grandma schob die Brauen hoch. »Ach nein?«

»Nein.«

Olivia jubelte. »Wunderbar! Dann kann ich hierbleiben. Ich werde euch auch nicht stören oder zur Last fallen. Ich kann mich sehr gut selbst beschäftigen.«

»Das hoffe ich doch.« Kincaid erhob sich und reichte Dominique die Hand. »Ich bin müde. Lass uns nach oben gehen.«

Das Funkeln in seinen Augen verriet ihr, dass er etwas ganz anderes beabsichtigte, als schlafen zu gehen. Und dass er alles andere als müde war.

Sie versuchte, sich die Vorfreude nicht anmerken zu lassen. Als ihr bewusst wurde, dass sich ihre Mundwinkel trotzdem nach oben zogen, legte sie die Hand vor den Mund und gab vor zu gähnen. »Ich auch. Es war heute ein anstrengender Tag in der Manufaktur.«

»Das ist genau der Grund, warum ich keine Frau will, die einer eigenen Tätigkeit nachgeht«, brummte Dean, der mit einem Whisky in der Hand am Kaminsims lehnte.

So weltgewandt und erfahren ihr Schwager auch war, manchmal überraschte er sie mit einer Naivität, die sie an einen kleinen Jungen erinnerte. Aber anstatt sich auf ein Wortgefecht über sein etwas realitätsfernes Frauenbild einzulassen, lief Dominique mit einem fröhlichen ›Gute Nacht‹ aus dem Salon.

Kincaid folgte im nächsten Moment und eilte ihr die Treppe hinauf nach. Kaum hatte er sie eingeholt, legte er von hinten die Hände um ihre Taille. »Endlich habe ich dich für mich allein«, raunte er. »Ich konnte es nicht mehr erwarten.«

»Das habe ich bemerkt«, lächelte Dominique. »Du hast nicht

einmal mehr Einspruch eingelegt, als Olivia damit anfing, bei uns bleiben zu wollen.«

»Nein, warum sollte ich. Wenn sie dazu beiträgt, dass du abends schneller von der Manufaktur heimkommst?«

Dominique blieb auf dem Treppenabsatz stehen und lehnte sich an ihn. Es war wirklich unglaublich. Noch vor ein paar Monaten war sie fast ganz allein auf der Welt gewesen. Und nun hatte sie nicht nur einen liebenden Ehemann, sondern auch eine laute, exzentrische und ganz wunderbare Familie, die sie in ihrer Mitte aufgenommen hatte, als hätte sie schon immer dazugehört. Sie liebte Grandma, die hinter ihrer harten Schale ein butterweiches Herz verbarg. Sie liebte Olivia, die sich mit Herzblut um die Manufaktur kümmerte. Und sie liebte sogar Dean, der sie mit Leichtigkeit zur Weißglut brachte. Vor allem aber liebte sie ihren Ehemann. Ihren Schotten. Ihren Schmuggler. Ihren Geliebten.

Sie drehte sich zu Kincaid um, der eine Stufe unter ihr stand, und legte ihm die Arme um den Nacken. Herausfordernd hob sie die Augenbrauen. »Du musst mir einfach nur einen Grund geben, früh nach Hause zu kommen. Dann schaffe ich das auch ohne Olivia!«

Kincaid lachte mit blitzenden Augen. »Dein Wunsch ist mir Befehl!«

Und mit diesen Worten warf er sie sich über die Schulter und trug sie ins Schlafzimmer …